فرانكشتاين في بغداد

أحمد سعداوي

バグダードのフランケンシュタイン

アフマド・サアダーウィー

柳谷あゆみ 訳

集英社

バグダードのフランケンシュタイン　目次

主な登場人物

※アラブ世界では個人名（イスム）のほかに、長男の名前に「ウンム（＝～の母）」や「アブー（＝～の父）」をつける呼称（クンヤ）も一般的に用いられる。本書でもこれらの呼称は混在しているが、登場人物紹介ではクンヤ、イスムの順に記載した。

イリーシュワーの家族

ウンム・ダーニヤール・イリーシュワー　バターウィイーン地区七番通りに住むアッシリア東方教会信徒の老婆。

ダーニヤール　イリーシュワーの息子。イラン・イラク戦争（第一次湾岸戦争）で戦死した。

ティダールース　イリーシュワーの夫。

マティルダ、ヒルダ　イリーシュワーの娘たち。家族とオーストラリアに移住している。

聖オディーショー教会の聖職者

ヨシュア神父　アッシリア東方教会に属する聖オディーショー教会の若き神父。

ナーディル・シャムーニー　聖オディーショー教会の助祭。

バターウィイーン地区の住人

ウンム・サリーム　七番通りのイリーシュワー宅の近所に住む老婆。

アブー・サリーム　ウンム・サリームの夫。
ハーディー　イリーシュワー宅の隣の廃屋に住む古物屋。
アブー・ザイドゥーン　床屋。かつてはバアス党至上主義者で、ダーニヤールを戦場に送った人物。
ファラジュ　ラスール不動産を経営するブローカー。
アブー・アンマール　ウルーバ・ホテルのオーナー。
アズィーズ　カフェの店主。エジプト人。
ナーヒム・アブダキー　ハーディーのかつての相棒。爆破テロに巻きこまれ死亡した。

ジャーナリストたち
マフムード・サワーディー　マイサーン県出身のジャーナリスト。
アリー・バーヒル・サイーディー　マフムードの上司。「ハキーカ」誌の編集長。
ハーゼム・アッブード　マフムードの友人の報道カメラマン。ウルーバ・ホテルの常連客。
ファリード・シャッワーフ　マフムードの同僚・友人。
ナワール・ワズィール　アリー・バーヒル・サイーディーと親しい女性映画監督。

その他
スルール・ムハンマド・マジード准将　追跡探索局局長。
ハスィーブ・ムハンマド・ジャアファル　ホテルの警備員。自爆テロの巻き添えで爆死した。

バグダードのフランケンシュタイン

おれは生命乞いをしようというのではない。ただ話を聞いてほしいのだ。そして、そのあとで、それでもできるものなら、それでもやはりそうしたいというなら、その手で創ったものを滅ぼすがいい。

――メアリー・シェリー『フランケンシュタイン』

王は、聖人を搾り機にかけ肉を裂くよう命じた。彼の身体はばらばらに裂け、ついには身罷《みまか》った。そこで彼の遺体は町の外に放り出された。だが、主は彼の肉をかき集め、彼を生者と成し給うた。そして彼は再び町へと戻った。

――殉教者　聖ゴルギース（ゲオルギウス）の殉教譚より

お前たち、今、この録音を聞く人々よ。
俺の至大なる任務を手伝う勇気がないのなら、少なくとも俺の通り道には立たないようにすることだ。

――「名無しさん」

最終報告書
【極秘】

1.

在イラク多国籍軍民政局所属（兼属）の追跡探索局の業務に関し、当方指揮下においてイラク治安維持機関及び情報部の代表者と米軍調査部曹長二名により編成された特別調査委員会（以下、委員会）は、以下のとおり報告する。

（1）二〇〇五年九月二十五日、調査の実施にあたり、イラク側が直接的に政治的圧力を行使することにより、追跡探索局の業務は一部凍結された。委員会は同局局長スルール・ムハンマド・マジード准将及び局員たちを召喚し、二〇〇三年四月の連合国暫定当局成立以降、調査実施時点まで彼らが遂行してきた職務内容について聴取を行った。その結果、同局が、本来業務である情報の記録保存及びファイルや文書の保管・記録という文書関連事業ではない他の業務を行っていること、スルール准将直属として占星術師及び巫者《ふしゃ》たちを高給にて雇用していたことが判明した。彼らへの給与はイラク国庫より支出されており、米国側からの支出ではない。スルール准将が委員会に対して行った証言によれば、上述の者たちの職務は、首都バグダード及び近隣諸地域で起こりうる、治安上の危険をもたらす事件の予知のみである。治安に関わる事件について、これらの予知がいかなるレベルに達していたか、またこれらの行為に有効性があったかは、委員会においても不明である。

（2）委員会の調査により、同局内に保管されていた多数のファイルが局外に流出したことが判明した。委員会はただちに本件調査のため同局内で職務につく全員を拘束した。

（3）同局が使用していたコンピューターを解析した結果、文書の写しが電子メール経由で「作家」という名で一部メールに言及されている個人に送付されたことが判明した。また捜査によってこの個人も特定されたため、アブー・ヌワース通りファナール・ホテル内の滞在先まで人員を派遣し、当該人物を逮捕勾留した。当該人物に対する調査では、追跡探索局に関するいかなる文書も記録も発見されなかった。

（4）「作家」に関し、追跡探索局の一部文書に含まれる情報をもとに彼が書き記した小説のテキストが発見された。本テキストは十七章立て、二百頁に及ぶ。委員会の有識者らがテキストの解析を行った結果、このテキストは法のいかなる条項をも侵害するものではないという結論に達したが、警戒すべき案件として、有識者は本テキストの没収と、釈放の前に「作家」に対し、いかなる形式によっても本テキストにある情報を拡散させないこと、及び、当該小説の執筆を二度と行わないことの二点を誓約・署名させるよう指示した。

2．指示書

（1）委員会は、スルール・ムハンマド・マジード准将と彼の部下を追跡探索局から更迭し、同局を本来の記録保存及び文書作成業務のみに戻すこと、及び占星術師や巫者として職務についていた職員の解雇を指示する。同局が過去数年間で犯した過誤については精査を要する。また、その業務に関する文書は保管を要する。

（2）委員会は「作家」が自らの身元に関して提示した個人情報が真正ではないことを発見した。したがって、委員会は彼の再逮捕及び再調査を指示する。これは彼の本来の身元及び、追跡探索局の業務との関連や、同局内で彼と相互協力関係にあった個々人に関するあらゆる情報を明らかにし、当国治安に対して本件が及ぼしうる脅威のレベルを見極めるためである。

（調査委員長・署名）

第一章　耄《もう》碌《ろく》婆《ばあ》さん

一

爆発は、その老婆、ウンム・ダーニヤール《ダーニヤールの母》・イリーシュワーが乗り込んだＫＩＡ社（韓国の自動車メーカー）製バスが発車して二分後に起きた。バスの中では皆がすばやくその方角を見つめ、渋滞の向こうに濛々《もうもう》と恐ろしい煙が立つのを怯えるまなざしで見届けた。煙はバグダードの中心部タイラーン広場近くの駐車場から空を暗黒色に染めながら湧き上がっていく。若者たちが爆発地点に向かって駆けだして行った。ドライバーは混乱のあまり恐慌状態に陥り、中央分離帯や他の車に衝突する車も出てきた。人々の声は互いに入り混じり、がやがやした音になって聞こえてくる。よく聞き取れない叫び声、騒音、何台もの車のクラクション。

　七番通りに住む、イリーシュワー婆さんの隣人たちであればこのように言うであろう。いつもの日曜の朝のごとく婆さんはバターウィイーン地区から工科大学近くの聖オディーショー教会（アッシリア東方教会に属する教会）へと礼拝に出かけてしまった。だからあの爆発が起こったのだ、と。七番通りには、イリーシュワー婆さんがこの界隈にいれば、彼女に備わる神の祝福《バラカ》の力が悪いことが起きるのを防いでくれると思っている者が少なくない。彼らはこの日の朝の出来事も彼女の不在による当然の帰結として起きたのだと受けとめた。

イリーシュワーはKIA社製バスの中に座り、自分一人の世界に浸りきっていた。まるで何かの毒にやられているか、そもそもそこにいないかのように、背後約二百メートルの距離で起こったすさまじい爆発騒ぎも聞こえていなかった。窓際の座席に小柄な身体を沈み込ませる。彼女は何も見ていないまなざしで、口の中に残る苦い味のことを、そしてこの数日間、自分の胸を締めつけている暗澹《あんたん》とした思いのことを考えている。

おそらくこの苦い味は聖オディーショー教会でのミサの後しばらくしたら消え失せるだろう。電話で娘たちや孫たちの声を聞けば、胸の内の暗さも少しは引いてくる。靄《もや》がかかったような目にも光が差してくるだろう。いつものようにヨシュア神父は携帯電話が鳴るのを待っている。マティルダが電話をかけてくれれば、電話が来ましたよとイリーシュワーに伝えるが、そうでなければ、たぶん通話予定時刻からもう一時間待ったあと、彼女から神父にマティルダの番号にかけてほしいとお願いするだろう。これが少なくとも二年以上、毎回繰り返されてきた。かつて彼女の娘たちからの電話は不定期で、教会の固定電話にかかってきていた。ところが米軍はロケット砲で電話交換局を破壊し、それからバグダードに入って電話連絡網を何か月もの長期にわたって遮断してしまった。バグダードが死に侵された場所となってから、毎週のイリーシュワー婆さんの安否確認は不可欠となった。苦難の数か月を経て、電話連絡ははじめのうち日本の人道団体が聖オディーショー教会の管理者であるアッシリア東方教会の若きヨシュア神父に贈与したスラヤー社の衛星電話で行われていた。それから携帯電話網が導入され、ヨシュア神父も一機入手すると、通話はその携帯電話で行われるようになった。ミサが終わった後、信徒たちは全世界に散らばった息子や娘たちの声を聞くために順番の列を作る。教会がその真ん中に位置するガラージュ・アマーナ地区の各地から、アッシリア東方教会以外の宗派のキリスト教徒やイスラーム教徒までもが、国外の親類と無料で通話するためにしばしば教会に出入りしていた。そののち携帯電話が普及して多くの人が入手するのにともない、ヨシュア神父に殺到する流れは弱まり、イリーシュワー婆さんだけが日曜の通話の儀式を全うするようになった。

ウンム・ダーニヤール・イリーシュワーは痩せ細り萎びた手で小さなノキア製の電話を握って耳に当て、娘たちのなじみ深い声を聞く。すると突如としてあの暗さは晴れ、心が落ち着いてくる。半日後には彼女はタイラーン広場に戻り、朝、出発したときと同じようにあらゆるものが静穏のうちにあるのを見る。歩道は清められ、焼けた車は撤去されている。遺体は監察医のもとへ、負傷者はキンディー病院へ。そこかしこに散らばったガラスの破片。信号機のポールは黒煙に煤《すす》け、通りのアスファルトには大小の穴ぼこがある。ほかのものは彼女の曇った視力では見えず、気づくこともない。

ところが、ミサが終わってさらに一時間が経った。彼女は教会に付設された広間で椅子に腰かけていた。女たちがいつものように持ち寄った料理をテーブルに並べたあと、彼女は気を紛らすためにそこで皆とともに食事をとった。ヨシュア神父はマティルダにもう一度だけむなしく電話をかけてみたが、先方は通話圏外にいた。おおかた、マティルダは現在居住しているオーストラリアのメルボルン市の通りか市場で、携帯を紛失したか盗まれたかしたのだろう。うっかりメモ帳にヨシュア神父の番号を書き損ねていたとか、別の事情か何かで困り果てているだろう。これといって目新しい理由も思いつかないまま、神父はウンム・ダーニヤールを慰めるべく話しかけ続けた。皆が教会から出ていき始めると、年寄りのナーディル・シャムーニー助祭が愛車のおんぼろヴォルガ（旧ソ連時代からロシアのゴーリキー自動車工場で生産されている車種）で家までお送りしましょうと申し出たが、彼女は何とも言わなかった。

　通話がなかったのはこれで二週目だ。ウンム・ダーニヤールは何もなじみ深い声を聞きたいと激しく切望しているのではなかった。それは習慣程度のことである。別にもっと大切なことがあった。二人の娘になら、ダーニヤールの話ができるのだ。二十年前に亡くした息子の話をもう誰も親身に聞いてはくれない。例外は二人の娘と、その霊魂に幾度も礼拝し、自らの守護聖人とみなしている殉教者の聖ゴルギース（聖ゲオルギウスのイラクでの呼称。四世紀初頭にリッダで殉教したとされる聖人）だけだ。それに付け加えられるとしたら、毛も抜け落ち眠ってばかりいるおいぼれ猫のナーブーくらいである。戦争で亡くした息子の話をすると、今では教会に集う女たちにさえ冷たくあしらわれるようになった。婆さんの話には新味がなく、同じ話を繰り返しているだけ。年寄りのお隣さんたちの反応も同様だった。お隣さんの中にはダーニヤールの姿を見知ってはいても、もう思い出せない者もいる。結局のところ、彼女たちにとっては長年の間にげっぷが出るほど死人だらけになってしまった思い出を通り過ぎた一人にすぎない。年月が経つにつれ、イリーシュワー婆さんは、息子は実は今も生きている、だって東方教会墓地の墓には空の棺桶しかないのだから、という自分の奇妙な認識を支持してくれた人たちをも失いつつある。

　このような世迷言《よまいごと》を彼女はもうむやみには話さなくなっていた。だから彼女はひたすら、電話越しに聞こえるマティルダかヒルダの声だけを待つ。この二人はどんなにおかしな話に思えようが婆さんの話を我慢して聞いてくれる。二人の娘は母親がただ亡き息子の思い出だけをよすがとして生き続けているのだとわかっている。それを婆さんに説明する必要もあるまい。また彼女を問い詰めたところで仕方あるまい。

年寄りのナーディル・シャムーニー助祭は愛車のヴォルガをバターウィイーン地区七番通りの入口まで走らせる。入口から彼女の家までは数歩の距離だ。そこは静穏だった。何時間か前に流血の恐慌状態は治まっていた。それでも痕跡は一目見れば明らかである。おそらく、今朝のは今までこの地区で起きた中では一番威力の大きな爆発だ。老助祭の心は塞いでいた。ウンム・ダーニヤールには一言も話しかけないまま、彼は信号機のポールのそばに愛車を停め、そのポールに血痕と頭皮の残った髪の毛が貼りついているのを目撃した。この人間の残滓《ざんし》は彼の鼻先、みっしりと蓄えた白髭からほんの数指尺《シブル》しか離れていない。不意打ちに、ぞっとする思いを彼は味わった。

ウンム・ダーニヤールは車を降りて、黙ったまま助祭に手を振って別れた。静穏そうに見える小路に入る。小路の砂利やごみを踏みしめていく鈍い足取りの音を聞く。家のドアを開け、ナーブーが彼女に向かってあたかも「おや？　……何かありました？」と問うているかのように頭を上げたとき、彼女は心の中でもう返事をしようとしていた。

だがもっと大事なことがある。彼女は自分の守護聖人である聖ゴルギースに文句を言う心づもりでいた。

昨晩、三つのうちの一つは叶えてくれると約束したじゃありませんか。

嬉しい知らせを聞く、心が落ち着く、苦しみが終わる、のいずれかを。

二

おおかたの人間とは違って、イリーシュワー婆さんの隣人で色白のウンム・サリームは、このイリーシュワー婆さんには神の祝福を受けた力があり、どこにいようと慈悲深き神の御手《みて》は彼女の肩に置かれているのだと固く信じていた。ウンム・サリームは自分の確信を深めるに至ったあまたの出来事を挙げることができた。ときには何かのせいで婆さんを腐したり嫌に思ったりもするが、またすぐに彼女はイリーシュワー婆さんを崇め称えるようになる。自宅の古い中庭の木陰に婆さんが七番通りの女たちとともに客として来るときには、ウンム・サリームは婆さんのために織物のリボンで綴られたラグを広げ、綿のクッションを婆さんの両脇にあてがい、手ずから紅茶を淹れてやるものだ。

彼女はつい大げさになって、ウンム・ダーニヤールをはじめとする祝福を授かった住民がいなければ、この地区はとうの昔に倒壊して、神によって地中に埋められる宿命を辿っていたはずだと当人の前ではっきり言うことさえある。

しかしこうした信仰はいくら深かろうが、午後のおしゃべりの時間に色白のウンム・サリームが燻《くゆ》らせる水煙草の煙のようなものである。色濃く渦を巻き、波うつような形の白雲を作りあげるが、すいすい立ち昇ったら中庭の空気に溶け消えてしまう。生まれるのも死に絶えるのも、ウンム・サリームの古い家の中のごく小さな消失でしかなく、敷居を越えて通りに出ることはまずない。

外に出れば大勢の見方は、この婆さんは耄碌と物忘れが相当きているただの老いた人間でしかない、というものだ。その証拠に婆さんは人の名前を長く覚えていられない。半世紀来見知っているはずの人間でさえ時々曖昧になってしまい、まるで突如として地区に湧いて出た人のような扱いを受ける。

おしゃべりに興じる仲である色白のウンム・サリームと心優しい女たちにしても、ややもするとウンム・ダーニヤールはどうみても耄碌したとしか思えないことをやらかし、にわかには信じがたい変な出来事が起きたと語りだすので、だんだん諦めと落胆を感じるようになってきた。

他の皆は冷笑する。ウンム・サリームとその「お友だち」は深い悲しみを覚える。

それは、彼女たちの仲間の一人が、自らの足をほの暗い彼岸に踏み出したということであり、とりもなおさず、仲間全員がこの荒涼とした恐ろしい岸辺へとまた一歩近づいたということでもあるからだ。

三

イリーシュワー婆さんに神の祝福など与えられていない、と誰より強く確信し、全く悲しむこともない男が二人いる。つまり、あれはただ救いようもなく耄碌しきった婆さんだと思っている。その一人は不動産ブローカーのファラジュで、バターウィイーン地区中心の商店街通りに面した「ラスール不動産」の主である。もう一人は、イリーシュワー婆さんの家と棟続きのあばら家に住んでいる古物屋ハーディーだ。

ブローカーのファラジュはこれまで何年もの間、幾度もイリーシュワー婆さんに彼女の古屋敷を売ってくれるよう説得を試みてきたが、いずれも不首尾に終わっていた。婆さんは理由も告げず、拒絶するばかりだった。

あんな婆さんが、たった一人と猫一匹とで、なんでまた七部屋もある馬鹿でかい家に暮らしているのだろう？　どうしてこの家をエアコンもついてもっと明るい小ぢんまりした家に買い替えて、人生の残りの日々を贅沢に暮らせるだけの金を得ようとしないのか。よくよく考えてみても納得のいく答えは見出せなかった。

婆さんの隣人である古物屋ハーディーはというと、いつも酒臭さをぷんぷん漂わせている五十がらみの愛想のない男で、彼もまた婆さんが家に溜めこんでいる骨董品を売ってくれと頼みこんでいた。大きな壁時計が二つ、さまざまなサイズのチーク材テーブル、絨毯、寝台。そして家中至るところに、石膏や象牙でできた手のひら大の聖母子像が二十以上。加えて古物屋ハーディーが視認するだけの時間がなく、数えきっていない物品も多数あるのだ。

一部は一九四〇年代にまで遡るこれらの骨董品が、なんでまたあんたに必要なのかい？　どうして売っ払って掃除や埃を払う手間を減らそうとしないのかい？　古物屋はぎょろりとした目で婆さんの家の部屋中を見回しながらこのような言葉を告げたのだが、婆さんは「嫌だ」の一点張りで、彼を家の門まで追い立て小路に押し出すと背後で門を閉めてしまった。これがたった一度、婆さんの家の中を覗いたときとなったが、その家の残像はあたかも珍奇な博物館か心躍らせる骨董品の溢れる宝物庫といった趣で彼の心に刷り込まれた。

二人の男は引き続きチャレンジを繰り返していた。古物屋のほうは大体において打ち解けられる風貌でもなかったから、努力したところでさほど隣人たちやお仲間勢の愛顧を得るには至らなかったが、ブローカーのファラジュは何度もウンム・ダーニヤールの周りの女たちに自分の頼みを呑むよう言い聞かせてくれと頼んでいた。アルメニア人のお隣さん、ウンム・アンドルーことヴェロニカ・ムニーブは、色白のウンム・サリームの午後のおしゃべりにもたびたび出かけるので、ブローカーのファラジュから賄賂を受け取って、イリーシュワー婆さんに「引っ越ししてあたしとうちの年寄りの夫と一緒に暮らしましょうよ」と誘ったんじゃないかと邪推された。ブローカーのファラジュはウンム・サリームや他の女にも話を持ちかけ、しぶとく望みをつないでいた。

古物屋ハーディーは行き会うたびにひたすらお願いを繰り返して婆さんに嫌がられていたが、その後は小路で出くわしても、視線で焼き殺さんばかりの壮絶な嫌悪と敵意のまなざしを浴びせるくらいで、婆さんにはかまわなくなった。

申し出を断るばかりではなく、イリーシュワー婆さんは永劫の地獄に叩き込んでやりたいと思うほど二人を特別に嫌い抜いていた。あの二人の顔に、安物のカーペットのしつこく抜けないインク染みのような、不浄な魂をもつ貪欲な人間というものを見出したのだ。

婆さんの大嫌いかつ呪わしい人間のリストには、床屋のアブー・ザイドゥーンも入っていた。ごりごりのバアス党（汎アラブ主義政党であるアラブ社会主義復興党の略称。二〇〇三年にサッダーム・フサイン政権が打倒されるまで、三十五年間イラクの政権政党であった）至上主義者で、彼女の息子の襟首を摑み引っ立てて、知らないところに連れていってしまった男だ。そのせいで彼女は息子を失った。

だがアブー・ザイドゥーンは何年も前に彼女の視界から消え、もはや偶然行き会うことも見かけることもなくなっていた。彼女の前では他の人たちも彼の行状に触れなくなった。彼はバアス党をやめ、いくつもの病に侵されて闘病にかかりきりになり、地区のもろもろすべてに完全に知らんぷりを決め込むようになった。それ以来見かけない。

四

タイラーン広場であの恐ろしい爆発が起きたとき、ブローカーのファラジュは自宅にいた。出勤途中、爆発のせいで窓ガラスや店舗のショーウィンドウが粉々になっているのを見てはいたのだが、爆発の三時間後、つまり午前十時きっかりにバターウィイーン地区中心の商店街通りに所有するラスール不動産のドアを開け、前面の大きな分厚いウィンドウにひびが入っているのを見つけると、彼は思わず悪態をついた。他方、通りの向こう側ではウルーバ・ホテルのオーナー、アブー・アンマールがディシュダーシャ（男性が着用するゆるやかな長衣）をまとって歩道に立ち尽くし、古くてがたの来ている我がホテルの上階から飛散したガラス片の中で途方に暮れていたのだが。

　ファラジュはアブー・アンマールが顔に狼狽の色を浮かべていても何の心配も感じなかった。彼を別に好きではなかったし、お互い特段のかかわりは全くない。二人はむしろ、ほぼ暗闘状態といえるほど、対立した立場にある。アブー・アンマールは、バターウィイーン地区のホテルのおおかたのオーナーと同様に、労働者や学生や病院・医院に通う患者たちや地方から買物に来る客たちを相手にして食い扶持を稼いでいた。そしてたくさんいたエジプト人やスーダン人が前世紀末頃出て行った後には、ほぼ常駐しているお得意を頼りとしてきた。それはバーブ・シャルキー地区やサアドゥーン通りにあるレストランや靴屋の従業員、ハルジュ市場（バグダード中心部にある有名な中古品市場）や町工場などで働く人たち、中央停車場の車列のドライバー、それから大学寮の雰囲気が苦手な学生たちである。だがイラク戦争が始まった二〇〇三年三月以降、これらの人々も姿を消してしまい、多くのホテルは廃業同然になった。

　この悲惨な状況の真っただ中、ブローカーのファラジュはあの手この手でアブー・アンマールをはじめとする中小規模ホテルのオーナーの客たちを猛然と奪いにかかったのである。

　ブローカーのファラジュは混乱状態と政権不在の状況を利用して、この地区の所有者不明の家屋群に触手を伸ばすと、これらを小さく安価なモーテルに転用し、各地から来る労働者や、宗派対立や前政権の崩壊によって復活した血の報復を恐れて近隣の地方から逃れてきた家族たちに部屋を賃《ちん》貸《が》しするようになった。

アブー・アンマールにできたのはせいぜいぶつぶつ不平をこぼすくらいである。彼は一九七〇年代に南部から何の伝手もたず裸一貫で首都に移ってきた。そこで彼はこれまで政権の力をずいぶん当てにしてきたのだが、これに対してブローカーのファラジュには多くの親類縁者や有力者たちがついていた。政権不在による混乱状態が拡大していくにつれ、こうしたコネがファラジュの実効力となった。彼らのおかげでファラジュは権力と皆からの尊崇を得るようになり、所有権を証明する書類も、国からの借用書もないと皆が知っていたにもかかわらず、移住した住民が残した家屋や放棄した家屋を「合法的に」取得できるようになったのである。

ファラジュはイリーシュワー婆さんに対してもこの増大しつつある力を使うことができた。彼は二回だけ彼女の家を内見したことがあり、そのとき、瞬時にして心を奪われた。おそらくユダヤ教徒が建てた家だろう。そうでないとしても、イラクのユダヤ教徒好みに作られた建築である。庭というべきか、中庭というべきか、二階建ての部屋群に囲まれた空間があり、小路に面した右手の部屋の下には地下蔵がある。上階の部屋をつなぐ廻廊には、幾本もの多面体の木柱がその天井を支え、装飾木材をあしらった鉄製の柵とも調和してこの上もなく美しい食堂を作り上げている。加えて、鉄製のかんぬきと錠がついた両開きの木製のドア、暗色の円筒形の格子と彩色ガラスがはめ込まれた木製の窓もあり、床面には見事な化粧レンガが施されていた。各部屋の床は白と黒の小さなタイルで舗装され、大きなチェスボードのようになっている。最上部はぽっかりと四角い吹き抜けで、かつては夏になると白い天幕を巻き上げたものだったが、今は天幕自体なくなってしまった。この家はどこもかしこも昔日の面影を失いつつあったが、状態はしっかりしている。小路に建つ同様の家々と比べると、湿気もそれほど広く浸食してはいない。何年も前に地下蔵は埋め立てられ使えなくなっていたが、そんなことはさしたる問題ではなかった。ブローカーのファラジュの計画において憂慮すべき最大の瑕疵《かし》は、上階の一室である。そこは完全に倒壊しており、大量のレンガが全壊状態の隣家との共有壁の裏側に落ち込んでいた。この隣家には古物屋のハーディーが住んでいる。

上階の浴室も崩れているので、ファラジュは再建と改修のためにそれなりの支出をしなければならないだろう。だがそれだけの価値はある。

時々ファラジュはこの何の後ろ盾もないキリスト教徒の婆さんなど苦も無く三十分以内に追い出せるだろうと考えないでもなかった。しかし心の中で反論の声がこう告げていた。そもそも俺は法の抜け穴を渡り歩き、わざとではないにしても多くの人に悪事を働いてきた男だ、あまり大胆なことはしないほうがいい。というのも、彼はこの婆さんに対する住民たちの思いをよく知っていた。たぶん、彼女に何か悪事をしでかしたら、最後の審判の段になって自分に対して一気に怒りの火花が噴出するだろう。婆さんが死ぬのを待つほうがましである。そのときになれば、彼のほかは誰一人まずこの家に足を踏み入れようとはすまい。彼がどれだけこの家にご執心かは皆が知っている。イリーシュワー婆さんがどれだけ長生きしようと、この家の未来の持ち主は彼だと誰もが認めている。

「神のご采配にお任せしましょう！　うまくいきますよ！」

ブローカーのファラジュは一音ずつ伸ばしつつひときわ大きな声を張り上げ、やるせなさに手のひらを打ちつけているアブー・アンマールに呼びかけた。彼の言葉に気づくとアブー・アンマールは祈願でもするように両手を空に掲げた。まるでこのブローカーが発した箴言《しんげん》を信じているかのようであったが、実のところは彼は祈願をかけながら、何の宿命か目と鼻の先に一日中居座っているこの貪欲なブローカーを「神がお召しになりますように！」と心の中で唱えていたのであった。

五

客間のソファからナーブーを追い払うと、イリーシュワーの手からナーブーの抜け毛が舞い散った。実際には毛の一本すら見えてはいないが、折に触れてナーブーの背中を撫でさするとき、年老いた猫の毛があらゆる場所に落ちることくらいはわかりきっていた。客間のソファの特等席以外であれば、どこに落ちようとかまわない。その席は、殉教者の聖ゴルギースの大きな肖像画の正面だ。肖像画は、もっと小さなサイズの彼女の息子の写真と、夫ティダールースの写真の間にあった。二枚の写真はモノクロで、彫刻された木製の額に収められている。小さな「最後の晩餐」と「キリストの降架」の画もあり、中世のイコンを模して濃色のインクと褪せた彩色で教会の聖人たちを描いた手のひらサイズの三枚の画もあった。聖人たちの名前をすべて知っているわけではない。遠い昔にそれらの画を飾ったのは彼女の夫であったが、画は当時そのままに、客間に、寝室に、鍵がかかったダーニヤールの部屋や放置された部屋にも、そこかしこにあった。

彼女は毎晩のようにここに腰を下ろし、天使の面立ちをした殉教聖人の画と他愛のないおしゃべりをする。聖人であっても、彼は天国の住民のようなりはしていない。この天使のごとき聖人は、分厚い銀の盾を構え、輝く鎧で全身を覆っていた。羽飾りのある兜を被《かぶ》って、その下に波うつ金髪、宙に振りかぶり今にも突かんとしている長槍。完全武装の聖人は、筋肉隆々の前脚を高々とあげた白馬に跨《また》がり、獰猛で醜悪な、画からはみ出さんばかりの竜の顎を払い除けようとしている。竜は、今まさに白馬も聖人も武具ごと丸呑みしようとしているのだ。

イリーシュワーは細部の装飾には目もくれず、首に下げた分厚い眼鏡を取り上げて掛けなおすと、何の感情も見出せない、静かな天使のごとき顔をじっくりと見つめる。怒らず、絶望もせず、夢見ることも嬉しいこともない。ただただ彼は神への献身という使命を果たしている。

見つめているだけでは心は安らがない。イリーシュワーは、この守護聖人を近親の一人とみなして付き合っている。散り散りになってしまった一族の、猫のナーブーと、ある日忽然と帰ってくることになっている息子ダーニヤールのまぼろしを除けば、自分のもとに残った唯一の人だ。ほかの人は皆、彼女は一人暮らしだと思っているが、彼女はこの三者と、いや、三者の亡霊かもしれないが、共にいるのだと信じている。そのおかげで力も湧き、彼らの存在を感じるからこそ孤独の苦しみを味わわずに済んでいるのだった。

彼女は怒っていた。自分の守護聖人が三つの約束の一つも果たしてくれないせいである。幾夜もかけて際限なく頼みこみ、懇願し、泣きわめいてようやく取り付けた約束なのに。自分の死は遠い話ではないだろう、時間は長くは残されていない。彼女は息子の運命に関して、主から何らかの徴《しるし》が示されることを望んでいた。生きているのなら戻ってきてほしい、死んでいるのなら遺骸が葬られた墓なり場所なりを知らせてほしい。彼女は守護聖人と約束の話をするために、夜になるのを待つことにした。昼の間は聖ゴルギースの画はただの画にしか見えない。沈黙し、身じろぎすらしない。だが夜には、彼女が生きるこの世界と別の世界との間の窓が開く。主が降臨し、聖人画の姿を借り、彼を通して語りかけてくる。この、残りの人生で徐々に一人ぼっちになり、迷い果て信仰を完全に失う深淵に落ち込みかけている惨めな羊に。

夜になり灯油ランプの灯を見つめていると、くすんだガラスの向こう側に弛《たる》みのある古い画が見える。聖人の瞳も、柔和な美しい顔も見える。ナーブーが苛立ったようににゃあと鳴き、部屋を出ていく。それから聖人の瞳が、彼女のほうを向くのが見えた。聖人の佇《たたず》まいは変わらなかった。槍を振り上げた腕も長く伸びたまま、それでも今やその瞳は彼女のほうを向いている。

「ずいぶんせっかちだな、イリーシュワー。わたしはお前に言ったはずだ、主は願いを叶えてくださると。心の休息か、苦しみの終わりか……あるいは、嬉しい知らせを聞くことになると……だが、誰も、主にとって最適な時機のことは考えないのだな」

イリーシュワーは聖人に文句を言い始めた。三十分もすると、彼の美しい姿は硬質なそれに戻り、夢見るまなざしももはやぴくりとも動かなくなった。空回りの議論に疲れてきたのだろう。彼女は寝室の大きな木の十字架の前でいつものお祈りの言葉を唱えると、部屋の片隅で、虎の毛皮を模した小さな絨毯の上でナーブーが眠っているのを確かめ、ベッドに向かい眠りについた。

翌日。朝食をとり食器を洗ったところで、突然、米軍のアパッチ（AH-64アパッチ。米軍の攻撃ヘリコプター）の耳障りな飛行音が聞こえた。轟音とともにアパッチが小路の上空を通過している。

イリーシュワーは息子のダーニヤールを見た。あるいは、最大限譲歩したとして、ダーニヤールを見た、と思った。子ども時代、そして青年期にはいつもそう呼んでいた「ダーニヤ」を、彼女は見た。ついに守護聖人の予言が本当になったのだ。

彼女が呼びかけると、彼は彼女のほうにやってきた。

「おいで。わたしの子ども……ダーニヤ……おいで、ダーニヤ」

第二章　ほら吹き男

一

　もっと聞きごたえのある話にしようと、古物屋ハーディーは臨場感たっぷり、微に入り細をうがち語ろうとしていた。こういった細部を彼は全部覚えており、自分に起きた出来事を話すたび、漏らさず言及する。彼がいるのはエジプト人のアズィーズのカフェである。彼はカフェのウィンドウへと通じた隅の木の長椅子に座り、口髭とまばらな顎鬚を撫でている。それから小さな匙でチャイグラスの底のほうをかちゃかちゃ混ぜ、二口で紅茶を飲み干すと、話を再開する。今回は新顔のお客さんご来臨の栄に浴しているので、エジプト人のアズィーズが「ほんまかどうか、古物屋ハーディーの話、聞いたってくださいよう」と盛り上げていた。

　お客さんは、痩せたブロンドのドイツ人女性ジャーナリストだった。細い鼻の上に近視用の分厚い眼鏡をかけており、薄い唇をしている。彼女は若いイラク人の通訳とカメラを持ったパレスティナ人カメラマンとともに古物屋ハーディーの向かいの長椅子に腰かけている。浅黒い肌の若いジャーナリストもいる。イラク南部アマーラ市出身のマフムード・サワーディーだ。彼はアブー・アンマール所有のウルーバ・ホテルに投宿している。

　ドイツ人ジャーナリストは、バグダード市内のイラク人ジャーナリストの仕事を追ったドキュメンタリー映画の製作準備のため、仕事中のマフムード・サワーディーに同行していた。彼が、現在直面している出来事や問題について所感を述べながら通りを歩き回ったり、取材ネタを集めたりする様子を撮影している。特に、彼女のような目立つ姿では、バグダードの通りに出ていくこと自体が危険をともなうのだから、さらにわざわざ煙草の焦げ跡だらけのぼろを着込んだ酒臭いぎょろ目の骨董品収集屋のもつれた長話など聞くつもりはなかった。それでも彼女はカメラを起動せずに、一杯の紅茶を飲み終わるまでは話を聞くことにした。彼女がイラク人通訳のほうを向くたび、通訳は古物屋の話す内容をはっきりさせるためたくさんの言葉をしゃべっていった。

結局、彼女は途中で切り上げた。春の陽気は暖かく、残りの時間は澄んだ空気を吸うことに費したほうがいいだろう。それにシェラトン・ホテル内の報道センターに戻って、日中マフムード・サワーディーに同行して撮影したテープも処理しなければならない。

カフェを出ながら、別れを告げる際に彼女はマフムードに言った。

「この人の話、映画の話じゃないの……ロバート・デ・ニーロの有名な映画をパクってるでしょ」

「そうですね……見かけによらずずいぶん映画を見ているんだな。ここらでは有名な人なんですよ」

「だったら、むしろ彼はハリウッドに行くべきじゃないの」

彼女は笑ってそう言うと、通訳のプロトン社（マレーシアの自動車メーカー）製の白い自動車に乗り込んだ。

二

そんなことは古物屋ハーディーには屁でもなかった。映画の途中で映画館から出ていく人はいるものだ。よくあることである。

「どこまで話は行ったっけ？」

ハーディーは、戻ってきて向かいの長椅子に腰を下ろしたマフムード・サワーディーに言った。空いたチャイグラスを下げていたアズィーズは立ち止まり、古物屋が話し始めるのを待ってましたとばかりに満面の笑みを浮かべた。

「爆発まで」アズィーズが言った。

「最初の爆発？　それとも二回目？」と古物屋が訊くと「最初のだ……タイラーン広場の」とマフムードが答え、話を促した。彼は話に矛盾が生じるのを待っているのだ。ハーディーは細部の話を忘れたりでっち上げたりしては、自分で「あれ、おかしいぞ」とばらしていくからである。マフムードはそこがおかしくて二回も三回もその話を聞いているのだ。

「爆発は忌まわしい、ひどいもんだった」と、ハーディーは確認するようにアズィーズを見た。

ハーディーはこのカフェから駆け出した。毎日、ハーディーは隣の店のアリー・サイイドがこしらえる脂ぎったバークラー（ソラマメの煮物。フールとも呼ばれる）を朝食にしており、そのときもバークラーを食べていたのだ。

走る途中で爆発から逃げ惑う人たちとぶつかった。遠くの火煙が鼻を突く。爆発の煙、プラスティックや車のシートが燃え、遺体の肉が焼ける臭い。「あんな臭い、あんたが嗅ぐことなんか一生ねえよ。嗅いだら生涯思い出し続けるだろうね」

あの朝の空は、土砂降りになりそうな雲行きで、歩道には大勢の労働者が並んでいた。その向かいに重厚な十字架を掲げた多角形の尖塔をもつアルメニア教会があり、白く荘厳な姿をみせている。彼らはもの言わぬ教会を眺め、煙草を吸ったり、おしゃべりをしたり、広々とした歩道のあちこちにある紅茶売りのスタンドで菓子をほおばりながら紅茶を飲んだりしていた。近くのワゴンでカブの漬物をつまんでいるのも、バークラーを食べているのもいた。そうして建築・解体現場で働く日雇い労働者を探す車が停まるのを待つのである。歩道のすぐそばにＫＩＡ社製のバスかトヨタのコースター（トヨタ製マイクロバス）が停まり、人の列に「カッラーダ地区、工科大学行きです」と呼びかける。反対側の歩道も似たようなものだ。自動車、煙草や菓子や下着など雑多な品々を売るスタンドが見える。

　鉛色の四輪駆動車が停車した。それで歩道に座っていた労働者たちはほぼ全員が立ち上がり、何人かが車に近づく。そのときだった。

　四輪駆動車がすさまじい音と閃光を放ち爆発した。一瞬、その場にいた誰も何が起きたのか全くわからなかった。ほんの一秒にも満たない出来事である。爆発現場から離れていたり、他の遺体が覆いかぶさってきたり、停車中の車の陰や小路にいて、通りに出ないうちに爆発に見舞われた人たちは重傷を負わずに済んだ。こうした人々は皆、アルメニア教会に隣接する建物に入っているオフィスの従業員や遠くにいた自動車の運転手たちである。その皆が爆発に気づいた瞬間、バターウィイーン地区では火炎と煙の塊が車や周りの人々を呑み込んでいた。電線が切断され、多くの鳥たちが死骸となった。飛散したガラス、なぎ倒されたドア、近隣の建物の塀がぶつかり合い、古い屋根が崩れ落ちてくる。まだ見えていない損害もあった。そうしたすべてがわずか一秒、たった一瞬の間に突発したのである。

　轟音がおさまった後、ハーディーはその光景を見つめていた。爆発で生じた大きな雲煙がもくも

く と立ち上がり、炎の舌がちらちら舐めつける中、自動車から細い糸のような黒煙が上っている。歩道には焼け焦げた部品も散らばっている。警察車両が急行し、巡回していた。負傷者がうめき声をあげていた。倒れたままの遺体、歩道にもつれるように積みあがった遺体も多数あり、赤と黒の混ざった色に染め上げられていた。

古物屋ハーディーは語る。現場に着いたとき、彼は建築資材と手製器具を売る店の柱のそばに立ち尽くし、黙りこくってその光景を見ていた。煙草を吸いながら、である。

そこまで話すと、恐るべき火煙の臭いを追い出そうとするかのように、彼は一本の煙草に火をつけ、吸い始めた。無邪気な悪党みたいな自分の姿はいいものだと思い、ハーディーは言葉を切ると、聴衆が同様の反応を示してくれるのを待ちかまえた。

救急車が来て負傷者と遺体を搬送していった。それから消防車が到着し、燃えている自動車を消し止めた。そのあとにはピックアップトラックが自動車をどこかに牽引していき、消火用水のホースで現場の血や灰を洗い続けた。ハーディーはすさまじい集中力でその光景を見つめていた。この破壊と撃滅の混乱のただ中で、あるものを探していたのである。それを見つけた、と確信すると彼は煙草を地面に投げ捨て、ホースの力強い放水が歩道のマンホールに押し流してしまわないうちに、すばやく飛び出し、地面から拾い上げた。取り上げて帆布の袋でくるむと、彼は袋の口を手元で縛り、足早に歩きだした。

三

ハーディーは土砂降りになる前に帰宅した。敷石がゆるんだ中庭を大股で渡り、それから自室に入って口を閉じた帆布の袋をベッドの上に置いた。荒い呼吸のせいで、鼻と肺から小さなヒューヒューという音が続いている。彼は閉じた帆布の袋を見ると手を伸ばしかけたが、そこでいったん思い直したのか、少し決断を遅らせたのか、手を止めて雨音に耳を澄ました。雨は、遠慮がちに降り始めたかと思うと、数秒後には雨脚が強まり、息苦しいほどの豪雨へと変貌する。そして中庭も、ガラス窓も、通りもタイラーン広場も、今日この首都でおきた痛ましい出来事の痕跡をすべて洗い流していく。

ハーディーは「彼の家」に入った。この「彼の家」という表現はあまり正しくない。多くの人が、そしてほかならぬエジプト人のアズィーズもこの家をよく知っている。アズィーズは結婚して離婚する前、享楽三昧だった頃は「彼の家」でハーディーと一つテーブルを囲み、夜が深くなるまで酔っぱらっていたものだ。そばに一人か二人、五番通りの売春婦も侍っていた。夜はますます甘く、ハーディーは際限なく金を引き出し、有り金全部を自分の個人的な楽しみに費やしていた。

そこは彼の家ではない。正確に言えば、家ではない。ほぼ倒壊している。階下の一室にだけ、壊れているにしても屋根がある。その部屋を古物屋ハーディーは相棒のナーヒム・アブダキーと組んで三年ほど前に自分たちの拠点に変えたのである。

古物屋ハーディーとナーヒム・アブダキーは何年も前から地区の中で知られた存在だった。二人は馬に荷車を曳かせて、中古品ややかんや故障した電化製品などの買取をしていた。朝はエジプト人アズィーズのカフェ界隈で紅茶を啜《すす》りながら朝食をとり、それが済むとバターウィイーン地区と、サアドゥーン通りを挟んだ向かいのアブー・ヌワース地区へと広く回る。それから、ナーヒム・アブダキーの馬が曳く荷車を連れてまた別の地区へ向かい、カッラーダ地区へと至る。そしてカッラーダ地区の小路を巡回し、姿を消す。

米軍がイラクを占領し混乱が拡大していく中、皆は、ハーディーとナーヒムが燭台や六芒星やヘブライ文字などユダヤ教に関するものへの知見が一切なかったにもかかわらず、通称「ユダヤ教徒の廃屋」の修復を進める過程を見てきた。ハーディーは家の外壁をありもので修繕し、大きなレンガや粘土の下に埋もれていた木製の大きなドアを立て直した。中庭の石ころを取り除き、唯一無事だった部屋を修理したが、ほかの部屋の仕切り壁や崩れた天井はそのままにしておいた。ハーディーの部屋の真上にある、二階の部屋には無傷の窓つきの壁があり、中庭に立つとそれが崩れ落ちたとき生き埋めになる恐れがあった。ところがこの壁は倒壊しなかった。

ハーディーと友だちのナーヒムは、気づいたときにはもう地区の住民になっていたのだった。住民が放棄し、凍結資産状態になった家屋の獲得にあからさまな意欲を示してきたブローカーのファラジュでさえこの古物屋がやったことに注意を払わなかった。彼にしてみれば今もそこは常と変わらず単なる「ユダヤ教徒の廃屋」のままである。

この二人の男はどこから来たのか。こんな問いには誰も大した関心を抱かなかった。よそ者が入り込んで、長い年月をかけ互いに組みあうように堆積して「地区」はできあがる。ここのもとからの住民が誰なのか、確認できる者などいない。一年か二年後にナーヒムは結婚してバターウィイーン地区内に一軒の家を借りた。馬が曳く荷車を使って一緒に働き続けていたが、ハーディーと暮らすのはやめてしまった。

ナーヒムはハーディーよりも年下で、年齢は三十代の半ばだった。ハーディーと彼の間柄はまるで父親と息子のように思えたものである。しかし二人は外見上は似たところがなかった。ナーヒムは大きな耳に小さな頭、そこにぎっしりと粗い麻糸のような直毛の髪が生えていた。眉毛も繋がっているように太くて濃い。「百二十歳になってもお前の髪は減ってないだろうなあ」とハーディーが冗談を飛ばしていたくらいだった。

これに対してハーディーは、正確にはなかなか判断できないものの五十歳は超えていた。まばらな顎鬚はいつも乱れ放題で切り揃えてもいない。体軀はがりがりだったが、頑健で活力にあふれており、骨ばった顔の両頰にはえくぼが見えた。

ハーディーはナーヒムに「苦労貧乏」というあだ名をつけていた。師とも仰ぐ相棒とは反対でナーヒムは煙草も吸わず、酒も飲まず、信仰にかかわる事柄に大いに恐れを抱いていた。結婚するその日まで女を知らなかった。彼こそが、信仰心のささやきゆえに、修復後に住み着いた家を「清めて」やった人である。彼はハーディーとともに暮らした部屋の壁の一つに「台座」の節（『コーラン』第二章「牝牛」二五五節の別名。『コーラン』の中で最も重要な節の一つと言われる）を収めた大きな四角いボール紙の額を据えた。破れたりその場から剝がれ落ちたりしないように細心の注意を払って糊で貼り付けた。ハーディーは信仰の話には大して関心を示さなかったが、信仰の敵や背信者のように見られたいわけでもなかったから、相棒であり弟子でもあるナーヒムに倣い、一日の始まりにまず目にするものとしてその節を掛けっぱなしにしておいた。

残念ながら、ナーヒムはいつもハーディーが請け合っていたように自分の頭髪がどのくらい長持ちするかを経験できる年齢にはなれなかった。ハーディーがエジプト人のアズィーズのカフェでマフムード・サワーディーや爺さんたちの前に座って空想譚を語るようになる数か月前、カッラーダ地区のとある宗教色の強い政党本部の前で自動車爆弾が爆発し、通りすがりの市民が巻き添えになった。このときナーヒムも馬もろとも爆殺され、彼と馬の肉は一緒くたになってしまった。

ナーヒムの死の衝撃は突如としてハーディーの性格を変えた。彼は攻撃的になり、悪態をつき呪いの言葉を浴びせ、米軍のハマー軍用車（ハマーは米国ゼネラル・モーターズ社ＳＵＶ車のブランド）や警察や国家警備隊の車両に石を投げつけるようになった。誰であれ、ナーヒム・アブダキーや彼を見舞った奇禍について口火を切る者がいようものなら口論を吹っかけていく。彼はしばらく引きこもり、それからようやくげらげら笑いながら不可思議な話を語る、元の姿に戻ったのだった。

だが、彼は二つの顔を、もしくは二つの仮面を持つ男になっただけだ。一人きりになるとすぐ陰鬱な絶望しきった顔になる。これまで全く見せたことのない顔だった。加えて、昼日中から彼は酒を飲みはじめ、いつもアラク（ナツメヤシやブドウから作る蒸留酒）やウィスキーをポケットに忍ばせるようになった。酒の臭いがつきまとい、伸び切った顎鬚も汚れた服もますます不潔さを増していく。

ハーディーの憎悪と予測不可能な反応を避けるために、ナーヒム・アブダキーの話題はついに完全に消え失せた。だからマフムード・サワーディーはエジプト人のアズィーズがのちに語ってくれるまで、この話を知らないでいた。

四

「どこまで行ったっけ？」

カフェのトイレで急いで小用を足した後、ハーディーはそう怒鳴った。するとマフムード・サワーディーがだらけた変なしゃべり方で応じてきた。

「帆布の袋の中のでかい鼻までだよ」

「ああ、なるほど……鼻ね」

ズボンの前ボタンを留めながらカフェの正面ウィンドウ近くの長椅子へと進むと、彼は話を再開した。ハーディーが細部に至るまで一つも漏らさず同じことを話していくので、マフムードは落胆した。トイレ休憩の前、彼の話は、雨が止んだときに彼が帆布の袋を持って部屋から家の中庭に出たところで中断していた。

中庭に出た彼は空を見上げた。白い綿の塊のように雲が切れ切れに広がっているのが見えた。手持ちの雨は一気に全部吐き出してしまったから、さてもう行こうかというふうだ。中古の家具や木製のクローゼットのいくつかは雨水に浸かってしまった。水に浸かれば損なわれるが、それを考えるゆとりはなかった。彼は家具の残りものや鉄棒やぐらついた戸棚などを寄せ集めて作った板張りの小屋に入った。小屋は自立した壁に半ば寄りかかっている。

ハーディーは小屋の隅にしゃがみこんだ。小屋の残りの空間は、一つの大きな遺体によって完全に占められていた。一人の裸の男の遺体である。傷だらけの身体のあちこちから明るい色をした粘り気ある体液が染み出ている。出血は少なく、すでに乾き、両腕両足の小さな血痕となっていた。肩と首のあたりは痣と擦過傷で青く変色している。遺体そのものの色ははっきりとせず、どの状況でできた色とも言えなかった。ハーディーは遺体の周りの狭い空間にさらに進み出ると、頭近くに腰を下ろした。鼻のところだけが野良犬に嚙み切られでもしたようにぽっかり空いている。鼻は欠損していた。ハーディーは何重にも巻いて閉じていた帆布の袋を開き、ここ数日、長い間探し回っていた例のものを取り出した。ずっと探し回っていたくせにまだそれを正視するのが怖かった。ハーディーが取り出したのは、持ち主の血が今なお滴っているごく新鮮な鼻である。それから震える手で遺体の顔の黒い穴にそれを載せてみると、ぴったりその場にはまって見えた。この遺体の鼻が戻ってきたかのようだった。

顔の完成を見届けると、彼は手を引っ込めて服で指をぬぐった。満足とまでは言えないが、仕事は今や完了しようとしている……ああ、完全に終わる。あとは固定し、落っこちないように鼻を縫い留めるだけだ。

その遺体は完全体とするには鼻だけが欠けていた。だが、誰の助けも借りず独力でやってきたこの奇怪で醜悪な仕事——聞き手を前に百万言を費やしても正当化されることも理解されることもないような仕事——もついに終わりに至るのである。

「俺はそれを監察医のところに持っていきたかったんだ。これはさ、きっかり一人前の遺体なのに、道端にゴミ屑みたいに捨てられていた。人間なのにだぜ、な、お前さんがた……人間だぜ、なあ、みんな」

「きっかり一人前の遺体、ではないだろ……あんたがきっかり一人前の遺体をこさえたんだろ」

「俺はね、ゴミ屑にされちまわないように、きっかり一人前の遺体をこさえたんだ……ほかの死人同様に尊厳が守られて、きちんと埋葬してもらえるように。みんな、わかるだろ」

「で、そのあと何が起こったんだ？」

「起こったって、俺に？　それとも、その……『名無しさん』にか？」

「あんたたち両方にさ」

ハーディーは自分の語りの雰囲気に浸りながら、聞き手たちのコメントに答え続けていた。新たな聞き手は、はなから全部嘘ではないかとしつこく疑いをかければこの語りの楽しみを失う恐れがあると知っていた。だから論理的なことを言って割り込んでいくのは一応話が結末にたどり着くまで先送りすることにして、展開に突っ込みを入れたり、一時でもハーディーを脇に逸らして話そっちのけにさせるような真似は厳に慎むようにしていた。

その日、ハーディーにはカッラーダ地区で人に会う約束があった。数日間、全く売買をしていなかったので手持ちの資金が尽き始めていたが、ここしばらく追いかけてきたこの男からはたっぷりと上がりがあるはずだ。これもまた自宅で一人暮らしの爺さんである。イリーシュワー婆さんと全く同じ状況ながら、この爺さんは長年の恋人から説得され、家や家財を売り払い、ロシアに渡ってともに余生を送ろうと考えていた。

それ自体は何の問題もない。神が幸いなる者をさらなる幸いによって祝い給いますように。ところが、家具や燭台や書見用のランプや真空管ラジオやらを早く引き取ろうとハーディーが同意を求めると、件の爺さんは失うのを恐れるかのようにひしとそれらを抱きしめ、門を閉め切ってしまうのだ。逡巡しては決定を後回しにする。ハーディーは強く押すつもりも脅かす気もなかったので、爺さんをそのままにしておいて、後日、今度こそ契約を結ぶからなとやる気に燃えてにこにこ再訪するのである。

人間の遺体を使った恐ろしい遊戯を終えて手を洗うと、彼は手持ちの中では清潔な服に着替え、ぐずぐずと迷えるアーミルリー爺さんに面会すべく外に出た。誰かほかの奴が、「高価な家具を買い取ります」と言ったり、死んだら全所有権を奪う気なのは伏せて「家具付き住居として賃借させてほしい。家の所有権はそのままで上がりを得たらいい」と言ったりして爺さんを説得し、自分の契約がおじゃんになったらまずい。

爺さんの家はそう遠くない。アンダルス広場向こうの小路である。KIA社製バスに乗って五分で下車、渡っていく道すがらにペプシや炭酸飲料や酒の缶を拾って大きな帆布の袋に集めていく。後でこの手の物品専門の業者に売ったり、家に袋を貯めてからトヨタ車を借り、ラシード通り近くのハーフィズ・カーディー地区にあるアルミ鋳造工場へと運んで行ったりするのだ。


(「で、その遺体は……なあ、あんた、……どうなった?」

「ちょっと我慢しろよ」)


アーミルリー爺さんの家に着くとハーディーは外門を何度もノックした。だが門は開かなかった。たぶん寝ているか出かけているかだろう。でなければ、今頃、我が目でロシア人の恋人を見て、彼女の皺の寄った痩せ腕に触れる前に、寿命が尽きて死んでいるかもしれない。彼は隣人たちの注意を引こうとノックを続けたが、やがてサアドゥーン通りに戻るべく踵《きびす》を返した。そこからラフマ市民病院の隣にある食堂に入り、ケバブのラップサンドを食べ、家に持って帰るために「お持ち帰り用ハーフ」を頼んだ。

雲は完全に四散していたが、風の流れは吹き殴りの荒れ模様になってきていた。突風が吹いたかと思うと凪ぐ。それから逆方向にまたびゅっと吹いて、定まることがない。煙草売りが使う鉄骨に布を張ったパラソルが裏返しになった。それは飛ばされないようにセメントの台で押さえ、さらに重しで地面に固定されていた。

強風が通行人たちを直撃し、彼らの動きを巻き込みつつあった。見えない手にひっぱたかれ、もっと急げと押し出されてでもいるかの態《てい》で歩みを進める人がいる。カフェの外のベンチに腰かけていた人たちは慌てて中に入った。車の運転手も風を入れるため半ば下げていたウィンドウをぴしゃっと閉め切った。新聞・雑誌売りは姿を消し、通行人に煙草や菓子を売る人も風に煽られるのを恐れて首から下げた袋の中に売り物をしまい込んだ。帽子の人たちは不意に禿頭をむき出しにされないよう手で頭を押さえたり、転がる帽子を追って走り出したり、車や商店の窓から見ている人たちの前でちょっとした喜劇を演じていた。

アンダルス広場に面したサディール・ノボテル・ホテルの棗椰子《なつめやし》の葉が揺らいで、ホテル正面玄関前のアプローチにいた警備の若者はアーミー・ジャケットの前をきちんと閉めた。吹きさらしの中にいるわけでもないのに、大きな外門から離れた板張りのキャビンは暑さも寒さも全く防いでくれない。自分が兵士かバグダードの通りのあちこちにある派出所の警官だったら、当たり前に空の一斗缶で薪を火にくべて、身体を暖め服を煤だらけにしているはずだ。しかしホテルの管理部はここでそうしたことをするのを禁じている。

（「ここで、ホテルの警備がなんかなるわけか？」
「我慢だ。前の話とつながってくるんだから」）

ラップサンドを食べ終え、ハーディーはペプシの缶コーラを飲んだ。飲み干し、手で缶をつぶし、傍らの帆布の袋に放り込む。この強風の中、外に出ていくのは気が進まなかった。彼は暇つぶしに食堂のごみ箱を漁って、飲料の缶を全部集めた。強風がやんだ後、彼は店を出た。日はすでに落ち、時が経つごとに空は灰色に暗さを増していく。

彼の心は混乱していた。ふと家に置いてきたあの奇妙な遺体を思い出し、吐き気を覚えた。

何も考えずにアンダルス広場の交差点に向かって歩き続けた。とんでもない一日だった。食堂のTVから、今日一日の間にカーズィミーヤ地区やサドル・シティー（バグダード郊外の地区。「サウラ地区」が設立当時の名称）やマンスール地区やバーブ・シャルキー地区で多くの爆破事件があったと告げる声が聞こえてきた。TVの画面にはキンディー病院の負傷者や重傷者が映り、それからタイラーン広場で消防士たちが現場を清掃している映像になった。ハーディーは、自分が映っているのではないかと思った。道具屋の柱のそばで、犯行現場に戻ってきた犯罪者みたいに静かに煙草をふかしているところが。だが、その後は政府報道官の映像になった。声明を述べたり微笑んだり記者団の質問に答えたりしている。本日、我々はテロリストたちの計画を阻止しました。囮捜査で得た情報によりますと、アルカーイダのメンバーや前政権の残党が自動車爆弾での百件もの攻撃を企てておりましたが、連合軍司令部及びイラク治安部隊はこれらすべてを未然に防ぎました。たった十五件しか爆発しなかったのです！

ブゥウウウッ。その声明を聞きながら、食堂の太った親父がコメントを挟むでもなく長い屁を爆裂させた。今日の爆発事件は十六件となったわけだが、今や報道官氏は帰宅しており、新たな爆発事件は本日の事件の表には記録されなかった。

飲料の空き缶を詰め込んだ帆布の袋を肩に担ぎ、ハーディーは歩いていた。サディール・ノボテル・ホテルにたどり着いたとき、いつもは警備に怒鳴られないよう通りを渡るのに、彼は向こう側に渡ろうとしなかった。忘れていたのか、家の板張りの小屋の中で、ぬるぬるした液体を静かに滴らせているあの遺体に思いを馳せていたのか。

今から、どうしよう？　やるべき作業はやってしまった。車を借りてあれを監察医のところに運ぶか？　それとも夜の間にどこかの広場か通りに放りこんで警察車両に仕事を任せるか？

さらに歩みを進めホテル駐車場の広い鉄製の門の前を渡りながら、難しいことになったと思った。唯一の穏当な解決法は、今すぐ家に帰ってあの遺体をもう一度切り離し、元の状態に戻すことだ。ここ数日の間、通りや広場からかき集めてきたばらばらな遺体の単なる部位に戻す。そして通りや広場に再びこれらの残骸を投げ捨ててしまおう。

この間にも警備の若者は寒さに震えていた。おそらく足を動かそうと思ったのだろう、板張りのキャビンから大股で門に向かった。門の冷たい鉄柵を握りながら、彼は怪しげな袋を持ったこの男が門から遠ざかっていくのを見ていた。わざわざあっちへ行けと警告する必要もなかった。現にあっちへ行っていたのだから。

（「おい、あんた、記者の先生、その光景を見てただろ？」

「ああ、僕は友だちと通りの向こう側に立ってたんだ。ごみ収集車がホテルの門のほうに向かっていた」

「見たのか？　……じゃ、俺から言うことは何も無いよな？　この人が目撃者だ」

門から二十メートルの距離を渡ったあと、ハーディーはごみ収集車がすぐ脇をぶつかりそうな勢いで速度を上げ走って行くのを見た。ホテルのほうに進んでいく。

数秒もしないうちに爆発が起きた。

ハーディーは袋と夕飯ごと空高く吹き飛ばされた。ひっくり返った彼は土埃にまみれて落ち、爆風が吹き荒れた。彼は爆発現場からだいぶ離れた通りのアスファルトに力いっぱい叩きつけられた。一分くらい経ってようやく何が起きたかを知覚し、たくさんの若者が通りを渡って自分のほうに駆けてくるのを見た。その中には、ジャーナリストのマフムード・サワーディーがいた。土埃と煙が一帯を覆う中、ハーディーは彼らに助け起こされたが、両の足で立ちあがるとみんなの手を押しのけ、恐怖にかられて、一目散に走りだした。みんなが彼に向かって叫んでいる。自覚はないがきっと負傷したはずだ。それでも彼は駆け始めていた。間違いなく彼は衝撃を受けて、自分が何をしているのかわからなくなっていた。

現場は夕闇に沈んでいた。警察や救急や消防の車両のサイレンが遠くで聞こえる。濛々たる土埃や煙の雲はほぐれて、霧のように広がっていく。車両の灯がまき散らされる。

通りでマフムードや目撃者たちは爆発によって彼方から飛ばされてきたガラスや小さな鉄片やたくさんの「何か」を踏みしめていたが、じきに見えずともこれらの「何か」がわかってきて、恐ろしさのあまり混乱しきってその場を離れた。

五

両腕と骨盤にすさまじい痛みを感じながら、力を振り絞ってハーディーは歩き続けていた。アスファルトに叩きつけられた衝撃で額と頬骨にも怪我をしていた。まともな歩きぶりではない。足を引きずりよろけながら苦心惨憺《さんたん》のありさまである。心に受けた衝撃があまりに大きく、バーブ・シャルキー地区方面行きの車を拾っていくなど考えられなくなっていた。何一つ、全く考えられない。歩き出すボタンをただ押しているだけ、そんな感じだった。身体の力を使い果たしたら、たぶん音もなく地面にくずおれるだろう。

彼は俺は死んでいないと言い続けていた。これまでいくつもの爆発を生き延びてきたのだ。より注視に値するのは、自分の身体が、爆発で飛散した破片によって負傷したのではない、ということである。どの負傷も地面に叩きつけられた衝撃によるもので、ともあれかすり傷ではあった。

彼は自宅にたどり着いた。帆布の袋も食堂で買った夕飯も事件現場に置き忘れてしまった。重い木製の門を押し開けたが、その後、閉めるのを忘れた。彼方に自分の部屋のドアを見ると、いつもよりそれがずっと遠いように感じた。中庭の割れた敷石の上を、はるか向こうを眺めながら歩き続けた。床に倒れ、死んでしまったり意識を失ったりするのが怖い。ベッドに行きつきたかった。自室に入ると彼はマットレスに身を投げ出し、あっという間に眠りに落ちた。いや、どうにか苦労して先延ばしにしてきた気絶状態に入っただけかもしれない。

翌日の朝、ラジオのニュースの声が聞こえてきた。裏手の隣人の家から漏れてきているのだろう。そうでなければ家の向かいで色白のウンム・サリームが、時折そうしているように、崩れた石に腰を下ろしラジオを抱えて出入りする人を見張っているのに違いない。

ハーディーは枕から頭を上げた。枕は多量のよだれと乾いた血痕だらけになっていた。だいぶ酔っ払ったかな、と思いかけたが、すぐ昨晩の爆発を思い出した。それから、小屋のあの遺体を思い出した。間違いなく、今日はもっと腐敗が進んで強烈な臭気を放っているだろう。家の前を通りかかる人全員にはっきりわかってしまう。

その場で飛び起きて、強い陽光からもう真昼近くだと見て取った。トイレの隣の水道で顔を洗う。顔と首回りを洗い、手足を動かしてみると顔の傷や全身の骨に鋭い痛みを感じた。そして彼は振り返り、自分の不在中に中庭で何が起こったかを見た。昨日の嵐で彼の持ち物は全部ぶちまけられていた。戸棚がいくつかひっくり返っている。板張りの小屋の部品も中庭に散らばっていた。屋根はどこに行ったのやら、なくなってしまっている。

もっと近づいてみたとき、ハーディーはまた別のものがなくなっているのに気づいた。あの遺体が消えていた。昨日の昼に完成させたばらばら遺体が。あれがこんなふうに消え失せたり嵐に吹き飛ばされたりするはずがない。彼は中のものを全部ひっくり返すと、次に自分の正気を疑った。自分の部屋にも入ってあの遺体を探し、くり返し探しているうちに心拍はどんどん速まっていく。骨の節々がちりちり痛むのも気に留めるどころではない。彼は、ついに空恐ろしい段階に踏み込んだ。では、一体どこにあの遺体は行ってしまったのだろう、と。

彼は怯え、混乱しきって中庭の真ん中に立ち尽くした。澄みとおった青い空を見上げ、それから隣家の高い壁を見渡し、さらにウンム・ダーニヤール家の崩落した部屋に残る低い屋根に目を向けた。そこでは毛の抜けたおいぼれ猫が彼を見つめていた。まるでこの古物屋が婆さんに何をするのか見張っているようだ。猫は低くにゃあと鳴いた。彼に何事かを伝え、踵を返すと静かに壊れた壁の向こうに姿を消した。


(「で……それから?」

「そんなところだ……おしまいだよ」

「そんなところってなんだ? で、遺体はどこに行ったんだよ、ハーディー?」

「わからん……」

「そんな話じゃぐっと来ないな、ハーディー……別の話してくれよ」

「あんたらが信じないんだったら……どうしようもねえだろ……じゃ、俺はもう行くよ……俺のお茶代はあんたらで持つんだぜ」)

第三章　さまよう魂

一

ハスィーブ・ムハンマド・ジャアファルは二十一歳、褐色の肌の痩せた男だった。ドゥアー・ジャッバールと結婚し、妻と、生まれたばかりの娘ザフラーとともにサドル・シティー四十四区で彼の大家族が持つ家の一室に住んでいた。彼は七か月間サディール・ノボテル・ホテルで警備員として働いていたが、爆破テロに遭って死んだ。スーダン国籍の男が、バグダード市庁舎から盗み出したごみ収集車にダイナマイトを満載して自爆攻撃をかけたのである。男の計画では外門を越え車でホテル内のロビーまで突っ込んでからダイナマイトを爆発させ、中の人間もろとも建物を完全に倒壊させることになっていたが、それは失敗に終わった。勇敢な警備員が収集車の運転手に向かって続けざまに何発も発砲したせいで、爆破を早めざるを得なくなったのである。

　その後、警備員の所持品は家族へと引き渡された。普段着、まだ履いていない靴下が一足、オーデコロンの瓶、レバノンのダール・アウダ社刊『サイヤーブ詩集』第一巻（バドル・シャーキル・サイヤーブ。イラクの詩人。一九二六－一九六四年）。棺の中には燃え残った真っ黒い靴と血が染みついた服の切れ端、灰燼《かいじん》に帰した彼の身体のわずかな黒い残骸が納められた。ハスィーブ・ムハンマド・ジャアファルはすっかり無くなってしまった。ナジャフの墓地に運ばれた棺はかりそめの形にすぎない。彼の若妻は棺を抱きしめて取り乱し、慟哭に近い悲鳴を長く響かせながら涙を流した。母親も、姉妹も、兄弟も、隣人たちも同じように泣いた。いとけない彼の小さな娘は口をよだれだらけにして、抱きあげる人に激しい悲嘆の炎が噴き出すたびまた別の誰かの手に渡されていった。

泣き疲れて眠りにつき、皆はハスィーブの夢を見る。

布の鞄を肩に下げ、ハスィーブがのんびり家へと歩いてくる。家族のそれぞれがハスィーブにまつわる夢を見る。皆の夢はすべて寄り集まり、網目のように組み合っていく。それぞれの夢は互いを補う。大きな夢の隙間を小さな夢が埋め、そのようにして夢の糸は絡み合い、ハスィーブの魂にふさわしい夢の身体を新たに作り上げる。

当のハスィーブの魂は、皆の頭上を回りながら永の休息を探し求めているのだが、いまだに見つけられないでいる。ごく当たり前に、最後の審判までとどまるべき世界《バルザフ》の住民となるには、彼は自らの身体に戻らねばならない。だが、身体はどこにいったのだろう。

ハスィーブを思いながら、とてつもない夢を見る者もいる。固く丸めた夢の糸玉を手に取り、はるか彼方へと放り投げてしまうのだ。家族、友人、親戚、隣人たち、全員が思いつくよりも遠く、永久に想像が及ばないほど遠いところへと。

二

ハスィーブはごみ収集車を見ている間、目まぐるしく頭を働かせていた。いろいろと思いつくや否や、すぐさまそれへの反論が浮かぶ。

ごみ収集車だな、運転手がミスをしたか、ハンドル操作が効かないんだろう、門のほうに突っ込んでくる。不注意で走行事故が起きたんだろうな。そうだ、運転手はそのせいで突っ込んだんだ、ホテルの門を目指したわけではなく。いや違う。……あれは自爆テロ犯だ……止まれ……止まれ！　……一発発砲、もう一発。

彼は運転手を殺したいのではなかった。人を殺したくて撃つのではない。これは任務だ。ホテル警備の関係上、彼は厳しい規律を叩き込まれていた。警備会社もあり、細心の注意を払うべき人々もいる。このホテルにはきっとアメリカ人がいるのだろう。君には殺害も許可される、と言われていた。指を銃の引鉄《ひきがね》に押しつけながら、わずか数分の一秒の間にさまざまな考えが頭の中にひしめき、それから彼はこの非常事態への最良の対応を判断した。

車が爆発した、と知覚したとき、ハスィーブ・ムハンマド・ジャアファルはその爆発を視認していた。だが、彼の持ち場、鉄柵でできたホテルの広い外門と板張りのキャビンの間からではない。炎と煙と空中に飛散する鉄片が見える。それなのに彼は不思議な静けさを感じていた。

白い帆布の袋を持った男が空中を舞い、爆発現場からだいぶ離れたところに袋もろとも落ちていく。ホテルの窓やロビー正面のガラスがホテルの前のアプローチのほうに散らばる。彼は見ていた。しばらくすると爆煙は鎮まり、三十分後には救急車と消防車が回ってきた。

すべてが済んだ後も彼は街全体を覆いつくす暗闇を見続けていた。遠くにビルや家や車の光。近くには立体交差点。スタジアムを明るく照らすライトも見える。はるか彼方のミナレット（イスラーム教徒の礼拝所モスクに付設された、信徒に礼拝参加を呼びかけるための塔）はモスクが放つ光に包まれていた。

闇の中に、川も見えた。暗くて深い。手を伸ばして触ってみようとしたが、川の水には全く触れられなかった。これまでの人生を彼はずっと川から離れたところで過ごしてきた。車でその上を越えるか、遠くから、あるいはTVの画面越しに見るだけで、その水の冷たさや味わいを感じたことはなかった。さらに見えた。白いシャツとパンツをつけた太った男が水面に仰向けになって眠っている。なんて幸せなことだろう、きっと彼は今夜のこの澄んだ星々を眺めていたのだ。ゆったりと水の流れに身をまかせ、男は川を下っていく。ハスィーブは男に近づくと、その顔をじっと見つめた。

「なんでそんなに見ているんだい、兄ちゃん……行きな、あんたの亡骸《なきがら》がどこに行ってしまったか探さなくちゃ……ここにいつまでも居ちゃあ駄目だよ」

別の遺体も見つけたが、彼はうつぶせで泳いでおり一言も口をきかなかった。遺体は沈黙したまま、ゆっくりと泳いでいた。

三

ハスィーブは戻ってホテルの門のところへ降り立った。そして自爆テロ犯が自動車爆弾でしでかした騒動の跡を精査した。現場をくまなく調べ上げたが、焼け焦げた編み上げ靴は見つかったものの自分の遺体は見つからなかった。通りも端から端までフィルダウス広場に至るまで見た。タハリール広場に行くと、自由のモニュメントのブロンズ部分でたくさんの鳥が眠りについていた。それから、ふと思いついて墓地に向かうことにした。

墓地はナジャフのワーディー・サラームにある。彼はすべての墓を探したが、この混乱極まる状況を脱する手掛かりは何も見つからなかった。だが、そのしまいにまだ若い青年を見つけた。赤い

Tシャツを着て、シルバーのブレスレットに黒い革紐のネックレスをつけている。彼は高さのある墓石に座り、足を組んでいた。青年はハスィーブに声をかけてきた。

「どうしてあんたはここにいるんだ……自分の亡骸のところにいないと駄目だろ」

「見あたらないんだ」

「見あたらないなんてことあるか？　……絶対見つかる。でなきゃとにかく別の亡骸にでも……そうでもしないと最悪よりひどいことになるぜ」

「最悪よりひどいってどんな？」

「知るかよ……でも最悪よりひどいことになるんだ、いつも」

「なんであんたはここにいるんだ？」

「これは俺の墓だ……俺の遺体は底に横たわっている。あと何日か経ったら、こんなふうには出てこられなくなる。遺体が崩れて、溶けてしまうからな。そうしたら俺は未来永劫この墓に捕らわれの身だよ」

ハスィーブは男の隣に座った。戸惑い困り果てていた。じゃあ、今、どうしたらいいんだ？　今まで誰もこんなことがあるとは教えなかったじゃないか。これ以上、いったいどんな災難が待ち受けているのだろう。

「たぶん、あんた、ほんとはまだ死んでないよ……今、夢でも見ているんじゃないか？」

「そうなのか」

「そうさ……夢を見ているんだ……でなきゃ、魂がちょっと身体から遊びに出ているのさ、そのうち戻る」

「神さまがあんたの言うとおりにしてくれるといいが……こういう事態に慣れていなくて……まだ若いし。娘もいるし、それに……」

「若い!?　俺ほど若くないだろ」

シルバーのブレスレットを着けた若者とは長話になったが、その間、何度も若者は断言した。自分の亡骸に戻らなきゃいけない。そうしたらきっと神さまが新しい人生を書き出してくれる。

「時々だけど、魂が身体から出て行って死んでから、そのあとにイズラーイール（死を司る天使の名）が考えを変えたり、やらかした間違いを正したりすることがある。そうすると魂は身体に戻されるんだ……そこで神さまが身体に起きろと命令を下す。つまりさ、魂は車にとってのガソリンみたいなものなんだけど、車が発進するには点火が必要だから」

二人の間に沈黙が流れ、しんとなった。それから、遠くに鳴き声が聞こえ、墨みたいに真っ黒い犬たちが取っ組み合っているのが見えた。シルバーのブレスレットの若者は心配そうに彼を見ると、命ずるように言った。

「行きなよ。どこに亡骸があるか探すんだ……それか、自分でどうにか解決しろ……そうしないとあんた、最悪よりひどいことになるぜ」

四

ハスィーブはホテルに戻って通りを全部探した。長い時間が過ぎた。彼は自宅にも行き、皆が眠っているのを見た。妻も、赤ん坊の娘も、ほかの家族も。そのあと夜明け近くになって自分の死亡現場へ戻ると、自分が輪の中をぐるぐる回っているような気になった。恐ろしい袋小路に落ち込んだように感じた。

バターウィイーン地区のある家で、彼は全裸の男が眠っているのを見た。近づいてみて、それが死んだ男であるのを確認した。それは、誰でもなかった。

ハスィーブはその醜く奇怪な姿を見つめた。見上げると、夜明けの訪れとともに空の色が刻々変化していく。はっきりとわかった。日の出は、自分にとっては紛れもなく良くない出来事だ。もう再び通りや広場を探し回り、ホテルの門前の事件現場に戻るだけの力も意欲も残っていない。彼は、実体がなくなってしまった手で、この血色の悪い身体に触れた。

すると、自分の手がそこに沈んでいくのが見えた。腕全体が沈み、それから頭が、身体の残りが埋没し、重たい疲れ切った感覚にとらわれた。すっぽりその遺体に包み込まれたのである。

瞬間、彼は確信した。おそらく、これはこの身体に魂がないからだろう。魂があるのに身体がない、自分の場合とちょうど正反対に。

五

つまり、万事は無駄なく有意義に働いたのだ。両者は互いを求め、呼び合っていたのである。

今や彼は待つばかりだ。この身体を得てなすべき次の一歩、すなわち墓地へと移送され、土を注がれ、（二人ともに）埋葬されるのを。墓碑銘にどんな名前が刻まれようが、そこは心底どうでもよかった。

第四章　ジャーナリスト

一

七時半にタイラーン広場で爆発があった。それでマフムード・サワーディーは目を覚ましたが、ベッドで起き上がらずにいた。すさまじく頭が痛い。うとうとしながらもまともに動かずにいたが、ついに朝十時ごろ携帯が鳴った。彼が編集者として働く「ハキーカ《真実》」誌編集長からの電話だ。

「こんな時間までなんで寝ているんだ?」

「あ……あの、僕は」

「マフムード、すぐに起きろ。キンディー病院に行って負傷者の写真を撮って来い。あと医者と警察と、これこれの幹部たちに取材してくるんだ……わかったか?」

「はい……ただいま、向かいます」

「『今、今だ、明日ではなくて』、だ。フェイルーズも言ってるだろう（「今、今だ、明日ではなくて」はレバノンの女性歌手フェイルーズの歌の題名）。マフムード、オーケー?」

部屋を出て降りていくと、滞在しているウルーバ・ホテルのオーナー、アブー・アンマールが通りの真ん中で、窓ガラスの破片が散らばる中に突っ立ち、両手を打っているのが見えた。マフムードは、バターウィイーン地区の商店街通りを横切ってエジプト人のアズィーズのカフェに立ち寄り、紅茶を飲んだ。これ以上遅刻できない。すべての装備は揃っている。カメラと小型ICレコーダー、メモ帳、ペンを収めた小さな黒革の鞄を肩にかけ、歩くと背中にとん、と軽く当たった。

タイラーン広場に到着し、爆発の痕跡を見た。半径二メートルほどの浅い穴があいた無人の広場、歩道、黒焦げのワゴン。その場で彼は爆発規模と被害と犠牲者の数を推し量ってみた。

多くの死傷者を出したであろう現場で立ち止まり、マフムードは深く息を吸った。それからICレコーダーを取り出すと口元に寄せ、録音を開始する。今、すべきだと感じたことを記録するために。

「呪われちまえ、ハーゼム・アッブード……今すぐ呪われろ……ずっと呪われてろ」

ハーゼムはフリーの報道カメラマンで、ウルーバ・ホテル二階の仕事場を一応は共有している男である。しかしこの男はきちんとした形でホテルに滞在しているわけではない。特別なときにホテルを休憩所や非常時の避難所として使うのだ。太鼓腹のアブー・アンマール爺さんはハーゼムの長年の友だちだが、顧客として付き合っているのではない。アブー・アンマールが良くしてくれるのは、ハーゼムが、過ぎ去りし佳き日には七十人以上を迎えていたものの、今は見る影もなく衰亡しつつあるこのウルーバ・ホテルに、第三、第四の顧客とすべく友だちのマフムードを連れてきてくれたからである。

昨日の午後、ハーゼム・アッブードは、特に理由もないのにパーティーをやろうぜと言い出し、陰鬱なこの友人の襟首を引っ張ってバターウィイーン地区五番通りの一軒家にやってきた。マフムードは不安を感じたものの、結局はこの悪友のアイデアに乗った。戸外の寒気をものともせず、二人はキンキンに冷えた缶ビールを飲んだ。隣にはぺらぺらのサマードレスをまとった色白の二人の女の子が座っている。彼らは二時間ほどビールをちびちびやっていたが、マフムードの心臓は早鐘のように打ち、隣に座った女の子がグラスを掲げたり皿からナッツをつまんだりするのに伸ばした腕が触れるたび、胸板を突き破りそうになった。今までこんな酒席についたことがない。女性とこんなに接近したこともない。ハーゼムは次々と飲み物を出してきては、たびたびこんなことを言ってきた。

「もしまだいい気分じゃなかったらさ、今から出かけたっていいんだぜ」

だがマフムードは出かける気など全くなかった。その後、二人の女の子が立ち上がり、マフムードの手を取ったのをしおにパーティーはお開きになった。ビールでへべれけになったマフムードを連れて、彼女たちは二階の寝室に向かった。三十分ほどで女の子が一人だけ大笑いしながら出てきて、座ってビールの続きをやり始めたが、もう一人の女の子はそれからまる一時間は遅れて出てきた。

「なんであんたもあの子たちと一緒に来なかったんだ?」

ハーゼムと一緒に寒空の下の小路に出ると、マフムードは言った。

「俺? ……また今度、あの子たちには会うだろうしね……今、大事なのはさ、お前がいい気分になってくれることだよ」

「そうか……あんたはいい仲間だな」

気弱な微笑みを浮かべながら、マフムードはそう言った。飲みすぎて頭の中に軽い眩暈《めまい》が漂っている。身体中に酔いが回っていた。感覚と本能が素敵に入り交じる。

ウルーバ・ホテルのドアまでたどり着くと、ハーゼムは立ち止まり、煙草の火をつけ勢いよく鼻《び》腔《こう》から煙を吐いていった。それから年若い友だちを見つめ、煙草を挟んだ指でさし示しながら、こう言った。

「大事なことを言うぞ……これからもう俺の前でナワール・ワズィールの話はするな……いいな？ナワール・ワズィールなんか、クソくらえだからな」

「ああ……あんな女、クソくらえだよ」

二

ナワール・ワズィールは、ほぼ四十代の、自称によれば映画監督である。色白で髪色は漆黒、肉《しし》置《お》き豊かでふっくらとした二重あごがすっきり薄化粧を施した顔に東洋的な美の雰囲気を醸し出している。唇にはダークレッドのルージュを引き、濃いめのアイライン、黒い眉はきれいな弓形に整えていた。頭にはゆるやかではあるが隙なくスカーフを巻き、スーツは同色のツーピース。さらにカラフルなプラスティックのアクセサリーをつけている。いつも違うものだ。このあたりのことを詳しく、と頼まれれば、マフムード・サワーディーはとち狂った連中以外にはどうでもいい細かなところまで長いリストにして見せることもできた。加えて、できれば知らないふりで通したい嫌なことも知っていた。

ナワール・ワズィールが編集長と親密な間柄にあることだ。

アリー・バーヒル・サイーディー編集長はジャーナリストかつ著名な作家であり、前政権に対する反対派で、昨今TVを賑わせている政治家のお歴々とも手広く懇意にしている。

ナワール・ワズィールは時々午後になるとカッラーダ地区にある編集部を訪れ、三十分以上は滞在し、それから編集長の車に同乗して出ていく。この三十分間、マフムード・サワーディーはどうしても編集長室の中にいる彼女を見ることになる。編集長が何かの案件について話し合いたいから同席しろと声をかけたりもするし、そのようなとき彼は常に編集長の意見や要望に文句ひとつなく同意してきた。彼女の存在に落ち着かなさや戸惑いを感じていたからだ。

「彼女はお前んとこのおっさんのヤリ友《ファック・バディ》だろ」

あるとき、雑誌社の同僚のファリード・シャッワーフにそう言われ、根拠もなく疑ってかかるのはやめろと口論になったが、やがてマフムードもこの意見を受け入れた。ベッドでやる以外に、なんでこの女がアリー・バーヒル・サイーディーに会う必要があるのか。

ところがのちに、サイーディーが不在だったかまだ出社していなかったかで、編集長室でマフムードはナワールと二人きりで会話を交わす機会をもった。そのとき知ったのである。ナワールが前政権の犯罪を語る長編ドキュメンタリー映画の撮影準備を進めており、きっとそれは現在のイラク映画でも最も重要な作品になるはずだということ、そしてサイーディーは政界や閣僚や各機関とのコネを使って、製作上の手続きや許諾取得に関して便宜を図ってやっているということを。彼女がそういう正当な根拠を与えてくれたおかげで、マフムードはほっと一安心し、悪党のファリード・シャッワーフが彼の心に植え付けた「汚れた」イメージを払拭することができた。

彼は平静に戻り、この女性の姿を盗み見て、そのさまざまな部位や、毎日のふとした外見の変化を見つけながら過ごした。また、気のおけない友人のハーゼム・アッブードの前でも彼女の話をしゃべり続けていた。

なんともよろしくないことに、マフムードは編集長のお気に入りになってしまった。サイーディーが何を要求しても反論しないようにしてきたからだ。あそこに行け。このインタビューをやれ。この会議に出ろ。俺のためにこの件を追ってくれ。

この雑誌で、ほかの編集者全員分の仕事量を彼は一人でこなしていた。

三

アリー・バーヒル・サイーディーに誘われる前、マフムードは「ハダフ《目的》」という小さなジャーナルの編集者をしていた。彼はかつて住んでいたアマーラ市で「サダー・アフワール《沼沢地の声》」という名の週刊新聞の編集者として二〇〇三年四月からジャーナリスト人生を始めた。そしてやむを得ぬ事情があって、突如バグダードに移ってきたのである。マフムードはそれに関しては今も口をつぐんでいる。もとからのバグダード住民がちょうど出払った頃に彼はバグダードにやってきた。ハーゼム・アッブードは、マフムードが南部にある自分の故郷の話をすると、そのしまいにこんなことを言った。

「お前は故郷に残っていたほうがいい。首都の状況が鎮まってから来いよ」

しかし首都の状況は鎮まる気配を見せるどころかますます深刻になっていく。マフムードは友人の助言を聞き入れなかった。

バグダードへは上京すべき緊急の必要があって来たのだ。より正確に言えば、「アマーラから逃げ出す必要があった」。友人のハーゼムはその時点ではそうした事情を知らなかった。

彼は何か月間か「ハダフ」誌で仕事を続けたが、そこでアリー・バーヒル・サイーディーが、彼より前から雑誌社で働いていた友だちのファリード・シャッワーフ経由で連絡してきた。サイーディーに初めて会ったときから、外見から実年齢は容易にはわからないものの、この少なくとも二十歳以上年上の男にマフムードはすっかり魅了されてしまった。極めつけのダンディ、完全なる伊達ぶりを具現化したエレガンスの見本のような男だったからだ。以来数か月、マフムードにとって彼は一糸の乱れもない男ぶりといえた。活動的で生き生きと疲れ知らずで動き回っている。いつもとっておきの笑顔を浮かべ、どれほどの危機であっても事態を和らげ、すばやく飛び跳ねて越えられる程度の軽微な問題に変える力が彼にはあった。そのうえ彼は周りの人間すべてに対しても、溌剌とアクティブに行こうと勧めていた。

たぶん、そうしたこともあってマフムードは仕事に関する彼の命令にあまり反論できなかったのだろう。ここ二年というもの、マフムードはどの職場でもさほど仕事に身を入れていなかった。いつも疲弊しくたびれていた。

しかし今、彼はこのサイーディーをまさに「崇拝」している。心の奥深いところで、この人こそが自分を正しい道筋に押し出してくれると信じている。

四

「呪われろ、ハーゼム・アッブード……今すぐ……いつでも呪われてろ」

マフムードはふたたびICレコーダーにその言葉を吹き込んだが、今度はシーア派のフサイン殉教劇（イスラーム教シーア派第三代イマーム、フサインが六八〇年にイラクのカルバラーでウマイヤ朝の攻撃によって殉教した「カルバラーの悲劇」を追体験するために行われる劇。毎年、彼が殉教したイスラーム暦ムハッラム月十日のアーシューラーの日に行われる）での朗詠の響きのような抑揚ある口調になった。キンディー病院の入口に着いたときにも頭痛はしぶとく続いていた。たぶん腹が減っているからだろう。何も食べていなかった。そうでなければ、昨夜あの売春婦の家を出た後、緊張をとにかくほぐしたくて浴びるように飲んでしまった酒のせいだ。さて、いまだに頭は混乱しているが、ようやく病院の受付に着いた。女性職員や掃除婦のお尻を見ていると、全員と一発やりたくなってくる。視界に入る女一人一人に対して、淫らな体位で自分が上からのしかかるところを妄想してしまう。くたびれて顔を擦り、伸びてきた顎鬚を撫でた。こんな姿を見たら、バーヒル・サイーディーに腐されるだろう。こう言ってくるはずだ。

「見られているとき、相手に不快を与えてはいけない。常に明るく前向きな人間になれ。前向きな気持ちにさせる人間に。生き残るためだ。髭を剃ってシャツを着替えろ。髪にちゃんと櫛を入れるんだ。どんなときでも自分の姿を鏡とか停車中の車の窓でもなんでも鏡になりそうなものに映してチェックしろ。こういうことでは女と競うくらいになれ。あと、東洋的になりすぎるなよ」

「東洋的、って何ですか?」

「東洋的はアンタラ・ブン・シャッダードのこの詩句に要約できるな。〝おおアブラ、汝《な》は驚くや。ふたとせも吾《あ》は湯浴みせず香油も塗せず〟」（アンタラ・ブン・シャッダードは押韻散文と詩で綴られたアラブの古典的英雄譚『アンタラ物語』の主人公。アブラは彼の恋人である美貌の従妹である）

マフムード・サワーディーにとってこの韻律詩《ナザリーヤ》は全くの新知識で、このとき初めて知ったのである。しかし、この詩は強く印象に残った。彼はアンタラの詩を暗記し、時々心の中で復唱している。

現状に鑑みるに、今日は、いや今朝は、僕は特にアンタラじみている、と思った。

苦労して今朝タイラーン広場で発生した爆発事件の負傷者のところにたどり着くと、そこには報道関係者たちがいた。カメラマンと衛星TVのレポーター。マフムードはその後ろについて動き回り、彼らがどこかに入ればついて入った。ただ、彼らは日毎の簡潔にまとめたストーリーを作ろうとしているのに対して、マフムードは週刊誌に連載するためにもっと多くのインタビューや談話や意見を拾わなければならない。雑誌向けの写真も必要だ。

満足にとはいえないまでもその場での仕事を終えて、一層の疲労感を覚えながら病院を出た。使い捨て剃刀を買い、サアドゥーン通りのレストランに入った。昼食をとり、そのあと手洗いの前で食べかすのついた手と口を洗い、プラスティックの使い捨て剃刀を取り出すと、レストランの従業員や何人かの客が好奇のまなざしで見守る中、すばやく顎鬚を剃り落とした。濡らした指で、ぐしゃぐしゃの髪の毛を後ろになでつける。そして、通りに出た。

ゆっくりと何歩か足を進めながら、彼は鞄からＩＣレコーダーを取り出し、立ち止まった状態でこのような所感を吹き込んだ。

「ああ、リヤード・サワーディー……お父さん。神のお慈悲がありますように……お父さんのせいで僕はここにいるんだ、お父さんのせいでこんなところまで行きついた。でも、疲れているんだ。関節も痛むし、睡眠も足りていない。こんなこと、二十三歳の誕生日を迎える前には終わりにしなくちゃな」

実際、終わりはごく近くまで、その分岐点まで来ていた。マフムードは雑誌社の社屋に戻ると、編集部でファリード・シャッワーフや同僚たちとおしゃべりしながら、収集した情報を編集し、撮り溜めた写真をコンピューターに落とし込む作業に没頭した。するとそこに年寄りの給仕がやってきて、編集長がお呼びですよ、と知らせた。

サイーディーは一人でリモコンを手に、使い勝手のいいデスクの対面の壁に取り付けた大型ＴＶ

のチャンネルを変えつつ、もう片方の手にはペンを握るかのように太い煙草をつかんで高く掲げていた。サイーディーは今日の出来事と成果について立て続けに問いかけた後、先日、準備するということで同意していた短篇小説について尋ねた。サイーディーのデスクには大きな封筒が置かれていた。彼はそこに手をのせてひっくり返し、マフムードを見て言った。

「こいつは先月、君の同僚たちが執筆したものだが……実のところ、どれも刊行には値しない」

彼は煙草に火をつけ濃い煙を取り込めるよう力強く吸い込むと、くつろいだ感じで空中にそれを吐き出した。この人は明らかに何か重要な宣告か決意をしつつある、と強い不安に取りつかれたマフムードに、サイーディーはさらに言葉をかけた。

「ザイド・ムルシド、アドナーン・アンワル、それからあの痩せっぽちの女の子……マイサだっけ、彼らには辞めてもらうことにする。それから君の友だちのファリード・シャッワーフには少しは怠惰を慎むように伝えるつもりだ。いい書き手だが、ここではあまり仕事に熱心じゃないからな」

「僕はどうしたらいいでしょうか……あなたとファリードは仲がいいと思っていました」

「俺は彼とは言い争いたくない……恐ろしく弁が立つからな。……あの能力を執筆に生かしてくれたら良いんだがね。君なりのやり方で、彼に何らかの注意を与えてくれ……君は彼の友だちだろう……それとなくわからせてやってほしいんだ」

マフムードはすぐさま向こうに見えるファリードにそれとなくわからせてみようとした。しかし不首尾に終わり、マフムードは無言のままサイーディーの姿をちらっと見ると、首の向きを変えTV画面の映像を眺めた。

「もう一つ。なあ、友よ。……君は、大いに力を尽くしてくれたね……」

サイーディーはそう言った。思いがけないことだった。こんな褒め言葉をもらおうとは予想だにしていなかったのだ。この一言は疑念も疑惑も吹き飛ばしてしまい、マフムードは大きな安心感にひたった。確かに彼は大いに力を尽くしてきた。サイーディーに対してだ。別に何も新しい話ではないが、それでも、今、マフムードは同僚たちに対する怒りのサークルを脱したのである。

持っていた煙草が燃え尽き、サイーディーはそれを大きな陶製の灰皿の端に置いた。そしてずっと時計を見ている。ナワール・ワズィールが約束の時刻になったのに来ない、というところだろうな、とマフムードは推測し、ファリード・シャッワーフの偏見に満ちた分析を思い出した。そこで、サイーディーがまだ話し終わっていないのだとは気づかなかった。この男は、本文の間に「……」を入れるように、劇的に言葉を切ってみせるのが好きなのだ。サイーディーは再びマフムードを見ると、話をこのように締めくくった。

「君には根性がある。そこを見込んで、明日から『ハキーカ』誌の編集人をやってもらう」

五

赤いクロスの上に分厚いナイロンのカバーがかかった木のテーブルに向かい、三人はマフムードの目の前にいた。ハイネケン・ビールの缶とジョッキ、バークラーを盛った皿が三枚、それぞれの席の前にある。だがマフムードはソーダ水のボトルを頼み、彼らがいくら勧めても一缶もビールを飲もうとしなかった。昨日の乱行の後で胃腸の具合がよくない。彼はげらげら笑っている三人の顔を見た。ザイド・ムルシド、アドナーン・アンワル、ファリード・シャッワーフ。前の二人を、サイーディーは追い出すと決めており、三人目には追放するぞと警告するつもりでいる。他方、マフムードはといえば、昇進して雑誌社のナンバー2になった。さて、これら全部をどう告げたら、テーブルをひっくり返して頭の上にぶちまけられずに済むだろう。彼らがやけくそで蛮行に走らないようにするには、酔っぱらってしまう前に、今、サイーディーの決定を知らせるべきだろうか。それともみんなの神経が和らいだときのほうがこの衝撃をよりスムースに受け止められるだろうか。この凶報を同僚の面前でぶちまけられるだけの勇気を持つには、自分もやっぱり飲んだほうがいいのではないだろうか。

答えを出せないまま、マフムードは自分は大きな試練を味わっていると感じた。そして結局はこの件を明日に持ち越すことにした。

彼らは大笑いしていた。ファリード・シャッワーフは現在取り組んでいることに夢中である。イラクの奇譚百選の本を出そうというのだ。

(だったらお前、どうして自分の仕事を世に出そうとしないんだよ？　……今は、こんな話どころじゃないってのに)

と、マフムードは心の中で呟きながら、この不思議な出来事の話の数々が忘れ去られないよう、記録することがどれだけ必要とされているか、とファリードが熱く自説を披露するのを聞いていた。

「なんでそれを雑誌の検証記事で書かないんだよ……その手の話が欲しいのにさ」

マフムードがそう言うとファリードは冷笑交じりに答えた。

「雑誌に？　……それってただの報道じゃないか。……今日発行されて、明日には消え去ってしまう……たった一日きりの命だろ……俺はさ、書籍の話をしてんだよ」

「だったら……まずそれを書けよ、そのあとで書籍にまとめればいい」

「いやだね……最初から書籍で行くと考えるべきだ」

「まずは書籍としてそれを書くだろ、で、雑誌連載で出せばいいじゃないか」

ザイド・ムルシドとアドナーン・アンワルが笑い出した。ファリードは二人を見ると声を張り上げた。

「こいつは雑誌で命削ってんだ……ケッ、雑誌なんかで」

マフムードは話を続ける気がなくなった。この場所はほとんど真っ暗で煙が充満している。若造やら髭を生やした禿頭の爺さんやらでごった返している。あとでマフムードは知ったのだが、何人かはバグダードの外から、遠く離れた町や県からやってきていた。アンダルス広場の近く、小さなレストランの体でカムフラージュされた入口を越えるとたどり着く、無許可の地下酒場にふさわしい雰囲気である。惨めくさくてもここがファリード・シャッワーフと友人たちのお気に入りの場所なのだ。

四人はまだ酔い切らないまま外に出た。彼らはマフムードがソーダ水しか飲まなかったのに不満げだった。

そのままだらだらとした足取りで広場に向かって歩き続けた。そこからファリード・シャッワーフはカッラーダ地区に借りているアパートまで、またザイド・ムルシドとアドナーン・アンワルはバーブ・シャルキー地区まで、それぞれ車を捕まえるのである。

空は灰色。すごい速さで闇が垂れ込めてきていた。アンダルス広場に着くと彼らはサディール・ノボテル・ホテルの向かいで立ち止まった。ＫＩＡの自動車群が流れる左側車線のほうを眺めている。ファリード・シャッワーフは向こう側に渡らず、構想中の自分の書籍についてしゃべり続けていたが、もしあのとき通りの向こう側に渡っていたら確実に死んでいただろう。向こうから何十キロものダイナマイトを積んだオレンジ色のごみ収集車が曲がって来て、すさまじい爆発が起きたのである。サディール・ノボテル・ホテルの鉄製の門がぶっ壊れた。この四人のジャーナリストでさえこれだけの規模の爆発は見たことがなかった。

もし、友だちに別れを告げてさっさと通りの向こう側に渡っていたら。

瞬時にファリード・シャッワーフは十分に起こりえたもう一つのシナリオを想起した。ホテルの鉄製の門から十メートル程しかないあの場所から彼は車を拾っているのである。

爆発の瞬間、全員が後ろにひっくり返り、土埃と小石まじりの爆風に圧倒された。一瞬やられたかと思ったが、一分くらいすると大丈夫だと我に返り、事件現場を見に行った。四人は無我夢中で通りの向こう側へと駆けつけた。中央分離帯のすぐそば、通りのアスファルトの上に身じろぎもしない男の身体があった。それに近づいてマフムードは手で触ってみた。すると、突然身体が動き出した。四人でちゃんと両足で立たせてやると、マフムードはすぐにこの男が誰だかわかった。古物屋ハーディー、エジプト人のアズィーズのカフェの常連に言わせれば「ほら吹きハーディー」だ。ハーディーは怯えたまなざしで彼らの顔を見た。かと思うと、彼らの手を振り払い、おい、待てよ！　という呼びかけも無視して、猛然と早足で去って行った。たぶん自覚はないにしても重傷を負っているだろうに。

ほかは何も見なかった。爆発の犠牲者はここにはいないようだ。あの爆発物を搭載したごみ収集車を運転していた自爆テロ犯は木っ端みじんになっただろうな。ホテルの従業員たちが前のアプローチに出てくるのを見ながら、そんなふうに互いに言い合った。パトカーのサイレンが近づくのが聞こえ、バーブ・シャルキー地区に向かって彼らは遠ざかっていった。

ナスル広場に着くとザイド・ムルシドとアドナーン・アンワルはバーブ・シャルキー地区方面の車を拾った。ファリードはタクシーに乗ることにした。

マフムードは興奮しすっかり取り乱していた。地下酒場を出たときの無感動な様子は跡形もない。

「今頃、君は死んでいたかもしれない……君がしゃべり続けようとこだわったおかげだよ……君の驚くべき物語が、君を救ったんだ、なあ、友よ」

マフムードは、サイーディーの話し方のように、おかしな言葉づかいをしながら、文の間に劇的な小休止を挟んでそう言った。ファリードは仰天して目を見開いた。衝撃がまだ続いているのか、今、目の前でマフムードが端的に述べたこの顛末のせいなのか。

ファリード・シャッワーフは立ち去り、マフムードは活力がみなぎるのを感じた。ウルーバ・ホテルまで残りの道のりは歩いて行こう。彼は煙草を取り出すと、火をつけないまま口に咥えた。眼前であんな災厄が起こったというのに変に気分がよかった。この明らかな矛盾について、彼はあえて熟考しようとはしなかった。一つの言葉だけが浮かんでくる。それを心の中で繰り返すと、熱意がふつふつと湧いてきた。そこで彼はICレコーダーを取り出し、録音ボタンを押した。

「明るく前向きな人間になれ。前向きな気持ちにさせる人間に。……生き残るためだ。明るく前向きな人間になれ。前向きな気持ちにさせる人間に。……生き残るためだ」

狂ったように何度も何度も言葉を繰り返し、気がつくと、ICレコーダーは充電が切れていた。

第五章　遺体

一

彼女は大声で呼びかけていた。

「起きなさい、ダーニヤール……起きて、ダーニヤ……さあ、わたしの息子……」

そこで彼はすぐさま起き上がった。昨晩、ナジャフの墓地でシルバーのブレスレットをつけたあの若者が言っていた「命令」が来たのだ。ばらばらの遺体の寄せ集めと身体を失ったホテルの警備員の魂によって出来上がったこの驚くべき複合体に、老婆は呼びかけという火を点け、名を授けて、彼を「名無しさん」から脱却させた。ダーニヤール、と名付けた。

「ダーニヤール」は彼女のほうを見た。彼女は、二階の崩れかけた部屋群に残ったドアのところに立っている。頭を黒いバンドで緩く巻いており、そこから三つ編みされた白髪がふわふわと揺れている。おさげの房の下にはぴったりしたウールの暗色のチュニックをまとっていたが、その袖先はほつれていた。足元には毛が抜けた埃まみれの猫がこわごわと目を見開いて彼を見つめており、とぎれとぎれに消え入りそうな声でにゃあと短く鳴いていた。独り言のようだった。時刻は朝の六時近く、空気は凍てつくように冷たい。戸外から聞こえる音は弱々しく、まだ朝の喧騒は始まっていない。

一方、ほら吹きの古物屋は身体中の痛みに苦しみながら自室で眠っている。昼までは目覚めないだろう。

積み上がったレンガを渡り「ダーニヤール」は、梯子を伝うように上を歩いて崩れかけた部屋の屋根へと向かった。それから老婆と猫の後に続き家の中へと降りて行った。

広間に入ると彼女はストーブを彼に近づけてやり、数分間姿を消した。その後、彼女はしわくちゃの白シャツと古ぼけた緑色のセーター、そしてジーンズのズボンを持って戻ってきた。どれも強烈なナフタレンの臭いを放っている。これらの服を、彼女は何年間もそのまま保管してきた息子ダーニヤールのクローゼットから取り出してきたのだった。彼に服を放り投げてやると、着なさいよ、と彼女は告げ、最後に一目だけ彼を見て、そこに一人きりにして出て行った。何一つ問わなかった。自分の守護聖人にあまりたくさん質問しないと誓っていたからだ。この間ずっと彼女は分厚いレンズの眼鏡をかけず、首から下げて揺れるがままにしていた。それでもこの男がダーニヤールとさして似ていないことくらいはわかる。でも、それは大したことではない、おおかたの人はかつての姿のままではいられないのだから。彼女はこの程度の違いや変化ならいくらでも説明して正当化できた。誰かがずっと不在のまま時が流れると、その姿は記憶の底に沈み込み二度とよみがえらない。そんなとき、悲嘆にくれる女たちはいくつもの物語を語っていく。彼女もまた信じている。今起こっていることは、奇蹟なのだ。この奇蹟は移ろい変化するかもしれない。彼女は大きな聖人画を壁から下ろして、家の一隅に立てかけてしまうつもりだった。埃が積もった二階の一部屋に置きっぱなしてそれきり聖人のことを忘れてしまおう、もう聖人が家にいても知らぬふりをしようと思っていた。放置された聖ゴルギースは、白馬にまたがり、美しいまなざしで、通りに面した窓ガラスの破損やひびから入ってくる埃の粒子を見つめるだろう。そしてこの長い年月、彼女を見て見ぬふりをしてきたことを後悔することになるだろう。どんな徴でもいい、と待ち続けてきたが、彼女はついに主や聖人画が迷える雌羊の鳴き声に耳を傾けてくれる望みを捨て、完全に混迷に落ち込み、眼前の世界との繋がりを喪失したのだから。

彼女は壁や家具を見つめている奇妙な裸の男を残して出て行った。彼は立ち尽くし、写真を見た。一枚は、黒く薄い口髭を生やし、西洋風の衣服をまとった五十代の男の写真。隣の一枚は、髭をそり上げ、豊かな髪にもみあげの濃い青年の写真である。青年は眠たげな眼でぼんやりとカメラのレンズの遠くを見ている。彼はその写真にもっと近寄ってみた。二十年前に撮られたものであることは間違いない。写真の額のガラス板に自分の顔が映っているのに気づくと、彼は少しぎょっとした。このとき、初めて自分の姿を認めたのである。顔や首筋に残る縫い目に触れてみた。恐ろしく醜い。あの婆さんは、こんな醜悪な姿を見てよく驚かなかったものだ。彼は別の画へと目をそらした。戦姿で白馬にまたがり、伝説上の竜の喉もとに槍を突き刺そうとする聖人の画である。彼はじっくりとその画を観察した。宗教画の聖人とは皆そういったものではあるが、聖人の顔は柔和かつ繊細で美しい。食器のかちゃかちゃいう音が聞こえる。家の中であの老婆は何か朝食を用意しているか、台所の仕事をしているのだろう。静かに三枚の服をまとってみると、サイズはぴったりだった。彼は再びダーニヤール・ティダールース・ムーシェの写真に自分の姿を映した。白黒写真でもわかった。写真の主はこれと同じ服を着ている。Vネックのセーターの下に白シャツの幅広の襟を少し立てている。顔と首筋のこの巧みとはいいがたい縫い目を除けば、彼はこの青年に似通って見える。老婆はそのように思い込んだ。自分の視力が確実に弱いことを頼みに、次に客間に入るときには彼女は自分が見たいと思うもの以外、もう決して見ないだろう。

彼は殉教者の聖ゴルギースの画へと視線を向けた。窓から差し込む日の光の中で、それを注意深く見つめ続けた。彼の注意を引いたのは、壮麗な深紅のマントの襞の描きぶりである。戦う聖人の張りつめた身体の向こうで、マントは揺れている。薄い唇の優美な聖人を描いた見事な画であったが、なんと、その唇は動いているではないか。

「お前は気をつけねばならない」

聖ゴルギースの唇は本当に動いている。

「あれは不幸な老婆だ……お前が彼女に害をなしたり、悲しませたりした暁には……必ずや、この槍でお前の喉首を突き刺してやる」

二

「ダーニヤール」、もしくは新版「ダーニヤール」は、客間のソファの上で眠った。老婆は分厚いブランケットをかけてやると彼を残して日々の仕事にかかり始めた。といっても、それはたいてい前に掃除したところを掃除して、家具や宗教画や写真の埃を払い、中庭を掃くくらいなのだが、このさして必要とも思えぬ仕事に彼女は日中の半分を費やしている。

猫は再び屋根へと逃げ出し、古物屋の崩れた家の中庭を見下ろした。古物屋が取り乱して両の手で頭を掻きむしり、自分が作った遺体が壁に吊り下がっているかもしれないとあちこち見まわしたり、今日の昼の澄んだ青空の下でぐるぐる回ったりしているのが見えた。

ハーディーは身体の節々と頭の痛みをこらえながら家を出ると、小路に出入りする人々をじっと注視した。何か変なことが起こった気配があればと待ち構えていたが、隣人との立ち話で、例えば、こんな質問をする気にはとてもなれない。

「すみませんね……あの、裸の死体が小路を歩いてるところ、見ましたかね？」

まず皆が言うとおり、彼はほら吹きである。仮に彼が朝ごはんに目玉焼きを食べたと断言した場合でさえも、その発言内容を保証してくれる証人たちが必要なほどである。爆破テロの遺体の残骸からこしらえた裸の遺体なんて話をしたら、どうなることか。

彼はウンム・ダーニヤール家の屋根や、近隣の家々の屋根に視線を巡らせた。もしかしたら誰かが遺体をそっちに引きずっていったかもしれないと考えたのだが、結局何も見つからなかった。自宅の中庭にあったタンスや食器棚を開け、この地区の小路をずっと回っていった。床屋のアブー・ザイドゥーン爺さんが、彼の床屋の前にある白い椅子にぐったり座り込んでいるのを見かけて、ハーディーは立ち止まった。万が一、あれが爺さんの鼻先を通って行ったかして、何か見ているのではないかと疑ったのである。ほかにも何人かと行き会って、長いおしゃべりを交わした。クリーニング屋「二人兄弟」の店主は、女性たちをイラク国外に密出国させている武装集団を探して、警察が朝から家々を抜き打ちで調べていると教えてくれた。パン屋の店員は、地方からきたテロリストたちがこの地区のどこかのホテルに潜伏しているそうだ、で、警察もアメリカ人たちも連中を探してホテルを次々捜索しているらしいよ、と言った。ハーディーはまた、かつて寝たことがある二人の売春婦が今朝、ダマスカスの歓楽街で仕事をするためにシリアに発《た》ったことも知った。ここでの仕事は見かけほどいいものでもなかったようだ。彼はほかにもたくさんの情報を聞きつけ、半日をその聴取に費やした。
しかし、あの姿を消した、奇怪極まる遺体については何一つ聞けなかった。

三

色白のウンム・サリームは肉屋でウンム・ダーニヤールを見たとき、それを吉兆だと思った。ウンム・ダーニヤールは二五〇グラムの牛肉とよく洗った羊の腸一キロを買い、それから隣の八百屋に向かった。ウンム・ダーニヤールは服喪と悲嘆を示す黒いスカーフを脱いで若い娘のように白花を散らした真っ赤なコニックサ（アッシリア東方教会の年長の女性信徒が頭に被るスカーフ）をつけていた。婆さんにいったい何が起こったのだろう。

二人は買い物を済ませるとゆっくりした足取りで小路へと帰った。ウンム・サリームは昨日の朝の出来事について、あの恐ろしい爆発が住宅の外壁にどれだけの損害を与えたかを語ったとき、昨日の同時刻にウンム・ダーニヤールは教会にいたということを知った。後ろのほうで爆発の音を聞いたけれど、帰ってきたときには何も見なかったわね、とウンム・ダーニヤールは答えた。ウンム・サリームにしてみれば、これこそが爆発が起きた十分な理由になるのだった。神の祝福を受けた女性の寓話は、ウンム・サリームの心の中で一層力を増した。

ウンム・サリームがこの目に鮮やかな赤いスカーフはどうしたことなの、と問うと、ウンム・ダーニヤールは静かに目の前に続く道を眺めながら答えた。

「わたしの悲しみは終わったからね。主はついにわたしの祈願を聞き届けてくださったのよ……」

「神は望み給う。素晴らしいことだわね」

そこでウンム・ダーニヤールは親愛なる隣人の前で爆竹のようにおしゃべりを炸裂させ、息子が帰ってきたの、と語りはじめた。あまりにも唐突かつ奇妙な話だったので、色白のウンム・サリームはその間呆然と押し黙ったままでいた。この婆さんは何を話しているのだろう。

ウンム・サリーム家の前に着き、ウンム・ダーニヤールが別れてあと数歩の距離にある家に向かおうとすると、ウンム・サリームが尋ねた。

「じゃあ、息子さんは今、お宅にいるの？」

「いるわよ。疲れて眠っているわ」

ウンム・サリームは深慮を巡らせる人のように唇をぎゅっと引き締めていたが、事の真偽を確かめるために一緒に家に入ってみようとはしなかった。あれが正直間違いだった、と、のちに彼女はうろたえながら悔いることになる。だが彼女は昼食の献立を考えるのに忙しかった。小路に面した二階のバルコニーに何も言わずに座り、日がな一日古雑誌や本を読んでいる夫に昼食を用意しなければならない。彼女はイリーシュワー婆さんの発言をさして深刻にとらえなかった。わずかな言葉で言い表した情報からすばやく理解するには、この件は大きすぎたのだ。

後でまた行ってみればいい、きっと午後にでも。そうしたらどういうことかもっとよくわかるだろう。

しかし結局のところ彼女はほとんどわからずに終わる。午後になると真ん中の息子が突然、結婚を申し込みたいんだ、とある娘の名前を言い出したせいで、そのことで手いっぱいになってしまった。二十年かそれ以上前に終結した戦争から帰還したというイリーシュワーの息子に彼女がこの先会うことはない。その後に起きた出来事によって、ウンム・サリームはイリーシュワー婆さんが耄碌しておかしくなっていると信じる側に回ってしまい、イリーシュワーは自分に尽くしてくれる最後の仲間を失うことになる。

四

古物屋ハーディーは自宅に戻った。中庭の敷石を、血痕か人間の肉片かが見つからないかと捜索してみた。自分自身がよく知っているとおり、この手で摑み、切ったり縫ったり処置してついには人間とみなせる遺体となした「あれ」の残りがないかと思ったのだが、何一つ見つからなかった。昨日は大粒の雨が大量に土砂降りに降ったせいで何もかも洗い流されてしまった。彼はベッドに身を投げ出したまま、日中の残りを湿気で朽ちかけた天井を見つめて過ごし、それから遠くの壁を見た。そこには逝ってしまった友だちのナーヒム・アブダキーが貼り付けてくれた「台座」の節がある。節を収めたボール紙の一辺は湿気のせいで自然に剝がれかけており、下へぺろんと丸まってしまっている。誰かが引っ張れば「台座」節全体が剝落するだろう。

結局のところ、こんな結末でよかったんだ、とハーディーは考えた。彼は遺体から逃れようとしたのだ。ところが遺体は消失し、しなくてはならなかったもう一つのおぞましい仕事から彼は解放された。遺体を切断し、縫い目をほどいて、各部位を地区や通りや小路の中のごみ箱に分散して捨てていくという仕事から。

午後、彼はエジプト人のアズィーズのカフェに出かけたが、たくさんのお客さんで友だちのアズィーズが自分と話す余裕がないのを見て、カフェを出てアーミルリー爺さんのところに古屋敷の家具を売るよう再度説得に出かけた。彼は家具の売買交渉ではお決まりの第一段階にたどりついていた。それから爺さんが、古い蓄音機《グラモフォン》の製造の歴史とどこでそれを購入したか、また目の前にある家具のそれぞれ、芸術品のそれぞれについて繰り返すのを十回ほど聞いた。

もしこの髭を剃り上げたお洒落な爺さんが、自分の隣に立っているのが人間の遺体を弄ぶ犯罪者だと知ったらどうするだろう？　外へと通じるコンクリートの道を外門まで引っ立てて、二度と顔を見せるな、と永遠に門を閉ざしてしまうのが落ちだろう。

そののちに彼はこの話を詳しく語るようになった。何度も披露を重ねながら、自らの話の根拠を固め、より印象深くしてくれる細部の説明を偏愛した。このとんでもない日について彼は語る。ほかの人たちは、今もほら吹きハーディーが良く出来た空想譚を話していると思って聞いているのだが。

彼はカフェに腰を下ろすとまた初めから話し始める。繰り返しは苦にならない。彼は物語という川に沈み込んでいく。たぶん、ほかの人たちを楽しませるために。あるいは、あれは自分の豊かな空想力が生み出したただの物語で、実際には何も起こらなかったのだ、と自分に言い聞かせるためかもしれない。

五

イリーシュワーはケシュカ（炒めた小麦の粒を羊などの肉の煮汁で炊いて、煮た肉と茹でたひよこ豆と炒めた玉ねぎのみじん切りを加え、香辛料で味付けした料理）の調理に没頭していた。全粒の小麦と挽割小麦を合わせ、ひよこ豆と香辛料と賽《さい》の目に切った肉を加える。彼女は伝統料理作りでは腕自慢である。だが、普段の生活では腕を振るう機会がなく、結局、胃に入ってしまえば同じという自分の猫にふるまう気にもならない。しかし、今日は話が別だ。特別な客をもてなすのだ。そしてかつて立てた誓いを果たすのである。イリーシュワー婆さんは鍋をかき回しながらこう繰り返す。

「神、我らが父、主なる救世主イエスより恩寵と平安あれ。我らが愛するより前から我らを愛し給うたお方」

彼女は自分が暮らす地区の多くの慣例を守ってきた。したがって、彼女はこのことこそ、今、自分が果たすべき誓いであろうと考えた。ヨシュア神父はよく彼女のそういう信念をたしなめつつ、こう言っていたものである。

「我々は、イスラーム教徒のように主に対して条件を課すことはしませんよ……主がそれを望まれるのであれば、わたしはそれを行います」

彼の言葉を確かに彼女は理解した。だが、ウンム・サリームやほかの隣人のイスラーム教徒の女たちのように主に条件を課して何が悪いのだろう、とも思っている。主というものを彼女はヨシュア神父と全く同じようには思っていない。主は高みにおわすのではない。絶対的な主人であり圧制者である、とも思わない。主は友情をめったに裏切らないただの古い友だちである。

イリーシュワーの特別なお客は前に置かれた料理を食べなかった。だから彼女が少しだけ食べ、ナーブーが、肉の欠片が残ったのを除けばすっかり平らげて、皿までなめた。彼女は帰ってきた自分の息子——あるいは息子の亡霊——が料理の脂に指を浸しすらしなかったのは気にしなかった。

たぶん彼はアブラハムの客人たち（『旧約聖書』「創世記」第十八章で、アブラハムとサラの夫妻が料理を出しもてなした三人の客人。三人の客人はサラがアブラハムの息子を生むことを予言する）のようなものか、食欲がないかのどちらかだろう。絶対に質問攻めにして怖がらせてはならない、きっと彼は逃げてしまうだろうから。

彼女は一日の残りを、そろそろ夜になろうという時刻まで、もの言わぬ客人とぽつぽつおしゃべりをして過ごした。独り言か、猫とのおしゃべりか、客間の壁の聖人画との会話の再現のようではあったが、その間、これといった出来事は起こらなかった。プロパンガス売りが家の前に立ち止まり、空になったガスボンベを満タンのボンベと取り換え、婆さんの負担が軽くなるように廊下の端まで運んでくれた。米軍の飛行機が低空飛行で通過し、つんざくような音で家を揺さぶった。裏の家の幼い息子、アブドゥッラッザークが飼っている小鳥の羽毛が散らばって空中に舞った。ウンム・サリームも近所の女たちも来なかった。隣の小路に住むきれいなアルメニア娘のディヤーナーさえ来ない。ディヤーナーは母親のウンム・アンドルーことヴェロニカ・ムニーブからお金をもらって、時々イリーシュワー婆さんのところに立ち寄り、要望や不足がないか聞いておいでと言われている。

彼女はようやく人間の姿になった息子の亡霊にしゃべり続けている。鍵をかけていた心の箱を一つずつ開き、その中からすべてを出してしまうと、彼女はもの言わぬ奇妙な男が座るソファの向かいのソファでうたたねを始めた。

目を覚ましたとき、男はまだその場におり、小路に面した窓から柔らかな光が差し込むのを見ていた。

彼女は、息子ダーニヤールの空っぽの棺を埋葬するときに夫のティダールースと言い争ったことを話した。陸運局の役人だったティダールースは親族や知り合いや友人たちと一緒にバグダード東部にある東方教会墓地に行き、空っぽの棺をダーニヤールの服や壊れたギターの破片とともに埋葬し礼拝を行うと、その上にアラビア語とシリア語（アッシリア東方教会の信徒はアラビア語以外にシリア語も用いる）で「ダーニヤール、ここに眠る」と刻んだ墓石を据えた。

彼女は彼らと一緒に行くことを拒んだ。心の中では、息子は死んでいない、もし間違いなくそうだとしても、こんな死に方はありえないと訴えていたからである。彼女は息子の死も、空の棺も認めなかった。彼女が初めてこの墓を見たのは、ティダールース自身が天に召されて、その葬列に加わり、息子の墓の隣に埋葬したときである。大理石で作られた墓石に我が子の名前を読み取ったときは、心が締めつけられるようだった。それでも彼女は、何年も経てなお、息子の死を認めなかった。

その間に、ニノス・マルコの一家がイリーシュワー婆さんの家の二階の一室に移ってきた。彼らは同じバターウィイーン地区に借りていた家を引き払ってきたのだが、この一事がイリーシュワー婆さんの二番目の娘のマティルダとニノスの弟との結婚へ結びついた。ニノス・マルコ夫妻とイリーシュワー婆さんとの関係は深くなり、夫妻はイリーシュワーが失ったものの埋めあわせのようになった。ダーニヤールと夫が逝去した後、二人の娘も彼女のもとを離れてしまったのである。この二人の新たな親族にとって、いつかダーニヤールが帰ってくると信じるのは難しいことではなかった。いなくなった人は多かったが、そのうち何人かは確かに帰ってきたからだ。そういうことはずっと起こり続けており、ニノス自身の兄弟もイランで長く抑留されたのちに帰還した。多くの人が当時の衝撃を語ったところによると、彼はイランでの生活に影響されて、元のキリスト教の信仰を放棄し、シーア派の十二イマーム派（シーア派十二イマーム派はイランの国教にあたる）を奉じるイスラーム教徒になってしまった。彼は何年もそのままの状態でいたが、徐々に自分の元のキリスト教信仰へと戻ってきたという。あるいは、自分の棄教のせいで引き起こしたごたごたを終わらせるために親族たちにキリスト教に戻ったと信じ込ませたのだろう。

第二次湾岸戦争（一九九一年の湾岸戦争のこと。イラン・イラク戦争を第一次湾岸戦争と数えた場合の呼称）の後も多くの捕虜が帰還した。一九九〇年代半ば、イラクへの国際的な経済制裁のせいでいよいよ暮らしが困難になると、ヒルダとマティルダの夫たちは移住を決意した。二人の姉妹は母親と一緒でなければどこへも行かないと言ったのだが、母親は頑固極まる山の雄ヤギのように移住を拒んだ。丸一年、行くの行かないのという話になって、問題は大いにもつれた。結局イリーシュワー婆さんのかたくなさは解けず、「お前たちが落ち着いて、わたしがダーニヤールの帰還を諦めたら、そのときに行くから」と言って娘たちを説得したのである。そして彼女は全く諦めなかった。

ニノス・マルコ一家は彼女とともにとどまって娘二人の不在の寂しさを慰め続けてきたが、最近の戦争の布告があった晩（二〇〇三年三月二〇日に始まったイラク戦争）、ニノスの妻はイリーシュワー婆さんが黒魔術をやっていて、それが自分たちの小さな子ども二人に影響を与えているのではないかと疑いだした。一人が六歳になっても言葉が出ないままなのはそのせいではないだろうか、と。ニノスの妻はイリーシュワー婆さんを恐れ、訪問を受けると恐怖を感じるようになった。それに婆さんが、聖人画や家の中でのんびり過ごすたくさんの猫たちと話し、猫に害を与えるのを決して許さないのも見ている。一度、彼女は夫に、猫がイリーシュワー婆さんに返事をして話し合っていると告げたことがあった。またあるときは、あの猫たちは婆さんが悪魔の術で人間の魂を変身させたものでは、という疑惑をかけた。

　ニノスはそんな世迷言は信じなかったが、家に関する妻の不満や転居したいという声に耐え切れなくなった。ほかにも多くの理由があり、ついに彼は米軍がバグダードに入る前に自分の小さな家族を率いてアルビル県アンカワー（イラク・クルド自治区アルビル県の都市。古くからキリスト教徒が居住する地域として知られる）への移住に踏み切ってしまった。彼はマティルダとヒルダにその決定を伝えなかった。また、イリーシュワー婆さんも娘たちにそれを明かさなかった。この決定に満足していたか、もしくは何とも思っていなかったようである。だが、悪魔どもがトンネルを開けまくり一気に地表に飛び出したような無秩序状態の街で、ぽつんとある大きな一軒家に母一人が残っていると知ったとき、娘二人は衝撃に打ちひしがれた。

　その時期から、マティルダとヒルダは毎日曜日に聖オディーショー教会のスラヤー社の衛星電話に連絡するようになり、何かの理由でイリーシュワー婆さんが出なかった場合には、ヨシュア神父が代わりに二人を安心させてきた。電話連絡を必要としている人は多数に上り、ヨシュア神父は全員を公平に扱おうとしていたので、通話時間は一分間だけだった。この一分の間に、イリーシュワー婆さんが娘のどちらかと喧嘩になり、激しく言い争って電話を切ってしまったり、ヨシュア神父が婆さんの手から受話器を取り上げたりすることもあった。娘は二人ともバグダードに戻って力ずくで母親を連れ出したいと言ったが、それは言葉の上のことで、現実に実行するつもりはなかった。イリーシュワーは言い争いの続きを独り言でまくしたてたり、教会にいる女たちの誰かを捕まえ、家からも出たくないし全然知らないところに移住するのも嫌だと激しく一席ぶったりしていた。ヨシュア神父はそんな彼女を応援してやった。そうするのが信仰上の務めだと思っていた。

　皆が国を出てしまうのはいいことではない。二十世紀に、アッシリア東方教徒にはあまりよい出来事はなかった。それでもこうしてアッシリア東方教徒たちは残り、存続したではないか。私たちは皆、自分自身のことばかり考えていてはいけない。時々ヨシュア神父はそんなふうに説教で話すものだった。

二人の娘は、バグダードに戻ってお母さんに家を売ってもらって、一緒に移住してもらうわ、といまだに脅かし続けていたが、実行することは決してなかった。

今年の初め、ヨシュア神父はイリーシュワー婆さんにバグダード南部のドゥーラ地区から宗派浄化を逃れてきたサンヒロ家を迎え入れてくれるよう頼んだ（ドゥーラ地区ではスンナ派イスラーム教徒による他宗派殲滅作戦が行われたため、マンダ教徒、キリスト教徒、シーア派イスラーム教徒などの住民は地区外へと逃げた）。この一家はニノス・マルコ一家が滞在していた部屋を占めたが、数週間もしないうちにヨーロッパ移住のために出国してシリアに向かった。サンヒロ家が移った後、イリーシュワー婆さんの三匹の猫が姿を消し、その後、四匹目が屋根の上で死んでいるのが見つかった。すでに身体は膨らんでいた。彼女はあれは何かの破片をぶつけられたか、毒入りの肉でも食べたのではないかと疑った。

彼女は三十分も猫たちについて、またどうしてナーブー一匹のみが最終的に自分のもとに残ったのかをしゃべり通した。それから唐突に、息子が戦争にとられる原因となったあのバアス党至上主義者、アブー・ザイドゥーンのことを思い出した。アブー・ザイドゥーンは兵役逃れの男たちに追い込みをかけており、息子のダーニヤールは兵役に就くのが遅れていた。ダーニヤールは新兵訓練で基地に入るために行う徴兵登録を拒否していた。音楽の勉強を修了したかったからだ。ギター演奏が好きだった。上手いわけではなかったけれど、それでも、クローゼットの中にギターを大事に取っておいていた。

バアス党至上主義者のアブー・ザイドゥーンは、ダーニヤールの襟首をつかんで新兵訓練基地に引っ張っていった。それからダーニヤールは前線に送られ、今も帰ってこない。そうしてアブー・ザイドゥーンは彼女の不倶戴天の敵となったのである。ダーニヤールの空っぽの棺と、いくばくかの衣服と持ち物との寄せ集めが運び込まれたとき、老いたティダールースは立ち上がり、悲憤にかられて息子のギターを壊してしまった。亡き息子の形見である。壊したかったはずはなかった。悲しみのあまり我を忘れ、何もかもが頭の中でごっちゃになってしまったのだ。

ギターの破片はティダールースが購入した赤褐色のチーク材の荘厳な棺の中に収められ、墓へと下ろされた。空っぽの棺の中に破砕されたギター。一粒種の息子を失った家。仇《かたき》はといえば、小路でも地区でものうのうと暮らし、向かうところ敵なしで皆の至らなさを責め立てている。だが、ウンム・ダーニヤールは敢然として彼に立ち向かった。彼女は道でアブー・ザイドゥーンを見かけるたびに、非難し、罵声を浴びせかけた。それは長い間続き、ついにアブー・ザイドゥーンは彼女に会ったり出くわしたりするのを避けるようになった。不意にウンム・ダーニヤールが家の戸口から出てきて、再び身も凍るような怨言をぶつけてくるかと思うと恐ろしくて、七番通りにはもう立ち寄れない。また、この悪名高い男が死んだ暁にはいと高きアッラーの御前に羊を屠ってお供えしますと誓言を立てた女たちもいた。ウンム・ダーニヤールも同じ誓言を立てたが、叱られたり責められたりしそうなので、ヨシュア神父には言わずにおいた。彼女は誓言を心の中にしまいこんだ。そして、今、ようやく彼女はもの言わぬ客人にこの話を伝え、初めて誓言のことを明かしたのである。

夜になってきた。婆さんはとっちらかった物語の回を終え、別の回を始めようとしていた。ついに宵闇が完全に場を圧した。彼女は彼に向かって幾度となくお前は帰ってくるってわかっていたよ、と繰り返した。親戚のアントワネットもマルタも弟の嫁のユアーリーシュもそんな彼女を信じてくれなかったが、今は誰も彼も亡くなったか、移住してしまった。彼女は古い写真が詰まったアルバムを取り出して、ランプの灯のもとで彼に見せてやった。子どもの頃の彼の写真。よそ行きのおしゃれな服を着て教会の聖歌隊の中に立っている。学校のクラスで友だちと一緒の写真。バーやレストランにて。あの有名なアリー・カーズィム（サッカー選手。一九七〇‐八〇年代にイラク代表フォワードとして活躍し、代表戦で三十五得点の記録を打ち立てた。二〇一八年没）がやっていたように彼はスポーツウェアを着て片足をボールの上にのせている。こういう写真を撮りたがった若者はみんな右足をボールにのせ左手を腰にあてて微笑んだものだ。そうしなければ、この手の写真は台無しである。サッカーチームで撮った別の写真。彼は選手の真ん中におり、全員で腕を組み合っている。写真は褪色し、湿気のせいでいくつか染みも浮いていた。彼はこれらの写真をじっくり見つめ、すべてのページを繰ってしまうと、おもむろに立ち上がった。部屋を出て、ほかの部屋を見て回った。そうして彼が何かの好奇心にとらわれている間、イリーシュワー婆さんは座ったまま、ランプの灯に照らされ微動だにしない守護聖人の画を見つめていた。今晩は、動き出して彼女に何かを語りかけてくれそうには見えない。

　がたがたいう音や皿が落ちる音が聞こえてきた。暗闇で何かに躓《つまず》いたにちがいない。屋根に上がっていくのが聞こえる。そうして彼は数分間姿を消し、それから何かを手にして戻ってきた。彼はズボンのポケットにすばやくそれを隠した。

　その後、彼は初めて口を開き、話しだした。彼女はついにその声を聞いた。生まれてこの方、一言も口をきいたことがないような、がらがらとしわがれた声だった。かなり苦労して言葉を発し、彼は、俺は出て行かなくてはならない、と告げた。彼女は、こう言おうとした。

「出て、どこに行くの？　お前、たった今帰ってきたばかりじゃないの。どうしてわたしを置いて出て行ってしまうの？　このドアから出て行ったら、誰も帰ってこないのよ？　うちのドアが底なし穴にでもつながっているみたい」と、叫びだしたかった。

彼女は静かに彼の緑色のセーターの袖を掴んだ。その手触りで、枯木の枝のように彼の腕が萎びているのがわかった。彼女は近づいて彼の顔を見つめたが、暗くて何も見えなかった。彼は目を遠くに向け、二人の間を猫がか細くごろごろと喉を鳴らしながら、彼のズボンの裾を撫でるように過ぎていった。

「俺、戻ってくるから……心配しないで……」

しゃがれ声でそう言葉を発すると、彼は彼女の手をすり抜けてドアのほうへ去っていった。中庭の床を、それから門へと通じる通路を重く踏みしめていく足音が聞こえた。彼女は、彼が門を開けて、音を抑えて閉めるのを聞き取った。改めて沈黙が一人ぼっちの大きな家にのしかかってきた。彼女は、今まで経験したことのないひどい渇きと疲れを感じた。絶望に胸を穿たれ、彼女は聖ゴルギースの画の前のソファに座り込んだ。聖ゴルギースに神さまへの執り成しをお願いするか、おしゃべりをしたい、と思いはしたが、その力は残っていない。聖ゴルギースを見た。彼の銀の盾は、画の中で誰かの手で磨きがかけられたように一層まばゆく輝いている。その輝きが消えていくと彼女は何も言えなくなった。心の中にあるものは出し切ってしまったからだ。

その後、何日もの間、彼女は一言も口をきかずに過ごしていく。聖人の古い画の面にランプから放たれた黄色い光の輪が映るのを見つめながら、目を瞬かせるばかり。両足の間には年老いた猫がぬくもりを求め、丸くなっていた。

第六章　怪事件

一

警察のタンク車が二台到着し、一番通りの両出口を封鎖した。武装した五人の警官が下りてきた。米軍の軍警察官が一名同行している。彼らは野次馬たちを二台の車体の向こう側へと追い払った。朝から小路は人気がなく、住民は小路に面した古いマシュラビーヤ窓（細かな格子や幾何学模様を組み合わせた木製の窓。伝統建築でよく用いられる）から無言でこわごわ眺めるくらいしかできなかった。今にも窓ごと人が落っこちそうな様子ではあったが、一人の警官が手に持ったカメラでたくさん写真を撮りまくる間、そこはひっそりと静まり返っていた。

数分後、ブローカーのファラジュが息も絶え絶えに、濃い顎鬚を一歩ごとに震わせながらやってきた。小脇には政府機関に陳情に行く際に公的書類や文書をしまう小さな革鞄を抱えている。

アメリカ人はすぐファラジュに質問を連発した。この住宅は？　誰が住んでいるのか？　事件について何か知っているか？　警察の制服を着た通訳が、ファラジュに疑惑のまなざしを向けながら、アメリカ人の言葉を続けざまにアラビア語に訳していく。ファラジュは目の前の状況に動転しているようだった。地域の中では影響力を持っているが、彼にもアメリカ人は恐ろしかった。彼にはわかっている。アメリカ人たちは我が物顔にふるまっていて、何をするつもりなのか誰も計算できない。彼らは、ほんの気まぐれだけでどんな人間であろうと雲の向こうまで叩き出せる。ファラジュは乾いた唇を開き、自分がこの家の所有者ですと明言した。そうでないとしても、自分は十五年にわたってこの家を国から賃借しており、凍結資産管理局の弁護士に定期的に賃借料を支払っています。鞄から書類を取り出し、警官たちの目の前に震える手で掲げながら彼はそう言った。

アメリカ人は視線をそらし、話している彼を放っておいて、小路で座ったまま硬直している四人の物乞いの遺体の前に立った。それからファラジュのほうに向き直って彼らを知っているかと改めて訊いた。ファラジュは頷《うなず》いたが、自分の血管の中で血が冷えていくのを感じていた。まだ朝っぱらだというのに、こりゃなんて恐ろしいことだよ。誰がこの哀れな物乞いたちを殺したんだ？　こんな姿で座っているときに、物乞いに神さまの死のお裁きと宿命が降りかかったというのか？

彼らは方陣を組むように座っており、それぞれが目の前の相手の首を摑んでいた。一幅の画か、演劇の一シーンのようである。彼らの服はすっかり着古されて汚れ、綻びていた。全員が頭を垂れている。もしカメラマンのハーゼム・アップブードがこの光景を目撃して写真を撮れていたら、国際的な報道写真賞を獲れたかもしれない。

小路の両端で野次馬の数が増えていき、マシュラビーヤ窓や木窓の向こうで人々は臆病そうに警戒しつつも覗きはじめた。見物人はどんどん増えていく。これは件のアメリカ人には面白い事態ではなかった。彼は警官たちに早くやるべきことを済ませるよう手振りで指示した。警官はブローカーのファラジュの電話番号を書き留め、この犯罪に関する新たな情報を得たり目撃者を見つけたりした場合にはサアドゥーンの警察本部まで出頭するよう要請した。ファラジュはふう、と深呼吸をし、自分の濃い顎鬚を撫で始めた。それから数珠を取り出すと、思い切って物乞いたちの遺体に近より、見下すように観察を開始した。

警官たちは白いゴム手袋をつけ、互いの首を絞めつけている遺体の指をこじ開けて、遺体をすばやくタンク車へと搬送すると、全員その場を後にした。

小路は一気に人々でいっぱいになった。ブローカーのファラジュは取り囲まれ、事件についてあれこれ尋ねられたが、彼は手で彼らを追っ払い何人かのガキどもを長い黒数珠で殴りつけると、さっさと遠ざかって行った。

物乞いたちが住みついていた家の向かい、古く崩れかけた家の上階にある木窓からは四人の遺体があった地点がよく見渡せる。その上階から、小路の人々の死角に入る形で、年寄りの物乞いが起きていたこと一切を見届けていた。昨晩、この犯罪が起きたとき、ここに居合わせたのだ。そのとき彼は一人で酒を飲んでいたのだが、アスリーヤ（イラクの蒸留酒製造所）のアラクのボトルを半分空けようかというところで、真っ暗な小路に争うような物音が聞こえた。最初はそんな音は気に留めずにいた。深夜に貧しく小さなねぐらに帰る物乞いたちには、酔っ払ってやらかす喧嘩など日常茶飯事である。互いに罵り合い、突如として自らの悲惨な状況を思い起こし、問題はたまたま眼前に立っている誰かのせいだと勝手に妄信する。それはたいてい同じ試練を味わっている物乞い仲間の誰かだ。

喧嘩は終わりそうにない。悪口雑言の声が高くなり、喘ぎ声や嘆息、苦痛の叫びが混ざりだした。この段階に至ってようやく酔った物乞いも窓から頭を出してみたが、暗くて何も見えない。ところがそのあと、遠く小路の外れで方向転換をした車のヘッドライトが当たり、互いに手を掴みあって輪を作るような五人の姿が視界に浮かびあがった。

四人の物乞いの遺体が発見された日の晩、老いた酔いどれはブローカーのファラジュの事務所までしょっ引かれてきた。どうにも黙っていられずに、この年寄りは昨夜の目撃談をまくしたて始めていたのだが、その話が耳に達するや否やブローカーのファラジュはこれは影響力を強化するチャンスかもしれない、と思いついたのである。酔いどれの物乞いはまだ酩酊状態から醒めていない。全く醒めないまま、まともにはとても受け入れられないような、支離滅裂な話をしている。しかし利用する分には大した問題ではない。

ブローカーのファラジュは酔いどれの物乞いを大いに罵り、さらにはありとあらゆる酔っ払いもワイン・ショップも糞味噌に言いのけて、この国をこんな輩の唾棄すべきふるまいから清めてくださいますようにと神への祈願の言葉を唱えた。そして、アメリカ人怖さから聖なるイスラーム法を施行せず、人々を安んじることも不幸から救うこともしない政府をぼろくそに言った。そんな彼を酔いどれの物乞いは、窮鼠そのものといった目で見つめ、恐ろしい言葉が繰り返されるのをただ聞いていた。

警察のパトロールが去った一時間後、彼はそうして物乞いを問いただし、そこで物乞いは地区で言いふらしていたのと同じ言葉を繰り返したのだった。

「でっかい口のやたら醜い奴がいたよ、あの五人の中に」

「あいつらは四人だろう！」

「違う。五人だ……四人とも、その五人目の首を絞めようとしていたんだ。なのに、かわりに仲間の首を摑んでたんだよ」

「何なんだ、そりゃ……おい、このクソ野郎」

ブローカーのファラジュは小馬鹿にしたまなざしで年寄りの物乞いを見つめながら静かに紅茶を

啜った。

同じ時刻に、静かに紅茶を啜っていた男がもう一人いた。追跡探索局局長、スルール・ムハンマド・マジード准将である。

部下の一人が彼のオフィスに入ってきた。そして、「四名の物乞い」と書かれた封筒をテーブルの上に置いた。局長は、大ぶりのティーカップを受け皿に置き、封筒を手に取るとひっくり返してこの件が追跡探索局の業務の対象かどうかを確かめた。犯罪捜査レポートの要約は明瞭に示唆している。

物乞い四名は互いに首を絞め合って死亡した、と。

二

マフムードは、アリー・バーヒル・サイーディーと、彼の黒塗りのメルセデスに同乗して出かけた。時々ではあるが、サイーディーは彼に対しやや有無を言わせないところがある。社内で呼び出されたとき、もうサイーディーはデスクの前で黒革の鞄を携えて立っており、出かけようとしていた。

「ちょっとお出かけしなきゃいけない、君に一緒に来てほしいんだ」

たいていこんなふうにサイーディーは言う。マフムードはこの曖昧な説明はどういう話なのだろうとどうしても気になってくる。サイーディーは相手をつまみ上げ、ひきつけるようなこの手の説明の仕方を大いに好む。一言ですべてを明かすことはせず、ぽつんぽつんと滴らせるように見せていくのだ。例えば、気がつくとマフムードはサイーディーと一緒にグリーン・ゾーン（バグダード中心部にある旧米軍管理領域の通称。連合国暫定当局（ＣＰＡ）や復興本部が置かれ、連合国軍の厳重な警備の下にあった）に入っていたりする。暫時、検問所のチェックを受け、二人は現政権の大物官僚として知られた面々とともにエレベーターに乗り、上昇する。一度だが、エレベーターの中で企画相に会ったこともあった。マフムードは彼がサイーディーと笑いあうさまを見た。ああ、そうなのか……二人は友だち同士なのか！　女たちが何人もサイーディーと握手をしている。通訳、職員、ジャーナリスト。そのほか、落ち着き払ってあまり美しくない女たちは議会で仕事をする連中である。マフムードはあらゆる場所でガラスや大きな鏡に映る自分を眺めながら、実は何も見ていなかった。彼が見ているのはサイーディーとその複雑な取り巻き連中だけだ。

「僕たちはどこに行くんですか？」

　サイーディーの車に乗り込みながらマフムードは言った。日中は終わりに近く、少しずつ空は闇に染まりつつある。本意ではないが、ハーゼム・アッブードとの約束はキャンセルしなければならない。ワズィーリーヤ地区のヒワール・ギャラリーで開催されているハーゼムの友人の報道カメラマンの写真展を観に行こうと今朝、誘われていたのだ。たぶん明日には行ける。

「ある旧友に会うことになっているんだ。きっと彼から有益な情報が得られるだろう」

「何についての情報ですか？」

「俺は、ここのところ彼とちょっと付き合いがあるんだ。この世界で、我々の一切あずかり知らぬことがいろいろ起きている。現在の治安上の混乱に拍車をかけるものがね。我々としてはどんな情報であろうと利用して、アメリカ人や政府を困らせてやらないといけないからな」

　サイーディーはそう言ったが、マフムードにはどういうことか全くわからなかった。マフムードはサイーディーのことをアメリカ人や政府の友だちだとばかり思っていた。なぜ連中を困らせようとしているのか？　思い切ってさらに質問するだけの勇気はなかった。サイーディーが言うところのこの旧友とやらに会えば、そのときわかるだろう。

　車がカッラーダ地区に入ると、二人はゆっくりと巡回する米軍のハマー軍用車のせいで生じた渋滞に巻き込まれた。米兵たちは後方の車列が武器を搭載しているという合図を出しており、その車列はハマー軍用車から二十メートルの距離をとりながら後に続いていた。

　サイーディーはカーステレオをつけた。途端にホイットニー・ヒューストンの歌があふれ出す。サイーディーが目の前の光景に腹を立てた様子は見えない。サイーディーは総じて何に対しても怒りをあらわにすることがなかった。ファリード・シャッワーフに言わせると、彼は未来を信じているからだ。もっとも、ファリードはこの表現を一種の皮肉として言ったのであり、真に言わんとしていたのは、サイーディーが（自分は）もっと良いご身分になれるとわかっている、ということである。ファリードは、それは、この国とも、この国で今起きていることとも関係なく、だ、と言ったが、マフムードはこの言葉に困惑の表情を浮かべるしかなかった。ファリードがサイーディーにどういう態度をとり、サイーディーが全体的な状況においてどういう立場にあるのかなどあまりくだくだしく考えたくない。こうしたことには層倍の努力が必要であり、精神的に自由な状態で集中しなければならない。そのいずれも今の彼には無理である。であれば、単にこう考えて自分を欺いてみるべきだろう。友だちで、同僚であるファリード・シャッワーフは食えない奴で、何に対してもありがたみを覚えることがないし、皆を傷つけようとばかりしている。そのとおりだ、とマフムードは思う。ファリードはマフムードの骨折りのおかげで雑誌社に残れたことさえ特にありがたがらなかった。彼は免れたが、ザイド・ムルシド、アドナーン・アンワル、そして痩せっぽちの娘のマイサは解雇された。彼女は解雇の決定を聞いたとき身も世もなく大泣きしていた。

サイーディーの車は、マフムードがバグダードの通りでは見たこともないような恐ろしげなコンクリートの塀に囲まれた重厚な鉄製の門の前に到着した。すでに夜になっていた。サイーディーは渋滞を避けるためにジャーディリーヤ地区のあちこちの小路で曲がったので、ついにマフムードはどこに着いたのかわからなくなった。門が開き、両側に鬱蒼《うっそう》としたユーカリの木が立ち並ぶ無人の長い道を入っていった。前進するごとに静けさは密度を増し、車の音や警察のサイレンもどんどん遠のいていく。

最後に車は曲がって横道に入った。マフムードはそこに警官が立っているのに気づいた。そばには米軍のハマー軍用車が一台と一般車が何台か停まっており、警察の制服を着た男が車を寄せておく場所を示している。

二人は車を降りて、二階建ての建物の中に入った。私服の男が二人についてきた。サイーディーはマフムードのほうを向いていつものように微笑みながらこう言った。

「そうだ君、先約か何かあるわけじゃないよな？　……今日は彼と一緒に晩飯を食おう」

彼らは巨大なオフィスに入った。入った瞬間、マフムードは空気中に芳香剤の林檎の香りをかぎ取った。デスクの陰から禿頭を光らせた私服姿の色白の小男が立ち上がり、口の中で何かをもごもご言いながらサイーディーと抱き合った。二人はそのまま笑い続けていたが、そののち彼はマフムードと握手をして、三人でデスクの前の柔らかなソファに腰かけた。そこでマフムードは、この男が追跡探索局局長のスルール・ムハンマド・マジード准将であると知った。しかし何の追跡探索をするのだろう？　それは、ここで話しているうちにわかるだろう、とマフムードは見通しを立てた。

サイーディーは短い訪問だと言っていたが、それは二時間以上も続いた。さまざまなおしゃべりをしながら笑いすぎて涙を流したりもする。マフムードも大笑いした。長居自体には何の問題もない。「ママもパパもいないから遅くなっても大丈夫」というあれだ。今日はもうバターウィイーン地区のしけたホテルに帰るくらいしかない。ただ、無性に煙草が吸いたかった。でもこのオフィスに林檎の香りを漂わせている伊達男が喫煙者を歓迎してくれるとは思えず、サイーディー自身も煙草に火をつけていない。

この邂逅《かいこう》の間にマフムードはスルール准将がサイーディーの旧友であることを理解した。二人は同じ中学校の同級生だが、何年も会っていなかったらしい。そして、今ようやく一つ所で再会を果たしたというわけだ。おそらく「新生イラクへの奉仕」という名の同一の仕事に就く者として。

スルール准将は前政権時代のイラク軍情報局では中佐の職位にあった。そして新たな環境においてはバアス党根絶運動の対象から除外されたうえに、昇進まで果たした。通常扱わない類のセンシティブな職務に就いたためである。彼は、米国によって設立され、現時点も彼らの監督に大部分は服している特殊情報部門の責任者である。その職務は、怪事件全般、そして特定の出来事に関して作られていく都市伝説や寓話の類を追跡し、そこから現実に起きている事象を突きとめることである。さらに重要な職務は、この先起こりうる自動車爆弾による自爆テロや要人や大物の暗殺といった犯罪を予見することだ。彼らは過去二年間、この分野において大いに貢献してきた。それらの貢献はすべて裏方として陰に隠れてなされている。彼らによって得られた情報は表立たない形で利用され、秘密の保持と職員の安全を保障するため、追跡探索局の活動は一切明かされずにきた。

なぜサイーディーが自分にこんな詳細な情報を全部開示してくれるのか、マフムードにはわからなかった。このよくわからない「お出かけ」に同行させたりして、どうして彼はこれほどまで大きな信頼を寄せてくれるのだろう。これが初めてではなく、最後とも思えない。この二か月というもの、彼はサイーディーと黒塗りのメルセデスで何か所も回っている。マフムードは知っており、サイーディーも知っているだろうと思っていたが、有力者を狙うばかりではなく、サイーディーのように、趣味の良い服をまとい、高級車を乗り回している個人を無差別に狙う暗殺事件も起きている。いつか誰かが確実に彼を暗殺する。そのときには同行する者も巻き添えで死ぬかもしれない。マフムードの人生の物語も、出世の階段を駆け上がっていく夢も一巻の終わりとなるかもしれない。

サイーディーは軽率であるか、英雄であるかのどちらかだ。自分の周りで何が起きているかを理解していないのか、勇敢で向こう見ずなのか。マフムードは、少なくとも他人の目が届かない一人きりのときは自分自身を軽率極まる人間だと認識するようにしていた。彼の人生に起きた転換は、ひとえに自分の軽率さが招いたもので、計画性や賢明さゆえではない。もとをただせば、バグダードに出てきたのもアマーラ市でほとほと困惑した大いなる軽率さゆえの話であった。

筋肉質な体つきをした若者が、紅茶カップが載った平たい盆を彼らのそばのテーブルに置いた。それで、マフムードは放心状態から我に返った。スルール准将はサイーディーに、雑誌にはいかなる情報も漏らせないと再三断りをいれていた。

「我々のところには超心理学を専門とする分析官がいるし、占星術師もいる。降霊やジン（砂漠などに住む精霊。特殊な力を持つ）と会話ができる専門家もいる。自称預言者もね」

「君はそんなことを本当に信じているのか？」

「仕事だからな。君は我々が対峙している奇妙な話がどれだけ巨大な分量になるか知らないだろう。我々の使命は、もっと統制力を高め、暴力やヘイトを煽るプロパガンダの発信源について可能な限り多くの情報を得て、内戦の勃発を阻止することにある」

「内戦？」

「我々は、今や情報戦の真っただ中で生きているんだ。情報の国内闘争が起こっている。自称預言者の中にはあと六、七か月以内に本当の戦争が起こると言っている奴もいる」

こうしたやりとりを聞いたとき、マフムードの心臓はどくんと高鳴った。頭の中はジェット機のエンジンのように高速で回り続けている。この不可思議な言葉の奔流をかいつまんでみようと試みたが、できそうになかった。口をつけていない紅茶カップのガラスの持ち手をつかんだまま、マフムードは固く押し黙っていた。自分の全存在が、とてつもなく大きな耳だけになってしまったような気がした。

「君に話したあの印刷所を買収すべきだろうか？　俺は手を拡《ひろ》げたほうがいいかな、それともやめたほうが？」

サイーディーがそう言うとスルール准将は立ち上がり、突然全身で着信音を奏で始めた携帯電話のスイッチを切りに行った。遠くから、上目遣いで眼鏡越しにサイーディーを見ると、彼はこう言った。

「すべきじゃないと思う。今はその件は放っておけよ」

そう言われて、サイーディーは特に感想も述べずに、利用可能な情報についての話に戻った。スルール准将はデスクの上から紙封筒を手に取り、頷いて言った。

「これはバターウィイーン地区で数日前に四人の物乞いが絞殺された事件の封筒だ。彼らは互いの首を絞め合って死んだ。この事件には何かのメッセージが込められている。何かを伝えようとしている奴がいるんだ。我々はまだあまり多くの情報は得ていないが、サアドゥーンの警察本部に連絡すれば、この事件を追うことができるだろう」

サイーディーは「君がこの仕事を担当するんだ」とでも言いたげにマフムードを一瞥し、それから友人のスルール准将に視線を戻した。准将は客人たちの向かいのソファに座りなおしもせず、デスクの前に立ったままでいる。ほかに似たような話はないか、と尋ねられ、准将は「あまり多くは話せないんだよ」と告げると少し黙った。それから、部屋の真ん中へと戻り、こう言った。

「発砲されても死ななかったという犯罪者の情報が来ている。情報がバグダードのあちこちの地区から寄せられている。銃弾が頭や身体をぶち抜いたのに、そいつは走り続け、逃走を続けている。血も出ていない。これらの情報を俺たちは照合していく。俺は、これはただの誇張や虚言ではないと思う」

彼はデスクの端に近づくと、呼び出しのベルを鳴らした。あの筋肉質の身体の若者が指示を聞きに部屋に入ってくる前に、スルール准将は旧友を見つめ、うっかり注意し損ねた何かに気づいたかのように微笑んで言った。

「君は、印刷所の件のために来たんだよな？　もし君が報道ネタにしたとしても、誰も信じないだろうが」

「俺は君に会いに来たんだ、友だちだろう……印刷所とか犯罪者とかは、会話の潤滑油さ」

二人は爆笑した。マフムードは自分も一緒になって大笑いしているのに気づいた。

三

その晩、ウルーバ・ホテルの部屋のベッドに寝ころんでマフムード・サワーディーはICレコーダーを起動し、気づいた点を記録した。

奇妙な点……サイーディーは旧友の奇妙極まる職務をあざ笑っていた。ジンも自称預言者の話も笑い飛ばした。にもかかわらず、印刷所買収に関して彼の助言を求めた。サイーディーは、予言による情報を得た。それは確かだ。そしてそれに異論を述べることもなかった。スルール准将の言葉を一般常識みたいに受け入れた。

もう一つ確かなのは、サイーディーが常にこの手の情報を得ており、そのおかげでバグダードの通りを安心して歩き回っているということだ。彼は大っぴらに外出するのを恐れないが、それは勇敢だからでも向こう見ずだからでもない。単に自分が死なないと知っているからだ。

あの二人は、まるで映画館でこれから上映される映画の話でもするように内戦について話していた。二人とも笑っていた。状況が非常に悪いことは確かだが、サイーディーのそばに残っていれば、自分自身に関して言えば、少なくともまず悪いようにはならないという保証がある。

サイーディーはイスラーム主義者で、彼の旧友はバアス党至上主義者だ。だが、サイーディーは「転向した」イスラーム主義者である。国を出ている間にだいぶ考えが変わってしまった。旧友の准将も「転向した」バアス党至上主義者だ。彼に対して強く共感するところがある。何せ彼は旧友で、お互い似たもの同士だからだ。

しかし、ではなぜサイーディーは帰り道で准将のことをあざ笑っていたのだろう。彼はあの林檎の香りまで馬鹿にして笑っていた。壁掛けの装置から数分おきに噴霧されていた香り。サイーディーはこんなことを言っていた。バアス党至上主義者は林檎の香りが好きなんだ、あれは、ハラブジャで使った化学兵器の毒ガス特有の香りだからさ、アハハハハハハ（一九八八年、バアス党のサッダーム・フサイン政権は、イラク北部クルディスタン地域のハラブジャに化学兵器を投入し、多数の住民を殺害した）。

あんな言い方ってあるか、なんてどす黒く、邪悪な……ああ、……神さま。

どうしてサイーディーは僕にこれらのことを目撃させたのだろうか。すでに四人の物乞いについてはアブー・アンマールから聞きだした。彼もそのとおりだと請け合った。この界隈の人は皆この話を知っている。そしてここの全住民は恐怖にかられひたすら成り行きを見守っている。その生きた記録によってではなく、死によって有名になってしまった物乞いたちは、絞め殺されたあと、複雑かつ怪態《けったい》な技で、互いの手と首を組み合わせ、繋がれたのだ。

「一群の経絡経穴というのがある。肩と背中と脊髄の特定の場所に中国鍼《ばり》を打ち込むと、全神経が緊張して突如として身体が収縮し、硬直する。これがたぶん、あの四人のいかれた連中に起こったことさ」

「物乞いたち、です……」

「そうだ、物乞いたちだね……信号機も渋滞のタクシーも彼らがいなくなって寂しいだろうな。アハハハハハ」

サイーディーはそう言うと、車を七番通りの前のいつもマフムードが降りるところに停めた。この件を追ったほうがいいですか、それとも？　と聞くと、彼は答えた。

「もっと重要な事件がいくつもある。さっきのことは忘れろ」

車を降りるとマフムードは歩き続けた。疲労困憊し、身体が重たく感じる。自分の目の前で繰り広げられた刺激的な会話を思い起こした。特に、夕食の席上のあの会話。

豪華な夕食だった。スルール准将がこの二人のジャーナリストのためにしつらえたのだ。アルコール以外はありとあらゆる料理が並んだ食卓。マフムードは、スルール准将が現政権にかかわる人々の前では自分の姿に衰えの影を一点たりとも見せないようにしているのを理解した。彼は微妙な立場にある。治安維持のために国民に監視がつけられることがあるが、まさに彼には監視がつけられており、現政権にかかわる人々に情報が送られている。現政権にかかわる人々は、前政権で職に就いていた過去と実績を持つ彼に対し、心穏やかではいられない。だが、彼の有能さは衆目の一致するところであり、アメリカ人たちも彼を支援し、現政権が暴力をふるったり浅はかにも行き過ぎたことをしたりしないよう、彼を守っている。だから受け入れざるを得ないのだ。

二人は国内のあらゆる問題に踏み込んで語り、あたかも現政権の権力者がわからずにいる解決方法を知っているかのように見えた。新政権の指導者は無知で視野が狭い。解決は十分可能だ。少なくとも原則的にはあらゆる問題は半時間で解決可能なはずだ。それに対して真摯な欲求がまともにあったとすれば、だが。

しかし、今は二つの戦線が存在しているじゃないか。マフムードは自問した。一方はアメリカ人と政権で、もう一方は相争うさまざまな「テロリストや民兵たち」。政権とアメリカ人に楯突く連中であれば、とにかく呼称はこれ一つである。

マフムードはＩＣレコーダーを再び起動して口元に近づけ、また気づいた点を吹き込み、録音した。

「あの二人は、どのような形にせよ、アメリカ人側について仕事しているんじゃないのか？　どうして僕の前ではあんなに愛国主義者になろうとするのだろう。この混乱は何なんだ……うーーん……あの、悪酔いしそうな『お出かけ』についてはサイーディーに断りを入れなくてはならない。雑誌社での僕の仕事は昼の三時か四時で終わるわけだから、サイーディーとの関係もこの時刻で終わりにしよう。僕は彼の雑誌のために雇われているのであって、彼の人生のためじゃない」

朝になり、手持ちの服で残っていた清潔なツーピースを着た。汚れた服は大きな袋に入れて持ち、出かけるときにホテルの隣にあるクリーニング屋「二人兄弟」に出していく。ロビーに下りてみると驚いたことにハーゼム・アッブードがいた。アブー・アンマールとルクマーンが一緒だ。ルクマーンは、イラク広しといえどたった一人しかいないアルジェリア人で、ウルーバ・ホテルの古くからの客である。もっとも、彼がアルジェリア人だとは容易にはわからない。イラク方言を完璧に使いこなしている。

彼らはテーブルを囲んでガイマル・アラブとカーヒー（ガイマル・アラブは牛乳を煮込んで作るクロテッドクリームに似た濃厚なクリーム。カーヒーは具の入らないパイ生地で、イラクではこれに蜜をかけ、ガイマルを添えて朝食にする）にチャイグラスに注いだ濃いめの紅茶で朝食をとりながら、おしゃべりをしていた。太っちょの雑役婦ヴェロニカが、若い息子と一緒に雑巾と水を張ったバケツを持って部屋から部屋へと闊歩《かっぽ》しているのは、今週分の掃除の仕事にかかっているせいだろう。彼女たちは週に一回やってくる。アブー・アンマールとの契約次第でたまに間が開くこともあるが。

ハーゼムは昨晩はホテルで眠ったのだろうか。マフムードがおはようと声をかけると、一緒に朝食をとろうと席に招いてくれた。彼は席に着くと熱い紅茶のグラスを受け取った。昨晩の会話の酔いがまだよみがえってくる。まるでこの不愉快な幻想をかき消そうとするようにごくりと紅茶を飲み込んだ。

マフムードはハーゼムのほうを向き、どこで寝たのか、いつホテルに来たのか、昨日の写真展で何かあったかといった話を聞こうとしたが、アブー・アンマールが先にこんなことを言い出した。

「マフムード先生、気をつけたほうがいいよ。一歩出たら、このあたり一帯警察だらけだから……今朝、奴が殺されたんだ」

四

「奴」とはほかならぬ床屋のアブー・ザイドゥーンだった。痩せてごつごつした身体の年寄りだ。彼は、自分の床屋の前で白いプラスティックの椅子に座り、眠っているように見えた。床屋自体は足腰が利かず立てなくなったせいで何年も昔に若い息子に譲っていた。彼は眠っているのか、遠目にはそのように見えていたのだが、鋼鉄製の鋏の持ち手が首下の胸骨辺りから覗いていた。それは床屋の息子が店内で使っている商売道具の一つである。息子が店を空けて、商店街通りから入る小路の一角でワゴン販売の紅茶を飲んでいる間に、何者かが突然店に入ってきた。そして鋏を抜きとると、ぼんやりと我を忘れ、古き佳き日の思い出に浸りきっている爺さんの鎖骨の下に深々と突き刺したのである。

いずれこういう結末を迎えるだろうとずいぶんと昔から予期していた者もいた。アブー・ザイドゥーンが布団の中で穏やかに死ぬことは決してないだろう、神の裁きがそれを許しはすまい。息子たちはアブー・ザイドゥーンを白いプラスティックの椅子に座らせて、そのまま自宅から床屋の前まで連れて行き、それじゃまたねと告げるでもなく、優しい言葉を聞かせるでもなく、店の前にただ放置して立ち去っていたものである。アブー・ザイドゥーンは小路を出入りする人を良く見えもしない目で追ったり、知り合いに挨拶を返したりしていたが、たまに目の前を通り過ぎる亡霊にも手を上げて挨拶をすることがあった。父親が「あなたにこそ平安がありますように」と答えるのを聞いて店の中から息子がドアのほうを見ると誰もいない。

その後、医師は、この父親は心不全で亡くなったという死亡診断書を出した。つまり加害者はもとから死んでいた男を刺したのだと。そして爺さんの息子たちはこの説明で納得するつもりである。彼らには父を殺した男に何らかの復讐を果たすほどの気力はないからだ。

「かわいそうに……『最高の友』に会うには、爺さん、ちょっと突くぐらいで十分だったのに」

（「最高の友」は預言者ムハンマドが亡くなる際に発した「最高の友に会わせ給え」という祈願の言葉にある語で、物故した有徳の人々を指すと解釈されている）

アブー・ザイドゥーンが殺されたと知って、ブローカーのファラジュはそうコメントした。もちろん嘲笑含みで、作り笑いを浮かべながら彼は「サイッコーの友」と語句を変に伸ばして発音した。

ほかの人々はこの男の長年にわたる行状を、多くの若者たちを戦場に送り込んだ事実がいかほどのものであるかを思い起こした。故人はバアス党組織において活発に活動していた。あらゆる徴兵拒否者と新兵訓練基地への不参加者を真摯にしぶとく追い詰めていった。きっと何件かは住宅襲撃作戦にも参加しただろう。敵視され憎悪されるネタには事欠かない人であったが、この殺人を誰がやってのけたのかは誰にもわからなかった。行きずりの殺人でないことは間違いない。葬儀に参列した人たちは、アブー・ザイドゥーンの善行や彼がいかに他人を助け、困っている人に手を差し伸べてきたかを思い出そうと力を尽くした。結局のところ、熱烈かつ情け容赦ない党至上主義者としての彼の行状は、イラン・イラク戦争の最初の数年間くらいだったじゃないか、と、そのように皆は故人を思い直そうとしていた。よく言われることだが、死は死者に厳粛さをふんだんにまとわせてくれる。そして残された者に罪悪感を味わわせ、故人を許してやろうという気にもさせるのである。

だがアブー・ザイドゥーンの生前の行状に対し、無罪放免も、無条件での恩赦も、いずれもやる気のない者が少なくとも一人いた。

死後に味わう裁きなど何の役にも立たない、まず現世で裁きは下されなければならない。当然、死後にも恐ろしき復讐は果たされる。決して終わることのない永遠の苦しみが公正なる神より下され、そうして復讐も成就するだろう。それでも、裁きは現世で、衆人の目するところ、この場で下されるべきだ。友だちのウンム・サリームがうろたえてあの悪の老人がどうやって殺されたかを話すのを聞きながら、ウンム・ダーニヤールがひそかに感じていたのはこのことであった。ウンム・サリーム自身、神がアブー・ザイドゥーンへの復讐を成就させてくれたなら、門前で羊を一頭屠りますと誓いを立てた人であるが、今はもう何もかも忘れていた。長男のサリームが戦死してから二十年以上経っているのだ。しかし、ウンム・ダーニヤールは忘れなかった。ウンム・サリームにはほかにも三人の息子がおり、生き生きと活気に満ちた騒がしい家がある。イリーシュワー婆さんには毛の抜け落ちた猫と写真と古い家具しかない。アブー・ザイドゥーンが殺されたと聞いて彼女は心から神に感謝した。そして、復讐が成った暁には近所のアルメニア教会の聖母被昇天の画の前に二十本の薔薇の蠟燭《ろうそく》を灯しますという心躍る誓いを思い出した。二十とはアブー・ザイドゥーンが彼女の手から奪っていったときの息子の年齢の数である。彼女は蠟燭がすべて溶けつくし、溶けた蠟の中で二十の炎が消え果てるまで、聖母被昇天の画の前を離れなかった。息子故にたぎっていた心の熱も失せていく。主の裁きを目の当たりにしているのだ。主は彼女からの感謝を受けてしかるべきである。

ウンム・ダーニヤールはアブー・ザイドゥーンの件について決して赦免など求めない。ヨシュア神父は許しを乞いなさいと告げるであろうが、未来永劫、ヨシュア神父にこの話をするつもりはない。神も、殉教者の聖ゴルギースも、猫のナーブーも、帰ってきた息子の亡霊も、彼女がしたことこそが正しき裁きだと告げてくれるだろう。完璧な正当性をもって復讐を果たした喜びに彼女はうち震えた。なぜならこのおかげで彼女の信仰心はより強くなり、萎みかけたその魂も生き続けるのに必要なだけの力を得たからである。

五

エジプト人アズィーズのカフェのいつもの木の長椅子で、古物屋ハーディーの前に二人のごく若い男が座っていた。二人とも太っていて、柔らかな口髭を蓄え、また二人ともピンク色のシャツと麻の黒ズボンを着けていた。まるで何かのチームかクラブのメンバーのようだ。頭髪は短く刈り込み、もみあげは耳のラインで切りそろえている。やたらと笑っては冗談ばかり飛ばしていた。二人は今朝やってきて、やおら古物屋ハーディーの前に腰を下ろすと今に至るまで、すでにチャイグラスの紅茶を四杯も飲んでいた。一人が木のテーブルの真ん中に小型のＩＣレコーダーを置いた。

二人はそろって古物屋ハーディーを見ると、同時にこう言った。

「遺体の話をしてくださいよ」

「名無しさん、の話かい」

ハーディーは二人の発言を訂正した。彼は自らの手で作り出したあの存在に「名無しさん」という名をつけている。あれは実際、単なる遺体ではないからだ。「遺体」とは個人か特定の一存在を示すもので、名無しさんにはふさわしくない呼称である。いつものごとくあの話であれば気楽に構えて語れるはずなのだが、ICレコーダーの存在がハーディーに不安感を与えていた。ここ数日、この一帯の雰囲気も物騒で落ち着かない。エジプト人のアズィーズがチャイグラスのお代わりを持ってきて古物屋ハーディーの前にそれを置くと、目をつぶって見せた。何を言わんとしているかはすぐにわかった。アズィーズもこの二人の若者に不穏なものを感じているのだ。この二人は、治安維持機関か軍の情報部かどこかの治安部隊の人間である。彼らが古物屋ハーディーに面会するのは、これから彼を逮捕拘束するからに違いない。

「名無しさんは死んだよ。神のお慈悲がありますように」

「どうして死んだ？　……いや、……最初から話してもらおうか。あんたはどうやって遺体を作った？」

「名無しさん」

「じゃ、名無しさんを……話してくれ、あんたのお茶代は俺たちが持つから」

「だから言っただろ、死んだよ……」

そういうとハーディーは即座に席を立った。アズィーズに大声でこのお茶を引っ込めてボトルに入れてくれと頼むと、笑う二人が困惑するのも構わずにカフェから出て行った。二人はエジプト人のアズィーズにも遺体の話をしてくれと頼んでみたが、彼も全く口を割らなかった。それからさらに三十分ほど二人はひそひそと語り合った。その顔から満面の笑みは失せている。彼らはアズィーズに紅茶代として五千ディーナール（イラクの貨幣単位。二〇〇五年当時のレートは一日本円＝約十三ディーナール）にたっぷりおまけして支払うと、店から出て行った。

昼時、ハーディーはカフェに戻ってきた。自分の席に着くと隣のアリー・サイイドの食堂からインゲン豆のトマトソース煮込みとバターライスが乗った盆が出前されてきた。それを食べていたら、エジプト人のアズィーズがサモワール（茶を淹れるための銅製の湯沸かし器）の前でチャイグラスや皿を洗い終え、彼の前にやってきて座った。アズィーズは深刻な顔つきをしていた。

「お前、一体、どないなっとんや……あのいつものほら話、忘れたほうがええのと違うか……」

「どうかなるかな？　つまり」

「どうかなるかな、やて。……あいつらここんとこの殺しをやった下手人を探し回っとるんや。ほれ、四人の物乞い、アブー・ザイドゥーン、ウンム・ラガドんとこの姉ちゃんの部屋で絞め殺された将校なんか」

「それが俺と何か関係あるわけ？」

「あんな話して、お前えらいことになるで……アメリカ人にとっ捕まったら、どこに連れてかれるかわからんやろ。どんな濡れ衣を着せられるか、わかったもんやあらへんで」

ハーディーの心臓はぎくんと高鳴った。彼はとりあえず昼食を平らげたが、友だちのアズィーズにわざわざ言わないまでも、心に決めた。金輪際あの遺体の話は絶対にしない。

アズィーズは酔いどれの物乞いがどんな話をしたか、そしてそいつが見たという四人の物乞いを殺した奴の様子がどうだったかを教えてくれた。醜悪な容貌で、裂傷のような口をしている。ウンム・ラガドと女の子たちが語ったものも同様だ。闇の中で襲いかかり、女の子の部屋で寝ていたあの将校を絞め殺した男。そいつの身体はぬるついて、血かトマトジュースまみれのようだったという。そいつが屋根の上に跳びあがったとき、若い連中が銃を手に——昨今は誰もかれも武装しているから——応戦し、そいつに向かって何発も発砲した。弾丸は身体に命中し、貫通した。なのに、そいつはお構いなしで駆けだし、屋根から屋根へと軽やかに飛び移るとついに姿を消した。

この件が、色白のウンム・サリームの話で打止めとなるかどうかは怪しい。この先何が起きるか誰にもわからないのである。ウンム・サリームは、小路で自宅の門前の石段に座っているとき、奇妙な姿の男を見たと言い張っている。迷彩柄のアーミー・ジャケットをまとい、遠目には顔が全く見えないように頭巾を被っていた。彼は俯いて地面を見ながら床屋のアブー・ザイドゥーンの店のほうからやってきて、ウンム・サリームのそばを通り過ぎた。彼女は横からその顔を見た。

あれほど、醜悪なものを目の当たりにしたことはなかった。こんなものを神が創り給うたなどそんな罰当たりな話はとてもありえない。男を見た衝撃で心がぎくっと痛くなって、怖くて震えて仕方なかった。

と、ウンム・サリームは会った全員にこの奇妙な男の話をしゃべりまくり、あれがアブー・ザイドゥーン爺さんを殺したんだよと吹聴した。そこでついにある晩、アブー・ザイドゥーンの息子たちがウンム・サリームを訪ねてやってきて、こんな話をいつまでもするんじゃない、と夫や子どもたちのいる前でこっぴどく叱りつけるまでになってしまった。我々の父親は心不全で死んだのだから、と。

「お前の話、物騒なことになってきた……身を守るためや、今はちょっと控えとき」

その一言で話を締めくくると、エジプト人のアズィーズはカフェに入ってきた年寄り客の呼びかけに応えて立ち上がった。古物屋ハーディーは席に座ったままカフェのウィンドウから商店街通りの自動車や通行人を眺めていた。ポケットから煙草を一本取りだし、火をつけ、吸い始める。そうして三十分も煙草を吸い続けていたが、今に至るまで、ハーディーが沈黙したままこれほど長く過ごしたことはなかった。ほんの少しの間、たいてい午後に行う仕事がらみのお出かけのことすら忘れていた。心の中に芽生えたたった一粒の恐怖の種に、彼は完全に打ちのめされた。途方もないほら話が、真実になってしまうかもしれない。はるか遠いような気のする、あの夢を彼は思い出し、その夢を心の中で再現した。そしてもう一度エジプト人のアズィーズの言葉を思い返して、アズィーズは何かに感づいたのだと確信した。トマトペーストだか血糊だかの話以外、正体不明の殺人者の特徴は、彼が見知っているそれと符合している。まるで顎全体に広がる裂傷のような大きな口。醜悪な姿。額と両頰にかけての糸の縫い目、そして大きな鼻。

古物屋ハーディーはエジプト人のアズィーズに「またな」と言ってカフェを出た。アズィーズはまことの親友だ。ほかの連中は誰もがハーディーを役立たずの屑だと思っている。彼が行方をくらましたとしても誰も探しはしないだろう。今は、特段の理由もなく、望んでもいないのに、あまたの人間が行方不明になっていく時代である。彼はまだ生き続けていたかった。捨てられるものを購入して、修理して、もう一度売り物にする。大儲けしようとか仕事を拡げようなんて思わずに。そういう野心は病気みたいに厄介だが、大切なのは、好きなときに女と寝られて、酒を啜れるくらいの少しの金がポケットの中にあることである。好きなものを飲み食いして、誰にも管理されず責任も負わず、気ままに眠って起きること。

ハーディーはバーブ・シャルキー地区のハルジュ市場に出かけた。彼はある露天商のところでラジオとナショナル製のレコーダーを売りに出していた。この露天商は一度で全部買い取るのは断ったので、委託販売ということで合意したのである。露天商は彼に売れた分の代金を渡し、売れなかったものはハーディーが望んだときに返してよこすことになっている。

日没前に彼は自宅のあるバターウィイーン地区に戻ったが、米兵が展開しているのを目撃して震え上がった。彼らは完全武装でヘルメットを被り、銃を担いで、すべての小路を縦横無尽に歩きながら疑わしげな視線を皆に向けている。ブローカーのファラジュがいた。灰色のディシュダーシャを着て、長い黒数珠を手に通訳の一人と立ち話をしている。それでわかった。これは、昨晩起きた派手な銃撃の情報を受けて、武器捜索のためにいつものローラー作戦をやっているのだ。ハーディーはなるだけ米兵たちと目を合わさないようにしてゆっくりと壁沿いを歩いた。自宅に入り、苦心しつつ重い木製の門扉を押してぴったりと門を閉ざした。彼は小路で動き回る音を聞きながら、TVレポートでしばしば報じられる映像のように捜索のために門扉がノックされるか、軍靴の鋭い一撃を受けて蹴破られるか、その瞬間を待ち構えた。恐怖の中で長時間ひたすらそれを待ったが、ついに彼らは小路から出ていき、彼はほっと一安心した。そこで彼は、楽しく小さな木製テーブルの修理にかかった。あちこちに釘を打ちつけ、それから艶出しにニスを塗って、乾かすために中庭の外気にさらした。日が落ちると、彼は家を出て酒屋のエドゥアルド・ブールスの家に行った。エドゥアルドはウンマ公園そばの店舗を閉めてしまった。彼の小さな店はある日の未明に手榴弾を投げつけられて木っ端みじんになり、備品も燃えてしまったからである。彼にしてみれば唯一うまくやれる商売ということもあり、その後は仕事場を自宅に移した。ハーディーはウーゾ（ブドウの蒸留酒にアニスで香りづけをしたもの）のハーフボトルを彼から買い、白チーズとオリーブとほかのこまごましたものを近隣の店で購入してから家に帰った。

鉄製の丈の高いテーブルの上にウーゾの瓶とコップとつまみの皿を並べ、夜の長い時間を彼はソファに座りしんみりと酒を飲みふけった。煤まみれのランプから弱く光がさしているだけの暗闇で、ラジオからはとぎれとぎれの雑音が聞こえる。いつもやるように彼は最後の一杯は高く掲げた。まるで騒々しい酒場で隣に座る幻影に挨拶するようだった。それは、すでに去ってしまったか、まだ会ったことのない人々の幻影だ。彼は暗闇にも、ドブネズミどもがたがた音を立てていく散らかった部屋の備品にも挨拶をした。最後の一杯を飲み干し、ハーディーはドアのほうから漏れてくる何かの音を聞きつけた。音の方向に向き直ると何かが動くのが見えた。ドアが大きく開いた。その後ろから背の高い男の黒い影が現れる。その人影が近づいてくるのを見て、彼の血の気が引いていった。

ランプの黄色い光がその奇妙な男の顔を照らした。男の姿がはっきりと現れる。糸で縫い留められた顔、大きな鼻、そして創傷のように裂けている口。

第七章　ウーゾとブラッディ・メアリー

一

朝一番の早い時間、ブローカーのファラジュに手下の者が、「この地区を歩き回って、ファラジュが所有する家屋の壁に青スプレーで印をつけている連中がいる」と知らせてきた。実は彼らはバグダードの歴史的家屋保全を専門とする協会のメンバーで、バグダード県庁と県議会の職員が同行していた。ブローカーのファラジュは緊張の面持ちで大事な文書類を収めた小さな革鞄を持つと、見回りや仕事を助けてくれている地元の若いのを数人引き連れ、彼らのところまで行った。

彼らはウンム・ダーニヤール家の前にいた。ノックをしているが、返事はなく門も開かない。見かねたウンム・サリームが自宅から出てきて、彼女なら教会に礼拝に行っていますよと知らせた。若者は手に持った青スプレーの缶を振って壁に×印を描いた。次に彼らは古物屋ハーディーの家に向かい、×印をここでは黒いスプレーで描いた。これはこの家は修復には適当ではない、すなわち撤去される可能性があることを意味している。ファラジュには彼らが話している言葉はわからなかった。しかし、ファラジュが所有する、もしくは国家から合法かつ手順を踏んで賃借している家屋を、彼らが奪おうとしているのは確かである。彼らはこれは統計と歴史的家屋、特に木製のマシュラビーヤ窓を持つ家を特定するためのルーティン・ワークだと言っていたが、こうした古い家屋の四、五軒に手を付けたブローカーのファラジュにはよくわかっている。これは家屋接収に向けた一歩だ。

そこで彼は若者たちに突進し、口論をしかけた。すると中の一人が彼の顔に指を突きつけ、公務執行中に公務員の仕事を妨害してはならないと警告した。隣人たちが割って入って彼を遠ざけてくれたが、協会の若者たちも同行の公務員たちも不安を覚えたようで、足早にその場から立ち去った。

その後もこの若者たちが個別に地区に出入りし続けていたことを、のちにファラジュは知った。彼らはウンム・ダーニヤールにも会って、国に家を売却するよう説得を試みていた。彼女は家賃を一フィルス（イラクの通貨の最小単位。千フィルスが一ディーナールとなる）も払わずに、神が望み給うだけ家に住み続けられ、死後、あるいは家から退去した後に、自動的に家の裁量権が国家に移るという好条件でである。

仮に彼女がこの申し出を受けたらどうなるだろう。ブローカーのファラジュにしてみれば痛恨極まる話である。しかし婆さんはおそらくいつものように断るだろう。実際、彼女は息子の不在中に家を勝手に処分するわけにはいかないと告げた。彼らは彼女の話を拝聴したが、どうにも当惑することばかりでよくわからなくなってきた。バグダードの中心部には同様の家屋が数多く点在し、その問題に彼らは忙殺されている。彼女にかかずらわってあまり長く時間をとるわけにはいかなかった。彼らは帳面やメモ帳に家と持ち主に関する注意事項を書き入れ、そしてたぶんこの老婆の話についてもっと正確な説明を受けるため、後日に訪問する予定を加えたことだろう。

歴史的家屋保全協会の若者とはちがって、ブローカーのファラジュには婆さんの言葉の意味も何を言いたいのかもよくわかっていた。だが、彼は彼女の発言の根拠をまだつかんでいない。彼女はパン屋やチーズ売りの前で、帰ってきた息子に今日は何の料理を出してあげるかという話をしていた。同じことは、ウンム・サリーム家の中庭に集い、金槌で胡桃を割り中身の仁をもぐもぐつまみながら熱い紅茶を啜っている年寄りのお隣さんたちの前でも繰り返されている。最初、婆さんたちは悲しみを覚えた。かわいそうに、耄碌しきったイリーシュワー。変てこな真っ赤なスカーフなんか被って、ついに正気を失ってしまった。

ところが夜も深い時刻に、闇をまとった若者がイリーシュワー婆さんの家の門から出てくるのが目撃された。

その知らせが広まったとき、きっとこの奇妙な訪問者はまた夜現れるだろうと、若いのが何人か小路の物陰で待ち伏せをした。しかし彼は現れなかった。そして一週間もすると皆はこの話を忘れてしまったのだが、そのあと偶然、家から男が出てきて門をぴったり閉め切ったのを数人が目撃した。彼らが追って駆け出すと、男はすさまじい速さで走り、姿をくらましてしまった。

ウンム・サリームはお隣さんたちに、うちの主人は本当のことを知っているのよ、と語った。ウンム・サリームの夫は日がな一日二階バルコニーの窓辺に座って古新聞を読んでおり、時折目を表にやって小路の動静や近所の家を出入りする人たちを追っている。これが彼の唯一の愉しみなのである。寡黙な夫はしっかり請け合った。あの訪問者は泥棒か犯罪者にちがいない。息子を騙《かた》って婆さんを欺き、婆さんの家を隠れ家として使っているのだ、と。

時々お茶飲みに参加して、ウンム・サリームからこの話を聞いた若い女は「ブローカーのファラジュが黒幕よ」と言い放った。ウンム・サリームは呆気《あっけ》にとられぽかんと口を開いた。ブローカーのファラジュが、賃借料値上げに応じなかったせいで賃借人だった彼女と息子たちを家から追い出したのを知っているからである。若い女は憎しみをあらわにして、この地区のあらゆる悪の陰にはブローカーのファラジュがいるのよと語った。そうに決まっているじゃない、と。ファラジュは真っ暗な夜中、彼女がどうなるか、小さな息子たちがどうなるかも斟酌《しんしゃく》せず、容赦なく追い出しをかけた。そのことを言っているのだ。それからウンム・サリームの中庭に座る女たちの間で話はどんどん膨らんで、一層錯綜していった。

ファラジュ憎しのこの女は、ここのお仲間は前に自分が言ったことをすっかり忘れている、と確信したかのように語った。

若い男がね、あの古物屋が住んでいる家の低い壁をよじ登って、イリーシュワー家の二階の崩れた二部屋のところに飛び移ったの。きっと部屋に降りて、イリーシュワー婆さんをベッドの中で絞め殺そうとしたのよ。あれだけ齢《とし》をとった婆さんなら絶対誰も死因を探ることはないからね。眠っている間に神さまが魂をお召しになったんだろう、とか言って、皆それから全部忘れてしまうでしょ。

悪の若者は梯子から降りて、そこで彼女を見たのね。通りに面した大きな部屋で灯油ランプを持って座っていたの。あの部屋は、長らく客間として使われていたときのままよ。見ると、イリーシュワー婆さんは礼拝をして守護聖人の聖ゴルギースと話していた。そのとき、彼女の言葉が、彼の心に沁《し》みたのよ。言葉の意味はわからなかったけれど。ほら、彼女、壁に掛かったあの大きな画とはシリア語で話をしているから。若者は誰か話し相手がいるんだと思って、部屋の入口に近づいてもっとよく聞き耳を立ててみた。誰かと二人で会話をしているんだと確信した。なのに、灯油ランプの白い光に照らされた部屋を覗いてみたら、ロザリオの先の金属製の十字架を両手で握りこんで口元に寄せている婆さんしかいないじゃない。

彼女が振り向いたとき、彼は目の前に立っていた。痩せこけた猫が両足を彼にこすりつけながら通り過ぎて、そのまま歩き続けて婆さんの足元に座った。悪の若者は、どうしたらいいかわからなくてずっと身を固くしていたの。まるでね、婆さんの愛情に満ちた慈母のまなざしに釘付けにされたみたいに。すると、彼女は言った。

「おいで、わたしの息子」

それで彼はおとなしく言うことを聞いて、子どもみたいな足どりで彼女に近づき、泣きながらその胸に飛び込んだ——。

ウンム・サリームもほかの婆さん連中ももちろんこんな話を信じはしなかった。しかし彼女たちは大きく声をそろえて「預言者ムハンマドとその家族に祝福がありますように」と厄ばらいの言葉を唱えた。この話のせいでぞっとする思いを味わったからである。この悪意を抱く女は実際、自分の話によって皆の心を奪った。心震わせる話であれば、嘘かどうかはどうでもいいのだ。婆さん連中は一日の数時間をウンム・サリーム家の中庭で過ごし、バターウィイーン地区という場所から、また単調な日常から、逃げ出して別世界へと飛翔するのである。ブローカーのファラジュを憎む呪わしき女はかくあるべき完璧さをもって自らなすべきことをやり遂げた。婆さん連中は彼女に感謝した。

「ブローカーのファラジュ、今晩、お前に神の呪いがありますように。神がお前をお召しになりますように」

ウンム・サリームはそう唱え、ほかの女もこの呪詛を繰り返した。そして彼の頭上に呪詛とさまざまな罵詈雑言を注ぎ込んだ。

ファラジュを憎む女はこの報復によって大いに心安らぎ、ふと気づいた。

もう、さほどブローカーのファラジュが嫌いではなくなっていた。

二

暖かい日だった。だからイリーシュワーはいつも着ていた暗色のセーターを脱いで、深い藍色の薄いワンピースを着け、黒い花が描かれた真っ赤なコニックサをきちんと被った。赤いコニックサは彼女の変貌を示す明瞭な証となっていた。先週は礼拝に行かなかった。彼女は最近のいわゆる「イスラーム教徒的な」誓いを果たすために、シャイフ・ウマル地区のアッシリア東方教徒地区《アカド・アンナサーラー》にある聖カルダーグ教会に行くほうを選んだ。また、彼女はバーブ・シャルキー地区の英国国教会系聖ジョージ教会で、大きな木製の門扉の金属製のノッカーに、一握りほどのヘナのペーストを塗り付けた。シリア正教会系の教会では小さな花園に水を撒いた。こみいった用件を済ませるのに彼女は丸々一週間を費やした。暗色のヘナをまた一握り、荒廃したユダヤ教会の壁に塗り、サアドゥーン通りの入口に面したオルファリー金曜モスク——バターウィイーン地区唯一の金曜モスクである——の門にも同様にした。

イリーシュワーは聖オディーショー教会の聖母被昇天の前でインド香木を焚いてからヨシュア神父のところへ出向いた。今、彼女はすべての誓約を果たした。ヨシュア神父は先週、携帯電話でイリーシュワー婆さんの下の娘からの電話をすでに二回受けていた。この日曜日にもイリーシュワー婆さんが来なかったら、ナーディル・シャムーニー助祭に家まで行ってもらおうと思っていたところである。

礼拝を始める前に、ヨシュア神父は微笑みながら彼女のほうに進み出て娘さんが母はどうしていますかと聞いてきましたよ、と言い、マティルダが今日のお昼に連絡してくることを伝えた。彼女は満面の笑みを浮かべ、ヨシュア神父に礼を述べた。そのあとはずっとミサにあずかり、口ではお気に入りの祈禱の言葉である「いと高きところには栄光、神にあれ。地には平和、御心に適う人にあれ」を繰り返していたが、心の中では三週間ぶりの通話のことばかりを考えていた。

ミサが終わり、彼女は信徒の女たちが自宅から持ち寄った食事をともに広間の大テーブルに配膳し、いただいた。食事が終わると皆はヨシュア神父や助祭たちや掃除婦に別れを告げ、教会警備のために門前に駐留する二台のパトカーの警官にもさようならと挨拶した。皆が出て行った後はイリーシュワーだけが残り、座って娘たちとの通話を待った。その場をしんと覆いつくす沈黙を感じ始めた頃、彼女も少し諦めの心境になってきた。ヨシュア神父の電話が二、三回鳴ったが、それは自宅やほかの神父たちや友人からの着信だった。しかし、それから、ついにイリーシュワー婆さんが待ち望んでいた着信があった。ヨシュア神父は先方の声を聞くと微笑んで電話をイリーシュワーに渡した。

「ヒルダが病気だったのよ……知らせたくはなかったんだけど……心の病気なの。……それで入院しているんだけどね、今はだいぶ良くなったわ」

「マティルダ、ダーニヤールが帰ってきたのよ。わたしの息子が、帰ってきた」

「実はヒルダは鬱状態でね……お母さんとはもう金輪際絶対に話をしたくないって言うのよ……そばにはいないわ。……今、わたしがお母さんと話しているのは見てない。もっとも、わたしがお母さんと話したと知ったら憂鬱になるでしょうけど」

「ダーニヤールは今わたしと一緒にいるの……でも人に見られたくないって、外には出たがらないの。……夜、外出しているのよ、家の屋根からね。ここ何日か姿を見せないけれど、また戻ってくるわ」

「お母さん、大丈夫？　ねえ、わたし、一日に百回も電話したのよ。でもつながらなかった。もう発狂しそう。時々全然知らない人が出るし、何の問題でつながらなかったのかはわからないけど」

「わたしは元気よ……ヒルダと子どもたちは元気？　お前の子どもはどうしてる？　……大きくなったかしら。……話をさせてちょうだい」

「ヒルダは病院よ……今は良くなってきたわ。ヒルダの上の子はダーニヤールそっくりよ。……今年から医学を勉強したいんですって」

「ダーニヤール、かわいい子。……愛しいわたしの息子……わたしの魂」

「お母さんに五百ドル送金したわ……わたしが自分でカッラーダ地区のイヤード・ハディーディー両替商宛に送ったからね……ヨシュア神父の名宛で。……ヨシュア神父が受け取って、それからお母さんに渡してくれるでしょう。……何か必要なものはある？」

「必要と言ったら、お前たちが帰ってきてうちでわたしのそばにいてくれることとくらいよ」

「もう戻らないのよ……お母さんのほうこそこっちに来てくれなくちゃ……そうしたらもっと安心できるのに」

マティルダはそう言うと、母親の信仰心に訴えて釣りだそうと考えた。

「ここ、メルボルンにはね、聖ゴルギースという名前のアッシリア東方教会系の教会があるの……お母さんには何かありがたいことじゃない？　わたし、アントワーン・ミーハーイール司祭にお母さんのことを知らせたのよ。ご来訪を歓迎しますっておっしゃってるわ」

「わたしは絶対に行かないよ。……ここで息子のダーニヤールと一緒に暮らすの」

「そのダーニヤールに言ってちょうだい。妹がお母さんを必要としているって。……そうしたらダーニヤールも弁《わきま》えてくれるでしょう」

「お前こそ弁えなさいよ、マティルダ」

「お母さん、すぐそばで国が燃えているのよ……ああ、神さま……わたし、今日からはもう悲しみも泣きもしないようにって心を鍛えてきたのに。……お母さんはここでわたしたちを殺すつもりなんだわ。……わたしたちを苦しめたいのね」

「自分から苦しむのはやめなさい。悲しむことはないわ。……お前の気が休まるまでは、連絡しないでくれる?」

「どうして、連絡しないで、なんて……?」

イリーシュワー婆さんはヨシュア神父に電話を返した。長い間立っていた足がすっかりくたびれているのを感じた。いつも通話中は立ちっぱなしなのだ。胸中に湧き上がる怒りのせいで軽い眩暈を覚えていた。腰を下ろし、マティルダにお金の両替や必要なものを説明するヨシュア神父の言葉に耳を傾ける。三か月ごとにイリーシュワーが受け取る老齢年金の問題。教会の記録に従い、必要とする人に保証されている支援について。マティルダは延々、自分たちの経済状況もよくはないけれど事態がますます悪化しないうちにイラクに戻って母親を連れ出そうと考えているのだと不満げに語っていた。

「必要とあらば、必ず、力ずくでもお母さんを連れて行きます。……お母さんに、こんなに長い間わたしたちを苦しめる権利なんかないんだから」

ヨシュア神父はマティルダにやさしく応答を続け、心労を軽くしてあげようとした。しかしマティルダの要望にばかり沿ってやることはできない。信仰上の務めから言えば、彼は信徒たちに移住を奨励するわけにはいかない。ただ、それを妨げもしない。移住の前に信徒が必要とする類の宗教上の書類、特に婚姻証明書や出生証明書などはたいてい彼が証明を立ててやるのである。そうしてやれば、どこに移住しても移住先のアッシリア東方教会に所属するのが容易になる。

通話が終わった。イリーシュワー婆さんは不服そうに見える。神父は教会の門まで彼女を送り、助祭か誰かに車で家まで送らせましょうと申し出たが、彼女は工科大学前の通りの端からバーブ・シャルキー地区方面まではバス一本で行けるからと言って断った。立ち去る前に、彼女はヨシュア神父のほうに向き直り、大きな近眼用眼鏡を外した。そして、きらきらと輝き、固い決意を秘めたまなざしで、金輪際、わたしは電話連絡は望みません、と告げた。娘から電話が来てもわたしはもう決して応じません。こういう連絡をお願いすることもありません。

ヨシュア神父は笑い出し、イリーシュワーの細い肩をぽんと叩こうとした。しかし彼女はこう応じた。もし神父さまが私のこの願いを支持してくださらないのであれば、来週の初めからはシャイフ・ウマル地区の聖カルダーグ教会に行くことにします。今日限りで、この教会には決して参りません。

三

急に気候が温かくなったな。

何時間も続く停電のせいで、暗闇の中、マフムード・サワーディーはウルーバ・ホテルの自室のベッドに寝ころびながらそう感じた。夏はもう目の前だ。ひどい暑さになるだろうと思った。アブー・アンマールの空調導入計画はどうなっているのだろう。もし彼が、このおんぼろホテルにぜひとも滞在してほしいと願う客のことを本当に考え、案じているとすればだが。

バターウィイーン地区やサアドゥーン通りやカッラーダ地区の一部のホテルでは、もう夏の酷暑に備え始めているのをマフムードは知っていた。常連客を抱えているところは、ディーゼル発電機購入に踏み切った。これは自営の工房がオーダーメイドで製造する改造品で、ＫＩＡ社製自動車のエンジンを発電機のヘッドに取り付けたものである。外国から輸入する同様の発電機よりもはるかに廉価で、これらのホテルに特に夜間、十分な電力を供給できる。だがアブー・アンマールはこうしたオーナーの部類には属さず、購入の意欲はないようだった。この手の発電機を購入する資金も、必要な燃料の代金も持ち合わせていないからである。彼のホテルの宿泊客は四人になってしまった。客一人当たりの宿代は一日十ドルで、高額とはとても言えない。

ただ、結局それはアブー・アンマールの仕事である。マフムード・サワーディーは来る夏に対して特に解決策を見つける気にはなれなかった。他の多くの人間と同じく、昨年の季節風《マウスィム》で燃えるような熱帯夜は経験済みである。眠気は吹き飛ばされ、身体は綿のごとく疲れ果てる。おかげで日中は破滅的な倦怠感を味わったものである。しかし今、彼はこの手の面倒ごとは抱えたくない。雑誌社内での立場を固め、編集長のサイーディーの信頼を勝ち取るために多大な努力を惜しみなく注いでいるときであればなおさら。

サイーディーは彼を何度も「お出かけ」に付き合わせている。編集業務やデザイナーとの雑誌のページ・チェックもある。また、マフムードは編集長の不在時には彼のオフィスの席について、印刷所の担当者や広告関連からの連絡に応答していた。サイーディーは自分の携帯電話のうち一機をいつも充電器にかけて置いて行くのだが、オフィスで電話が鳴ってもマフムード以外は誰もあえて取ろうとはしない。雑誌社内でずっと動き回っているときなどは、やむを得ずマフムードが電話を持ち歩き、退社前にまた充電器にかけておく。一度、与党の議員から抗議の電話を受けたことがある。この議員に従う武装集団が敵対勢力に対して浄化作戦を実行したという、当の議員の言によれば「でっち上げ記事」を掲載してけしからん、と叱られたのである。マフムードは恐怖にかられつつ、相槌を打ち、詫びを告げ、編集長は現在不在です、それに、当該レポートはAFP通信からの転載なのですと述べた。

「君たちはこちら側じゃないのかね……なぜ我々を悩ませるのか」

議員はそう言い、マフムードは平身低頭詫びの言葉を連ねながら、こんな圧迫を受ける羽目になった自身の悪運を呪っていた。そして決心を固めてこの件についてサイーディーに連絡したのだが、サイーディーはごく冷静に話を聞き取ると、マフムードにあまり気にしなくていいと告げた。

また、一度、知らない番号からの電話を取った。電話の画面には「666」という番号が表示されている。聖書の「ヨハネの黙示録」では、この番号は偽救世主《ダッジャール》か悪魔を示しているのだと、マフムードはアメリカ映画で観て知っていた（一九七六年公開の米映画『オーメン』。当該記述は「ヨハネの黙示録」十三章十八節にある獣の数字を表すくだり）。

ダッジャールが何の用だ？　雑誌がダッジャールどもに反対する何かを掲載したっけ？　それとも何なんだ？　「……もしもし……」

電話の主はナワール・ワズィールだった。彼女は通話の相手がアリー・バーヒル・サイーディーではないとは気づかなかったようで、ごくあけすけに、ひどく取り乱した様子でまくしたててきた。息つく間もないマシンガントークが雷のようにマフムードに降りかかる。怒りにまかせた電話で彼女はずいぶん豊かな内容をぶちまけてきたので、ついにマフムードは自分が誰か告げる気を失ってしまった。

「なぜ答えてくれないの？　……どうして返事をしないの？　……」

ますます怒声のトーンは上がっていく。マフムードは困惑のあまり彼女が話し終わらないうちにプツッと通話を切ってしまった。

サイーディーがこのうんざりする話を聞いたとしたらどうなるだろう？　そもそもなんで電話をここに置いていくのだ？　どうして雑誌社専用の電話を置かない？　きっとナワール・ワズィールはサイーディーが電話をガチャ切りしたと思っているだろう。二人はうまくいっていないようだ。何より彼女は、いつかファリード・シャッワーフが言っていたとおり、本当に「ヤリ友《ファック・バディ》」だったみたいだ。

マフムードは、サイーディーの腕に抱かれる彼女の柔らかな肉体を思い描きながら、悲しみを感じていた。サイーディーが彼女と何十回もやっているのは確かだ。彼女とやれるのだったらどんな努力をも惜しまないのに。

正午が終業時間だった。ファリード・シャッワーフもほかの編集者たちも雑誌社の社屋を後にした。年寄りの給仕がマフムードに隣のレストランから昼食を取り寄せてくれた。しびれと疲労が襲ってくる。ひんやりしたクーラーの風が顔に当たり、眠たくなってきた。友だちに会いにカフェに出かける気にもなれず、ウルーバ・ホテルに戻る気にもなれなかった。ホテルで風は凪いでいるだろう。気温が上がるにつれてじめっとした臭いがますます強くなる。彼はサイーディーのオフィスの赤い革張りのソファに寝転がり、眠りに落ちるべく両眼を閉じた。一切合切を心から追い出しリラックスしようと試みながら、妄想にふける。

ナワール・ワズィールがやってきて雑誌社に入る。彼女はいかにも暑そうに服を脱ぎ捨てると、ソファのマフムードのすぐ脇に身を投げ出し、肉づきの良い柔らかな腕を彼の腰に巻きつける。

四

日が暮れる頃、マフムードはサイーディーに起こされた。実際に起こすまでに、サイーディーは何度も彼の携帯に電話をかけていたようだ。雑誌社の近所に住む年寄りの給仕はいなかった。この給仕は一日中、何度も行ったり来たりして全員が退社するのを見届けてから、雑誌社の発電機のスイッチを切り、すべてのドアを施錠する。

サイーディーはとてつもなく上機嫌で、何度電話をかけてもマフムードが出なかったことも不問に付した。マフムードは日中に起きたことやナワール・ワズィールから突然電話が来たことを話したが、その際、自分が抱いた彼女の妄想は慎重に頭から追いやって、ただサイーディーの動きを見守っていた。サイーディーは、広々としたデスクの抽斗《ひきだし》を開けた。そこから何枚かの書類を取り出し鞄に入れると、マフムードに今日は良い取引を契約できたよ、と告げた。

「スルール准将が言ったのは本当だった」

サイーディーはそう言った。スルール准将の発言の何が本当だったのか、そもそもどの件についてなのかは明かさない。それからサイーディーはトイレに立ったので、マフムードはその不在の数分間を、正気を取り戻して気分を一新するのに費やした。身体が壊れてしまったようで、全身に筋肉痛を感じる。洗面台で顔を洗い、マフムードは髪と服装を整えた。トイレから出てくるとサイーディーは、お出かけについてきてくれ、それからお祝いに行こう、とマフムードに言った。

サイーディーと一緒に彼の浮かれた車で出発すると、忽然と年寄りの給仕が現れ、雑誌社の社屋の鍵をかけた。

二人はまずカッラーダ地区の不動産事務所へ行った。サイーディーはティグリス川に面したある一画の土地をめぐって不動産屋と交渉を続けている。見た限りでは、サイーディーはその土地を買いたがっているようだった。

不動産事務所で二人は長く時間を過ごし、四杯も紅茶を飲んだ。サイーディーが粘り強く交渉に没頭している間、マフムードはTVを眺めていた。夜になるかという頃、ようやく二人は事務所を出た。マフムードは空腹で、まだサイーディーの今晩の思惑も、何のお祝いかもわからずにいた。

黒塗りのメルセデスで二人は漆黒の闇の中を出発した。アラサート通りのどこかへと向かい、アブー・ヌワース通りに入った。マフムードは街灯が点いているのに気づいた。時折、フェンスの向こうに現れる川は、水面に対岸の灯が反射するきらきらとした光の粒に満ちて輝いていた。これからどこか値段の高い高級な場所で夕飯をとるのだろうな、とマフムードは思っていたが、急に二人はある高層ビルの敷地に入っていった。門にも、長く続くポーティコの向こうにも守衛が立っている。来訪者が武器を携帯していないか、ボディチェックがあった。離れたところから歌謡曲の歌声が聞こえてきた。ドアの向こうからは、アルコールと水煙草とシガレットの入り混じったえもいわれぬ香りも漂ってくる。サイーディーは前もってメインホールのダンスフロア近くにテーブルを予約していた。いつも彼はそういうことを請求書も見ずに電話でやってしまう。金は万事に通ずる鍵であり、金こそがこの人生における魔法のランプだ。大ホールの喧騒の中に腰かけながら、マフムードはそう考えていた。わけのわからない叫び声に包まれてもサイーディーは特に難を感じていない。話しかけるためにこの若きジャーナリストに身体を傾け、自分の話が聞こえていると確信しているようだった。何一つ聞こえてはいなかったが、マフムードはわかりますよ、というふうに頷いた。サイーディーはもう一度話しかけようとはせず、微笑みながら大音量で演奏しているバンドへと視線を向けた。何一つ彼の微笑みを妨げるものはなかった。正直なところ、マフムードはこの男への羨望の念を隠すことができない。

マフムードはナワール・ワズィールの電話の要件を伝えたかった。また、雑誌や編集者や広報に関する物事についても彼の意見を仰ぎたかった。この大騒ぎではまず確実に何も聞こえやしないだろう。それに日中の出来事や自分の疲れのせいで、彼の素敵なムードに水を差すのが怖かった。

ウェイターが二人の前に暗い血色の飲み物で満たしたグラスを置いた。サイーディーは自分のグラスを手に取ると、中を飲み干し、それからマフムードに近寄って耳元で叫んだ。

「ブラッディ・メアリー……」

そうだ、ブラッディ・メアリー。風味絶佳、極上の飲み物。素晴らしい。最高だ、これが幸せだよ。この人が味わうほかの幸せなんか全部大したことじゃない。彼は幸せな人間なんだ、間違いない。ナワール・ワズィールは悪魔に変貌してしまった。ということは、彼はきっとほかの女に乗り換えたのだろう。彼のような男が女なしでいられるはずがない。それは確かだ、素晴らしい、上出来じゃないか。

再びウェイターが現れた。琥珀色のウィスキーの大瓶と新たなグラス、そして氷を満たした金属製のクーラーを持っている。そして前菜の皿を持った別のウェイターが背後から進み出てきた。先のウェイターは巧みにウィスキーの栓を開け、二つのグラスに注いだが、サイーディーが何か話すのを聞き取って軽く会釈をし、慇懃に微笑みかけてから下がっていった。

二人は飲み続けた。やがてバンドが唐突にあの騒々しい演奏をやめた。そこでマフムードにもほかの声が聞こえるようになった。グラスがぶつかりあう音、近くのテーブルから漏れてくるちょっとした叫びやひそひそ声。なんと、あれだけの大音響の中でこの人たちはおしゃべりができたのか!? この場所は本当にバグダードにあるのだろうか?

ファリード・シャッワーフはマフムードにアリー・バーヒル・サイーディーにあまり従うなと警告していた。(奴の尻尾に成り下がるなよ)、この言葉はファリード・シャッワーフが警告する間ずっとマフムードの頭の中を巡っていたが、実際ファリードはそんなことは言っていない。ファリードがそれを、この傷つく一言を発するのではないかとマフムードが恐れているだけだ。いつも旧友ファリード・シャッワーフの話にはこの一言の含みが感じられるからである。マフムードはサイーディーの尻尾ではなく、誰の尻尾でもない。サイーディーに付きまとっているのではない。サイーディーのほうがあれこれ気を引いてくるのだ。サイーディーは彼を必要としている。しかし、いったい何で必要なのだろう。

今現在に至るまで、サイーディーはマフムードを政府関係者の半数ほどに、さらに多数の将校や外国人外交官にも引き合わせ、紹介してきた。スルール・マジード准将のようにこれまでの人生で聞いたことがないような怪しげな人たちにも紹介された。恐ろしい秘密の数々にも触れさせられた。何の目的があってサイーディーはこれだけのことをするのだろうか。こうしたことから最終的にサイーディーは何を得ようとしているのだろうか。職場のボスにそれを問いただすのには少し度胸が必要だった。いつでも答えてくれるだろうと信じてはいるものの、できたら今、その答えが聞きたい。

「スルール准将の言葉の何が本当だったのですか？」

猛勇をふるってこの質問を投げかけた。するとサイーディーはマフムードの問いかけが何に関するものかを思い出そうと、少し考えを巡らせたように見えたが、次には爽やかに微笑み、白い歯を見せた。

「あの印刷所は……破綻しそうだった……もっと新しい、次世代印刷機が出ているんだ。ドイツ製の。印刷業界で仕事する多くの人たちは、自分たちが大いに働けるよう、悪いことが起きずに治安状況が少しでも落ち着くのを待っている。今年、前例のない選挙が行われることを忘れるな（二〇〇五年、イラクでは国民議会選挙が実施された）。宣伝用のポスター、写真、パンフレットの作成等、印刷の仕事はたくさんある」

「では、ほかの印刷所を買収するのですか？　それともこの件は見送りですか？」

「いいや……俺は、アンダルス広場近くの家を購入した……これが、今日の素晴らしい取引だ。アーミルリー家の年寄りから、家を家具込みで買った」

マフムードはこの男が問いにきちんと応答してくれるのを確認した。問いただしても何の問題もなかったのだ。そうでなければ、たぶん完璧な体調とウィスキーとブラッディ・メアリーのおかげだろう、それ以外にない。マフムードはさらなる蛮勇を振り絞って個人的なことも訊いてみようとした。例えば、ナワール・ワズィールについて。しかし、そこに突然バンドがあの騒々しい演奏を再開してしまった。フサイン・ニアマ（イラクの有名歌手。一九四四年生まれ）のアップテンポの歌が響きわたる。マフムードはグラスを口元に運んでがぶりと一口飲み干すと、何かあるたびにサイーディーを見ながら、目の前に置かれた皿の前菜を食べ続けた。

僕は、本当にこの男が好きなんだ、もし叶うのなら、この男のようになりたい。そう感じていた。

（ファリード・シャッワーフ、知っておいてくれ……僕は、彼のようになりたいんだ、彼について行きたいんじゃなくて）

次にあの旧友に会ったらそう言おう。僕の心をかき乱す、あいつの助言なんかもうまっぴらだ。

静かに飲み続けていると、ふと、サイーディーが妙なまなざしで自分を見ているのに気づいた。グラスを空けながら、笑みを浮かべている。何かを、とても特別なことを言おうとしているように見えた。

「本当に切実に願っていたよ、もし俺が、君になり替われたら、と。何か不思議な力で、俺たちの立場が入れ替われば、と。……だがもう遅すぎるのだな。アハハハハハハ」

マフムードは驚愕のあまり口を開けた。彼一人に向けられたこの言葉は、実現不可能な願いを叶えるために願い事のジンニー（ジンと同じ）が空中に吹き起こす嵐のような衝撃を与えた。

もし、彼に十分な勇気があれば、サイーディーにこう言い返していたはずだ。

「僕も、あなたになり替われたらと願っているんだ。あなたと立場を代わりたい。もしあなたのようになれなかったら、この先、いつか、第二のバーヒル・サイーディーになれなかったら、僕の人生には何の意味もない」

五

アブドゥルウドゥード・アーミルリー老から、自宅を家具込みで売ってしまったと聞かされたとき、古物屋ハーディーはあまりの骨折り損に落胆し、憤りすら覚えた。爺さんはあと二週間でモスクワに移住し、ロシアで化学の研究に勤しんでいた遠い昔のなじみである古手の女友だちと結婚するという。

こんなことが起きるはずはなかった。あのくたびれた骨董一式を売ってくれと説得するのに爺さんには長い時間と努力を費やしてきたが、古ぼけた木片を取り上げては、後生大事にとってある思い出に浸りきっていたではないか。それが、なんと一切合切を丸ごと明け渡すというのか。人生の残り時間に遅い新婚生活を送るためとはいえ、思い出も家具もそしてバグダードでの生活まですべてを。

こんなことは決して起きるべきではなかった。今、ハーディーはとにかく金が必要で、それがないと生活必需品すら賄えない。ここのところずっとへべれけ状態で過ごしてきたからである。

あの暗い夜以来だ。身の毛もよだつ客人の訪問を受けた夜。あのときも一瞬、ハーディーは自分をごまかし、これは想像の産物であって、自らの手で作り上げたものではないと思い込もうとした——。

ハーディーは歩いてアンダルス広場に戻るとサディール・ノボテル・ホテルの前をゆっくりとし

た足取りで横切った。爆風で吹っ飛ばされたあの晩を思い起こし、あのとき、本当に死んでいたらよかったのにと思った。

煙草を吸いながら長らく歩道の上に座っていた。いかなるとき、いかなる場所にも、自動車爆弾や爆発物は仕掛けられ、爆発するかもしれないのだ。この歩道に座ったら、自分が死ぬ機会はもっと増えるのではないか、と思った。その場に座ったまま、今日一日の間にもこうした爆発物が何十個も爆発したり、無害化処理を受けたりするのだろうと考えにふけっていると、やがて夕闇が垂れ込めてきた。少なくとも、一台の自動車爆弾もなしに一日が終わることはない。では、ニュースでは自分以外の人間が何人も死んでいるのに、なぜ俺は生き残っているのだろう。

バターウィイーン地区に戻ってきたとき、彼はエジプト人のアズィーズから、ウルーバ・ホテルのオーナーのアブー・アンマールが何か用事でお前を探しとった、と聞かされた。ホテルに行ってみると、ロビーには、ディシュダーシャを着て白いカーフィーヤ（男性用の頭布）とイカール（カーフィーヤを留めておく布製の輪）をつけた太鼓腹のアブー・アンマールが座り、手元においた分厚い本を眺めていた。アブー・アンマールは分厚いレンズの眼鏡を外して本を閉じ、立ち上がって古物屋ハーディーと握手した。

過去何年かの間ハーディーにはアブー・アンマールと頻繁に会った記憶はない。それでも同じ地区のことだから、見かけたり偶然会ったりはしたし、話をしたことも一、二回はある。多少の噂も聞いていた。ハーディーの興味の範疇で特に重要な噂は、アブー・アンマールが毎週ホテルの清掃を担当しているアルメニア人のヴェロニカとずっと関係を持っているという疑惑である。一緒に仕事をしている年若い息子のアンドルーは本当はアブー・アンマールとの子どもらしい、という噂まであった。だが、この噂も塀のシロアリみたいに広がって、すっかり人口に膾炙《かいしゃ》しているので、今更真偽を確かめる気にもならなかった。

アブー・アンマールは、ホテルの模様替えをするためにいくつか客室用の家具の購入を考えていると言った。実のところはホテルの家具を全部変えたいので、ベッドや机や風呂まわりの陶器、鏡、クローゼットなど家具関係を買ってくれる人を探している。この言葉を聞いて、ハーディーの顔は紅潮してきた。心の中で、自分で売り捌けそうなものをすばやくリストアップしていく。ハーディーがそれはお役に立てそうですよと告げると、アブー・アンマールは、何部屋か回ってもらって、この件をより正確に把握し、見通しを立ててもらおうと思いついた。

見回ってみて、ハーディーはひどくがっかりした。マフムード・サワーディーと、年寄りアルジェリア人のルクマーン、あと二人の逗留客が占めている部屋はそれぞれホテル全体から見て最良の部屋である。その家具は今も使用可能だが、残りはシロアリが食い荒らしていたり湿気で駄目になっていたりという、古ぼけたがらくたもいいところだった。しかしながら、そうではあっても、彼は見解を変えなかった。そしてアブー・アンマールに家具の買い手を見つけてきます、と請け合ったのだった。

ハーディーはアブー・アンマールとホテルのロビーに腰を下ろし、そこで初めてレセプションの広い机の陰に隠れた小さな木製テーブルに気づいた。その真ん中には、アラクのフルボトルとコップと胡瓜を盛った皿が鎮座している。この男はアラクを飲んでいたようだ。しかし、そのときハーディーは飲める体調ではなかった。身体は酒に倦《う》んでおり、その芳香も正直鼻につく。アーミルリー爺さんのところに行くために、午後のひとときに、どうにかこうにか力ずくでベッドから出てきたのである。苦心を重ねて通りを歩き、時間を過ごしてようやく頭から酔いを醒ましたのだった。

だが、どうしたことか。この瞬間、小さな木製テーブルの上にすっくと立っているこの素敵なボトルに彼は激しい渇きを覚えたのであった。

アブー・アンマールはホテルの家具新調計画について話し続けていて、まあ一緒に一杯やりましょうと誘うことなど思いつきもしない。古物屋ハーディーはアブー・アンマールが気に入る類の人間ではない。ものを読むときには分厚い眼鏡を掛けるものの、見る目がないわけではないのである。アブー・アンマールは、古物屋ハーディーがまともではなく、正気があやうい男だと知っていた。いつか、古物屋ハーディーは泥棒で人殺しだと聞くことがあっても、たいして不思議に思わないだろう。まさにそういうなりをしている。外見とふるまいからその人の性質は明瞭にわかるものだ。彼を今日呼んだのは、純粋に商売の話のためだった。

アブー・アンマールは話を終えたが、ハーディーは退出する気になれないでいた。もしこのときマフムード・サワーディーが入ってこなかったら、怪態な風体のハーディーがホテルのオーナーの前にいる状況は、穏やかでない雰囲気になっていたかもしれない。

マフムードは酔っていたが、酔っている様子を表に出さないよう懸命に努力していた。ホテルのレセプション・ロビーの天井に据えられた扇風機の風が顔に当たり、日中、彼がそこから逃げていた悲しい気分がよみがえってきた。アリー・バーヒル・サイーディーにご相伴している間に限度を超えて飲んでしまった。まっすぐ眠りについていてしまいたい。著しく集中を欠いた心は、ホテルの自室の湿気もエアコンの調子の悪さも嫌な臭いも忘れている。

ふと、ホテルの中にあの偉大なる語り部がいるのを認めると、マフムードは手を上げて挨拶し、口元をほころばせ満面の笑みを浮かべた。ロビーに腰を下ろし、調子はどうだい？　うまくいってる？　と訊きながら古物屋の脚を手で叩いた。まだ宵の口である。サイーディーは契約成功のお祝いを早い時刻に切り上げていた。おそらく、道路が通行禁止になると予見したせいだろう。マフムードをバターウィイーン地区七番通りの前に下ろすと、速やかに去っていった。

マフムードはアブー・アンマールの渋面に気づいていなかった。これ以上長い時間、古物屋に居残られるのは愉快ではない。ゆったりと飲みながら、大好きな占星術や予言の本を読みふける愉しみに戻りたかった。マフムードが古物屋ハーディーとしゃべり続けているので、アブー・アンマールは大きな机の陰に戻って座った。それからはごく穏やかに、ロビーにいる二名を完全にいないものとして、グラスにアラクを注ぎ、水を加えて氷片を落とすと、おとなしく飲み始めた。これまではマフムードやハーゼム・アッブードも飲みに誘っていた。ともに夜のおしゃべりを楽しんだものだ。しかし、今夜はまた別の話。

ひどく酔ったマフムードは胃に重りがあるような不快感を味わっていた。ほんの少し前、暗い小路をホテルに向かって歩いているときには、この胃の上がる感じが消えないようだったらトイレで吐いてみようと考えていた。きっとこの状態から回復するには、しばらく座っておしゃべりをして、胃袋からしばし気を逸らしてみるのも有効だと気づいたのだろう。マフムードはハーディーのみすぼらしい姿を見たが、別に嫌だという気にはならなかったので、不意に彼の奇妙な話について聞いてみた。ハーディーが手ずから縫い綴じたあの遺体やそのあたりのことだ。アブー・アンマールが読み進めていた本からわずかに頭を上げ、読書用眼鏡の上からマフムードに好奇と驚きの入り混じった視線を向けた。

今晩まで、この話のことは完全に忘れていかなる人間の前でも二度と語らない、と友だちのエジプト人のアズィーズと話し合って以来、ハーディーはこの件に触れないという誓いをしっかり守っていた。その後、この話が事実であり、作り話ではないとわかる出来事が起きたが、ほかの人の前で面白がってもらおうとこの話を出すことも二度となかった。特に、この話に新たな進展が見られた後には。

誰一人、エジプト人のアズィーズさえも知らなかった。ハーディーの名付けによれば「名無しさん」が、生きて自らの両足で立ちあがり、彼の元に戻ってきたことを。事は重大で、断じて冗談ではない。危険な事件が起きようとしていた。古物屋ハーディーはこれらの事件の単なるつなぎであり、通過点でしかない。預言者や救世主や悪の将軍を生み出した純朴で無知な両親のようなものである。彼らはのちに襲い来る大洪水を初めからそのままの形で創り出したのではない。もっと強力で、より重大な意味を持つ何かへとつながっていく、ただの水路だったのだ。

この若造のジャーナリストに今、何を話してやればいいだろう。こいつときたら、深酔いで頭もぐらついているのに、酔っているのをごまかそうと固く握った拳に額を載せたり、少しバランスを失うたびに座り位置を変えたりしている。

マフムードは、この話にさして深刻に向き合っていなかった。ところが、古物屋ハーディーは、話をマフムードの想定よりもはるかに遠い彼方へと持っていってしまった。マフムードは普段ハーディーが聴衆に聞かせるあののんびりしたおしゃべりを期待していたのだ。ただで聞ける楽しいおしゃべりを。聞き終わったらマフムードは部屋へと立ち上がり、身じろぎもせず死体のように朝まで深く眠るつもりだった。

だが、こんな雰囲気のハーディーをこれまでマフムードは見たことがなかった。彼は言った。

「じゃあんたにあの話の続きを話そう。あんたに限ってだ。しかし、二つ条件がある」

古物屋の目には確かな狂気の光が宿っていた。初めからマフムードはこの男に狂気の存在を認めていた。そうであればこそ、なおさら話の続きを聞くことに誘惑と強い好奇心を覚えずにはいられなかった。アブー・アンマールも読みさしの本を前に置いて、この奇妙な会話に耳をそばだてている。

「その二つって何だい」

マフムードがそう尋ねると、古物屋は口髭とみっしりと濃い顎鬚を撫で、それが深刻かつ明瞭に見えるように狙って、こう答えた。

「俺の秘密に対して、あんたも一つ秘密を語らなきゃだめだ……もう一つは……俺に夕飯と、ウーゾのほうのアラクのボトルを買ってくるんだ」

第八章　秘密

一

昨晩、スルール・マジード准将のオフィスに届けられた占星術師チーム作成の予備調査レポートは、ティグリス川に架かりカーズィミーヤ地区とアァザミーヤ地区をつなぐアインマ橋の上に集結する亡霊たちのことを述べていた。これらの自称預言者や占星術師は、亡霊や霊魂と、ムーサー・カーズィム（イスラーム教シーア派十二イマーム派第七代イマーム。七九九年にバグダードで殺され、遺骸は現在のカーズィミーヤ地区の廟所に埋葬されている。彼が没したのはユリウス暦に換算すると七九九年八月三十一日となるため、八月三十一日が殉教記念日とされている）の殉教記念日に二日間にわたってバグダード各地区からカーズィミーヤ地区に参詣に訪れた一般の人々の身体を混同しているのではないか、という疑念が准将の心の中に湧き上がっていた。

正午、「占星術師の長」からピンク色の封筒に入った最終報告書が到着した。そこには亡霊の推定数も含まれており、一千体以内と書かれていた。彼は巨大なオフィスの中でＴＶの大画面を眺めながらその報告を読んでいた。ＴＶは参詣者の列に自爆テロ犯がいるという流言《りゅうげん》蜚語《ひご》のためにアインマ橋で数十人が死んだというニュース速報を流している。デマのせいでパニック状態になり、踏みつけられて圧死したりティグリス川に飛び込んで溺死したりする人が出ていた（二〇〇五年八月三十一日に起きたアインマ橋の事故では約一千人が死亡した）。

激しいフラストレーションを覚える。この大災厄の発生を防ぐために何一つできなかったからだ。

それからスルール准将はフラストレーションと絶望をさらに増大させる事実を思い出した。彼は常に貴重な情報を提供しているというのに、関連する諸方面はそれを活用していない。故意に、黙殺するか知らぬふりを通している。これまで彼はおびただしい数の犯罪者たちの情報を伝えてきた。疲労困憊するほど努力を傾け、連中の居場所をどの隠れ家に潜んでいるかまで特定することができた。しかしその誰一人として全く捕まらない。捕捉したとしても、彼や彼が統括する追跡探索局が果たした役割は黙殺されてしまう。必ず、国軍か内務省の将校がTV画面か彼の部下たちの前に登場して、「追跡探索局」という奇妙な部局や、スルール・マジード准将という真摯で厳格な男が統べる特務チームの献身的な努力について言及することなく、治安維持作戦成功の手柄を独占していく。

同様に彼はアメリカ人にも不信の念を抱いていた。アメリカ人たちはライバルや敵や同盟者たちの行動方針を見定め、これらの情報を自らの利益とするために彼を利用しているのだ。そしてスルール・マジード准将の考える利益の概念と、アメリカ人たちのそれとは常に一致するものでもない。

スルール准将は一週間の大半の夜を自分のオフィスで過ごしていた。巨大なオフィスに付設されたキャビンのような小部屋を持っている。そこにはベッドとクローゼットしかないが、ここで彼は全人生で必要なものをすべて、女の身体以外は、持っている。女が欲しいと思うことはあまりない。彼が願うのは、成功と「余人をもって代えがたい」「欠くべからざる」人物と思われ続けることである。昇進してより良い地位につくために、自らの署名入りで大きな衝撃を生み出すときを彼は待っている。具体的にいえば、皆を苦しめる重大かつ危険な犯罪者の逮捕の瞬間だ。約二か月というもの准将はそのために活動してきた。彼が統括する占星術師と分析官の特務チームは、バグダード市内で発生した奇妙な殺人事件に関連する全証言をついにまとめ上げた。ほぼすべての事件が一人の人物によって実行され、一件につき犠牲者はたいてい一人、そのほとんどは絞殺されている。目撃者の証言によって犯人の姿格好は一つに集約されつつあった。

とうとう彼はこれらの殺人すべての裏にいる一人の人物に行き着いた。殺人は一日あたり一、二件起こるかどうかだが、それが何日、何か月と続いたせいで件数は莫大なものになっていた。そして、アインマ橋の亡霊群の話の前日、「占星術師の長」が彼のもとに吉報を持ってきた。ようやくこの犯人の名前にたどり着いたというのだ。占星術師の長はジンや女悪魔を使い、占星術におけるバベルの秘術やマンダ教徒のサービア（メソポタミア地方ハッラーンの星辰崇拝者およびマンダ教徒を指す呼称。マンダ教は古代ユダヤやキリスト教、グノーシス派の伝統を継承する宗教で信徒はイラク南部などに居住している）の英知を駆使して、犯人の身体をとりまく「名前」のオーラを見つけ出したのである。

「あれは、……名前の無い者でございます」

両手を高く上げ、占星術師の長はそう言った。その大げさな身振りは、先に斑《ふ》が入った白く長い顎鬚に綿の丈高のとんがり帽、そして幅広でゆったりした衣服をまとうという、アニメの魔法使いを髣髴《ほうふつ》とさせる彼の芝居がかった外見とよく調和していた。

「どういうことだね？　……名前の無い者？　となると、どういう名前なんだ？」

「名前の無い者、です」

占星術師の長はそう告げると数歩後ずさり、踵を返して准将のオフィスから出て行った。准将は引き止めもせず、さらなる情報を求めもしない。官公庁に属するこのような場所では非常識極まるふるまいではあるが、彼の部局においてはいつものことであった。准将はこうした占星術師たちとごく柔軟に付き合っていくのに慣れていた。彼らは、彼の基盤となる情報源である。准将はずっと考え込んでいた。「名前の無い者」は、明日現れるかもしれない。だがそれは、自己を証明するものの無い者だ。自前の身体を持たない者である。つまり、拘束して刑務所に放り込むことができない者なのだ。

しかしその日の彼は、名前が無いというこの犯罪者の話をいったん脇におくことにした。アインマ橋の災厄は甚大である。アメリカ人たちやイラク政府の求めに備えて、アインマ橋に関する追跡探索局による諜報活動の最終報告書の内容を考えるため、午後になると彼は自分を補佐する将校のチームを召集し、諸事について協議した。ある下位の将校が会議の二時間前に把握した重要情報を彼に告げた。橋の上を漂っているこれらの亡霊は、人間の身体に宿って眠る性質のものである。亡霊が身体の中で眠り、休息をとっているのを宿主の人間はそれと感じることもないまま、どこに行くにも亡霊と一体となる。そうしてこのような状況のままずっと、あたかも全く存在しないかのように、亡霊は宿主の人間と墓場まで一緒にいることもあれば、特定の状況においてのみ眠りから目覚め、少しの間、自由を得て宿主の身体の外に出て動き回ることもある。それは「恐怖」の状況、占星術師の用語でいえば、「恐怖の魔」の状況である。

補佐チームは報告書の準備を終えた。諜報活動、探索、分析及びそこから最終的に得た情報や指示の詳細を記録し、五頁の報告書にまとめるとピンク色の封筒に収めてスルール准将の机の上に置いた。

イラク政府やアメリカ人がこの報告書を要求してくるかどうかは定かでなかった。しかし彼はそれを用意しておく。常にいかなる急務に対しても備えておかなくてはならない。就業時間が終わり、占星術師は彼らの住居となっている部局内のセクションに戻っていった。将校たちは部局を出て、警備員たちは持ち場へと散っていく。ＴＶのスイッチを切り、准将は就寝用のキャビンに入った。エアコンのスイッチを入れてベッドに横たわる。一分ほど目を閉じると、エアコンの冷気が吹き出すかすかな音しか聞こえなくなった。あまたの物事が頭を巡っていた。その感覚がどこから来るのかはわからなかったが、頭の中を巡る思考が外に流れ出て彼が眠る小さなキャビンの天井近くを動き回り、そしてその中に彼自身の「恐怖の魔」のようなものがいる感じがした。魔に名前はない。本来、魔の名前というのは、こういうものなのだ。

「名前の無い者」

動き回る、動き回る、それがずっと続く。准将には深刻な憂惧がある。ある朝、目を覚ましたら、現在の地位からの更迭命令が首相の名によって発令されている恐怖。アメリカ人が彼の部局から手を引き、部局をイラク政権与党に投げ与えてしまう恐怖。より大きく深刻な、個人的な恐怖もある。彼が数多くの敵に対してジンや亡霊や霊魂や占星術師や天文学者を用いれば、今度は敵が同様の者を同じやり方で彼に対して使うはずだ。その恐怖。今、おそらく敵は不断の努力と働きを重ね、彼の奥深くにこの憂惧を作り出し、肥えさせているのだろう。

自分の「恐怖の魔」を捕えようと彼は無意識に両手を伸ばした。そして目をいっぱいに見開いたが、天井までの空間には何も見えなかった。

二

職場のボスの女を好きになってしまったんだ、彼女とやりたくて仕方がない、とマフムードは語った。しかしハーディーはそんな話は別に内緒にしておくような恥でもないと言った。

「もう俺はあんたに恐ろしい秘密の話をしただろ、『名無しさん』と奴がやらかしたことを話しただろ。こんな話が警察の耳に入ったら、俺の人生終わりかねないんだぜ。頼むから、それ相応の本当の秘密の話をしてくれよ」

マフムードは長らく押し黙って、古物屋ハーディーが住む家の壁へと視線を泳がせた。心の中に、一つの古い画像の記憶が浮かんできた。それから、彼はひそかにごく限られた部分だけを話すことにした。

「じゃあ話すよ。僕の一族はもともとはアラブじゃなかったらしいんだ。アラブでもムスリムでもない」

「じゃあ何なんだ」

「三、四代前の先祖はサービア教徒だったと思う。それが、恋愛結婚をしたせいでイスラームに改宗して、妻となった女性の一族に加わった。父はこうしたことを日記に記録していたけど、亡くなった後に母や兄弟たちがその日記帳を焼いてしまったんだ」

「それの何が問題なんだ？」

「大問題だよ、僕たちはもともとからのアラブじゃないんだ」

「俺がカフェで話していたことだけどよ、俺のひいじいさんはオスマン朝の将校だった。でも、今、それが本当だったかただのほら話か、俺は知らないよ」

「で、僕に今話してくれたあんたの話も……また別のほら話じゃないのか？」

「違うね……あんたがそう思っているなら俺は悲しいよ」

「あんたの話が本当だという証拠をくれよ。そうしたら僕だって信じる。証拠をくれたらな」

「実際、どうしてほしいんだよ？」

「僕をその『名無しさん』に会わせてくれよ」

「だめだ……できない……きっと俺が殺される」

「ここのがらくたのどこかに潜ませてくれ、そいつを盗み見するから」

「いつ現れるかわからない。今日以降、たぶん、絶対に来ないな」

「で、どうする？　……あんた、話をそらすつもりかい」

「いや、誓ってそんなことはない……どうしてほしいか言ってくれよ、そうするから」

「そいつの写真を撮ってくれ。カメラを渡す。それで奴の写真を撮ってくれ」

「ああ、はあ……無理だよ……殺される」

「ああ、おい、なんだよ……」

狭苦しい自室の暑さに耐えかねて、古物屋ハーディーは客のために崩れかけた家の中庭に木椅子を出してくれたのだが、そこからマフムードは立ち上がった。

古物屋との会話がこんな段階にまで発展しようとはマフムードにも全く予期せぬことだった。昨晩、ウルーバ・ホテルのレセプションで偶然出会ったとき、彼の様子は普段と違っていた。マフムードは彼とホテルの門のそばに立ち、夕飯とアラクのボトルに一万ディーナールを支払うと、翌日互いの危険な秘密を告白しあうために会おうと約束したのだった。レセプションに戻り、大喜びのマフムードはアブー・アンマールの隣に座ってこの思いがけない展開について十五分以上もまくしたてた。そこでアブー・アンマールも日ごろの気前の良さをにわかに発揮して、このホテルの宿泊客と友人の友人にあたる男に一緒に飲もうと誘いかけた。しかしマフムードはバーヒル・サイーディーと一時間以上も飲んでしまって、すっかり上限に達してしまっていたから、その誘いは断った。

翌日である今日、治安の乱れとアインマ橋で数十人が死んだ事件のせいでマフムードはその何かもを忘れてしまっていた。サイーディー編集長は彼に雑誌の最新号を任せると、朝から石油か何かに関する政財界の使節団と一緒にアルビルへと旅立った。サイーディーはそのとき、マフムードに「頼りにしている、君には全幅の信頼を寄せている、きっと万事良好に運ぶだろう。何をやらせても君なら必ずうまくやってくれる」と告げたのである。

ムーサー・カーズィム殉教記念日の参詣で警戒レベルが引き上げられ、通りはほぼ通行止めになっており、マフムードは雑誌社の社屋まで徒歩で向かった。雑誌社には年寄りの給仕しか来ていなかった。サイーディーの予備の携帯が充電器に接続されているのを見つけ、マフムードは携帯をつけてみた。これまでの不在着信は十四件、その半分は「666」からだった。

今更、彼女に電話をかけて、どうにかなるだろうか。こんなふうに話しかけたらどうだろう。

こないだの電話を取ったのは僕だったんです、だからあなたとサイーディーの関係がどういうものかも知っています。悪いことは言わない。あんな男は忘れるんだ。あの人はその場限りの男だから。ただの遊び人ですよ。あなたは、そう望みさえすれば、まだ何度もほかの男とご自分の運を試せるでしょう。女の悪魔……ねえ、僕と運を試してみないか?

彼女の声を聞くためだけに電話をかけるべきかどうか、マフムードは葛藤し続けた。もう十日近く彼女を見ていない。まずは彼女からの電話を待とう。ついに彼はそう自分を納得させた。これまで彼女は一日に七回は電話をかけてきた。確実に十回以上はまた同じ試みを繰り返すだろう。そうしたら電話を取って、自分が誰かを彼女の前で明かすことにしよう。

マフムードにできることはそれほど多くなかった。年寄りの給仕が紅茶かコーヒーを一杯いかがですか、と聞いてきたが、彼は今欲しくない、と答えて、社屋から退出できるようにもう来客用のドアは閉めておいてくれと頼んだ。サイーディーのデスクから自分の道具類を取ってしまうと、彼はデスク上に置かれたサイーディーの電話を見つめた。馬鹿なことをしでかしてしまいたいという抗いがたい誘惑にかられた。ほんの少しのしでかし。ナワール・ワズィールの声を聞く、それだけだ。絶対誰にも言わない。未来永劫、誰一人知る由もない。

携帯を取り上げ、最近の着信履歴を出すと「666」と押した。相手への呼出音が聞こえる。血管を巡る血はたぎり、心臓の拍動がどんどん強く激しくなっていく。数秒間、トゥルルッという音が響き、それから唐突に相手につながった。

「もしもし……もしもし」

彼女の声、心を締めつけるほど官能的なその震え。彼は応答できなかった。喉も、唇も動かない。瞬きすらできない。予想外の事態に次々と襲いかかられて、彼は凍りつき、石のように固まってしまった。

「もしもし……ねえ、バーヒル、これって。誰があなたのオフィスの電話を使ってるのかしら？」

「わからんね……貸してごらん……もしもし……もしもし……君、アブー・ジョニーかい？」

マフムードは通話を切り、電源を切った。感電したように、彼は携帯を編集長のデスクに投げ出した。

彼女がサイーディーと一緒にいる、だと。政財界の会議だと、おい。でも彼女は映画監督じゃないか？

きっと、前にずいぶん話していたあの次回作のために、リアルなシーンを撮影しに行ったんだろう。きっと、それはカネと政治の関係とか、石油とバグダードの市民生活を滞らせる宗教儀礼から逃げてきた旅客の関係とかを扱った映画なんだろう。きっと、彼女はそこにベッドシーンを加えるつもりなんだろう、大作のためにリアリティにあふれたシーンを。

振り返ると、年寄りの給仕のアブー・ジョニーが立ち尽くし、彼を見つめていた。退出して外から社屋の鍵をかけるために彼の用事が済むのを待っていたのである。

マフムードは黙りこくったまま丸一時間を過ごした。再び、徒歩で帰途につく。途中、レストランで食事をし、これから友だちのファリード・シャッワーフに電話をして、話のついでにナワール・ワズィールの話をぶちまけてしまおうかと思った。だが、そこで思い直す。そんなことをしたら、ファリードに物笑いの種にされるじゃないか。じゃあ、友だちのカメラマン、ハーゼム・アッブードに電話しようか。でもハーゼムはずけずけと僕を腐すに違いない。あいつは教養がないし、きっぱり縁を切っておくべきあんな売春宿にも行っているのだし。

「お前のムスコにかかわる問題だぜ、ちゃんとずっぽりはまる穴を見つけろよ」

ハーゼムだったらこれくらいはひどく下卑た表現をするだろう。僕を打ちのめし、センチメンタルな問いかけなど鼻であしらってくる。

エジプト人のアズィーズのカフェに着くと、そこには古物屋ハーディーがいて、昨夜約束したよな、と言った。マフムードは紅茶を頼み、何もかも忘れたい気持ちでいっぱいなのに、このいかれた古物屋の空想譚に身を委ねることにした。彼はごく静かな口調で語り、たびたび言葉を切っては周囲を見回した。懐かしの「語り部」を気取るときとは様子が違っている。今日の話しぶりはまるで秘密を打ち明けているみたいだ。その後、話が問題の個所に差しかかると、ハーディーはマフムードにもっと落ち着いて話したいから、俺の家に来ないかと言ってきた。

そしてハーディーが名無しさんにまつわる話の最新情報を語り終えたとき、マフムードは呆然と立ち尽くした。三十秒ほど頭の中で彼の言葉とディテールを思い返してみる。

本当に恐ろしい話、なのだ。

こんないかれたおっさん一人の想像力ででっち上げられる話ではない。この単細胞の古物屋の脳みそでは思いつけないほど複雑な内容を含んでいる。

混乱しきったマフムードを我に返らせたのは、ハーディーの直截な問いかけだった。

「で、今度はあんただろ？　……あんたのおぞましい秘密を、話してくれよ」

三

すでにマフムードはハーディーに本当の秘密を打ち明けていた。誰にも、一番の仲良しであるハーゼム・アッブードにすら話したことがない家族の遠い起源についての思いである。これまでこの件を思い起こすきっかけがなかった。あるいは単にそうするだけの勇気を持てずにきた。事情はどうであれ、それは彼自身の中に埋もれた真の秘密である。マイサーンに住む家族の間で最後にその話題が出たのがいつだったかも思い出せない。

それでも彼は古物屋に正直に話した。相手はその重要性をあまりよくわかっていないようではあったが。マフムードはその後一日中、古物屋の話についてずっと考え続けていた。そしてホテルの自室に戻ったら、忘れないようにこの話を詳しくICレコーダーに吹き込んでおこうとひそかに思った。彼は、思いは記憶を変えることがあると信じている。ある出来事に対する感動を失ったとき、その出来事の重要な一部分を失うことになる。だから、自分が大事だと思ったことは、それに伴う感動が生きているうちに、書き留めるか小さなレコーダーに録音しておかなくてはならないのだ。

彼は半年ほど前にバーブ・シャルキー地区の店で購入したこのパナソニック製のレコーダーにほぼすべての事柄を記録している。思いつきでも所見でも気づいた点でも録音する。この先それは役に立つと思っているのだ。彼にとってレコーダーは父リヤード・サワーディーが日記をつけていた大学ノートの進化形のようなものだった。父が亡くなった晩、五十枚綴りの大学ノートは二十七冊にもなっていた。ほんのわずかな隙をついて、マフムードは数頁を読んだきりだ。母親が大いなる蛮行に走り、ノートを全部オーブンに投げ込むと油を注いで火をつけたのである。その危険な告白録の炎によって、母親は静かに二十七枚のパンをきれいに焼き上げた。

父は何もかも記録していた。黒インクの、ルクア書体の手本みたいにきれいな文字で赤裸々な真実を書き留めていた。結婚後、何度内緒で自慰をしたか。その際に性交を夢想した女たちについて。同じ地区の隣人である年寄りの女までそこには含まれていた。帳簿のようなノートの中の父親の言葉は、端正な外見やアマーラ市ジュダイダ地区でよく知られていた姿とはまるでそぐわないものだった。父親は尊敬を集め、威厳のある人だった。しかしそれはおそらく本人がかくありたいと思った姿ではなく、義務として課せられた姿だったのだろう。父親は日記での告白という魔法に傾倒することで、ようやく仮の姿と折り合いをつけられたのである。

このノートを読んだ兄たちは衝撃を受け、羞恥の念に駆られた。そして、マフムードは兄たちの言葉から出自や改宗などの話を聞いたのである。聞いた話はあまりはっきりしていなかったが、それきりその件はおしまいになり、封印されて、母親のオーブンの中で二十七冊分のノートの灰がなくなるにつれ、存在そのものがなかったことにされた。けれど、マフムードは時々父親の言葉のいくばくかを思い出しては、もはや決定的な形では確認する手立てのない何かを理解するため、永久に隠蔽された部分的な真実と結びつけてみようとしている。一つは、姓の「サワーディー」のことだ。それは通常使われる部族名の姓を完全に無視してアラビア語教師の父親が創り出した姓であったが、たいていの人はこの一家を「サワーディー一族」の一家と認識するまでになっていた。しかし、父親の逝去によって、この創り出された姓もなくなった。その時点で兄たちは、自分たちが誇りに思う通常使われる部族名に姓を戻した。父の行状を抹消していく兄たちの残酷な仕打ちに触れ、マフムードはサワーディー姓にこだわるようになった。彼は報道や雑誌ではマフムード・サワーディーと名乗り、その名で知られるようになったのである。

四

マフムードは古物屋ハーディーが崩れかけた家の中庭に出してくれた木椅子から立ち上がると、目を上げて空を見た。日没近い空は蒼さを増している。深くため息をつき、彼はハーディーに告げた。「あんたが話してくれた名無しさんだけど、実在するという物的証拠が出てこない限りは、そんな空想みたいな話は、とても信じられない」

彼はポケットに手を伸ばし、ICレコーダーを取り出すとハーディーに渡して、そいつと話をしてくれよ、と言った。ハーディーはレコーダーの電源を入れ、「で、何をすればいい、どこに行けば、どこにいればいいんだ?」と聞く。

マフムードはハーディーに近づいてレコーダーを見るように言った。そして彼に録音と停止の方法を説明した。そこで五分ほど立ったまま、ハーディーが録音を試して自分の声を再生し、手順をちゃんと理解するまで待った。

「電池の残量に気をつけてくれよ……すぐに切れるから」

マフムードはそう言い残すとハーディーの家を後にした。自分がさっきから何をしているのか正確にはよくわかっていない。古物屋は明日にはきっとレコーダーを売り飛ばすだろう。このきつい一日の成果はその程度が関の山、古物屋の奇妙な話を聞いてもっと詳しく聞かせてくれと頼みこんだところで、せいぜいそんな結末になることだろう。でも、もし彼がこの手のおとぎ話の登場人物の存在を証明する真の証拠を出してきたら、どうなる? 本当に彼を信用するのか?

サイーディーや女悪魔や友人たち、そして十年前に亡くなった父親のことを考えながら、彼はウルーバ・ホテルに向かって歩いた。ホテルに着くと、前の歩道に小さな発電機があるのを見つけた。アブー・アンマールが入手したのである。これで現在宿泊者がいる四つの部屋とレセプションとアブー・アンマールの居室では扇風機を回し照明をつけることができる。

自室に上がるとマフムードは丸一時間ベッドに横になった。歩き詰めで足が痛くなった。天井で力強く回っている扇風機の風を受けながら、彼は目を閉じた。記憶の中から父親のはっきりとしたイメージが浮かびあがる。家の客間にディシュダーシャをまとって座っている。眼鏡をかけ、組んだ足に広い板を渡してその上に大学ノートを広げ、黙然と長く筆記に没頭している姿。

どれだけ時間が経過したのかわからない。目を開けると真っ暗だった。彼は階下に降りて隣のレストランで夕飯をとった。ホテルに戻ったとき、ロビーにはホテルの逗留客アルジェリア人のルクマーンが座っていた。ほかに年寄りの宿泊客とアブー・アンマール、そして老いた母親と週に一度ホテルの清掃をしている若いアンドルーもいる。外で小さな発電機がうなりを上げている間、皆はTVを見ていた。マフムードは彼らに声をかけると座ってやはりTVを見始めた。

なんとも意外なことに、画面には友だちのファリード・シャッワーフが映っていた。灰色のスーツを着て、黒シャツに赤いネクタイを締めている。とても洒落ていて、マフムードがかつて知った姿ではなかった。

アブー・アンマールが太った指を立てて通りの紅茶スタンドから紅茶を四杯買ってこいと命じ、若いアンドルーがすぐさま立ち上がった。

ロビーで皆は黙ってTVの対談番組を見ていた。アブー・アンマールが言うとおり、あれはあまりにも酷い災厄だった。今日に至るまでイラクが経験した中でも最大の災厄である。およそ千人が、誰一人として真の犯人を知らないまま、溺れ、踏み潰されて死んだのだ。政府の報道官がいつものように微笑みを浮かべて出てきて、アインマ橋での自爆テロの試みを未然に防ぎました、犯人は逃走中です、と発表する。

「もし犯人が自爆していたら、今日の犠牲者数は数千人に上っていたでしょう」

そう報道官は述べた。とたんに、ブウウッ!ブウウッ!とホテルのロビー全体に、またホテルの外でも強烈なヤジが何度も長く響き渡った。皆は困惑しながら聞いていたが、まもなくそれはバターウィイーン地区の商店街通りを通るトラックが前にひょっこり飛び出した子どもに鳴らしたクラクションだと気づいた。

対談番組の進行役は政府の報道官の声明の一部を紹介するとゲストのほうに向き直った。極めてお洒落なファリード・シャッワーフが自説を披露しだした。

「前にも言ったようにですね、この事故の責任を負うべきは、橋の上にコンクリートのバリケードを設けながら、渋滞が発生しないよう橋の前後を点検する作業をしなかった政府ですよ」

進行役は手を上げてファリードの発言を止めると、もう一人のゲストのほうを見た。禿頭の年長の男で、まばらに白い顎鬚が生えている。進行役は誰がこの犯罪の責任を取るべきでしょうか、と彼にも同じ質問をした。

すると彼は答えた。

「もちろんアルカーイダのテロ細胞と旧政権の残党ですよ。連中は今日、実際にこの犯罪を直接的な形で起こしたのではありませんが、責任はあります。彼らの名によってこれまでにこうした犯行が繰り返された結果、ついにその名が出ただけで治安上の不安と国民の混乱を引き起こすようになったわけですから」

進行役が割って入り、質問した。

「橋の上に自爆テロ犯がいるというデマを流した人間にも本件の責任があるという人もいます……こんなことをしてしまった責任は自覚すべきでしょうね」

「いや……責任があるとは私は思いません……誰がデマを流したのか誰も知りませんけれど、デマはその場の雰囲気で力を持ったんです……おそらくデマを流した人は自爆テロ犯がいると思い、良かれと思って警告したのでしょう」

年長の男がそう答えると、進行役はファリード・シャッワーフのほうを向いてこの件について補足を求めた。

「実際、私はそう思うんですが、全員、何らかの形でこの事件に対する責任があるんですよ。さらに付け加えればですね、我々が経験している治安上の事件や悲劇はすべて、出どころはただ一つ、恐怖なんです。橋の上にいた、ごく普通の人々は、死への恐怖のせいで死んだのです。毎日、我々は死に恐怖するあまり、そのせいで死ぬんですよ。逃げ込んできたアルカーイダに支援を与える地区というのは、別のグループへの恐怖ゆえにそうするわけですね。そしてこの別のグループはアルカーイダから自らを守るために武装して民兵化したのです。相手に対する恐怖ゆえに死の道具を作り出してしまった。この恐怖ゆえの死を、我々はこの先さらに多く目撃することでしょう。政府や占領軍は恐怖に対処しなければなりません。本当にこの死の連続を終わらせたいと思っているなら、恐怖を食い止めるべきです」

五

スルール准将はTVの対談番組を見ていた。ファリード・シャッワーフの灰色のスーツに黒シャツと赤いネクタイという着こなしが印象に残った。格好いい。誰か部下を派遣して、これに似たスタイルのものを買ってきてもらうことにしよう。だがこういう服を着ていく機会があるだろうか。彼は、今週のほとんどを囚人のようにここに逼塞《ひっそく》して過ごしていた。

イラク国内の全チャンネルを回してみたが、どこもアインマ橋の事故でもちきりである。皆が疑念をぶつけ合っている。ふと彼の頭に、こいつらはみんな間違っている、という思いが浮かんだ。全員、間違っている。真の容疑者は今も逃げ続けている。拘束しなければならない。そしておそらく、まさに今夜、彼が容疑者を拘束する。

目の前に置かれたチャイグラスを取り上げると、彼は一口紅茶を啜った。ドアにかすかなノックが聞こえた。髪は薄いがごく若い二人の太った男が入ってきた。二人ともピンク色のシャツに麻の黒ズボンを着けている。二人は直立不動で敬礼をした。

准将はもう一口紅茶を飲むと、二人のほうを向き、強硬かつ確信に満ちた口調で話しかけた。今夜は彼にとって大きな痛手となるかもしれない。この呼び出しは、自身の仕事をコントロールしたいというスルール准将の強い願いを叶えるのみで、本来必要のなかったものだ。彼は、内容のないやり取りをしていた。

「これから出発するのだな?」

「そのとおりであります、閣下」

「何も心配することはない……いつもどおり行動するんだ……奴を拘束して、なるだけ早く戻ってこい。……獅子のごとき勇者になれ。さあ行け、神は君たちとともにある」

「御意にございます、閣下」

二人の太った若者はもう一度直立不動で敬礼し、それから速やかに出て行った。

准将はチャイグラスを再び手に取ったが、それはもう冷たくなっていた。テーブルの上に置かれたピンク色の封筒に手を伸ばし、改めてその中身を見る。そこには追跡探索局の占星術師と千里眼者のチームによる特別な予言が入っていた。十五分前にテーブルに届けられたものだ。あの危険な犯罪者、占星術師の長がごく端的に名付けたところによれば「名前の無い者」を拘束するチームを速やかに結成すべきである、と書かれていた。

彼は今夜も部局内で追跡チームの帰還を待ち、これが話の締めくくりになることを願いながら過ごすことになる。頭痛も不安も緊張もこれで終わるといい。依然として彼を疑惑の目で見て警戒を解かないアメリカ人や現政権に対しても彼の立場は素晴らしいものになるだろう。もっと高い地位に上り、二年間も寝暮らしてきたこの怪しげで暗い陰の部局を出て、明るい日なたの場所へと行くのだ。

しかし、この殺人者はどんな姿をしているのだろう？　准将は広いオフィスの中を歩きながら考えた。弾丸に身体を貫かれても死なず、出血もしなかったというこの男は、どういうものなのか。外見は不細工で醜悪だというが、どの程度なのだろう。それに、もし奴が死も発砲も恐れないとしたら、どうやって拘束できるのか？　奴は発火能力を持っているだろうか。口から火を噴いて俺の部下たちが灰燼に帰したり、隠れた翼で空中を舞い、追跡を撒いて逃げてしまったりはしないだろうか。あるいは、突然まるではなからそこにいなかったかのように忽然と姿を消してしまうとか？

こんな疑問にもあと二、三時間で答えが出るのだ。そうわかってはいた。

第九章　録音

一

ディルシャード・ホテル二階の自室でバルコニーに通じるスライド窓を開けたら、熱のこもった空気がマフムードの顔を焼いてきた。サアドゥーン通りのアスファルトから立ち上る陽炎を眺める。往来する自動車のボディや窓ガラスに反射する激しい陽光が目に痛い。上階から暴力的な暑さの中の動きを見ているだけで、今日の日中にホテルから出かける気持ちがなえていくのを感じていた。

マフムードはついにウルーバ・ホテルを出てディルシャード・ホテルに移ることに成功した。サイーディーがそう誘いかけ、勧めてきたためである。より大きな任務や仕事に備えて、マフムードにもっと良い環境で暮らしてもらい、仕事を手伝ってもらおうと考えているようだ。

大きなガラスのスライド窓を閉めると、通りの喧騒も車の騒音もすっかり遮断された。彼はテーブルの上にあるクーラーのリモコンをとって、設定温度を二十四度まで下げた。木の椅子に座り、コーヒー色の丸テーブルに両肘をついた。それからICレコーダーを口元に近づけ、アメリカの映画で何度も見たシーンのように、録音ボタンを押して気づいた点を吹き込み始めた。あの二日間に起きた出来事を、特に古物屋ハーディーと交わした奇妙な会話を、必死に詳しく思い出そうとしていた。

あのとき、ハーディーはどんな質問にも答えてくれそうに見えた。マフムードにどうにか自分の話を信じてもらおうとしていた。よく見知ったいつもの調子ではなかった。これと似たような話を語るとき彼は、ほかの人間が誰も自分の話を信じていないと内心わかっているにもかかわらず、落ち着いていて楽しそうである。その信用のなさが、話を続けている間中、楽しい雰囲気の一端を担っているのだ。だが、名無しさんの話の秘密の部分を詳細にマフムードに語っているとき、彼はその話を一つも楽しんでいないようだった。義務を果たしているか、手紙を届けているかのようだった。

バターウィィーン地区で一連の殺人事件が起きて、エジプト人のアズィーズから、「あのお前が手ずから縫い合わせたとかいう、ばらばら死体の話はもうやめといたほうがええ。あれはもう面白うなくなってきたし、余計な疑惑を招きかねんで」と警告された後、まさにその晩に名無しさんはハーディーを訪問したのである。

名無しさんが部屋の入口に現れたとき、ハーディーはアラクのグラスの最後の一口を飲んでいた。数指尺《シブル》先に彼が立っているのを見て、ハーディーは、これはただ嫌な悪夢を見ているのだと思った。この悪夢が現実のものであれば、来訪の意図がいいものであるはずは決してない。俺を殺しに来たのだ。

名無しさんがしゃべった最初の一言は古物屋ハーディーの憶測に見合ったものだった。事実、彼はその晩、ハーディーを殺しに来たのだ。

「ホテルの警備員、ハスィーブ・ムハンマド・ジャアファルが殺されたのはお前のせいだ。もしお前がホテルの門前を通りかからなかったら、警備員が鉄柵の門まで進み出ることはなかった。きっと外門から比較的離れた板張りのキャビンのそばに残り、ごみ収集車の自爆テロ犯を遠くから狙撃したはずだ。たぶんその後の爆発ではいくらか負傷もしただろうし、爆風で吹き飛ばされて打撲傷や擦過傷を負いもしただろう。だが、死ぬことはまずなかった。次の日の朝には奥さんと幼い娘のザフラーのところに帰っていく。そしておそらく若妻と子どもと一緒に朝食をとりながら、こんな危険な仕事はやめて四十四区の歩道でお茶うけのヒマワリの種売りでもやろうと考えていただろう」

名無しさんは今晩の来訪目的である任務を必ずや遂行しようという固い決意をにじませながらそう語った。

命を守るため、ハーディーはありったけの勇気を出して彼に訴えた。なんといっても、彼はある意味では名無しさんの生みの親のようなものである。俺こそがこの世にあんたをもたらした者ではないか。そうだろ、違うか!? それなのになぜあんたは俺を……と。しかし名無しさんはこう答えた。

「ハーディー、お前は単なる通過点でしかない。歴史上で愚鈍な父親と母親が天才や偉人を生んだ例はいくらでもある。両親が優れていたからではない。両親の埒外《らちがい》にある環境や状況やその他の事象のおかげだ。お前などは、運命が人生というチェス盤の上で駒を動かすため、見えざる手にはめる薄い医療用手袋か、使用する器具でしかない」

いとも素晴らしき弁舌かな。ハーディーがやってのけた、まともな理性のある人間ならまずやらない仕事、そのすべてが今やただの通過点である。高速走行の運命の車が通過した舗装道路に過ぎないだと。通過してしまったら、今、この車は道路を破壊しなきゃならんのか。

論争が数分にわたって繰り広げられた。この引き延ばし自体、名無しさんが完全にはなすべきことを確信していない証である。もしハーディー殺害が決定事項であれば、そもそも彼と話さなかったはずだ。彼に面会するや否やあの四人の物乞いにやったように、断固として力強くその手で首を締めあげ、息が絶えたら硬直した遺体を不潔なベッドの上に投げ捨てていく。そのまま放置して出ていけば、たぶん一か月やそこらは遺体は見つからない。相棒のナーヒム・アブダキーが死んで以来、誰もハーディーに会いに来ない。誰も彼をさして好きではないし、探しもしないだろう。

名無しさんは部屋の向こう側の壁に掛けられた「台座」節を見た。名無しさんの気をそらして事態を落ち着かせるためには何かしなくてはならなかった。名無しさんは「台座」節を、そして下げられているボール紙の額縁をじっと見ていたが、何歩か進み出ると額縁をつまんで引っ張った。乾ききった糊でかろうじてくっついていた何辺かが外れ、それは壁からやすやすと剝がれ落ちた。長い間、壁から離れ落ちるためにその手を待ち望んでいたかのようだった。ハーディーには、いつどうやってナーヒム・アブダキーがここにこの「台座」節を据えたのかはもう思い出せない。それでもそれは彼らが二人でこの部屋を作ったときからそこに在った。名無しさんは「台座」節を傍らに投げ捨てた。壁には高さ約五十センチ、幅およそ三十センチの暗い穴があった。その黒い穴の中に何があるか、ハーディーは翌朝知ることになる。

名無しさんが存在する、重苦しい時間がゆっくり過ぎていく。しかしハーディーはその時間の余裕のおかげで、自らの被造物が今晩この任務を果たすかどうかは確実ではないのだと考えるに至った。名無しさんはハーディーのほうに向き直り、戸惑ってはいるのだと認めた。ハスィーブ・ムハンマド・ジャアファルの魂としては復讐を求めており、自らの死の原因となった男を殺したがっている。

「自爆したスーダン人こそ殺した張本人じゃないか」

話を有利に運ぼうと、自信たっぷりにハーディーは言った。

「それはそうだ……だがあれは死んでいる。死んだ奴をどうやって殺せる」

「じゃあ、ホテルの管理部もそうだし……ホテル内にあった会社もそうだ」
「そうだな……たぶん。ハスィーブ・ムハンマド・ジャアファルの魂が安息を得て、彼の死に対する嘆きを終わりにするためには、真の加害者を見つけなくてはならない」
名無しさんはそう告げると、木箱を引き寄せて上に座った。

二

マフムードは「ハキーカ」誌最新号を手に取ると、アリー・バーヒル・サイーディーの週刊コラムのコーナーを読んだ。

人間が気づいていない法則というものがある。それは、風を吹かせ雨を降らせ山上から麓へと岩を落としていく物理的法則のように、四六時中作動しているのではない。それ以外の法則でも、繰り返し作動していれば、人間は注目し記録して明らかな情報を見出すだろう。だが、特殊な環境においてのみ作動する法則があるのである。これらの法則に従って何かが起きるとき、人間は不思議に思い、こんなことは考えられない、超自然現象だと言う。また、最良の状況であれば奇跡だと言う。そしてそれを作動させている法則を自分は知らないのだとは言わない。人間は自らの無知を決して認めない、大いに勘違いをする生き物である。

マフムードは、この文章は自己が存在する理由についての名無しさんの考えを論理的に要約していると思った。だが古物屋はもっと空想じみた考えに固執している。名無しさんは犠牲者たちの肉体の残骸から作られ、犠牲者の魂が加えられ、さらに別の犠牲者の名が付いたものだからだ。彼は、安息を得るために自らの死の復讐を求める犠牲者の本質である。報復し、復讐を遂げるために作られたのだ。

名無しさんはハーディーに酔っぱらった物乞いたちに出会った夜の話をした。彼はかかわりあいにならないように懸命に努力したという。しかし物乞いたちは敵意をあらわにし、殺してやろうと襲いかかってきた。彼の醜貌が敵意を掻き立てたのである。物乞いたちは彼について何も知らなかったが、内に眠っていた嫌悪の力がこの違和感に満ちた男に対し不意に目覚めた。そうして物乞いたちに拳で殴られたり、首を絞められたりしながら半時間ほど口論が続いた。ところが、中の一人が暗闇にまぎれ誤って仲間の首を絞め、尋常ならざる力で止《とど》めを刺してしまった。それから気がつけばまた別の物乞いも同じことをしていたのである。ここに、愚かなふるまいのせいで、二人の死んだ物乞いは犠牲者となり、生き残った二人の物乞いは加害者となった。それゆえ、名無しさんは死んだ物乞いの復讐として残りの二人の首を絞めた。なぜなら彼らは名無しさんに対してもひそかに同じことをしようとしていたからである。いずれにせよ四人は彼の殺害を試み、不首尾に終わった。

ただ、あの奇妙な晩の出来事の奥底にあった真相とは、実は次のようなことである。

あの物乞いたちは、本当は自殺したがっていた。適切な手段を見出していなかっただけだ。そこに名無しさんが現れた。イリーシュワー婆さんの息子ダーニヤールの古着を着て、暗い小路を歩いていた。

ダーニヤール、または名無しさんは死に至るきっかけにすぎない。彼らは、あの晩ずいぶん深酔いはしていても、なお死の魅力を感じ続けていたのだ。

そうしたいと願ったからこそ彼らは死んだ。このことこそ、翌朝、隣人たちが見つけた、互いの首を絞め合って地べたの上で方陣を組むというあの奇妙な構図が説明するものである。

マフムードはこの言葉を自分のICレコーダーに録音した。名無しさんの発言を伝えるハーディーの言葉には調整が加えられており、特別な解釈も入っているとわかってはいる。

「誰かにこういうでたらめな話をしてもらうのは難しい。でも実行された犯罪の背後には、必ずこういう整然とした、でたらめな話がある」

マフムードはそう言って奇妙な話の詳細を次のように要約した。

名無しさんは、もとから敵ではなかった人々との争いに巻き込まれる代わりに、何か別のことを計画している。誰かに殺されそうになっても、彼が常に助かる力を持っているのは間違いない。しかし彼はそれで目立とうとかスターになろうとか力を誇示してやろうとしているわけではない。また人々を恐怖に陥れたいのでもない。彼は崇高な任務に就いているのだ。そしてこの任務をできる限り面倒を起こさずやり遂げなければならない。したがって、四人の物乞いの事件と自由のモニュメントの隣の路上でたまたま警察車両に衝突した事故の後は、大っぴらに動いたりせず、なるだけ人々を脅かさないようにと心がけていた。

今、古物屋ハーディーの部屋でひっくり返した木箱に座っている彼は、この地区やバグダード市内のほかの地区で自らの行状がどのように流布しているかを見聞きしてきた。本当はそうではないのに、危険な犯罪者だと思われている。

彼はダーニヤール・ティダールルースの復讐としてアブー・ザイドゥーンを殺した。また、売春宿ではあの将校を殺したのだが、それはハーディーがその指をとって名無しさんの身体につけてやった犠牲者が彼のせいで死んだからである。最後まで、彼はこの仕事を続ける。

「その最後っていうのはいつなんだ？　どこで終わりにできるのか？」

マフムードがそう聞くと、古物屋ハーディーは少し黙り、それから答えた。

「あいつらを全員殺す。彼の生きる権利を奪った罪人全員を」

「その後はどうなるのだろう」

「崩れ落ちて以前の状態に戻る。肉がほぐれて、死ぬだろう」

ハーディー自身、名無しさんのリストに載っている。名無しさんの時間は限られており、速やかに任務を果たさなければならない。たとえば、今すぐに立ち上がり、ベッドの上でハーディーの首を絞めなくては。ハーディーは飲んだアラクを全部枕に吐き戻すことになるだろうが。

しかし、名無しさんにはそうするだけの決心が固まらなかった。狐のように狡猾な感性でこの状況に気づいたハーディーは、そこにつけこんでこう言った。

「俺は、最後にしてくれよ……もとから生きていたいなんて思ってない……俺の人生なんて何だっていうんだ？　……俺も、俺の人生も、何にもなっていない。……俺はさ、何にもないんだ……死んでようが、生きてようが……何にもない……殺してくれよ。でも、最後がいい……最後の一人にしてくれよ」

名無しさんは暗い眼窩の底からハーディーを見つめ、沈黙した。その沈黙は、今夜は死なないで済むということである。古物屋は安堵の胸を撫でおろした。

三

その後、ふたたび名無しさんの訪問を受けたハーディーは、翌日マフムードに会い、名無しさんにあのＩＣレコーダーを与えたことを知らせた。マフムードがすぐに思い浮かべたのは、レコーダーをバーブ・シャルキー地区のハルジュ市場で売るハーディーの姿である。ところがその十日後、マフムードの予想に反してハーディーはレコーダーを返してよこした。つまり、彼は泥棒でも嘘つきでもなかった。マフムードがレコーダーの電源を入れてみると、メモリはほぼいっぱいになっていた。

名無しさんの再訪を受けた晩、いつものようにハーディーは自室の前の中庭に座っていた。ベッドを屋外に出してその上に寝転がり、夜という頁の上に描かれたわずかな散り散りの星を眺めていた。真夜中近く、彼がそうしている間、マフムードはウルーバ・ホテルの惨めな部屋で天井に設置された扇風機のうなりを聞きながら眠ろうとしていたのだが、そのとき銃声が空気を切り裂いた。それ自体は別に珍しいことでも変なことでもない。だが、銃声は近いようだ。古物屋ハーディーは不安を覚えた。もしかしたら、天から銃弾が降ってきて俺を殺すかもしれない。中庭に出したマットレスに寝転んでいるのだから。

この事件は、ピンク色のシャツを着たあの若い二人の将校が指揮する追跡探索局特務チームの大失態だった。スルール准将は彼らに騒ぎを起こすなと厳命していたが、部局付きの占星術師を一人同行した彼らは危険な犯罪者の居場所特定に成功し、少しずつその範囲を狭めていった。そしてついにある真っ暗な小路にいた彼を発見したのである。

しかし、彼を捕まえることはできなかった。彼が銃撃を受けても死なないことをすっかり忘れ、特務チームはライフルやピストルを発射し、後を追って走り続けた。彼は塀をよじ登り、屋根の上へ飛び移った。そこで二人の将校の一方は危険な犯罪者の逃げ道に立ちはだかり、服を摑むのに成功した。少しの間、二人は素手でもみ合った。若い将校は「殺人犯を拘束するから、早く応援してくれ」と特務チームの長に向かってわめいたが結局勝利は名無しさんのものとなった。両手で首を絞められ、将校の両目は眼窩から飛び出そうになった。その後、名無しさんは追跡チームが近づいてくるのを見て、将校の頭を壁に打ちつけ、彼がよろめき地面にくずおれるまま放置し、追跡者たちの目をくらまして逃げおおせたのである。

三十分もすると地区は完全に静まりかえった。ライフルの音も、ほかの音も一切なくなった。そこで古物屋ハーディーは蒸し蒸しと暑い部屋から、改めてマットレスに横になろうと外に出てきた。しかしマットレスの上には誰かが座っていた。我が友、名無しさんである。

一瞬、ハーディーは名無しさんが任務を完了して、復讐する相手が古物屋だけになったのかと早合点した。ところが名無しさんは唐突に「この地区は警察と情報部の特務チームの連中に包囲されている。連中が去ったのが確認できるまで、お前のところで少し過ごしていく」と言ったのである。

名無しさんは、毎日新たなことがわかってくると話した。彼が知ったことというのは、たとえば、彼の身体を構成している死肉は、持ち主の復讐が果たされなくても所定の時間になれば自動的に剝落する、ということである。また、身体の小片の持ち主の復讐が完了したときにも剝落する。同時にそれが存在する必要も終了した、というように。

ハーディーは安堵し、ベッドの上の名無しさんの隣に座りさえした。彼の身体の腐臭を感じながら、名無しさんに、あんたが望むならどんな手伝いでもやるよと言った。すると彼は剥落した部分の替えが必要だと告げた。新たな犠牲者の新しい肉が要る。ハーディーは、じゃあ明日の昼から手伝えるかやってみよう、と答えたが、実際はこっそり反対のことを考えていた。名無しさんの肉体が速やかにほぐれておしまいを迎え、俺の恐怖もおしまいになるのなら、そりゃ上出来じゃないか。

名無しさんは彼のほうを向いてこう言った。

「まだあるんだ……よくないことに、偏見を持った連中が俺について悪い噂をまき散らしている。あいつらは俺が罪を犯したと疑っているんだ。俺こそがこの国で唯一の正義の人間だとわかっていない」

そのとき、ハーディーはマフムードのICレコーダーのことを思い出し、立ち上がって名無しさんに一緒に飲まないか、と誘いかけたが、断られた。ハーディーは暗い自室に入り、灯油ランプをつけ、それから取っておきの酒を何本も出してくると手酌で注《つ》いだ。そして名無しさんを見て言った。

「あんたは、あんたの話を公表してくれるジャーナリストに会うべきだ」

「ジャーナリストに会う？　言っておくが、注目を浴びたいわけじゃないんだ。なのにジャーナリストに会えと言うのか」

「すでに注目は浴びている。なっちゃったものは仕方ないだろ。あんたは自分の身を守らなくちゃならない。任務を手伝ってくれる友だちを得られるようにね。今現在、あんたはみんなの敵なんだぜ」

「でも誰のインタビューを受けたらいい。この足でTV局まで出かけろと？　馬鹿馬鹿しい」

「俺がインタビューをやってやるよ」

こう言うとハーディーはICレコーダーを取り出した。録音機能を起動しようとしたが、マフムードが何と言ったかがすっぽりと抜け落ちてしまっていて、どうにも起動できない。それで名無しさんも彼からレコーダーを受け取って、よく調べてみた。ハーディーのベッドに腰かけて手の中でいじくり続けている。ハーディーはつまみも氷もなしでグラスのぬるくなったアラクを味わおうとしていた。そのくらいしかすることもない。そこに、二人は新たな銃声を聞いた。すると名無しさんはすっくと両足で立ち上がり、ハーディーのほうを向いて言った。

「俺が一人でインタビューをやってみよう。……しかし、そんなの役に立つかな」

「役に立つさ」

ハーディーはそう言って、奇妙な相棒が遠ざかり、忍び足で敷石の上をお隣のウンム・ダーニヤール家のほうへと渡っていくのを見守った。そこに隠れるのだろう。小路を走る男たちの足音やざわめきとともに、ぱらぱらとした銃声が近づいてくる。

四

翌朝、一帯はイラク国家警備隊と米軍警察によって包囲された。マフムードは地区から出られず、報道関係者だと知ってもらいたくて進み出ようとしたら、黒人の米兵に銃を向けられ手荒く追い払われた。すっかり怖くなってマフムードはウルーバ・ホテルに戻った。アブー・アンマールが何人かとロビーに座って昨夜の出来事の話をしていた。怪しげな犯人の追跡劇があったらしい。闇を照らす電灯の光の中で、何軒もの家を襲撃し、力ずくでドアを蹴破り、錠を外して容疑者を何人も逮捕したというのに、犯人は逃走してしまった。それで速やかに一帯に包囲網が敷かれたのだ。犯人はまだ残っており、バターウィイーン地区からは出ていない。

マフムードは編集長に電話をかけて自分の周りで起きていることを伝えると、すみませんが、今日は出社できませんと言った。だが、サイーディーは彼にホテルの外に出るんだと呼びかけ、何が起きているか見届け、人々の感想を聴取し、それからもっとイラク軍の隊員に近づいて、作戦の目的について、情報を取ってきてくれと言った。

この言葉にマフムードはむっとしたが、それでもとにかくホテルの外には出た。そうして得た情報もたいして価値はなかった。昨晩、軍情報部の将校が、重要なテロリストの追跡作戦中に頭部に重傷を負って病院に搬送されたという。

正午を迎えて追跡・包囲作戦は終了した。マフムードは若者や中年の男たちが何人か、後ろ手に拘束されて軍用車両へと連行されていくのを目撃した。一瞥してすぐ、彼らが全員醜悪な外見をしていることに気づいた。爆発に巻き込まれたか何かで、大きな衝撃を受けたのだろうか、彼らは顔に弛緩した無邪気な表情を浮かべており、何の恐怖や不安も感じていないように見えた。

マフムードはウルーバ・ホテルの自室に戻った。午後になると、頭上の扇風機が止まってしまった。アブー・アンマールが四人の宿泊客のために購入した発電機が故障したのである。修理は遅れ、マフムードは自分の汗の海で溺れそうな気がしてきた。そこでホテルを出ると、エジプト人のアズィーズのカフェに向かった。エジプト人のアズィーズのカフェでは夏の初めに巨大なクーラーを正面ウィンドウの上に鉄柱で据え付けていた。正面ウィンドウの隣、いつもの席に古物屋ハーディーが座って水煙草をふかしていた。

マフムードは彼のそばに座り、自分も水煙草と紅茶を注文した。ハーディーはよく知られたあの陽気さを取り戻したように見える。彼はマフムードに、捜索作戦は名無しさんを標的としたもので、結局拘束はできなかったと告げた。自信たっぷりにそう言うと、それから、俺は名無しさんにインタビューを承諾させたよ、と伝えた。

「あいつが自分でインタビューするんだ」

古物屋はそう言った。その瞬間、マフムードはあのレコーダーを、つまり百ドル相当を失ったことを確信した。何せこの男はほら吹きである。陽気に笑っているということは、こいつが元のほら吹き、ここの皆が言うところの根っからの食わせ者に戻ってしまったということだ。

しかし十日後に彼はレコーダーを返してよこした。マフムードは長い時間を費やして、ひたすらそれを繰り返し聞きまくった。好奇心にかられ、録音の語り手の言葉をきちんと精査してみたくなった。彼が語るのは、心を揺さぶり、衝撃を与える言葉である。この人物には強烈な感情がある。彼が、マフムードやハーディーやアブー・アンマールや他の人間と同様に血肉の通った実在の人物であることは確かだ。ハーディーがその空想的な言葉で描写してみせた姿とは似ても似つかない。

マフムードは録音を聞き通し、その印象深い話に引き込まれていった。そしてまたウルーバ・ホテルの猛暑の空気にも溺れ込んだため、翌日にはアリー・バーヒル・サイーディーが彼の目を黒い隈が縁取っているのに気づいた。

「君にはたくさん働いてもらうつもりだし、別の業務も任せるつもりだ……活躍してほしいんだよ。

そのおんぼろホテルはやめて、出てくるんだ」

そうしてサイーディーはマフムードに、これからは医院が集まった通りにある彼所有の建物に面したディルシャード・ホテルに移るよう断定的に言った。

マフムードがホテルを去ることを決意し、鞄と本とわずかな荷物を持って目の前に立ったのを見たときに、アブー・アンマールが衝撃を受けたのをマフムードは感じ取った。しかし彼は何も言わずにビジネスライクにふるまい、マフムードの残りの宿泊料を受け取るとチェックアウトの処理を済ませた。マフムードは友だちのハーゼム・アッブードにも移転のことを知らせなかった。ここ一週間くらい彼がいなかったせいである。通信社の撮影の仕事でイラク各県のあちこちを飛び回っている。

サイーディーはマフムードと古物屋ハーディーとの間に起きたことを詳しく知ると、大いに関心をみせ、その話を聞きたがった。彼はマフムードを誘ってオフィスを出て、社屋内の庭園に腰を下ろし、アブー・ジョニーが淹れてくれた紅茶を啜った。庭園の気温は高く、植物のせいでむっとするような湿気だが、そのわずかな草木を眺めながら彼はマフムードの話を聞き続けた。

「日中の時間の一部を、草花を見つめたり緑を眺めたりするのに使うべきだよ。心身の健康にとてもいいんだ」

サイーディーはそう言って自分の状況を正当化した。

「少なくとも、緑は通りでいつも出くわすあのコンクリートのバリケードを少しは消し去ってくれるだろう」

古物屋の衝撃的な話とはほど遠い類のコメントだ。マフムードは話を続けたものか、サイーディーが続けてくれと合図するのを待ったものかわからなくなった。

三十秒ほど沈黙が場に満ちた。そのあと、サイーディーが向き直って言った。

「俺のためにこの件の記事を書いてくれ。検証やこの人物のインタビューについて書いてくれ。俺のために。次の号に何か出してくれ」

二日後、マフムードはサイーディーに「イラクの路上の神話」と題する記事を提出した。記事はすぐにサイーディーに採用された。次号の企画中、サイーディーはあの有名な、映画『フランケンシュタイン』のロバート・デ・ニーロの写真をこの記事につけようと言い出した（『フランケンシュタイン』はメアリー・シェリーの同名小説を原作とした一九九四年公開の映画。ケネス・ブラナー主演・監督。ロバート・デ・ニーロは造られた怪物を演じた）。マフムードにはあまり嬉しくない結果である。タイトルがこのように変えられたことなどは特に。

「バグダードのフランケンシュタイン……！」

口元に大きな笑みを浮かべ、サイーディーは叫んだ。マフムードはもっと穏やかで当たり障りのないものにしようと訴えたが、サイーディーは衝撃的なタイトルをつけてもっと面白いものにしようとしていた。それどころか、彼自身もこの内容について同じ号でもう一本記事を書き上げたのである。

そして今、ついに最新号はマフムードの手の中にある。ディルシャード・ホテル二階の自室でベッドに寝っ転がり、マフムードは身体に少し寒気を覚えると風邪をひかないようにエアコンの設定温度を上げた。だらだらしながら、休日を楽しもうとしていた。最新号のグラビアを見てみると、彼を拒む無理解な世界に対するロバート・デ・ニーロの悲しげなまなざしが目についた。マフムードは考えていた。名無しさんは、本当に実在したとして、自分が書いたこの記事をどう受け止めるだろう。彼の使徒的な使命を誤解していると思うだろうか。

古物屋ハーディーがもしもこの雑誌を精読できたとしたら何と言うだろう。マフムードを罵倒するだろうか、それとも、称賛の思いに満ちるだろうか。

五

マフムード・サワーディーが自己満足に浸りながらベッドでだらだらしていたのと同時刻に、スルール・マジード准将は追跡探索局の巨大なオフィスの中でできる限り大量の寒気を取り込もうとエアコンの前に仁王立ちしていた。こんなことが健康に良くないことくらいわかっている。しかし彼は、自分の頭がありえないほど熱くなっているのを感じていた。おそらく血圧上昇のせいだろう。部局の職員たちはこの不快な情報の報告を午前中いっぱい引き延ばし、准将が午睡から目覚め、幼馴染の旧友アリー・バーヒル・サイーディーが編集長を務める「ハキーカ」誌の最新号に目を留めるときを待った。

准将はサワーディー記者の記事を二回繰り返して読み、この記事が追跡探索局の同意なくしては明かせないはずの秘密の情報を含んでいることに気づいた。だが、突如この国の頭上に降って湧いた報道の自由に対し、何ができるというのか。サイーディーはこの件で間違いを犯している。雑誌のこの文言が広まる前に、サイーディーとは話し合わなくてはならない。

エアコンの風が彼の膨らんだ頬を冷やしていく。それでもまだ心のうちには燃えたぎるような熱を感じていた。巨大なオフィスの自分のデスクの上に雑誌を放り投げ、私用の携帯電話を取り上げるとサイーディーの電話番号に連絡した。

　電話の向こうで、サイーディーはいつもと変わらず笑っていた。

「やあ、何か問題でも？」

「君のところで仕事をしているこのジャーナリストは、この犯罪者に会ったのか？」

「そうは思わないね。彼は地元のくだらない男と話をしたんだよ。頑迷な空想癖のある男でね……我が友よ、なあ、その話だってくだらないだろ……そいつはほら吹きなんだ」

「そうだな。だが、きっとこの記事の男は俺たちが探している犯罪者だ。こいつの肌は何色をしていた？　こいつには銃撃を受けた痕か、縫い合わされた傷がなかったか？」

「知らんよ……この話は巷の人々の空想の産物さ……」

「違う……空想の産物なんかではない……このジャーナリストは今君の隣にいるか？」

「今日は金曜日だよ（イラクでは金曜休日が採用されている）、友よ……君も自宅にいるんじゃないのか？」

「このガキはどこに住んでいる？」

　スルール准将は住所を紙片に書き留めると電話を切った。用事を言いつけるベルを鳴らし、筋肉質な体軀の若者が入ってきた。軍隊式の敬礼をして直立不動の姿勢をとる。

「イフサーンを呼んでくれ」

　約一分後、顔をきれいに剃り上げた、薄毛の太った若者が入ってきた。ピンク色のシャツを着て、麻の黒ズボンを穿いている。

「この住所だ……今すぐ、このマフムード・リヤード・ムハンマド・サワーディーというジャーナリストを連れてこい」

第十章　名無しさん

一

「もしもし……もしもし……テスト、テスト、テスト……」
「録音が始まりました……」
「わかってる……もしもし、もしもし、……テスト、テスト……」
「電池の残量に気をつけて……」
「頼むから黙っていろ……もしもし、もしもし、……よし」

俺にはあまり時間がない。たぶん、俺が担うこの任務を終えられなくても、夜、通りや小路を歩いている間に俺は終わりを迎え、身体が溶けていくだろう。俺は、その名前を知らないジャーナリストが、俺の生みの親の哀れな古物屋に与えたこのレコーダーみたいなものだ。俺にとって時間は、この電池みたいなもので、たくさんはないし、十分な量でもない。

あの哀れな古物屋は本当に俺の生みの親なのだろうか。あいつは、天にましますわが父の望みへ俺が到達するまでのただの通過点、通路でしかない。俺の母親の哀れなイリーシュワーも同じように説明できるだろう。彼女もとても哀れな人だ、彼らは皆、哀れな人たちなのだ。

俺は、哀れな人々が冀《こいねが》う声への応答である。俺は、救世主だ。ある意味では、ひたすら待ち望まれてきた者が俺だ。

めったに使われず、錆びついていたあの見えないレバーが動いた。いつもは目覚めぬ法則を動かすレバーだ。犠牲者たちとその家族の祈願が一気に集まり、すさまじい勢いであの見えないレバーをぐいと押し込んだ。すると暗黒の子宮が蠢《うごめ》いて、俺が生まれたのだ。

俺は神と天の援《たす》けによって、罪を犯したすべての人間に復讐を果たすつもりだ。ようやくこの地上で正義が俺の手によって成し遂げられる。苦しみや痛みに耐えながら、正義がずっと先、それこそ天国に行ってから、死んでしまった後になって実現されるのを待つ必要はなくなる。

俺は任務を完遂できるだろうか。それはわからない。それでも俺はやるつもりだ。少なくとも、罰とはこうあるべきだという手本を見せるつもりだ。それは、死にたくないと心の底から慄《おのの》き祈願するばかりで、何の守り手も持たぬ無辜《むこ》の人々が下す罰だ。

俺自身は、心の底からそう思うのだが、誰かが俺のことを聞いたり知ったりするということにあまり興味がない。俺が存在するのは、有名になったり認められたりするためではない。だが、この任務が醜悪なものと思われないように、また、大きな困難にも、多大な障害にも遭わずにすむように、やむを得ずこの声明を届けることにした。すでに俺は血に飢えた犯罪者ということにされているし、そもそも俺が罰を下そうとしている人たちにとっては俺はまさにそのように見えるだろう。これはあまりにも不公正な事態である。神の被造物として、人間としての義務を考えたとき、その義務とは、俺を支援し俺の側に立ってくれることであろう。強欲や、支配権力の狂気や、流血を求めてやまぬ殺人嗜好によって、完全に破壊されたこの世界に正義を実現するためなのだから。

事実、俺は、誰にも俺とともに武器を手に取って戦ってもらいたくはない。罪を犯した者たちに対し、俺の代わりに復讐をしてもらいたくもない。ただ道を開けておいてほしいだけだ。俺を見かけても怖がらないでほしい。平和的な、善良な人々にはそう言いたい。そして頼むから、俺のために祈願をかけ、時間がなくなり何もかも失ってしまう前に、俺が勝利し任務を完了できるように、心の中で無事を願ってやってほしい。……また……


「あ、あの……電池切れです……」

「なぜ、口を挟んだ？ ……どうした？」

「電池切れです。あるじさま、ご主人さま……」

「わかった……問題ない。今すぐ出かけてくれ。でっかい袋いっぱい電池を手に入れるまで戻ってくるな」

二

俺は今、バグダード南部ドゥーラ地区の、アッシリア東方教会地区の近くにある建設中の建物に住んでいる。この場所は三つの党派の戦場になり、政情不穏で不安定な場所になってしまっている。三つの党派の一つはイラク国家警備隊及び米軍。残り二つがスンナ派の民兵とシーア派の民兵だ。俺が滞在するこの建物は、ゼロ地区と表現できるだろう。なぜなら、この建物の一キロ四方に隣接している建物群は、三つの党派の誰にも一度として完全には服従したことがないからだ。実際に戦闘が繰り広げられる場所で、住民が全くいないからでもある。また住民がいないからこそ、そこは俺向きなのだともいえる。

俺には安全な通路がある。破壊されたり、住民に放棄されたりした家屋の塀の大きな裂け目だ。夜の任務のために俺はそこから外出し、また帰宅する。今言った三つの党派の武装集団に出くわさないよう、一時たりとも気が抜けない。俺たちは——俺と、これらの連中は——現実に、幾重もの道が入り組んだ網目の中にいる。まるで夜の間に複雑化していく迷宮のようだ。俺たちは相手を探して行動しているにもかかわらず、互いに出会わないよう、できる限り避けていく。

俺には行動をともにし手伝ってくれる仲間が何人かいる。この三か月の間に俺の周りに集まってきた人たちだ。

その中でもっとも重要な人物は年寄りの男だ。俺は彼を〈魔術師〉と呼んでいる。〈魔術師〉はバターウィイーン地区と通りを挟んだ向かい側にあるアブー・ヌワース地区のアパートに住んでいた。彼は、前政権で大統領直属の魔術師集団の責任者を務めていたという。バグダード陥落を防ぎ、アメリカ人たちをバグダードから遠く追い払うことに多大な功績があったそうだが、アメリカ人は最先端の軍備に加えて、恐ろしいジンの軍団まで保有していた。このジンの軍団は、〈魔術師〉が彼の助手とともに使役していたジンたちを殲滅させたのだ。

俺が出会ったとき、彼は深い悲しみと苦痛の中に生きていた。前政権が打倒されたからではない。人生最大の試練において、敗れたからだ。彼にしてみればもはや魔術は何の役にも立たない。

しかし、バグダード空港の戦闘で、凄惨な虐殺から逃げのびたジンの一人が彼の周りには残っていて、時々彼を訪れては孤独の憂さを晴らしてくれる。このジンが彼に告げたのだ。あなたにはまだ一つ大仕事が残っている、と。そして俺や俺の姿の特徴を伝えた。

俺は、彼が前政権時代の犯罪にかかわった疑いをかけられ、アパートから追い出されたことを知った。どこに行こうと尾行がつくということも。彼に仕えるジンたちでさえ何の助力もできない。だから彼は、今では俺たちが滞在しているこの崩れかけた建物の拠点からほとんど外出しない。ここでの彼の役割と仕事は、俺がドゥーラ地区からバグダード市内の他の地区に移動し、また拠点まで戻る際のルートを確認することだ。彼はこの仕事を献身的に誠実に実行している。俺が、彼の人生において悪事をなした連中に対して見事に報復し復讐を成し遂げてくれると信じているからだ。

手伝ってくれる中で二番目に重要な人物は、本人の自称どおりに俺は〈ソフィスト〉と呼んでいる。彼が巧みなのは、良い思想に正当性を与えること。さらにそれを拡散し、輝かしいものとすること。そしてその思想に磨きをかけてより強力にすることだ。ただ、悪意ある思想についても彼は同じことを同じ能力と十全さをもって巧みにやってのける。こういうところで、ダイナマイト並みに危険な男なのだ。俺は、自分の現在の任務を理解するために大いに彼の助力を頼った。また、何らかの仕事に関して疑問の念に襲われるときも必ず彼に相談している。彼は皆を安心させてくれ、信仰心を高めてくれる。その理由は、彼自身が何者に対しても完全には信仰心を抱いていないからだ。あの晩、彼がサアドゥーン通りの歩道に酔って座り込んでいるのを偶然見かけたとき、彼は全く信仰なんか重視していないくせに、俺を進んで信仰しようと言ってくれた。理由は一つだ。ほかの人が俺を信仰するはずがなく、俺の存在すら信じられないだろうからだ。

三番目に重要なのは、俺が〈敵〉と名付けた人物だ。なぜ〈敵〉かというと、彼は対テロ部隊の将校だからだ。敵の姿や考え方、ふるまい方を実感できる生きた見本を彼は提供してくれる。また、彼の微妙な立ち位置のせいもある。難しい活動において役立つ有益な情報を、俺に大量に流しているからだ。彼が俺のところに逃げ場を求めたのは、その厳格な倫理観のせいだろう。彼は政府の治安維持機関で二年間勤務した後、自らが追い求めている正義は、目の前で四散して失われ、未来永劫この世界では実現しないと確信するに至った。

現在、彼は俺のそばで多大な奉仕を提供してくれている。彼の考えでは、それが彼の渇望する正義が実現される唯一の方法だからだ。

またさほどたいした者ではないが、ほかにも三人いる。若い狂人と年長の狂人と長老の狂人だ。若い狂人はこの録音を始めたときに口を挟んできた奴だ。俺は彼にここから出て何キロも離れた店で電池を買ってくるように言った。危険な交戦現場をいくつも潜り抜けてだ。

この若い狂人は、俺がファイサル一世（初代イラク国王。在位一九二一－一九三三年）時代から米軍占領期に至るまでイラク政府が生み出すことができなかった模範的国民の見本だと信じ込んでいる。ルーツや部族や人種や相反する社会階層など、多様な構成要素からなる人間たちのいわば屑の寄せ集めである俺は、かつて実現したことのない、不可能な混合を具現しているわけだ。だから、俺こそが最初のイラク国民なのだ。彼はそんなふうに思っている。

年長の狂人は俺が、世界のあらゆる宗教で予言されてきた、救世主の出現に先立って巻き起こる大災厄をもたらす道具だと思っている。俺が、道を誤り、惑い、迷える人間たちを滅ぼしていくからだ。この任務で俺を手伝うことで、彼は待ち望まれた救世主のお立ちが早まるだろうと思っている。

長老の狂人は俺自身が救世主だと思っている。そしてこの先、自分が俺の永遠性の一部を得て、世界の歴史とこの国の歴史において、この重大な分岐点を語る記録に、自分の名が俺の名の隣に彫り込まれることになると思っている。

〈ソフィスト〉に助言を乞うたとき、彼はこう言った。この長老の狂人は、完全なる狂人であるがゆえに、理性を超えた不可思議な英知に堪えうる真っ白な頁となれるのだ。そしてそれと自覚せぬままに、純粋な真理の言葉をもって語る、と。

三

夜、日没から一、二時間たった頃に俺は出かける。さまざまな方角から絶えず銃撃され、交戦を潜り抜けていく。猫や野良犬さえもいない長い無人の通りをたった一人で進むのだ。真夜中が近づくにつれますます激しくなる銃声の合間、わずかに生じる沈黙の中に俺の足音だけが響く。俺は必要なものはすべて用意している。精巧に作られ、見破られることのない身分証明書類もある。これは〈敵〉が俺に提供してくれたものだ。住宅地や通りや小路を通って移動するための正確なルート。これは〈魔術師〉が提供し、お互い会う必要のない人間に不意に出くわさないようにしてくれている。

俺が向かう場所や住宅地にふさわしい服など一式は、三人の狂人がいつも用意してくれる。傷痕や打撲痕や顔の糸の縫い目を隠すメーキャップは、たいてい〈ソフィスト〉がやって、俺が単身で出かける前には鏡を渡し俺に出来栄えを見せる。

任務終了が近づいている。首都郊外アブー・ガリーブ地区の家に住むアルカーイダの男がいる。

あと、バグダードで業務を行っている警備会社にベネズエラ人傭兵の将校もいる。この二人への復讐が完了すれば、何もかも終わる。だが、俺が思っていたように、事は終わってくれなかった。

ある晩、身体中に銃弾を浴びて俺は帰ってきた。俺があと少しであの罪人の首に届くというところで、大きな戦闘になり、すさまじい追撃にあった。その罪人は、思想的・政治的背景などお構いなしに、ダイナマイトや爆発物とともに大量の武装集団を送り込んできた奴だ。死の商人として群を抜く存在で、バグダード中心部ショルジャ市場近くの家に、武装集団の連中と一緒に住んでいた。

三人の狂人が俺の身体から大量の弾丸を抜き出した。〈魔術師〉と〈ソフィスト〉は協力してちぎれた部位を縫い綴じようとしてくれた。だが、肩の肉がその場に落ち着いてくれない。死後何日も経過した古い遺体の肉のように、完全に溶けてしまった。

翌日起き上がってみると、俺の身体のいくつもの部位が床に落ちていて、腐った死臭が漂っていた。俺の周りに例の手伝いは誰もいなかった。悪臭を逃れて建物の屋上に出てしまっていた。

俺は大きな布切れに身を包んで、彼らを探しに行った。あちこち穴が開いた俺の身体から体液が布に滲みて広がっていく。屋根の上で彼らから離れたまま、俺は尋ねた。

「何が起こっているのだろう。……これで終わりということなのか?」

〈魔術師〉が悲しげに俺のほうを見た。ほかの全員は煙草をふかしながら好奇に満ちたまなざしで、屋根の柵の隙間から、この建物を囲む通りや小路を眺めていた。

〈魔術師〉が俺に言った。

「あんたが殺した連中がそれぞれ年貢を納めた段階で、復讐を求めた人の望みは果たされる。するとあんたの身体からその人の身体の部位が溶けてしまうのだ。また、定まったときもあるようだ。

終わりの時が来る前に全犠牲者の復讐を果たした場合、あんたの身体はしばらくはつながったままだが、それから次第に溶けていく。あんたが最後の任務にかかるときには、復讐を求める最後の人間の身体の部位しか残っていないということになる」

「クソみたいなことばっか言いやがって……」

そう言って〈ソフィスト〉は煙草を床に投げ捨てながら続けた。

「彼は死なず、溶けず、虚仮威《こけおど》しじゃない。本物のはずだ……あんたは俺たちを脅かしたいだけの大嘘つきだ。救世主は死なないんだろ」

彼はそう言うと長老の狂人のほうを見た。ほかの誰よりもこの思想にこだわっているからである。長老の狂人は即座に応じて両手の拳を天に突き上げ震わせながらこう断言した。

「そのとおりだ……救世主は、死なない」

論争が続いている間、残りの者たちは階下の出来事を夢中で見つめていた。昼日中だというのに、二つの武装グループが今にも衝突しそうな雰囲気だった。ここに残って屋根の柵の間から眺めていたら流れ弾に殺されかねない。向こう見ずもいいところだ。それでも全員が好奇心に負けて、成り行きを見守っていた。

俺はまとっていた布を床に広げると、屋根の上で太陽に照らされながら裸のまま眠った。明るい色をしたねばっこい体液が、ゆっくりと俺の身体の傷口からも糸が解けてきた傷の裂け目からも滴っていく。完全な再治療が必要だ。

ということは。突然、この結論に気づいた。新しいスペアの肉片が必要だ。

階下で、待ち望まれた音が始まるのが聞こえてきた。耳をつんざくほどの銃声と人間の獰猛な叫び声。太陽の下で自分が煮えてしまうような気がしてきたので、俺は起き上がってまたあの汚い布で身を包み、柵に近づいた。二つの武装集団の間で凄惨な戦闘が始まっていた。まもなく一方の集団が敗北して逃走した。もう一方の集団は負けたほうのメンバーを二人捕えた。ライフルの銃床で二人を大きな穴だらけの崩れかけた壁に押しつけると、彼らはPK機関銃を発砲した。捕まった二人のうち、片方は重傷を負って、うう、とうめくと、たぶん、命乞いをして助けを求めた。もう一人は、まるで聖なる殉教者であるかのように、誇らしげに沈黙していた。事の顛末を見届ける目撃者がおり、興奮を交えて自らの殉教を語り継ぐのだとわかっているかのようだった。その事件自体、たいして長い時間はかからなかった。彼らが二人の若者を壁に押しつける。それから二回か三回「神は偉大なり」と叫ぶとライフルを発砲する。二人の若者がばたりと地べたに崩れ落ちる。武装集団の連中は農民が犂《すき》を担ぐようにライフルを肩に担いですぐ立ち去る。

俺は手伝いの仲間たちを見た。何か決定的なことを考えている〈魔術師〉を除く全員が、顔に恐怖の表情を浮かべていた。

「いい若者なのに……罰当たりな話だ」

〈魔術師〉はそう言うと、深刻な目つきになってこう続けた。

「彼らもまた、犠牲者ではないのか?」

「わからない……〈ソフィスト〉に聞いてみよう」

「私が思うに、彼らは皆、犠牲者だ」

その後、三時間で俺の右手の親指と左手の三本の指が落ちた。鼻が溶けた。肉が萎びてきたせいで身体に大きな穴ができた。俺は自分がすっかり衰弱しきっているのを感じ、猛烈に眠たくなってきた。六人の手伝いは、俺たちの建物周辺の廃屋から集めてきた家具の入った居間に座っている。彼らは真剣に、不安そうに、おそらく俺のことについて話し合い、議論を戦わせていた。

俺のリストによれば、俺の任務は今晩で終了するはずだ。カッラーダ地区のホテルでベネズエラ人傭兵の将校を捕まえる。集中砲火を浴びせられるだろうが、奴の首に手をかける。それから治安維持機関の誰かの私有車に乗って出発する。〈敵〉が用意してくれた車だ。そしてアブー・ガリーブ地区へと向かう。そこで俺の任務は終わるはずだ。アルカーイダのあの司令官を殺害して、その後、俺は消滅するだろう。お前たちのこの恐ろしい世界から旅立つ。

だが、夜になると俺の意識はなくなった。

目を開けたら、三人の狂人が血まみれのまま覆いかぶさるように水で俺の身体を洗っていた。俺たちは建物の三階にあるアパートの浴室にいた。彼らは何かをやっていた。

六人は激しい議論の後、最終的な結論に達した。三人の狂人が建物から降りて、昼間二人の若者が処刑された広場へと暗い通りを渡っていった。彼らは殺された「聖者」の遺体を引きずっていき、あの泣いて怯えながら命乞いをした奴の遺体は放っておいた。遺体を建物まで運び一階の一室に安置すると俺に合う替えのパーツにする準備にかかった。必要な部分を切り落とし、それを黒いナイロン袋に入れて置いておく。それから「聖者」の遺体を再び運び出し、遠く、米軍のロケット砲で破壊された家の瓦礫の上に放り捨てた。

長老の狂人が俺の身体から破損した部位を取り除いた。それから年長の狂人と若い狂人が新たな部位を縫いつけた。それが済んだら俺をみんなで上階の浴室に運び、ぬるぬるする血や血漿を洗い流し、〈敵〉が米軍特殊部隊の将校の服と身分証を俺にくれた。その後、〈ソフィスト〉がパウダーを使って俺の顔の修復作業を行った。女性用化粧品を厚塗りし、彼は俺に鏡をよこした。俺は自分の顔を見ても、それが誰だかわからなかった。問いかけようと唇を動かしてようやく俺はこれが自分の顔だと知った。

「何が起きたんだ？」

「あんたを生き返らせたのさ」

〈魔術師〉がそう言った。彼は居間のソファのクッションの上に両手を広げてくつろいだ様子で煙草を口に咥え、煙を吐き出していた。彼こそがこの件全体を差配した頭脳だった。〈魔術師〉はこの「聖者」もまた犠牲者であり、彼の魂は復讐を求めていると言って仲間を説得したのだ。復讐が成就したせいで破損してしまった部位については、替えのパーツとしてこの「聖者」の遺体を使うことにした。それには何の反対も出なかった。

俺は立ち上がった。生気と、かつての自分が押し流されるほど、新たな感覚があふれ出てくるのを感じた。深い眠りから覚めたようだった。周りにいる人の顔つきはなんだか妙に見えた。今朝から何を計画してきたのかを俺は忘れていた。海兵隊の夏の制帽をかぶり、俺は急いで建物を出た。東へ、今日の昼にあの処刑を実行した連中が姿を隠した場所へと向かう。「聖者」の指がそのドアを押し、俺をたどるべき道筋へと導いていく。奴らは床の上に座り、紅茶を飲んでいた。近くの建物に駐屯する守備兵たちは俺を視認できていない。俺の闖入に奴らは完全に虚を衝かれたが、即座にライフルで応射してきた。だがそのときにはもう俺は十分近接していたから、奴らの手から武器を奪って脇にどけ、素手での壮絶な肉弾戦に突入した。何発か発砲があって近くの部屋や建物からほかの連中もなだれ込んできた。無数の銃撃があり、咆哮がとどろいた。しかし結果、奴らの勝ちとはならなかった。銃撃を受けて背中に穴が開いてしまったが、俺は奴らの首に手をかけて、速やかに一体一体壊していった。三十分もするとこの集団はもう一人しか残っていなかった。怖気づいて部屋の隅に座り込んでいる。充電式懐中電灯の弱い光では姿がよく見えないが、彼は泣いていた。俺は静かに彼に近づいていった。怯えきっているようだ。さらに近寄ってみると彼は震えていた。今夜、自分や仲間が目の当たりにしたものは尋常な敵ではないとよくわかったからだ。それは神の怒りだ。消え入りそうな電灯の光の先に俺が見たものは、わずかに照らされた彼の顔と恐怖に満ちた両目だ。自らの過ちを悟っている。だから、彼は俺に歯向かわず、過ちを犯した自分に立ち向かった。やがて俺は彼の首に手をかけた。

四

俺はベネズエラ人傭兵の将校を殺した。自爆テロ犯を誘い込んで、受け皿となる警備会社をやっていた奴だ。民間人の犠牲者が出たのは彼のせいだ。その中にはサディール・ホテルの警備員だったハスィーブ・ムハンマド・ジャアファルもいる。

そして俺はアブー・ガリーブ地区にいたあのアルカーイダの司令官を殺した。バグダードのタイラーン広場で自動車爆弾による恐ろしい爆発事件を起こし、多数の犠牲者を出したのはこいつのせいだ。その犠牲者の中に、古物屋ハーディーが歩道から拾い上げ、俺の顔に継いでくれたあの鼻の持ち主が入っている。この件のために何週間もかけて俺は準備を重ね、後を追い、敵対する集団に潜入した。それにはまた時間はかかったが、強い信念があれば追い求める個人に敵対する集団の信頼は得られる。

しかし、新たな犠牲者たちの肉体を加えたことで、俺が復讐を果たすべき人間のリストは拡大してしまった。古い部分は剝落していくが、そのたびに俺を手伝う連中が替えをつけ足していく。そうこうしているうちに、ある晩俺は気づいた。このやり方で行くと、リストが尽きることは決してない。

かつて時間は俺の敵だった。任務を完遂するには足りなかったからだ。路上で殺人が終わり、ついに犠牲者たちの復讐が「成就」して、俺自身がその場で溶けて終わりを迎えることを望んでいた。だが殺人は始まりにすぎなかったのだ。これは、少なくとも、俺が住む建物の、ガラスが外れて素通しのバルコニーから見えていたものにすぎない。時々外出すると、ごみみたいに投げ捨てられたあまたの殺された人たちの遺体に出くわすということでさえ。

殺人が増加するにつれ、計画もまた拡大していった。三人の狂人が軽微なものから中規模のものまで武器をたくさん持ってきて、屋上にPK機関銃を四方に向けて据え付けた。さらに、どこから持ってきたのか、廃材やコンクリート・ブロックや土嚢《どのう》を積んで建物の入口を封鎖した。彼らは何日もこの長い仕事に没頭した。それから、若い連中が現れて彼らの仕事を手伝うようになった。夜から日の出までの間に、気づけば建物は見事な兵舎になってしまっていた。さまざまな武器を擁し、この小型駐屯地を防衛する義勇兵団までついている。

俺の支援者である狂人たちは、それぞれが俺に関する自分の考えを人々に説き、周りの出来事や世間全般にうんざりして何らかの救済を求めていた人々の中から信者を獲得していた。

若い狂人は、首都バグダードの各地区から集まってきた信者とともに一階の全フロアを占領した。

信者たちは彼同様に俺を一番目のイラク国民だと信じているのだが、のちに若い狂人は名前の代わりに彼らにも番号を与えるようになった。そこで彼、つまり若い狂人自身は二番となった。そして残りは三番から順繰りにつけて、毎日徐々に数を増やしていった。

年長の狂人は信者とともに二階にあるアパートの何部屋かを占めた。信者たちは彼同様に、俺のことを、神の恩恵に浴してこの世界すべてを呑み込もうとしているブラックホールか、死を司る天使イズラーイールなのだと信じている。

長老の狂人は、二階の残る二部屋を占めた。数の上ではほかの狂人よりは少ないのだが、その信者たちに彼は俺が地上に具現化した神の姿であり、彼自身はこの姿の「門」にあたると説く聖典を口述した。信者たちには俺を目にすることが厳に禁忌とされた。だから俺が三階から二階に下りてきて通路や階段で偶然行き会ったりすると、彼らは急いで床に跪拝《きはい》し、畏れと恐怖から手で顔を覆う。

〈魔術師〉はこうした進展を快く思わず、この先はろくなことにならないと見ていた。今や俺たちはより衆目にさらされるようになったからだ。

「おそらくあんたは建物を爆撃されても死にはしないだろう。……だが、我々は挽き肉になってしまう」

彼はそう言うと確認を求めるように〈ソフィスト〉を見た。しかし〈ソフィスト〉は押し黙ったままだった。数分後、〈魔術師〉がトイレに立ったとき、〈ソフィスト〉は近づいてきて内緒話でもするようにこう言った。

「あいつは嫉妬しているんだ……あんたを自分の支配下に置いておきたいのさ。自分に従うように……頼むから、あいつの言葉に耳を貸すな」

〈ソフィスト〉は〈魔術師〉に好感を持っていなかった。だから俺はこの彼の言葉は、俺に近づいて〈魔術師〉に取って代わろうという気持ちの裏返しと理解した。彼は〈魔術師〉が語るときの断定的な口調も気に入らなかった。俺の行動マップや、たどるべきルートに関して語るときは特にそうだったが、たいていそれは正確でいつも安全だった。

〈敵〉はというと、いつもいるわけではなかった。長い間不在にして、何か新しいものを持って現れるといった調子だ。最後にやってきたとき、彼は無線機一式と携帯電話と防犯カメラのモニターを持ってきて、各階のバルコニーに防犯カメラを設置した。

それが俺と俺の目的のために彼がしてくれた最後の奉仕になった。そしてそのときが彼の最後の訪問だった。以来、俺は彼を見ていない。何日か後になって電話をかけてみると、電話越しに話す彼はひどく不安そうだった。自分の行状がばれたと言っていた。彼の部局の中で最近の彼の行状を知るための内部監査があったそうだ。また、アメリカ人たちもある件について彼を引き渡すようにと申し送っているという。ほぼ確実に、彼はテロ組織やそれに類するものに協力した容疑をかけられているのだ。

それ以降彼は姿を消した。かつて通話した電話番号に連絡をしても、現在使われておりませんという通知が流れる。

五

事態は望ましくない方向に向かっている。だからこそ、俺はこの録音を聞く人たちに頼みたいのだ。助けてほしい。俺の仕事を邪魔しないでほしい。可能な限り早く俺が仕事を済ませ、お前たちのこの世界から立ち去るためにも。だが、もうだいぶ遅れている。俺は知っている。俺の前には多くの先人がいた。この地上に、ずっと昔、過去の時代に現れて、過酷な試練の時に任務を遂行し、それから去っていった。俺は彼らと違うようにはなりたくない。

身体の修復に使われる肉に対し、俺は警戒心を持っていた。支援者たちが「不法な」肉、つまり罪人の肉を持ってきていないか、ということだ。けれど、どれだけ罪を犯したかを誰が定義できるのだろう。ある日の昼、〈魔術師〉にそう問いかけた。

「我々のうちの誰もが、いくらかは罪を犯している。またある割合では罪がないともいえる。おそらく今日では、欺かれて何の罪科もなく殺された人が、罪なき人となるのだろうな。けれどその人だって十年前には罪人だったかもしれない。たとえば女房を路傍に放り出したとか、年老いた母親を放逐して養老院にやったとか、病児を抱えた一家の電気や水道を止めて、子どもを死に至らしめたとか。そんなふうにな」

〈魔術師〉は自分で用意した水パイプを使って煙草を吸いながらそう言った。そして、〈ソフィスト〉はいつものように彼のその言葉を完全に否定的に受け止めた。日が落ちてきて、俺はアメリカ人が地区から撤退したという情報を確認するため建物の屋上へと出た。すると〈ソフィスト〉が後から追いかけてきた。彼は俺の前で立ち止まり、顔に深刻な表情を浮かべて言った。

「頼むから〈魔術師〉の言葉を信じないでくれ……あいつは自分の話をしているんだ……あいつは罪人だ。十年前に人を殺して、妻と母親を放り出し、乳飲み子を殺したんだ。あいつは罪人だ。あいつの言葉を信じるな、気をつけろ」

俺は彼から目をそらし、〈敵〉が最後の訪問のときにくれた望遠鏡を取り上げると、通りのはるか向こうを眺め始めた。米軍のM1エイブラムス戦車が駐留していた場所だが、すでに戦車は姿を消していた。小さな兵舎も高い建物に設置された監視所も、通りの検問所もなくなっている。噂どおり、完全に撤退したのだ。奇妙な話だった。

俺は〈ソフィスト〉のほうを向いていった。

「こんなことであまり思い悩まないでくれ。〈魔術師〉のことは頭の中から追い出してくれないか。俺は、あんたの、あんたからの言葉を受け入れているのだから。最近の任務で俺がリボルバーを携行しなかったと思うかい？　あんたが頼んだことなのに」

「思わないが」

「そうだろ。もう金輪際この件については言わないでくれ。黙ってくれ」

再び俺は望遠鏡で眺め始めたが、心の中ではほかのことを考えていた。最近の修復手術で、罪人の遺体の肉が使われたのではないかという強い疑念があった。きっとそうと知らずにテロリストの遺体の一部を使ってしまったのだろう。そのせいで、具合がおかしい。どこか心がざわついて、混乱している。俺は通りや小路や建物の屋上を眺め続けていたが、ふと視野に靄がかかり始めたような気がした。光り輝く乳白色の壁が視界を覆っている。望遠鏡を下ろして、俺は目をこすり始めた。

そして〈ソフィスト〉に階下まで手を引いてほしいと頼んだ。

一時間後、また目は見えるようになった。これは、俺の両目が駄目になってきたせいで、急いで取り換えなければならないと心配になった。けれど支援者が持ってくるものはもう信用できなかった。建物の階下の床は、遺体だらけだ。夜になると新たな遺体が積み上げられる。そしてその遺体は全員、互いを殺し合ったような罪人ばかりだ。

〈魔術師〉と二人きりで話をする機会を見つけたとき、彼は確信を込めて今や俺の身体の半分は罪人の肉でできていると言った。

「それはどうして？」

俺はそう聞いた。彼は水パイプを組み立て、それから炭に火をつけるため、管から長く息を吸い込んでいた。彼は口から空中に煙を吐き出しながら、皮肉なまなざしで俺を見た。

「じゃあ、あの『聖者』の遺体が本当に神聖だったとでも？」

「どういうことだ？」

「武装していたんだから、あいつだって罪人だよ」

そう言って彼はゆったりと静かに煙草を吸い始めた。俺は〈ソフィスト〉がドアのそばで俺たちの話に聞き耳を立てているのに気づいた。俺は今晩の新たな任務の準備に忙しく、彼らの間で不毛な議論が繰り返されるのを許すつもりはなかった。だから俺は立ち上がって〈ソフィスト〉に支度を手伝ってくれと頼んだ。新しい任務は首都東部の庶民的な地区に住む民兵組織の司令官を標的としていた。〈ソフィスト〉はその民兵組織の制服に似た服を取り出すと、俺をトイレのマークの前にある椅子に座らせ、これから観衆の前に現れる準備に入った舞台俳優みたいに、新たな個性にふさわしいメーキャップを施し始めた。それでも彼は〈魔術師〉が言った言葉を忘れず、俺の顔の上で手を動かしながら、反論し始めた。

「あいつは今、あんたの半分は罪人だと説明した。あんたの身体の肉の半分は罪人のものだと。きっと明日には四分の三だと言うだろう。そのあとは起きたらあんたは完全に罪人になっている。だけれど、あんたはただの罪人ではないんだぜ。あんたは超・罪人になるんだ。何せ、罪人たちの寄せ集め、罪人の詰め合わせなんだから……そうだろう!?」

俺が出発するまで彼はしゃべり続けた。しかし、俺は彼が熱くなるまま放っておいて、返事はしなかった。残念ながら二人は敵同士になってしまった。

その少し前、ごく短い間のうちに建物の外では重大な変化が起きていた。〈魔術師〉の予言の一部が、現実のものとなり始めたようだ。三人の狂人の信者の数が増えていき、ついに彼らが建物の中で占有していたアパートでは手狭になってしまった。この大人数は食住でもより多くの手配を必要としたが、彼らがどうやってこれらを入手したのかはわからなかった。

三人の狂人とその信者たちの間で争いや諍いが起きた後、彼らはほかの建物に進出することにした。俺が住む建物の階下に何人かを警備として残し、彼らは隣接する建物に分散していった。この日の夜、通りでばったり行き会ったとき、俺に対して跪拝した武装の若者があまりにも大勢だったので俺は愕然とした。これらの人々は全員俺が地上の主の顔であるという長老の狂人の教えを信奉している。長老の狂人は頭にオレンジ色のターバンを巻き、顎鬚を長く伸ばして、名実ともに新たな宗教の預言者となっていた。その様子は年長の狂人の信者たちも同様だったが、彼らは顔色が悪く、騒ぐことも少ない。二つの集団は互いに騙りや詭弁を弄していると批判しあっていた。

若い狂人の信者である「イラク国民たち」はといえば、すでに人数は一五〇人を超え、次の選挙に打って出ようと考えていた。

俺は民兵組織の司令官と彼を護衛していた十五人を殺した。〈ソフィスト〉の助言に従って、俺は任務遂行にリボルバーを使うようにした。今や、俺が初めの頃にやっていたような「怪死」は有効ではなくなったからだ。俺は民兵組織の司令官の大柄な身体を彼の家の中庭の真ん中に捨ててきた。腹いっぱい銃弾を食らった彼の遺体の周りで、黒衣をまとった母親や妻や姉妹が悲嘆にくれて胸や頬に手を打ちつけていた。

この民兵組織の司令官の車を使って俺はドゥーラに戻った。俺が住む建物に近づくにつれて、銃撃の音が聞こえてきた。米軍とイラク国家警備隊がいない間に縄張りを獲得しようと、民兵たちが相争っている。俺は車を適当なところに捨てて、出発前に〈魔術師〉がくれたルートに従い、壁の裂け目から敷地の中に入り始めた。

そうしている間に、再び俺の目に靄がかかりだした。もう目の前は何も見えない。俺は立ち止まって壁に寄りかかり、そのまま数分そうしていた。目をこすると、右目がパン種みたいに柔らかくなっているのを感じた。俺はゆっくり右目を引き抜いた。そしてそれを手の中に収めたが、もう全体が暗色の塊になっていたので傍らに放り捨てた。同じことを左目でもやったら、完全に失明してしまう。俺はそれを恐れていた。壁のそばに座って俺は銃撃の音に耳を傾けた。あらゆるところから銃声が聞こえてくる。もしかしたら今夜、俺はそうと知らぬ間に凄惨な戦場の真っただ中に座ってしまったのではないかと怖くなった。苦しい数分を過ごした後、左目に光が戻ってきた。爆撃で開いた壁の大穴から覗くと、通りは人気がなく、物騒な感じがした。立ち上がり、家から出て俺は通りの両端を見た。

すると、何か黒いものが遠くから近づいてくるのに気づいた。見続けていると、この黒いものの姿がはっきりしてきた。男だ。遠くから差し込む光が男の顔を照らしたので、もっとよく見えてきた。太った太鼓腹の六十代くらいの男だ。半袖のシャツにチノパンツを穿き、黒い袋を両手に持っていた。あとで知ったのだが、袋の片方にはパンと果物が入っていた。こんなところにこの男が現れるのはおかしい。たぶん道を間違えたのだ。どこから来て、どこに行こうとしているのだろう？

彼を見張っていると、ある小路のところで曲がっていった。俺が住んでいる建物へとまっすぐ向かっていく。同じ方向では、戦闘員たちが撃ち合うすさまじい銃声もますます激しさを増していた。民兵たちがあの三人の狂人が建てた兵舎を包囲したのだろうか。

俺は気づかれないよう、十分な距離を保ちながら、この男の後をついていった。〈魔術師〉が人間はある程度は罪人なのだといった言葉と、それに対する〈ソフィスト〉の反論を思い出した。俺は自分が失明しかけており、建物のある区画にたどり着く前に見えなくなるかもしれないことを一瞬たりとも忘れなかった。

太った男は二、三歩行ってから立ち止まり、こわごわ辺りを見回した。泣き出してはいないものの、泣き顔になっている。ああ、おじさん、何の災難でこんなところに入り込んでしまったんだい？　近づいて、そう聞いてやりたかった。だが、全く違う考えが俺に襲いかかり、心の中ですべてが混ざり合った。男は近くの建物の上階からくる土砂降りのような集中砲火の音を聞き、もう一度止まった。そしてその場に釘付けされたように立ちすくんだ。気がつけば、俺も彼から二十メートルのところに立っていた。もし彼が動揺しきった頭を巡らせて後ろを振り返ったなら、確実に俺が見えたはずだ。

　左目がまた曇りだしてきた。もう終わりだろうと思った。発酵したパン種のように、どろりと俺の顔に溶けだしてくるだろう。そこで俺は手にリボルバーを構えると、銃口をこの何の罪もない老人に向けた。絶対に、彼は罪人ではない。俺の身体の治療や修復のために三人の狂人が運んできた連中とは違う。

　何もかもが見えなくなる前に、俺はリボルバーから一発だけ発砲した。その後は何の音も聞こえなくなった。戦闘中の集団が撃ち合う音も止んだ。足音も泣き声も呼吸の音さえしなくなった。目が見えなくなったので、俺は注意深く歩みを進めていった。ついに靴先が何かに当たった。俺はかがみこんで、あの怯えていた老人のまだ温かい遺体に触れた。銃弾は頭蓋骨を貫通していた。建物の上階や、目の前の道の先から死が降りかかるのではないかと怯えていたのに、背後から死に襲われたわけだ。

　俺は小さな肉切り包丁を取り出して、手早く作業を済ませた。今、〈魔術師〉は何と言うだろうか？　これは罪なき犠牲者の身体から取り出した新しい目だ。明日、俺の身体の罪人の肉の割合は増えてはいない。これは罪なき肉だ。しかしどう言ったらいいものだろう。

　俺はこの犠牲者の復讐を誰に果たしたらいいのだろうか。

〈ソフィスト〉は言うだろう。俺は〈魔術師〉の企みの目的を達成し、晴れて罪人になったと。彼が企んだとおり、罪なき人を殺したのだから。〈魔術師〉は使役しているジンを使ってあんたの考えに影響を与え、こんな結末に追い込んだんだ。そんなふうに〈ソフィスト〉なら言うだろう。他方で、〈魔術師〉はもっと静かに語りかけ、身体の修復に使われた罪人の肉に宿っていた罪の衝動に俺が反応したのだ、と説明してくれるだろう。そして、俺は恐ろしい道から抜け出すために、いかがわしい肉をすべて取り除かなければならない、と。二人は互いに言い争い、俺はこの二人と何の結論にもたどり着けない。今、俺の頭の中であらゆる考えがせめぎあっているように。

俺は新しい両目の装着に成功し、周りを見回した。罪なき老人の遺体が見えた。どうしてもそうとしか思えない考えが、ふと萌《きざ》した。なぜなら、彼こそが俺が探し求めていた本物だからだ。この男は神が俺へと導いた犠牲羊だ。彼は言うなれば「今晩死ぬことになる罪なき者」だ、そういうことなのだろう。今から数分後には死ぬことになっていた。最大でも三十分後には。銃撃戦に必ず引っかかってここで死んでいたはずだ。彼の遺体と殺された罪人の遺体がごっちゃになっていたら、三人の狂人もその信者たちもきっと誰一人彼を見分けられない。

ということは、俺はただ彼の死を早めたにすぎない。それ以前から死にかけていたのだ。今晩、この老人が歩いていたのと同じ物騒な道を歩けば、罪なき人も皆死ぬことになる。

俺の両目は縫いつけて固定する必要があった。拠点に戻ったら、信者たちがやってくれるだろう。しかし到着するまでは、両目が零《こぼ》れ落ちないよう下を見ないようにしなくてはいけない。そこで俺は老人の上着のポケットに入っていた眼鏡を取り、両目の飛び出しを食い止める防壁としてそれをかけることにした。

俺は三人の狂人の信者たちが占領した建物の、兵舎の周りに積み上げた土嚢の壁へと通じる小路に入った。頭の中には矛盾した考えがひしめいているが、俺は死を早めただけという考えに強く執着していた。俺は人殺しではない。単に地べたに落ちる前に、死の果実を摘み取っただけだ。

激しい交戦の音はすでに止んでいた。俺の思い込みは的外れもいいところだった。米軍とイラク国家警備隊の不在をついて民兵たちが激戦を繰り広げていたのではない。今晩、戦闘の火ぶたを切ったのは、三人の狂人の信者たちだ。こんなことが起こるとは思いもよらなかった。けれど、これは俺の六人の信者の中に外部からの新参者が現れたときに、〈魔術師〉が告げた予言のとおりでもあった。

俺はもっとその内容を詳しく知りたかったが、この的中した予言について〈魔術師〉と話す機会はなかった。金輪際、彼が俺に話してくれることはない。彼は俺が住んでいる建物の前の、石の瓦礫の上で倒れていた。近づいてみると、額の真ん中に銃撃を受けた穴が見えた。

俺は三階の自分の部屋に入ったが、そこには誰もいなかった。めちゃくちゃになっていて、家具には戦闘があったことを示す跡があった。ガラス窓がないバルコニーから見下ろしてみると、〈魔術師〉の遺体はちょうど真下にあった。殺された後、彼がこの場から落とされたのだと容易に推測がついた。それから俺の推理は、それをしたのは〈ソフィスト〉だ、彼以外にはないと告げていた。しかし、それにしても〈ソフィスト〉は今どこにいる？

翌朝、俺は付近一帯を探索した。至るところに遺体が転がっている。通りのアスファルトにも歩道の上にも遺体があった。壁にもたれて座っているのもいる。身体の半分をバルコニーから乗り出したのもいた。アパートや部屋の入口にも積み重なっている。

若い狂人だけが残っていた。だが、完全におかしくなってしまったようだ。俺は彼を三階に連れて行き、状況を尋ねた。この大虐殺を生き延びた者たちは逃げ出して、この先決して戻ってはこないと彼から聞いた。年長の狂人と長老の狂人は二人とも殺された。〈魔術師〉は、やはり〈ソフィスト〉に殺され、それから〈ソフィスト〉自身も逃亡したのだという。

顔面蒼白の若い狂人は、いまにも意識を失いかねない様子で、のろのろとしゃべっている。

あの老人の罪なき目で見たとき、俺にはこの若い狂人こそが完全なる罪人に見えた。この死の騒乱で生き延びられたのは、彼がほかの誰よりも多く殺し、罪を犯したからではないか。


「あるじさま、ご主人さま、電池が切れます」

「ああ。わかっている」

「最後の電池ですよ……袋の中の電池は尽きてしまいました」

「わかっている……今日以降、電池は必要ない……録音は済んだからな」

「録音は済んだのですか？　ではこれから何をしましょう」

「あと一つだけだ……それは……」

「やめて！　あるじさま！　……やめてご主人さま……私はあなたの僕《しもべ》です、あなたの下僕です……どうしてこんなことをなさる……やめて、あるじさま……私は、あなたの僕……あなた、……の、し……もべ」

「もしもし、もしもし……もしもし、もしもし……よし」

「やれやれ……ずいぶん時間を食ってしまった。遅れてしまった、お前たちのせいだ。呪われるがいい！」

第十一章　取調べ

一

マフムードは名無しさんの録音を二、三回聞き通した。しばらくは驚愕するばかりだった。話の内容はもちろんだが、語る声音の穏やかさと落ち着きぶりにひどく驚いたのである。この衝撃的な話を何らかの形で失ってしまうことを恐れ、彼は編集長から贈られたノートパソコンを開くと、録音データをICレコーダーからパソコンに移し、そしてコピーをフラッシュメモリに保存した。そのフラッシュメモリは傍らの椅子に投げ出したズボンのポケットに入れておいた。ディルシャード・ホテル二階の部屋で、マフムードは再び柔らかなベッドに横たわった。

午後遅くになるにつれ、燃える九月の熱の厳しさも和らいでくる。外から響き始めたかすかな騒音に耳を預ける。

また怠惰にどっぷり浸かってうたたねしかけたとき、部屋の電話が鳴った。受話器を取ると、ホテルのフロントに常時詰めているでぶのハンムフの声が聞こえてきた。

「先生、こちらにあなたを訪ねてきた方々がいます……お客さまです」

服を着て、マフムードはホテルの暗緑色の絨毯を敷きつめた階段を下りていった。その途中でお腹がぐうと鳴ったのに気がついた。朝食が遅かったので、まだ昼食をとりに出ていなかった。

彼を待つ客とは、私服姿の四人の男だった。そのうち一人は以前に会ったことがあるような気がした。目を引くピンク色のシャツ、指で挟めそうにないほど刈り込んだ短髪。髭をきれいに剃り上げたこの男は、マフムードを脇に引き寄せると、もの柔らかな口調で言った。

「スルール准将があなたをお呼びです」

「え、なぜ？　……何かあったんですか？」

「私は知りません……あなたは准将のご友人だと伺っています……すぐ来てほしいと」

「わかりました」

マフムードはそう答えると遠くを見た。でぶのハンムフが管理部のカウンターの向こうに立ち、ぼんやりとTVのチャンネルを変えている。自分の周りで何が起きているかを気にしている様子はない。この件について、サイーディーに連絡して問い合わせようかとすばやく考えを巡らせた。しかし、携帯を部屋に置き忘れてきた。IDカードも財布も。

「ちょっとIDカードとお金を取りに行かせてください」

「必要ないです……我々がやりますから。すぐにお連れします」

ピンクのシャツの髭を剃り上げた若者がそう言ったとき、口調があまりに断定的だったのでマフムードは不安を覚えた。ごく協力的に同行しなければ、揉めそうだ。面倒や騒動になるだろう。マフムードは部屋番号の入った重量感ある銅板がついた鍵を管理部のカウンターに放った。でぶのハンムフが気づいて、彼のほうを見た。

「出かけるよ」

マフムードはそう言ったが、のどに引っかかるような声で不安であることは明らかだった。この一瞬は、このホテル従業員の記憶に残った。しかしハンムフの顔には何の反応も見えず、まるでマフムードがその場にいないかのようだった。この後、マフムードの身に何か良くないことが起きて、ハンムフが事情聴取を受けたとしても、レセプション・ロビーでの出来事はまず思い出さないだろう。

マフムードと四人の若者が乗った遮光ガラス張りの新車のGMC（米国ゼネラル・モーターズ社の車）は、かつてバーヒル・サイーディーと彼の幼馴染の怪しげな任務をこなす怪しげな将官を訪問した、あの験の悪い時と同じ道を通過していく。車のオーディオからは「ブルトゥカーラ」（イラクの歌手アラー・サアドのヒットソング）の歌が流れ、不安と恐怖に苛まれていたマフムードに闘争心のようなやる気を生み出してくれた。すでにこの車が官公庁ナンバーをつけていることは確認していたが、そのくらいでは心は落ち着かない。たいていの誘拐事件は官公庁の車によって実行されることを彼は知っていた。マフムードは四人の男の社会的な出自を探ろうとその顔をじっくり見つめた。彼もまるで素人というわけではない。現在、こうしたことは、れっきとした行動計画にのっとって、だいたい力ずくで遂行されることくらいはわかっている。さらわれてどこか知らない場所に連れていかれるか弱き人間の行く末も予想はつく。

車のオーディオは「ブルトゥカーラ」を繰り返し流している。若者の一人は歌に合わせて二本の指をリズミカルに動かしていた。車は前に入った追跡探索局の建物前に着いた。

ようやくスルール准将のオフィスに入った。准将は火のついていない太い煙草を口に咥え、立派な椅子に腰をかけて組んだ足を大きなデスクの上にのせていた。際立つ林檎の香りを感じながら相手を見ると、准将はその場から立ち上がり、太い両切り煙草を口に挟んだままマフムードを出迎えた。自分の正面に座るよう勧める。そこに筋肉質な腕の若者が入室し、明るい色味の紅茶のカップを二つ、二人の間の小さなテーブルに置いて出て行った。

スルール准将はマフムードに、もう何年も禁煙しているが、最近は煙草が恋しくて、と言った。かつてはヘビースモーカーだったのだが、ついに医師に禁煙を言い渡された。しかし、人生ってのは思うようにはいかないね。

「煙草の葉の香りを嗅いだほうが、煙の臭いを嗅ぐよりはいいだろう？　そうじゃないか？」

准将は尋ね、マフムードはそうですね、と答えた。三十分以上前、ディルシャード・ホテルを出たときから感じていた動揺が落ち着くのを実感した。頭の中では「ブルトゥカーラ」の歌声が響いている。ほら、林檎の香りの中、スルール准将の顔には友だちみたいな人懐っこい表情が浮かんでいる。わずかに渋味のある明るい色の紅茶がぐうぐういっている空っぽの胃袋に流れ込む。

しかし薄い紅茶を飲んだ後、そのオフィスで出た話はマフムードの不意を衝くものばかりだった。マフムードは激しい混乱と不安に苛まれた。この男、スルール准将は断じて友ではない。この男は国家権力の手先だ。バーヒル・サイーディーの幼馴染だということは、この男の頭の中では何の価値もない。マフムードは、なぜサイーディーがスルール准将を嘲笑していたのかを理解した。サイーディーはこの手の男を熟知している。自らがその命に服す国家権力への奉仕とあらば、不正を犯すことも多種多様な手荒な真似もためらわない。この国家権力が、サッダーム・フサインでもアメリカ人でも新政府でも変わりはない。スルール准将はこれらの全員に継続して仕えてきた。そして現在なお仕えているのだ。

彼は、直接的かつごく自然に、自分が知りたい情報について尋ねてくるかもしれない。マフムードは犯罪者ではないし、いかなる状況においてもスルール准将や、この男が忠誠を尽くす国家権力や政権の仮想敵になることはない。しかし、スルール准将はマフムードを恐怖に陥れようとしている。マフムードの自信をぐらつかせ、自分が求める情報をなるだけ容易に吐き出させようとしている。人間の心や脳を司る中枢に打撃を与え、人間が完全には統制しきれないような後ろ暗い形で、言葉という窓から情報をあふれさせようとしているのだ。犯罪者にこそふさわしい邪悪なやり方である。幼馴染のもとで働いており、かつて客としてともに紅茶を味わったことのある人間に対するそれではない。あれは暗赤色で、ほの甘い、本物の紅茶だった。この恐ろしい席でマフムードが飲んだ怪しげな紅茶もどきではない。

　スルール准将が言った。

「これは紅茶ではない。牛の舌（ルリヂサ。ハーブの一種）と小鳥の舌（セイヨウトネリコ）と豚の舌（カラクサナズナ。正確には「豚の草」という）とほかのさまざまな舌の葉をブレンドしたものだ。俺は単純に『口割り茶』と呼んでいるがね。飲んだ人になんでもしゃべらせて、隠し事をできなくさせる作用があるのだよ。ほら、俺も一緒に同じものを飲んでいるだろう。そうするのは、友だちの君に対して、俺が後ろめたさを覚えているからさ。俺はそういう思いを乗り越えて、必要かつ不可避の質問に対して君に『しゃべらせる』という義務と職務を果たさなくてはいけない」

　准将はそう言った。マフムードは驚きっぱなしだった。こいつは何の話をしている？　僕たちが本当に友だち同士だとか、まさか本気で思わせようとしているのか？　牛の舌とは何のことだ？　隠れた秘密とは何なんだ？　それから、この薄い紅茶に彼は一体何を仕込んだ？

二

確かに、スルール准将は秘密を暴いてきた。特別な伝手《つて》を通して、マフムード・サワーディーについての情報を入手していた。約一年前のマイサーン県アマーラ市バラダ警察署でのマフムードに対する訴追の記録番号まで知っていたくらいである。その訴えは県の有力者が起こしたものだった。

これにはマフムードも虚を衝かれた。同時に、今回の連行と事情聴取のうさん臭さがさらに増した。ただ、スルール准将は詳しく知っているというわけでもないようだ。友だちのハーゼム・アッブード以外は誰も知らないという程度のマフムードの秘密を暴いたにすぎない。

警察署に出された訴追事項とは、マフムードがある市民を殺害するように、人々を扇動したという容疑である。扇動したというのは、かつて勤務していた「サダー・アフワール」紙にマフムードが執筆した記事のことだ。これがスルール准将が突き止めた話である。マフムードとしては、少し前に飲んでしまった「口割り茶」の効果が出るのに精いっぱい抵抗し、この洒落者の将官にどうにかこれ以上の何事をも知られずにいてほしいところだった。

スルール准将は、この一年前の訴追にまつわる出来事について、たいして踏み込まなかった。もっとも、この件でマフムードは何か罰を受けたわけではない。准将は後ろを振り返ると、封筒の山から「ハキーカ」誌の最新号を取り上げ、ぎゅっと口を結んだマフムードにこう言いたげに示してみせた。

これが俺たちの本題だ。ここまでの発言はすべて容疑者を揺さぶるための取調べの手順みたいなものだ……なあ、友よ。君は容疑者だ。これからの質問には答えなくてはならない。

「このびっくりするほど奇妙な話は何だね？」

「と言いますと？」

「ここで君が取り上げている男は誰だ？」

「地元で古物を売ってる男ですよ……空想の話です。編集長はいたく気に入って僕に書くように言ってきましたけど」

「空想の話!?　……ククク……」

准将は声をあげると、楽しげな仕草で雑誌を精読し始めた。彼はマフムードに立て続けに質問を繰り出し、マフムードは落ち着き払い自信をもって答えていった。准将はこの「容疑者」に対し、職業上の秘密を洗いざらい話すつもりはない。だから話題で取り上げた、記事中ではフランケンシュタインと呼ばれている名無しさんが実在の人物であり、空想の産物ではないと伝えることもしなかった。この数か月というもの彼の拘束に多大な時間を無為に費やしてしまったこと、自分の人生と職業上の未来がこの奇妙な怪物にかかっていることも告げていない。

今、自分は躍起になって怪物をとりまくオーラを剝がし引き裂こうとしている。我が手で捕まえてTVにさらし、全世界に見せてやりたい。これはただの下層のつまらない奴で、卑しい人間にすぎない。人々の無知と恐怖、そして皆がその中で生きている現実の混乱から生まれた神話以上の何物でもないのだと。そうした野心もおくびにも出さなかった。

「古物屋はその地区にいるのかね？」

「いますよ……バターウィイーン地区の七番通りに住んでます。……彼の家は廃屋同然で『ユダヤ教徒の廃屋』って呼ばれていますよ、つまりあばら家です。……すぐわかります」

「そうか、そうか」

話題の中心が自分からほかの人に移ったので、マフムードはリラックスして話し続けた。准将との友情と自信をもっと取り戻すために彼はズボンのポケットに手を伸ばしてフラッシュメモリを取り出すと、スルール准将に差し出した。

「このフラッシュメモリの中に名無しさんの全録音があります」

准将は任務に備えて控えていた筋肉質の若者を大声で呼びつけ、フラッシュメモリの内容をコピーするよう命じた。若者は十分ほど姿を消し、それからフラッシュメモリを手に戻ってきて准将に手渡した。ところが准将はストラップを指にかけて揺らすばかりで、その表情には突然、やる気のなさと無関心さのようなものが浮かび上がった。

スルール准将はマフムードが次々と思いつく質問に対してはほとんど答えなかった。質問を投げかける一方で、受けはしない。マフムードにしてみると状況は混沌としたままで、准将と名無しさんの話を知る気力もなえはじめ、少し前に言及した古物屋がどうなるのかもどうでもよくなり、不安にも思わなくなった。この快適でお洒落で清潔なオフィスから一刻も早く出たかった。ついに准将の話は雑誌の仕事や巷で話題になっているものなどへと移った。准将はまるで三十分前に致命的に壊してしまったものを修復しようとしているようだが、友好的な雰囲気には到底戻りそうもない。

この男は悪人だ。もう信用などできない。そのようにマフムードは考えていた。彼はこの空っぽの胃袋に疝痛《せんつう》を引き起こした対面が、二人にとって最後の邂逅になるようにと願った。

ふいに准将は立ち上がり、もう一度デスクから暗色の太い煙草を取り出すと指でその端をしごき、口に咥えた。巨大なデスクの向こうへと回り込み、抽斗を開けて銀色のライターを取り出すと一心に煙草に火をつけていき、力強く煙を吸い込んだ。煙草の端が赤く焼け、准将の口から濃い煙が吐き出された。彼は何歩か進み出てマフムードと差し向かいになった。これが面会の終わりを示す仕草だと感づき、マフムードは自分も立ち上がった。そこで初めて彼は自分が准将よりも長身であることに気づいた。今、ツンとくる煙がしみて皺が寄った准将の両目は明るい色で、それが彼の顔を魅力的に、またブルジョワらしくも見せている。二人は離れたドアのほうまで歩いた。准将が煙を吐き出しながら言った。

「俺は煙草を吸っていた頃はとても幸運だった。吸うのをやめたとたん、すべてが悪いほうに変わった。今も時々幸運を引き寄せるためだけにまた吸ってみるんだよ」

ごく近しい友人同士で交わすような親しげな言葉だった。あるいは、スルール准将は容疑者である客に近しい友人であることを示そうとした。たぶん彼はマフムードがこの邂逅について後で幼馴染のサイーディーに話すことを考慮したのだろう。

二人はドアの前で立ち止まり、哀れなフラッシュメモリの揺れはようやくおさまった。それをマフムードに返すと、彼が出ていく前に准将は言った。

「ところで……冗談なんだよ。『口割り茶』なんて名前のものは存在しない。これは強心剤を溶かした薄い紅茶だよ。時々事情聴取を受ける人たちが発作を起こすことがあるものでね。これを飲ませて助けてやって、容疑者殺害の容疑をかけられないようにしているんだ」

二人は真の友だち同士のように大笑いした。マフムードは退出し、そこに四人の若者が待ち受けていた。帰りの道はすでに闇に沈んでいた。思い出したくはなかったが、准将と交わしたすべての会話をマフムードは振り返り、准将の最後の言葉のところではっと止まった。あの言葉の中で、彼はマフムードを容疑者として扱っている、と断言したのだ。発作を止める薬云々については、まぎれもなく笑えないたちの悪い冗談ではあったのだが。

三

衝撃に満ちたこの厄日、アマーラ市バラダ警察署での出来事と、異常な長身ゆえにマフムードが「カマキリ」と綽名《あだな》したあの犯罪者が起こした訴えを思い出し、マフムードの胸には昔の気がかりがよみがえってきた。

カマキリの兄も犯罪者で、小さなグループを率いて長い間地元住民を脅かしてきた。それでついにこの兄は逮捕され、投獄された。多くの人はこのニュースを大喜びで歓迎した。マフムード・サワーディーもその一人で、早速当時働いていた「サダー・アフワール」紙にこの犯罪者に対して正義を実行しなければならないという記事を書いた。記事では若干哲学者気取りで、彼は三種類の正義があると定義した。法による正義、天の裁きによる正義、そして巷の正義である。最終的にどれだけ時間がかかっても、犯罪者に対しては三つの正義のうちの一つが実行されるべきである。

この記事が新聞に掲載されると、マフムードは勇気と胆力があるという評価を得た。公益と人々の啓蒙に尽くす優秀なジャーナリストというに足る資質を認められた。それまで彼は存命中や自由の身でいる犯罪者を批判するような危険は冒さなかった。そんなことをして、どこかの小路でリボルバーの引鉄を引かれてしまうほどの馬鹿ではない。本件に対しては、法による正義が実現されるという確信があったから、思い切って書けたのだ。だが、二、三日後、この危険極まる犯罪者は釈放され、無罪放免を祝って武装した仲間たちとピックアップトラックで町の大通りを走り回った。マフムードは衝撃を覚えた。

翌日、覆面をした二人組の乗ったオートバイが現れた。一人はハンドルを握り、もう一人はライフルを構え、自宅から出てきたあの危険な犯罪者の額に向けて狙いをつけた。一発命中、即座に彼は仲間たちの中に崩れ落ち、オートバイに乗った覆面の二人組は逃走した。

マフムードはその知らせを喜んだ。そして急いで新たな記事を執筆し、三つの正義の自説を訴えて、今回は巷の正義が実現されたと述べた。彼はその記事を印刷所に出したが、左派に属し、社会的にも認知されていた編集長は、この記事をびりびりに破いてマフムードを呼び出し、こう言った。

「君の見解はまさに眼中之釘だ。私にも本紙にも、無益でしかない……私は広告主と折り合わないといかんのだ……私は新聞発行を続けたい……君はターザンにでもなりたいのか」

この言葉にマフムードは激怒し、編集長と口論した挙句、新聞社をやめると言って脅かした。それでも編集長は意見を曲げなかった。数日後、マフムードはまた別の話も聞き、自ら社を辞して、何か月間も自宅にこもるようになった。

兄が殺された後、カマキリはそのグループのリーダーになった。葬儀の場で、グループの一人がカマキリに近づいて、マフムード・サワーディーが執筆した記事の切り抜きを差し出した。

犯罪者の家族は、息子を殺した犯人に結びつく手がかりをむなしく探し続けていたところだった。このジャーナリストが殺害をけしかけたと思うのは簡単である。彼は大っぴらに人々に呼びかけているのだ。治安維持機能がなく、政権の各機関も警察も軍隊も壊滅状態にあった時期に、強盗から街を守ってくれた良き人間に対して、銃をとり殺してしまえと。

初め、皆は「サワーディー」とは誰なのかわからなかった。しかし大分経ってから彼のもとの部族名による名字がわかった。どこに住んでいて、兄や伯父たちが何者であるかも。この件は直接部族同士の争議に持ち込まれ、殺された者について血の補償かそれに代わる金銭的な賠償が求められた。カマキリは何度も脅しをかけて、事態を動かそうとしたり相手方を怖がらせたりしたが、この部族間の揉め事はその後マフムードと家族に有利な内容で決着した。マフムードは兄と伯父たちに、少なくとも県内では、ジャーナリズムの仕事は生涯やらないことを誓った。それでもこの件はこれでは終わらなかった。カマキリの友人たちは引き続き脅迫の言葉をマフムードに伝えてきた。カマキリはポケットにマフムードの記事を忍ばせてカフェに座り、仲間に三つの正義の話をするのだという。ぼろぼろになった記事をポケットから取り出しては、天の裁きによる正義と法のもとでの正義、そして巷の正義についての言葉を引用する。部族の慣行法のような法のもとでの正義が誤っていると思う以上、天の裁きによる正義を自ら実行しなければならないと言っているのだ。

その後しばらくして、この友人たちはカマキリが、マフムードがバアス党員であり、アラビア語教師の亡父は不信仰者だという疑いを持っていると伝えてきた。マフムードはこのいかれた男が何をしてくるか恐ろしくなり、家に引きこもって門から一歩も出ずに過ごした。そこに友人のファリード・シャッワーフが電話をかけてきて、バグダードの「ハダフ」紙での仕事を紹介してくれたのである。マフムードが自分の考えを説明した結果、兄たちもそれが理想的な解決だろうと納得してくれた。事態は緊迫していて、この先どうなるかわからない。おそらくマフムードがマイサーン県から完全に出てしまえば、彼らからの恐怖も減るだろうし、もっと穏便に問題を解決でき、マフムードたちの一族に対するカマキリの訴えや中傷も抑えられるだろう。

自信が揺らぎそうで、またひどく嫌な愚行を犯したと再び思い出すことになるので、全く気は進まなかったのだが、今、マフムードはこうした詳細をすべて思い出した。少なくともスルール准将のオフィスでの不快な取調べがあった昨日の昼までは、自信も希望も感じており、特に自分を後押ししてくれるアリー・バーヒル・サイーディーの助力や、彼が開けてくれたいくつものチャンスのドアのおかげで自分はますます力をつけていると思っていたのだが。

ホテルを出て近くのレストランに入り、豪勢な朝食をとった。ガイマル・アラブと熱々のパンの皿に、濃くて甘い紅茶。そして電話に新しいカードを挿入し、長兄のアブドゥッラーに電話をかけた。ここ数か月は折に触れて電話をかけ、母親の健康状態を尋ねていた。一度もカマキリについて触れたことはない。まるで彼と兄たちの間にこの件は無視するという秘密の合意があるかのようだった。三つの正義が成されるべきだというマフムードの持論は、たぶんカマキリに関する問題を最終的には解決してくれるだろう。こうした犯罪者が今に至るまで自由の身でいたり、生きていたりするのは、理に適うはずがない。

電話の向こうから兄の声が聞こえてきた。何分間か語り合い、マフムードは今日、給料の一部をアマーラのグランド・スークにある両替商の事務所に送ると伝えた。少しおしゃべりをして、話が終わる前に少し黙ると、それからマフムードは思い切ってカマキリについて兄に尋ねた。

「あいつはどうなってる……最近はどんな様子なんだ？」

「あいつの運は目下、絶好調だ」

「どういうこと？」

「ここのところは身なりもいい。スーツを着てネクタイを締めている……県の上級の役人になった」

「何だって？　……てことは、殺されもせず、投獄もされていないのか……あいつがやった犯罪は？」

「犯罪だなんて……今やあいつに対して物申せる奴なんかいないよ。……罰当たりだ、天罰が下るぞ」

「でもあいつは犯罪者の兄貴のことを忘れたのか？　違うのか？」

「兄貴の銅像を建てる予定だよ。何を言っているんだ」

「ああ、母さんに会いたい……帰りたいよ。……帰ったら何か問題あるかな」

「帰ってくるな、その面を見せるな。……そこにずっといるんだ。神のご加護がありますようにの正義だと？　……全くお前の小理屈は……今、カマキリはその話をしている。ラジオでもな……

……三つの正義がお前に対して実現しませんように……お前、まだ忘れてないだろうな。……三つあいつはその話を持論にしているぜ」

四

サイーディーは、マフムードが昨日スルール准将のオフィスであったことを話している間中、ずっと微笑んでいた。薄い紅茶のくだりまで来ると、サイーディーは笑いを爆発させた。いつもどおりこの話は愉快に受け止められた。彼の機嫌を損ねる災厄などないのだ。彼は今日も完璧な伊達男だった。きれいに髭を剃り上げた顔、高価な香水をつけて広々としたデスクの向こうに座っている。TV番組の出番を待っているみたいだ。

ファリード・シャッワーフが入ってきた。自分が担当する政治欄のページ・デザインの初校を持っている。サイーディーの前に初校を置くと、サイーディーはマフムードにそれを見るように頼んだ。ファリードは旧友のマフムードの立場に変化が起きたことに気づいた。しかし彼はマフムードを実質的な編集人として、その下で働きたいとは思っていない。また、そうした事態になる機会を見て見ぬふりで通そうとしている。そこで彼は黙ったままマフムードの前にページを広げて、コメントを待った。マフムードはこのデザインでいいでしょう、と言った。苦心してこの言葉を発したのだった。彼にしても友だちに上からものを言いたくはない。ファリードが退出するとほかの若者たちが入ってきた。それから年寄りの給仕がネスカフェ・コーヒーを二つ運んで入室した。そののち、全員が出て行った後、サイーディーのオフィスに沈黙が満ちた。サイーディーは立ち上がって窓辺に近づき、わずかにカーテンを引いた。そして通りを眺めてから、マフムードのほうを向いて言った。

「スルール准将は付き合っていかなければならない人間の一人だ」

マフムードは黙ったままで、その真意がより明確になるのを待った。再度スルール准将に会う気はないからだ。それどころか、この先はこうしたことが起きるのを極力避けようと思っている。

「こうした手合いは我々の世界にはいるんだよ。そして我々は、連中と付き合う上でのふさわしいふるまいを学ばなければならない。……連中に合わせることや、……その存在を受け入れることを」

サイーディーはそう言うと視線をカーテンの向こうに戻した。誰かを待っているようだ。その状態のまま数分が過ぎ、彼はおもむろに戻ってくるとマフムードの正面のソファに座った。ネスカフェが注がれた自分のカップを取って飲み始め、何度にも分けて、ミルク入りのコーヒーを味わっていった。それから彼はマフムードを見て、衝撃的な言葉を発した。

「スルール准将は本当は奇妙な犯罪を追っているのではない。だからあの部局も記事を見て落胆などしていない……彼は米軍の連合国暫定当局に雇用されて、暗殺部隊を率いているんだ」

「暗殺？」

「そうだ。……ここ一年以上、彼は米国のザルマーイ・ハリールザーデ大使（二〇〇五年から二〇〇七年にかけて駐イラク大使を務めた）の側に立って、イラクの社会で、スンナ派とシーア派の民兵の間にパワー・バランスを作り出すという政策を実行している。今後、イラクに新たな状況を形成するのに、交渉のテーブルでバランスが取れるようにするためだ。米軍は暴力を止められず、その意欲もない。だから少なくとも暴力においては、バランスなり平等性なりが不可欠なんだ。スルール准将抜きでは政治的な工作は絶対成功しない」

「なぜ、このことを政治家のご友人たちに知らせないんですか」

「みんな知ってるのさ。だけど、止められるほどの証拠を握っていない。もしくは、スルール准将が長を務める追跡探索局を、文章でも眺めるように見守っている。各方面はほかは構わず自分の利益のみに応じてそれを解釈する」

「スルール准将がそんな非道な真似をしているなんてありえるでしょうか。優しそうな人ですが」

「今しがた、君は彼を冷酷な悪党だと言ったじゃないか……突然、どうして優しくなったんだ？」

「そうではなくて……彼はあなたが今言ったようなタイプの犯罪者のようには見えない、という意味です。……暗殺部隊の長だとか……にわかには信じがたい話ですよ」

「まあとにかく……悪から身を守る最良の手段とは、この悪に近づいておくことだよ。俺は、彼が俺の政治的野心の妨げにならないよう、丁寧に接しているんだ。アメリカ人の命令に従って、彼があの頭を剃り上げたでぶの若造に、背後から俺の頭に弾丸をぶち込ませないようにね」

「なんていう……剣呑な話を」

「俺たちが彼の友人である限り、彼は危険ではない。……彼は喫煙の問題について君に話したと言わなかったっけ？　あと一緒に大笑いしたって……怖がるなよ……彼は魅力的な人物だ」

「僕は少し前に彼は優しい人だと言いました。あなたが混乱させたんじゃありませんか」

「なあ……気にするなよ……魅力的で優しくて軽快……薄い紅茶みたいにな。アハハハ」

サイーディーは大笑いし、マフムードは微笑んでみせた。しかし、心の中では恐怖と圧迫感の度合いが増していく。暗闇に隠れた、知られざる恐るべき敵の姿が大きくなっていく。アマーラ市に置いてきたはずの敵。ここバグダードで育ちつつある敵。サイーディーに大きな信頼を寄せているのに、彼の言うことを信じることができない。きっと彼は脅かしてからかっているつもりなのだろう。でなければ、僕を成長させ、意識を高めさせ、活動的にするため、隠れた力が目覚めるきっかけを作り出すために、僕に仮説を述べたのだろう。そうでなければ、計算されたセンスのいいおしゃべりという奴だ。

数分後、給仕のアブー・ジョニーがノックをして、編集長に客人の来訪を伝えた。髪を脱色した、すらりと痩せた褐色の肌の娘が入ってきた。ジーンズを穿いて、アクセサリーをいっぱいつけて部屋中にエキゾチックな香水の匂いを振りまいている。ナワール・ワズィールではなかった。もっと騒々しくて活気にあふれた齢の若い女だった。彼女はサイーディーと握手してから、お互い両の頬にキスを交わした。サイーディーはマフムードに紹介する気はなさそうだったが、お構いなく彼女は若くみずみずしい小さな手で握手をしてきた。そして彼の両頬にも情熱的にキスしてくれた。腰を落ち着ける気はなかったらしい。二人は待ち合わせをしていたわけだ。そこで、サイーディーが革の鞄を持つと、二人は連れ立って出て行った。サイーディーはマフムードのほうを見て、雑誌に関するいくつかの点をリマインドした。それから、微笑んで、別れの挨拶に片手を上げながら言った。

「英雄になれ、我が友よ……いいかい?」

五

一週間後、サイーディーはベイルートに出張した。おそらくあの褐色の痩せた女か、別の「痩せた」女が一緒だろう。マフムードは大量の仕事にどっぷり浸かったまま取り残された。全四十五頁の雑誌の誌面編集だけではない。管理上の大小それぞれのことが連綿と際限なく出てくる。領収書のサイン、従業員への給料支払い、また朝九時に突然約束もなく、仕事か何かのためにサイーディーに面会に来た人たちへの応対。充電器に置かれた携帯への着信を受けること。番号とローマ字で一部だけが書かれた名前が出てくる。ときには、たった二、三文字のこともある。たとえばＴｙは、雑誌の印刷を請け負っており、サイーディーが一度買収を検討したことがある、アンサーム印刷所所長のターリブ・ヤフヤーのことだ。Seeとはサイーディーが「ハッジー」と呼ぶ、どんな間柄かよくわからない娘。ドクターというのも多い。ドクター・アドナーン、ドクター・サービル、ドクター・ファウズィー。これらは議会の職員か、議員事務所の事務長か、政治団体の広報担当者である。SMはわかりやすいイニシャルだ。すなわちスルール・マジード。彼も時々連絡してくる。マフムードは、サイーディーとスルール准将の間には、以前サイーディー自身が話していたのとは違うレベルの結びつきがあると推察した。この二人は商売か金の上で利益を共有している。占星術師や自称預言者たちについて以前言っていたことや、果ては暗殺部隊の話まで、何もかもただただ謎だらけだが。

しかしこれらのすべてをもってしても、マフムードにサイーディーが及ぼす影響力は揺るがない。マフムードは常にサイーディーに正当性を見出し、心酔していた。この男こそ真のスーパーマンだ。超自然の力もなく、人間の有限の可能性しか持たなくても。サイーディーが自らあくまでも明るい性格をまとって見せていることについても、やむを得ない理由があると思っている。身を守るためである。彼という偶像を作り上げているのか、自覚もなく偶像に入り込んでいるのかはわからない。我々も皆、ときには同じことをしているのだ。

マフムードも偶像的なイメージや想像に入り込んで行動している。自らの蒙を啓《ひら》いてくれた師匠の特徴をいくつも取り入れた。体重も増やした。毎日髭を剃り、スーツに洒落たネクタイとカラーシャツを合わせて着る。かつては友人のファリード・シャッワーフやアドナーン・アンワルなどと一緒にスーツ族のことをあげつらい、政治家や役人とべったりつながっている証のように思っていたものだ。武装した民兵たちともツーカーなのだろうと考えていた。通りの真ん中できびきびと車を降りて、店や自宅から誰かを引きずりだし殴って痛めつけるか、どこかへ連れ去ってしまうような手合いである。

だが、何もかも変わりつつある。以前、スーツを着なかった連中は、その利点を知らなかったのだ。

それでもファリード・シャッワーフは旧友に起きた変化をあざ笑った。ファリード・シャッワーフは、彼、つまりマフムードを、「あちら側」へと渡り始めたと思っている。あちら側の最大のメリットは、本能のおもむくまま得たものに対する警戒感や防衛本能を失うことだ。マフムードがそうした言葉を聞いて冷笑すると、ファリードは諭すような口調で言った。

「お前は今や連中にそっくりだ。連中の仲間になる修行をしてるんだろ。王冠を被った奴らだぜ、修行をほんとにするんだったらお前はそのうち王国探しの旅に出るだろう」

この発言にマフムードは何もコメントしなかった。実際、王冠こそは不要であれ「王国」の中に生きているような気はしていたからである。全般的に、何もかもが衰退に向かっている。TV画面上に展開している政治家たちの論争が、路上の自動車爆弾や暗殺や爆発物のパックや、自動車ごとの運転手誘拐といった実際の戦争になっていく。夜は犯罪者が潜む森に変貌した。

知識人やメディアで働く人々は、たとえば今、こういう話題に没頭している。我々は内戦に向かっているのか。それとも、すでに内戦といえるレベルに生きているのか。もしくは、実質的には内戦のただ中にいるのか。新たな種類の内戦なのか。

しかし人生は続くのだ。マフムードは独り言を言う。給料のほとんどすべてをつぎ込んで、いい身なりを手に入れた。これは、サイーディーがいつか忠告してくれたようにいい暮らしをして若さを楽しむためだ。不平や無駄口を叩いてばかりいる古い友だちとは距離を置いて、新しい友だちに会うようになった。その中にはアンサーム印刷所所長の息子がいる。彼は時々マフムードを家やアパートでのプライベートな席に呼んでくれる。こうして彼はもうカメラマンのハーゼム・アップードを必要としなくなった。

レセプションの古株であるでぶのハンムフが、ホテルのロビーの壁にかけてある注意事項を文字どおりには守っていないことに彼は気づいた。彼はふんだんにバクシーシ（チップ）をつかませてくれるお得意には特別サービスを提供している。部屋にアルコール飲料を持ち込ませてくれたり、注意事項に記載されているとおりのレセプション・ロビー内での面談だけでは満足できない場合に、宿泊客の友人たちを上階まで同行させてくれたりといったことである。もっとも重要なのは、週末の休日、ホテルのオーナーが不在の間にハンムフは上階の客室に女を連れ込む便宜を図ってくれることだ。いずれにも対価は必要である。

　このことに気づき確信を深めるとマフムードは思い切ってハンムフに話しかけてみた。すると彼はいかにも厄介はごめんだと言わんばかりの、反応に乏しい愚鈍そうな顔で受け答えをした。これは素人を遠ざけるための単なる第一防衛線である。マフムードは彼に赤色の二万五千ディーナール紙幣を与えた。するとマフムードへの待遇はすぐさま変わり、彼の顔から曖昧な表情は消え失せた。

　ハーゼム・アップードが連れて行ってくれたあの家での過去の経験では、マフムードはすっかり緊張し、不安ばかりで安心感など皆無だった。とりわけバターウィイーン地区で芳しからぬ噂がある家への襲撃と家宅捜索が行われている最中となれば、自分たちがいるこの家に今にも警官たちが押しかけて顧客を引っ立てていったりとか、不可思議極まる事件や不祥事に巻き込まれたりするんじゃないかと思わずにはいられなかった。最近、全容疑者を捕まえるようなでたらめな逮捕が行われていることもよく知っている。何せ路上喫煙程度の軽微な罪の容疑者が誘拐や女衒のグループの一員だったり、肉切り包丁で人の首を掻き切る武装集団に入っていたりするご時世だ。しかしこの手の経験値をわざわざ積むほどマフムードは不自由してはいない。

新しい友だちの印刷所所長の息子は、限られた顧客にだけ秘密裡に仕事をする、「ラガーイブ《愛欲》」という呼び名の取持ち女の電話番号を教えてくれた。

「法外な価格だけどね、彼女の『商品』はもう絶品だよ」

新しい友だちはそう言っていた。ある日の日没後、ホテルの電話越しに待ちかねた「女のお客さま」が来てますよ、とハンムフが伝えるのを聞きながらマフムードの期待は大きく膨らんだ。このお客さまはマフムードの部屋でともに朝まで時を過ごした。彼女と過ごしたそのときは、万事まさに理想的で、これ以上はありえないと言えただろう。外では破滅と崩壊が進み、あの忘られぬ晩にスルール准将が言ったように、この国は数か月後に全面的な内戦に移行していく。仕事の行き帰りで通りを横断するたびに緊張と危険が迫る。アマーラ市のカマキリが、本当かはったりなのかはさておき、自分が家族のもとに戻るのを妨げている。将来全体が不透明だ。だけれど、そんなのはどうでもいい！　僕は果敢にやってのける。近況を聞いてくる奴には今まさに黄金期を生きていますよと告げてやる。身体健康、若い力に満ち満ちてささやかな雑誌の編集人を務めている。この雑誌はたいして利益は出ていないが、金回りは申し分ない。自分と同年代か年上の六人のジャーナリストと三人のイラストレーターと一人の給仕のチームを使って、見事な記事を書き、ICレコーダーに日々印象に残ったことを記録している。それは将来的に重要性を持つとわかっているからだ。冷暖房完備の清潔なホテルに滞在し、冗談と歌を愛する陽気で裕福な若者たちと夜更かししながら高価な酒を飲み、極上の料理に舌鼓を打つ。そして朝まで四、五人の女の子のみずみずしい身体をベッドで抱くのだ。

今、マフムードはアリー・バーヒル・サイーディーという手本にずいぶん似通っている。ある日、サイーディーのデスクの向こうに座って雑誌編集の同僚たちとしゃべっているとき、彼は自分が煙草を、サイーディー特有のやり方、太い万年筆を摑むような手つきで持っているのに気づいた。話し相手に対して「親愛なる友よ」「我が友よ」を頻繁に挟むようになった。サイーディーが自分にそう繰り返していた言葉だ。そうしてサイーディーは、みんな自分の友だちで親友であると話し相手に思わせてしまう。

だけど、自分はサイーディーとは違う。頭の中の声がそう告げる。少なくともさほど似ていない。サイーディーは富を持っている。それがどれだけあり、豊富な収入源が何かを誰も知らないし、この雑誌はたいして関心を呼んでいない表向きの事業でしかないけれども。それに引き換え、マフムードはサイーディーから得ている給料が頼りだ。もしこの給料が途絶えたら、彼の頭上で何もかもが崩壊するだろう。

雑誌社の就業時間が終わる直前、充電器に置かれたサイーディーの電話が鳴った。取り上げてマフムードは画面の発信者名を見た。

「６６６」だった。

瞬間、あまたの感情が集積した、彼の深いところから、彼女の姿が浮かび上がり、目の前に現れる。

「もしもし……」
「………」
「子どもじゃないでしょ……あなたが誰かわかっているわ……バーヒルはベイルートに行っているのね……答えて」

第十二章　七番通りにて

一

アブー・アンマールは歩道に立ち、通りの向こう側を眺めた。我がホテルの真向かいにラスール不動産がある。それを見ていると、しみじみ憂愁の波が押し寄せてくる。ブローカーのファラジュは事務所上方にフレックス材の新しい看板を掛けた。これこそファラジュが現在、繁栄を享受している証といえるだろう、アブー・アンマールはそう思った。その対岸、白いディシュダーシャを着たアブー・アンマールが紅茶のグラスを手に立っているところはというと、光景はまさに真逆であった。アブー・アンマールには、なぜ自分の状況とホテルの仕事が衰亡の一途にあるのか、本当のところよくわからない。しかし彼は一か月以上、常客の二人のほか本物の宿泊客を一人もつなぎ止められていない。常客の二人とは、何年も昔から生計の途を失くしてしまい、宿代代わりにホテル内の雑用を請け負っている爺さんと、イラク人化したアルジェリア人である。アルジェリア人は一日中ほとんど口を利かないような倹《つま》しい生活を楽しんでおり、近隣のバーブ・シャイフ地区にあるギーラーニー廟（十一世紀に神秘主義のカーディリー教団を創設したアブドゥルカーディル・ギーラーニーの廟所）の慈善配膳所か毎週「神の灰隼《バーズ・アルアシュハブ》」（アブドゥルカーディル・ギーラーニーの尊称）の墓所で行われる唱念《ズィクル》とコーラン詠唱の会に全出席することで、実質上、日々のパンを得ていた。ハーゼム・アッブードに至っては、崩れかけたバルコニーや湿気のせいで壁の塗装が剥がれかけている各階の写真を時々撮りにやってくるだけである。彼は上階の一隅に座を占め、眼下の景色や、祭礼などでバターウィイーン地区の聖家族教会へと集うカルデア派の女たちや、車両通行禁止の時間帯にボール遊びをする子どもたちを撮ったりもしている。アブー・アンマールと一緒にお茶を飲み、世間話やそれぞれのこれからの話に興じたりもしていたが、夏になってからは仕事の都合でホテルで夜を過ごさなくなった。最後にハーゼムが来たとき、アブー・アンマールは、いくらかの熱意を込めて、ホテルを改修し上等に戻すつもりだと伝えた。目の前の諸事に忙殺されていたこともあって、ハーゼムはその計画を遂行するのにどこから金を調達するんだとは聞かなかった。それでもこのホテル同様に古い友だちの人生に活力を取り戻すというのはいい話だと思った。

ハーゼム・アッブードはホテルの部屋から大量の家具がなくなっているのを見て、腐食が進んだ壁や虫に食われた古家具ばかりのおいぼれホテルを再生するための努力として当たり前の第一歩であると理解した。アブー・アンマールは、運び出した壊れた家具の部品にいい値段をつけてほしいと古物屋ハーディーと交渉しているものの、それが非常に難航していることは言わなかった。開きっ放しの口で世迷言とほらばかり際限なくしゃべりまくるこの不細工な古物屋は頭痛の種だった。この呪わしい古物屋は、商売に関しては理路整然かつ雄弁な議論を繰り出し、家具部品の値段を一つ一つ値切っていこうとする。もし代わりがいれば、こんな男はホテルのドアからとっくに蹴りだしていただろう。日頃、気前のいい寛容な者が辟易し苦痛を覚えたほどの値下げ要求の後は、ハーディーは自分の魂と存在を有償で売りつけ始めた。つまり手数料である。

ハーゼム・アッブードが知らなかったこととは、アブー・アンマールにはこのおんぼろホテルを蘇らせる気などなかったということである。現実問題として、アブー・アンマールはレセプション・ロビーの絨毯の張替えも、ふだん自分が控えて座っている古ぼけた木製テーブルの買替えもできない。一枚の窓ガラスの替えもない。水道管や排水管の不便かつ厄介極まる破損も直せない。気温が上昇してからは特に、腐敗臭や壁の湿気が充満してホテル内の空気の澱みがひどくなっていたが、それをごまかす芳香剤の一本すら買えない。

彼は、生き続けるためにホテルの家具を売り払ったのである。食っていくためだけ、それ以上でも以下でもない。アブー・アンマールが自分が直面している経済的破綻を親友にさえ明かせなかったのは、このホテルと素晴らしい顧客たちとで築いた関係に彩られた、輝かしい場面の記憶を大切に思い、尊重したためである。そして彼自身が長年持ち続けてきた自らの苦境にこだわらない寛大さと誇りゆえであった。自分自身を救うために何かしてみるつもりだった。何をすべきかはわからないが、必要とあらばどんな思い切ったことでもリスクを冒してでもやってみようと思っていた。自分の足で立っていなければならない。人に笑われたりあざけられたりする身には絶対にならない。特に、通りを挟んだ向かい側、空調のきいた事務所の清潔なウィンドウの奥で、磨き上げられたテーブルの向こうに座り、朝も晩もこちらを覗き込んでいるあの赤毛の口髭と顎鬚を蓄えた呪わしい男が相手とあらば。

二

古物屋ハーディーは、バーブ・シャイフ地区の店の住み込みで、荷馬車を持っている若者をアブー・アンマールのホテルまで遣って、壊れた家具を引き取ってきた。スポンジに赤革を張り鉄枠で縁取った椅子にはまことに良い値段がついた。木製家具は売るのに苦労した。中庭にぎっしり並べた十棹のクローゼットはシロアリに食われ放題で、中古家具市場に出す前にもう一度きれいに磨き直していくつも修繕しないといけなかった。ある程度同じことは洗面台の陶器にも曇った鏡についても言えた。こういった品物を笑ったり、王政時代まで遡るんじゃないかとけなしたりする連中もいる。しかしハーディーはこれらを売りさばいた。人がなぜこんな代物に金をはたいたのか、どうにも理解不能である。もしアブー・アンマールが古物屋ハーディーが得た素晴らしい金額を知ったら、心臓発作を起こすか、少なくとも取っ組み合いの喧嘩くらいはしただろう。

名無しさんの訪問が途絶えて以来、ハーディーはかつての自分を少しずつ取り戻した。それどころか以前よりさらに過激なキャラクターになった。これまでの自分の姿をより大胆に進化させたと言う者もいる。ハーディーは、この数か月間の、隠れてこもっていた自分を変えようとしているようだ。相変わらず「食わせ者」のハーディーの冗談や怪しげな話に笑い転げてはいても、友だちのエジプト人のアズィーズもこのことに気づいていた。けれど彼にも、どうしてハーディーがこういう話の中に政治家やTVに登場する人たちの名を出すようになったのかはわからない。

ハーディーがいるとそれでわかるほどの臭いも再び漂うようになった。酷暑の夏場など、日中からぷんと酒臭い上に、彼の何日も汗をかきっぱなしの身体から漂う臭気に耐えられない人もいるが、それでもハーディーは別格である。この臭気芬々《ふんぷん》たる強烈な存在に、その口から延々とあふれてくるおしゃべりが混ざり合う。彼のすぐ近く、つまりエジプト人のアズィーズのカフェの大きな正面ウィンドウの横で、いつも壁に寄りかかりながらハーディーが座っている木椅子の隣に座る客は、細かく質問をしては馬鹿馬鹿しい話を盛り上げている。ハーディーの臭いに慣れてしまっているのだ。臭いに浸かりきってしまえば、さほど気にならなくなってくる。それどころか、臭いそのものがなくなったような気さえしてくる。

ハーディーは木の長椅子の背に寄りかかり、昨晩ジャーディィリーヤ地区の小路で大統領に会ったという新しい小話を披露していた。大統領は鋼板を張った黒塗りのメルセデスに乗り、ハーディーのそばを通りかかった。車が停まり、ダークブルーのスーツを着た運転手は降車すると早足で反対側のドアへと回り込み、とてつもなく太った大統領のためにドアを開けてやった（二〇〇五年に初のクルド系イラク大統領となったジャラール・タラバーニーは巨軀で知られていた）。大統領は身体を車の後部座席に詰め込んだまま、右足だけ歩道に下ろして、車が停まっても知らぬふりをしていたハーディーを大声で呼んだ。ハーディーは炭酸飲料やアルコール飲料の空き缶が入った帆布の袋を持って歩いていた。

「ハーディー、……ハーディー」

「はいよ、大統領閣下」

「お前の与太話をやめてもらえんかね……我々について話すのをやめてほしい。……どうしようもない。みんなが我々に対して革命を起こしかねん」

「俺が何を話してるって、大統領閣下……公正にやってくれていたらあんたたちの話はしないよ」

「これから、私と一緒に来ないかね？　……お互い分かり合おうじゃないか。グリーン・ゾーンでうまい晩飯を食おう」

「いいや、大統領閣下……腹は減ってないんだ。……でも、アラクがあるんだったら行くよ。大統領閣下、あんた、アラクは飲まないの？」

「アラクだと？　恥を知れ……私は水を飲んでいるのだ。いいか、話すのはやめるのだぞ、ハーディー」

大笑いしながら大統領は車のドアを閉めた。車はすばやく小路のアスファルトを抜け、見えなくなった。

何人かはハーディーが脚色したこのささやかな光景に大笑いしたが、何人かはわからなかったか面白くなかったかでただ黙っていた。こんなことはさして重要ではない。だいたい形の上では、ハーディーは反応などお構いなしでただしゃべっていれば気持ちが安らぐのである。一日の間に何かが起きれば、それは新しい語りへと醸成される。そしてたぶん単に鋼板を張った黒塗りの車から浮かんできた大統領の話が、彼の隣で話半分に聞いている者の心を打つのである。

時々、彼の前に座った客が、一杯の紅茶を注文し、それから「名無しさん」の話をしてほしいと頼むことがある。するとハーディーはためらわず何度でもその話をする。しかし、同席した客が昨春以来繰り返し聞いているこの有名な話が色褪せるほどに、ハーディーはそれに新たに細かな部分を付け加えていく。

一度、目の前に、醜貌を施した米俳優ロバート・デ・ニーロの写真が掲載された「ハキーカ」誌のあの号を置いた客がいた。古物屋と名無しさんの話と、ハーディーが語ってこなかったことまで掲載されている号である。記事にハーディーの名前は出ていないが、エジプト人のアズィーズやカフェの常連客はこの記事を書いたマフムード・サワーディーを知っているし、マフムードがハーディーに紅茶をおごっていたのも知っている。事ここに至って、ハーディーは雑誌の記事を精読した。彼の皺の寄った悲しげな表情には、驚きも何の反応も浮かばなかった。「これは、このジャーナリストがでっち上げた話だ」ハーディーは自分の語りの新たな付けたしについてそう答えた。

ハーディーは割り切れなさを感じていた。このジャーナリストは自分を利用したのだ。ICレコーダーを返した日がマフムードに会った最後である。彼は名無しさんの件を取り上げ、尊重し正当に扱うと約束したはずだ。しかしそれ以降、この界隈から姿を消してしまった。

その二日後にハーディーは名無しさんの訪問を受けることになっていた。そして二日後の夜、実際に名無しさんはやってきて、信者同士で内輪もめの戦闘があったこと、また米軍が再び自分が滞在する地区を包囲して、イラク軍情報部付特務チームの助けを借り、何度も自分を拘束しようとしたことを告げた。以来、名無しさんは次々と移動を余儀なくされ、同じところに一日しか滞在できなくなったという。ジャーナリストが彼について執筆した雑誌記事はたいして役に立たなかった。記事は、彼の存在を空想癖のある古物屋のほら話として紹介しているからだ。

名無しさんは、自分の仕事をしやすくしてくれて、あの三人の狂人やその信者たちのように欲望や己の必要のために信仰を利用したりしない信者を探している。彼はジャーナリストがあの出来の悪い記事でそう定義したような、ただの空想上の話にはなりたくない。ハーディーはこの言葉をジャーナリストに会ったときに伝えると約束したが、名無しさんはそれはもう重要ではないと答えた。以前よりも問題は込み入ってきている。雑誌、新聞、印刷物は日々奔流のように発行され、イラクでかつて起きた、また現在起きているそれぞれの災厄について、犯人や容疑者の情報を拡散している。そんな中で、一無名ジャーナリストの雑誌記事などにたいした効力はない。

「俺に対して悪事を繰り返さないよう警告なんかしなくていい。俺が今復讐しているのは、全体としての俺を攻撃した連中だ。構成する肉体を攻撃した奴だけではない」

彼はそう言った。それが、ハーディーが自らの製造物である名無しさんに会った最後で、それ以降は全く見ていない。アメリカ人とイラク警察に追われ、TVのニュースにいつも登場している、危険な犯罪者の正体が名無しさんだと知ってはいたものの、大統領の話を語った晩には、名無しさんの姿はハーディーの頭の中では色褪せてきていた。

危険な犯罪者と名無しさんを結びつけて考えているのは、ハーディーとジャーナリストのマフムード・サワーディーくらいであろう。また、あの暗色の煙草を咥え、広いオフィスの中を歩き回っている男も、確実にそう考えている。この男は、名無しさんとか、斑入りの顎鬚を蓄えた自称預言者の言によれば「名前の無い者」とかいう、危険な犯罪者の行く末とその任務の結末、そして彼の逮捕のためにとるべき手段について沈思黙考している。

この不安と緊張感に満ちた男こそ、スルール・マジード准将である。彼は二人の「ピンク色」の将校に何人かの補助をつけ、古物屋ハーディーに事情聴取を行い、必要があれば力ずくで自白させるよう命じて家まで派遣した。きっと古物屋ハーディーは、あの危険な犯罪者を逮捕する方法を示してくれるだろう。もしくは、スルール准将の推測どおりであれば、ハーディー自身が「スーパーマン」のクラーク・ケント（アメリカンコミック「スーパーマン」の主人公。スーパーマンの仮の姿である新聞記者）のような男で、恐ろしい危険な犯罪者が潜む仮の姿かもしれないのだ。

三

「ピンク色の将校二人組」が黒色のGMCユーコンで古物屋ハーディーの家に向かっていたとき、ブローカーのファラジュは不動産事務所のテーブルの奥に座り、目の前の通りを歩く人々を見つめていた。そして用心深く注意深く、通りの向こう側、上り階段の果てにそびえるウルーバ・ホテルのドアを見つめていた。アブー・アンマールを不意打ちで訪問するのに、事務所からあのホテルまでの二十歩を歩くのが面倒だった。しかしその必要はなかった。アブー・アンマールのほうが歩いてきたからだ。彼はいつも午後のこの時間にホテルから出てくる。そして鍵も守衛もないホテルを後にし、エドゥアルドの店に晩酌のためのアラクを買いに行く。それからチーズとオリーブを買って、袋一杯にパンや前菜や軽食類を買う。ブローカーのファラジュは競争相手であり隣人でもある彼の動向をよく知っている。彼が財政難に陥っていることも知っていた。ファラジュの周りには無駄な仕事をしない連中がたくさんいて、近所で何が起こっているか、目新しい話も教えてもらえる。

アブー・アンマールはホテルのドアから出て、太った身体を回してドアを閉めると、ゆっくりとホテルと歩道をつなぐ三段の階段を下りた。カーフィーヤを両肩にかけ、粒の大きい、輝く球を連ねた数珠を太った手のひらにかけ、プロペラのようにくるくる回している。ホテルの隣にある「二人兄弟クリーニング店」に着く前に、誰かの手が肩に触れた。振り返ると、そこには赤毛の濃い顎鬚を蓄えたブローカーのファラジュがにこにこ笑って立っていた。

手強い競争相手との息詰まるような接近に彼は困惑した。ブローカーのファラジュの、二段階で広がる満面のほくそ笑みというものを初めて見た。第一段階では左の眉根が膨らみ、第二段階では薄い口髭あたりが上がる。

「用事が済んだら、帰りに一杯紅茶でも飲みに寄ってください」

ブローカーのファラジュはこの不意打ちの奇妙な邂逅において、ごく手短に言った。

「神が望み給うなら。まあ、行けたら」

アブー・アンマールは一層強く数珠を振り回しながらそう答え、自分の立場を確認するように頷いた。二人は別れた。これまでの二人の距離を保ち、できるだけブローカーのファラジュから遠ざかりたいというようにアブー・アンマールは早足で歩道を歩いていったが、ファラジュの方は、喉の下の顎鬚を手でしごきながら、うきうき楽しそうに戻っていった。どうしてうきうきせずにいられるだろう。今日の昼、ファラジュはぼさぼさ髪にヤギのような顎鬚だけを生やした痩せた若者をひっぱたいたのである。手のひらでばしっとやったら、若者は二回ほど転がって、それから起き上がった。その場にいた若者たちが一斉に携帯電話を取り出して、喧嘩の現場を撮ろうとしたが、この喧嘩は目にも留まらぬ平手打ちで始まると同時に終わっている。若者は歴史的家屋保全協会のメンバーで、七番通りで写真を撮り、ウンム・ダーニヤールに会ったところだった。色白のウンム・サリームの話によれば、ウンム・ダーニヤールは門を開けて彼を歓迎し、紅茶まで出したということである。それを見て、走ってブローカーのファラジュにご注進に及んだ奴がいる。ファラジュはすぐさま立ち上がり、小路へと急いだ。するとこの若者がウンム・ダーニヤール家の前から首を伸ばして、キヤノン製のカメラを取り出し、色白のウンム・サリームの家のマシュラビーヤ窓の撮影を始めていた。二、三枚撮ったときに、アブー・サリームが、二階の四角い窓から顔を出して、硬い表情で不審そうにこのヤギ鬚の若者を見た。そこで若者は、その存在がこの古い家屋の伝統的な外観を強調するとでもいうように、追加でこの老人の写真を撮った。しかし、五枚目、六枚目は撮れなかった。何者かが近づいてくる気配を感じて左を向くと、激怒したブローカーのファラジュの顔があったのである。すぐに誰かはわかったが、そこにすさまじい平手打ちが飛んできたせいで、その後一分ほど彼はそもそも何のためにここに来たのかさえ忘れてしまった。

ブローカーのファラジュにしてみれば、事はもう言葉の脅しや警告で済む域を越えていた。痩せた若者にもそれはわかった。知らない若者たちに――実は、この連中はブローカーのファラジュの手伝いや助っ人だったのだが――取り囲まれ、身体を起こされ、ファラジュがぶち切れてるからここから出て行ってくれと言われたのである。目の前で彼らはそう訴えた。絶体絶命だ。おそらく次の一歩で、胸に弾丸を撃ち込まれる。知らない若者たちは彼が逃げられるようにぐいぐい押していき、走るよう促して、離れろと合図をした。他方で何人かはかわいそうな若者を追えないようにブローカーのファラジュを羽交締めにした。この一切を見た若者は勇を奮って早足で、ついには実質駆け足で逃げ出し、一瞬の間にサアドゥーン通りの角を曲がって姿を消した。

若者がブローカーのファラジュから逃げていくと、ファラジュは服を直し、丸帽を頭から外して振り返った。ウンム・ダーニヤールがそばの塀のはめ込み扉の隙間から覗いているのが見えた。青白い顔でくたびれ切った姿をしており、人間の女というよりは亡霊のそれに近かった。ファラジュは片手を上げて亡霊じみた女の眼前で会釈をした。

「まだくたばりもせず私を避けるんですかね？……年の功だけしぶといもんだ……いや全く」

ブローカーのファラジュは事務所に戻ったが、彼があの痩せっぽちの若者の頬に張った平手打ちの余韻はまだ小路に残っていた。ウンム・サリームは二階のマシュラビーヤの窓越しにその様子を見ていた。また、目撃者はほかにも多数いたので、この平手打ちの噂は短い時間で地区中に広がった。ファラジュは砂糖入りの濃い紅茶を啜り、ニュースを探してリモコンでＴＶのチャンネルを回しながら、自分の平手打ちの評判を聞き今日、地元住民の間に響き渡った我が平手打ちの衝撃と恐怖の余韻に満足した。それで彼はますます活気づき、愉快になった。

一時間も経たないうちにアブー・アンマールが黒い買い物袋を提げてホテルに帰ってきた。たぶん、ブローカーのファラジュとの約束を忘れているか、知らないふりをしている。ファラジュは若い使用人を大声で呼びつけると、うちの事務所に来るはずですよと先方に告げるためにウルーバ・ホテルまで行かせた。

それが初めての、そして最後にもなるが、アブー・アンマールがブローカーのファラジュの事務所に入ったときだった。入ってみるまで事務所の中がここまで広大だったとは知らなかった。「加護を求める《ムアッワザタイニ》」二節（『コーラン』一一三章「黎明」及び一一四章「人間」の冒頭にある「お縋り申す」という神の加護を求める節を指す）と「台座」節を銅板に彫って重厚な木枠にはめ込んだ三つの大きな額がある。正面ウィンドウの後ろにはメッカのハラム・モスクと、メディナの預言者モスクの大きな画が、広々とした壁に向かい合わせに掛けられている。その下には広い不動産事務所内で角の丸い四角形を描くように椅子とふかふかのソファが据えられていた。磨き上げられた陶材敷きの床にあまたの装飾品。クッション、色付きガラスの灰皿。そして、ファラジュの右手の壁には緑に輝く家系の樹の図があり、彼とその兄弟が「一九二〇年革命」（一九二〇年に委任統治国の英国に対して起こされた反英暴動の通称。イラク建国へとつながり、歴史の画期となったこの革命に参加したことは、イラクでは万民が認める栄誉である）の志士の子孫であることを示している。革張りの椅子の向こう、背後の壁にはメタリック・グレーの鋼鉄製の金庫があり、エアコンの風が音もなくむき出しの顔や手に冷たいそよ風を送っていた。

アブー・アンマールはうろたえていた。競争相手の華やかさと富を目にした哀しみと、初めて「ラスール不動産」事務所に入った瞬間に覚えた衝撃に圧倒される気持ちとの間で、彼は動揺していた。

若い給仕が客の前に紅茶のチャイグラスを置き、もう一つをブローカーのファラジュの前に置いた。匙のカチャカチャという音とともに、ブローカーのファラジュは単刀直入に切り出した。

「アブー・アンマールさん、あなたは私にとって親愛なる方ですよ。行いもよく、職務経験も豊かだ。それで、あなたに提案したいんですがね、私とあなたとで共同事業ができないかと」

「はあ、なるほど……神が望み給うなら。どういうことなんでしょう」

「ああ、いいですね。いいですね……見たところ、お宅のホテルはすっかりくたびれていますね。……欠けたり壊れたりしている」

「神が望み給うなら、いずれそこは改修しますし、修理もするんです」

「どうやって改修するんです、アブー・アンマールさん……どこから金を調達するんです？ ……」

「神は寛容なり……どうにか」

「そうそう、神は寛容なりです。私は神を信じますね。……今、この話に恥じ入ることはありませんよ、ねえ我が兄弟、アブー・アンマールさん……あなたの所持金くらいわかっています、文無しですな……あなたは私の兄弟ですよ、恥ずかしがらないでください……何を言いたいのかというと……あなたと私とで共同事業者になりたいんです。私がホテルの改修と家具の調達の経費を負担します。そうして我々は文字どおり相棒になるんです。……どうですかねえ？」

四

「あんたたち、どこから来たの？」

「我々は交通局から来ました」

「ピンク色の将校二人組」は古物屋ハーディーの質問に礼儀正しく答えた。日が落ちかけてきたので、ハーディーは中庭の真ん中のベッドに座っていた。

二人組は三人の助手を連れて、許可も求めずハーディーの家に入り込んできた。黒のGMCユーコンは運転手とともにバターウィイーン地区商店街通りのエジプト人のアズィーズのカフェのそばに置いてきていた。

「そう……でも俺、この二年は交通違反切符切られてないけど……うーん……というか、そもそも車持ってないけどな」

「からかっているのかな、お宅さん？」

ピンク色の将校の一方が厳しい目つきをしてそう答えた。首に分厚い包帯を巻きつけているせいでどこか威厳を欠き、滑稽な姿だった。ハーディーは知らなかったが、この将校こそ、あの恐ろしい騒動の夜、「名無しさん」に命を奪われそうになった男である。彼は今まさに目から火花を散らしそうな勢いで、古物屋の素性と、あと少しで止めを刺されるところだったあの怪物の身長と体格と同じかどうかを確認しようとしていた。彼はハーディーの両腕を摑むと、触ってみた。しかし、ハーディーの貧相な体格と両腕の骨の感触は、分厚い包帯を巻いたこの将校を戸惑わせた。この痩せたじじいが、あんなにすばやく逃走し、素手で激しく渡り合えるほど身軽であるとは思えない。だが、それを完全に証明できるわけでもない。

「英雄ぶってアメリカ人にでも歯向かうつもりか」

「俺は古物屋だよ……この家具が見えるだろ」

ハーディーは塀に沿って並べられた十棹のクローゼットを手で示した。ウルーバ・ホテルから持ってきたものだ。まだ修理や褪色の復元にはかかっていない。

「ああ、もちろんそうだ……それでお前は『テロと自動車爆弾と暗殺請負の極秘兄弟社』でも開店する気だろう」

「極秘兄弟社？」

「ああ……しらを切る気か」

二人はハーディーを置いて部屋の捜索に向かった。強い腐敗臭がむっと二人の鼻を突いたせいで部屋の奥までは入り込めなかった。折り重なるように積みあがった物品、部屋の隅にできたハイネケンの空き缶の小さな塚、大量の靴とサンダル、銅製のやかん、その他のアルミやプラスティック製品、足が折れた木のテーブル、服、ハトや鶏の羽、変色した布団と布団カバー。何もかもがきつい悪臭を放っている。さらに、こんろ、ガスボンベが二つ、灯油のプラスティック・タンク。玉ねぎとにんにく、空っぽの牛乳パック、魚とソラマメの缶詰が詰まった貯蔵庫。墓場みたいな部屋で、二人は急いでそこから飛び出すと、改めて古物屋ハーディーのベッドを取り囲んだ。そして、バグダードの通りや地区で起きた犯罪や、「名前が無い者」だという未知の空想上の亡霊との関係について をひっくるめて尋ねた。

部屋の中には石膏の聖母マリア像があった。安寧に満ちて両腕を広げ、色の褪せたローブが床へと垂れ下がっている。それは二人の将校の注意を引いた。

「お前はキリスト教徒か？」

「いや……イスラーム教徒だ」

「ではなぜ聖母マリア像があるんだ？」

「わからん……『台座』節の写しがその上にあったんだが……剝がれてしまって、その陰からこの像が出てきた」

「神にかけて、お前は作り話ばかり……この女で何をしようっていうのか」

首に包帯を巻いた将校はそう言ってハーディーを脅しつけた。しかし、ハーディーは脱力したままでいた。

間違いない。ついにこの瞬間が来た、と彼は感じていた。何もかも自業自得、おしゃべりな長広舌のせい、エジプト人のアズィーズのカフェの客を楽しませてきた嘘八百のせいだ。交通局から来たこいつらは、俺が何一つ知らない犯罪について取調べようとしている。隣の客を面白がらせて、地元の人気者として好かれるために作り出した「空想話の想像上の人物の話」を聞いてきているのだ。

「あんた、ほんとに正気で聞いてんの？」

ハーディーは突然思い切ってそう尋ね、さらに続けた。

「遺体？　名無しさん？　要は、あんたたち、俺を貶めて恐怖映画を作ろうとしているんだろ？　ほら話だとか……カフェの茶飲み話だとか決めつけて」

「お前。……生意気な口を叩くなよ……調子こいたら至大なる神にかけて叩きのめしてやるからな」

包帯の男がそう脅すと、もう一人のピンク色の将校がその腕を摑んで止め、代わって取調べを進めた。古物屋ハーディーのベッドの周りを歩きながら、質問を続けているうちに夕暮れが迫り、皆の姿は闇に沈んだ。声はさらに厳しくなっていった。見知らぬ誰かの手がハーディーをベッドに何度も押しつけた。それから顔に鋭い平手打ちを食らったハーディーは地べたに転げ落ち、床のタイルの剝落と破損を免れていた部分に頭を打ち付けた。言葉や質問だけで進むお行儀のいい取調べだったのが、その瞬間からやり方が変わったのを感じ取った。イラクの全警察署で行われているいつものやり方。ハーディーも噂をいくつも聞いている。同行する二人が彼の両腕をねじ上げると、首に包帯を巻いたピンク色の将校がハーディーの腹に狂ったように拳をぶち込みだした。一方的な攻撃が二分ほど続いた。腹筋に激痛が走るとハーディーは吐き気に襲われ、戻したくなった。打擲《ちょうちゃく》は止まらない。落ち着いているほうのピンク色の将校は、怒り狂っているほうを抑えようとしていた。この怒りは、あの晩、逃げたあの犯人の手によって味わわされた敗北の屈辱によるものだ。

ついにハーディーは昼、取調官が来る一時間前にハイネケン・ビール二缶とともに平らげた野菜とインゲン豆の煮込みのげろを吐いた。悪臭を放つ嘔吐物《おうとぶつ》が怒り狂う将校の服を汚した。将校は悪態をつきながら何歩か後ろに飛び退《すさ》った。両腕を摑んでいた二人はハーディーを振り放し、地べたに崩れ落ちた彼がげろを吐き続けるまま放っておいた。

それから一時間後、落ち着いているほうの将校は、同僚の煙草の火だけが見える闇の中で「正体を隠した真犯人をかばっている可能性はある。だがこの古物屋は、まともじゃないしだいぶいかれてはいるが、ただのほら吹きじじいだ」と結論した。彼を警察署なり通常の捜査機関に連行しても、取調べを行った事件ファイルを読めば困惑されるばかりであろう。空想譚や神話や超自然の奇蹟譚を受け入れる余地などないだろうから。と、なれば、速やかに彼を解放しよう。アメリカ人に引き渡して、種々の事件や容疑で逮捕された連中の恐ろしい沼の中に沈めてしまうという手もあるが、そうすると名前が無いというあの犯罪者の事件の重要な手がかりを失うことになる。

彼は即断した。酔いどれじじいはこの場に放置し、二度と訪問しない。しかし何人かを残して今後も監視させ、彼を訪ねる者や会う者を見張らせる。まず彼を安心させ、監視を警戒させないようにすべきだ。この男の頭の中からは、自分たちの素性を念入りに消しておく必要があるだろう。十分混乱させておくに越したことはない。

同行した連中が、強力懐中電灯のスイッチを入れ、その場を照らした。ハーディーは中庭の床に仰向けになっており、腹の激痛とさっき胃袋がひっくり返るほど吐き戻した後の眩暈とで、今、起き上がって何かに気づきそうには見えない。

将校たちは改めて捜索を行った。少額の金が見つかった。ハルジュ市場でアブー・アンマールの家具を売却して儲けた金で、玉ねぎの山の後ろにあるダイニング・テーブルの陰のコーヒー瓶に入っていた。落ち着いているほうの将校はそれを自分のズボンのポケットに入れた。それからまたいくつかの品物をでたらめに没収した。鉄と木で組まれたテーブルも没収し、ほかの者たちも家具の部品やさまざまな骨董品を運んでいった。壊れたガラスのシャンデリア、大きな振り子のある、ガラスをはめ込んだ長い木製の壁時計。同行の一人は勇を鼓して部屋の奥深くまで入り込み、ボール箱に入った絵皿のセットを発見した。絵皿の柄は、ガーズィー一世（イラクの第二代国王。在位一九三三－一九三九年）の肖像と、ファイサル二世（イラクの第三代国王。在位一九三九－一九五八年）の肖像、それからアブドゥルカリーム・カースィム（イラク共和国初代首相。一九六三年のラマダーン革命で失脚、処刑された）の肖像に、鉄道旅行用世界地図と歴史的場面の画や風景画である。彼は重たいボール箱を運び出し、自慢げに同僚にその箱を開けて見せた。

彼らは泥棒のように行動していった。落ち着いているほうの将校は、もっと自分たちの素性について混乱させておいたほうがいいと考え、ハーディーに警告を発した。

「この聖母マリア像は禁忌《ハラーム》だ……わかるだろう……今、お前の手でぶっ壊せ」

強力懐中電灯の光を顔に浴びせると、ハーディーの唇が動くのが見えた。近づいて、毅然と要求を繰り返すと、苦心の末に彼の唇はもう一度動いた。

「できない……俺は、できない……」

「どうしてできない？　……お前、何が望みだ？」

「見りゃわかるだろ、身体が利かねえんだよ。……てめえらの父親どもなんか呪われちまえ……俺は、立てねえんだ」

怒り狂ったほうの将校に再び腹を殴られ、ハーディーは完全に気絶した。同行の一人が部屋の中に入り、壁板に彫り込まれた彫像にリボルバーで何発かぶち込んだ。聖母マリアの首が落ちた。しかし、像自体はその場にほとんど動かずとどまっている。撃った男は電灯の光を当てて、自分が撃った跡を見た。それを直視したとき、彼はぞっとするような恐怖を覚えた。女性が、安寧に満ちて両腕を広げている。だが、頭が無い。容疑者への偽装工作とはいえ、自分たちはやりすぎたのだと彼は気づいた。

ここまでやっても正式な任務はまだ終わっていない。退出する前に、首に包帯を巻いた怒り狂ったほうの将校は、古物屋ハーディーに最後の試練を与えることにした。それは同じ日の昼にバターウィイーン地区で彼らが拘束した十一人の屑どもに与えたのと同じ試練である。ハーディーもまた、彼らの目には同じくらい醜悪な外見をしていた。顎から喉にかけて不揃いに生えた鬚、目は飛び出し、鼻は真ん中で折れ曲がって薄い唇の上に垂れている。

同行の者たちはハーディーを丸裸にした。そして、懐中電灯の光で彼の身体に縫い目や怪我や縫合手術の痕がないかを調べた。ところが、その後に、怒り狂ったほうの将校は指の長さほどの小さな、ニッケル製の鋭いナイフを取り出した。もう一人のピンク色の同僚が気づく間もなく、彼はハーディーの上腕を刺し、それから尻、さらに腿も刺した。鋭い激痛が走り、ハーディーは悲鳴を上げたが、将校はこの試練を続けた。彼が刺した小さな傷口から血があふれ出すのを待ち、それを見た。ハーディーはその場で身を捩《よじ》り、真っ黒い血がぬるぬると中庭の床にあふれてくる。血は少し出ただけで止まって、凝固した。黒い血だった。怒り狂ったほうの将校がそれに指で触れると、同僚のほうは湧き上がる嫌悪感に圧倒されながら、身じろぎもせずそれを見ていた。

なんでこんなことをするんだ!? こんな細かいことに興味なんかないだろう。情報を集めに来たのなら、なぜその情報のために人を傷つける!?

ハーディーの頭の中に、声が響いていた。続けざまに押し寄せる痛みの波の中、声はこれからアメリカのアクション映画みたいなことが起きるぞと告げていた。突然、屋根の上からダークカラーの体軀を有した超人ヒーローが現れる! 光の速さで駆け下りてきて、力強い拳で敵をぶちのめす。そして救い出してくれるのだ。彼の友だちで、創造主で、造物主で、かつ父親であるこの老体を。

しかし、そんなことは起こらなかった。

同行の一人が無線を取り出し、声を潜めながらユーコンの運転手に小路の入口まで車を寄せるよう伝えた。二分後、彼らは全員盗んだものを手にハーディーの家から出て行った。首に包帯を巻いた怒り狂ったほうの将校は取り乱し、まだこの家に来た目的の任務を果たせていないと感じていた。門に着く前に、彼はもっとハーディーを殴りたいと言いたげに振り向いたが、相棒が力ずくで引っ張っていった。

「肩が……そのうち、お前にまた真昼の星を見せてやるからな」
闇の中の、古物屋の身体が横たわっているあたりを見ながら彼はそう言った。自分が何を言おうとしたのかよくわかっていない。最後に唾を吐き捨てたようなものだった。

五

ブローカーのファラジュの申し出に、アブー・アンマールは衝撃のあまり言葉を失った。こんなことになろうとはついぞ予想しなかった。しかし。ラスール不動産事務所からホテルまで数歩の距離を渡るうちに彼はこの衝撃を脱し、頭の中では構図が明確に見えてきた。この上なく賢く、奸智に長けたやり方である。ブローカーのファラジュはアブー・アンマールに止めを刺そうとしているのだ。

大いに驚いたことに、ブローカーのファラジュはホテル内部の正確な図面を持っていた。どこからこんな情報を手に入れたのだろう？　おおかた、昔の顧客か、以前ホテル内の清掃をしていた太ったアルメニア人のヴェロニカと若い息子あたりからだろう。ブローカーのファラジュが、アブー・アンマールが近所に買い物に出かけて留守の間にホテルに入り込むなどという危険を冒すはずがない。仮にそんなことをしても正確な絵図面を作るには時間が足りない。

ホテルのレセプションのいつもの席で、アラクの最初の一杯さえ飲み終えていないというのに、このことを考えるとわずかに眩暈を覚えた。ただ、ファラジュがホテルの現状を知っていようがいまいが、それは根本的な問題ではない。

彼は素晴らしい提案をしてきた。ホテルの建物全般は心配ない。まず、何もかも取り除いて改修する必要がある。レンガを剝がし、クロスを張り替え、床もやり直し、電気系統もバス・トイレタリー回りも整備する。それからホテルの内装だ。二人は共同事業者になる。アブー・アンマールはホテルのレンガと壁と天井を受け持ち、ファラジュはそれ以外のすべてを持つ。

そうすると、ホテル内の経営や管理の仕事はアブー・アンマールが担当するというのに、ファラジュの取り分の割合はアブー・アンマールを上回る。アブー・アンマールにさらに衝撃を与えたのは、ファラジュがホテルの名前を「ウルーバ・ホテル」から「グランド・ラスール・ホテル」に変えると申し出たことである。

二人は丸一時間、口論を続けた。そしてアブー・アンマールがこの提案を拒絶し、重い足取りでホテルに戻り、話は終わった。暑い日だというのに、彼はガラスの扉を完全に閉め切った。レセプションのテーブルの向こうの椅子に座る間は、不動産屋の外観を閉め出し、視界からできる限り遠くに押し出しておきたいようだった。

世界の終末の予言を述べた分厚い本をめくりながら、アブー・アンマールは静かにゆっくりとアラクを味わった。彼の目は眼鏡越しに行を滑るばかりで、実は一字も読んでいない。彼の心は遠くをさまよっていた。若く華やかなりし頃の、記憶に沈み込んでいた光景を次々と思い出していた。かつて彼は南部のガッラーフ川岸にあるカルアト・スッカルの町とバグダードの間を行き来する商人で、もともとの共同事業についていえば、このホテルの前の持ち主と組んでいたのだった。その共同事業者が亡くなった後、この状況は終わりを迎えた。故人の相続人が、共同事業者分の売却を持ちかけてきたため、彼がホテルを一手に引き受けることになったのである。彼は、自分が全人生という完全な円軌道の一端についたと、あるいは人生の重要な時期に立ったのだと思った。

アブー・アンマールは最も重要な予言の個所にたどり着いた時点で、予言の本を閉じた。そこには地球上の全世界や全人類の生涯に関して以外の予言もあるのかもしれない。二人の救世主の出現（二十世紀に発見された「死海文書」に書かれていたといわれる、終末の時に二人の救世主が現れるという話）や宇宙の流星群の衝突やマヤ文明に起きたこととは関係のない予言。それはここに座って、ホテルの扉に映る自分の顔を見ることになるという予言、弧の先が始点に近づきつつある、人生の円軌道に関する予言かもしれない。

ガラスの扉に反射している自分の姿が揺れ、扉が開いた。旧友ハーゼム・アップードが息を切らせて汗だくになって立っていた。左肩に重たい布鞄をかけている。

アブー・アンマールはハーゼムと握手を交わし抱き合った。それから彼と話しだした。この嬉しい椿事に、アブー・アンマールは今日の午後、ブローカーのファラジュによって投げ落とされた深い穴から浮上したような気分になった。ハーゼムの話は彼を遠くに連れだしてくれた。この男は自分が住む街で武装集団の脅迫を受け、苦労して車を拾い、やっとここまで来られたのだという。脅迫が深刻なものかどうかは定かでないが、そういうわけで状況がはっきりするまで、今晩とおそらくもう何晩かは、自宅以外で過ごしたほうがいいと思っていた。

ハーゼムが部屋について尋ねると、アブー・アンマールはそのままにしてあるよと告げた。そのときハーゼムは、ホテルの家具がほとんどなくなっていることに気づいた。

そこで、アブー・アンマールは旧友に、この数週間に自分がやったことや、今日の午後にブローカーのファラジュが出してきた提案に至るまですべてを語った。しばらくハーゼムは俯いていたが、おもむろに、ホテルを抵当にいれるか、ホテル自体を担保にして、国から融資を受ければ修繕と新たな家具の購入ができるかもしれないと彼に教えた。

「それは、借金だ……借金を返しながらホテルをうまく回すなんて、誰が保証できる。新たな落とし穴になるだけだ。政府は最終的には俺からホテルを接収するだろう。さらに深い泥沼に落ち込むだけだ」

「じゃあ、ブローカーのファラジュの提案を呑むんだ」

「いや……無理だ。……あの泥棒の犯罪者の下で働くなんてまっぴらだ。この年齢になって、あいつに屈服なんか絶対にしない。……俺はこの界隈では一国一城の主だった。あいつは、売春婦やらポン引きやらに家を貸していた奴だ……俺は一国一城の主だったんだぜ」

そう言うと彼は太った身体をかがめて、木製テーブルの広い抽斗から大きな写真アルバムを取り出した。彼は頁をめくってはハーゼムの前に写真を見せていった。白黒写真にスーツを着てネクタイを締めたアブー・アンマールが写っている。そこにいる彼は痩せていて若い。彼はマイサーン県代表のバスケットボール・チームの隣に立っていたり、モスルから来た教会合唱団のショートカットの娘たちの隣に座っていたりした。かつては有名だった、しかし今ハーゼムは知らない、アブー・アンマールだけが知っているような著名人たちの写真。何枚もの、何枚もの写真。角は折れ、色褪せたものもあるが、それらはなお生命と喜びの光を放っている。アブー・アンマールは、まさにこの写真アルバムから、暗く湿った穴の中でしぶとく生き延びる力を引き出そうとしているようだ。

「じゃあ、どうするつもりだい？　……貯えを使い果たすまでこのままでいるつもりか？」

「いいや。……」

そうアブー・アンマールは言った。自分のグラスの底の滓《かす》を飲んでしまってから、静かにゆっくりと新しいグラスを満たし、友だちの前に、小さな木製テーブルの上にそれを置いた。

「ポン引きのファラジュの提案は絶対に受け入れない。……俺は、あいつに別の提案をしてやる……あいつに、ホテルを売却するんだ」

第十三章　ユダヤ教徒の廃屋

一

いつものようにウンム・ダーニヤールは、客間でほとんど毛が抜け落ちた猫と一緒に座り、三十分ほどの時間を、若く優美な聖人の画を見つめながら過ごそうとしていた。灯油ランプの黄色い光が緩んだ画布の上でちらちら震え、それで彼女には画が動いているか、描かれた人物が自分に話しかけているように思える。分厚い眼鏡を通して、彼女はこの聖人の顔を見つめていた。「ピンク色の将校二人組」が古物屋ハーディーを延々殴りつけ、叩きのめす音が聞こえてくる。苦痛に叫び、助けを求める声が響く中、十五分くらい彼女は画を見つめていた。彼女は目を閉じた。閉じこもっている彼女に届くほど何枚もの厚い壁を通して響いていた声は、その後止んだ。彼女は年老いた猫を腕に抱え、抜け毛が手につくのもかまわずその背を撫でた。画を眺めながら、今日の午後、ブローカーのファラジュがバグダード市内歴史的家屋保全協会で働くあのかわいそうな若者の頬を張りとばした事件の後、ウンム・サリームが持ちかけてきた提案のことを考えた。

今日はたまたま聖女シュムーニーと七人の息子の祭日（聖女シュムーニーは『旧約聖書』続編「マカバイ記」二・七で述べられる、七人の息子とともに殉教した女性）で、出かけるつもりでいたのだが、行く気がなくなってしまって彼女は家に残ることにした。そこに色白のウンム・サリームがやってきて、「ブローカーのファラジュは悪党だから、何をしてくるかわからないわよ」と言い出したのである。

「彼がその気になったら、この家の所有権利書を偽造して、あんたを通りに叩き出すことだってできるのよ。それに、ウンム・ダーニヤール名義の所有権利書は誰も見たことがないわ。きっとあんたは、今住んでいるこの家の所有者であることを証明する書類を持っていないんでしょう。つまり、たぶんこの家は一九五〇年代に移住したユダヤ教徒のイラク人の誰かの不動産で、あんた、ウンム・ダーニヤールのものでも、亡くなったアブー・ダーニヤールのものでも、離散したあんたの一族の誰のものでもないのよ」

なぜ彼女はあんなことを言ったのだろう？　なぜそんなことをぶちまけてきたのだろう。それはさておき、ウンム・サリームはウンム・ダーニヤールに魅力的な提案をした。

ウンム・ダーニヤールは色白のウンム・サリームの家の一室に移住する。移住の支度はウンム・サリームの家族がやってくれて、彼女はその手厚いもてなしの中で暮らす。それから、ウンム・ダーニヤールの家はモーテルとして貸し出し、ウンム・サリームの息子が管理する。この賃貸による上がりはウンム・ダーニヤールに支払われ、彼女はそれで大事にされて現在の倹約的な生活よりはよほど快適な生活を送ることができる。心地よく、かつ人間のにぎやかさに包まれて生きていけるのだ。そして、彼女に手出ししようとするブローカーのファラジュも食い止めることができる。何せ、彼は大きな家に一人ぼっちで暮らす年寄りの弱い女性に対する情というものを欠く男だから、何をしてくるか誰にも予想がつかない。しかし、ブローカーのファラジュをはじめ、年老いた女性をつけ狙う輩も、彼女の周りには彼女を守る人々がいるのだと気づくだろう。

これはおそらく、彼女から家を奪い取るための方策である。おおかた、太っちょのウンム・サリーム婆さんの心中の強欲さがうごめいて、人間の形をした狼の群れに加わってしまったか、さもなくば彼女こそがブローカーのファラジュのために動いているかのどちらかだろう。

彼女はウンム・サリームの提案に対して何も答えなかった。困った状況を避けるには、とにかく黙って凌《しの》ぐのが一番いい。ウンム・サリームは耄碌した婆さんには考える時間が必要だと一人合点した。

ウンム・ダーニヤールは壁の聖人画を眺め、腕の中でうつらうつらしているナーブーの背中を撫でてやりながら考えている。ウンム・サリームの提案ではない。ほかのことである。

女友だちや昔からのお隣さんたちは、わたしのことを世間一般と同じように見ている。なぜ、わたしが家から立ち退くべきだと思うのだろう？　なぜ皆はわたしが変わっていると、そして家を売却することで正してやらねばならないと思っているのだろう。わたしはわたし自身にも、倹しいこの環境にも満足している。三か月ごとに受給する老齢年金、娘たちが送ってくれる現金小切手、加えて教会の「スィーター」登録者への援助金（「スィーター」はアッシリア東方教会の教区民登録システムで氏名のほか洗礼、結婚、死亡等人生の節目となるデータが記録される。記録によって稼ぎ手のいない家の高齢者など財政援助が必要な者が確定できるので、該当者には教区民らの寄付から毎月一定額が支給される。一種の互助システムにもなっている）もあることだし、十分食べていける。新しい服はたまにしか必要にならない。金のかかる望みなどない。少なくとも、待ち望んでいる奇蹟でも起こらない限りは、この先の人生で何の問題にも遭わないだろうと確信できる。

国の公益のために彼女の家を買いたい、と言ったあの痩せた若者も何もわかっていないのだ。初めて彼女の家を訪問したときから、彼女が絶対に家を売らないことを彼は理解していなかった。自分の家だったものが国家の所有になった後、誇りをもって住めるはずがない。しかもそれで手に入るお金は、彼女の必要分を超えている。

少し目を閉じていると頭が重くなってきた。ナーブーは腕の中でうたたねしている。ソファに座ったまま少しうとうとしたとき、中庭で何かが動く音がした。重い足音だ。ドアのほうを振り返ると、そこには息子ダーニヤールの亡霊が立っていた。

二

血糊にまみれたタイルのぐらつく床から力強い二本の腕に引き上げられたときハーディーは、ああおしまいだ、俺は死ぬ、と感じた。目を開けたら、何も見えなかった。完全な闇だ。二本の腕は彼を抱えたまま静かに体勢を低くして、中庭の真ん中にあるベッドのマットレスの上に彼の身体を横たえた。周りで器物の擦れる音やざわめきのようなものが聞こえる。湿した布が身体を拭い、傷痕を清めていく。それから暗闇の両腕は、地面に投げられていたシャツとズボンを彼に着せてくれた。

「安心しろ、死にはしない……まあしかし、お前にはこんな『お仕置き』が妥当だろうな」

そう言うと彼は姿を消した。数分後、門のほうからがやがやいう声が近づいてきた。手足が死んだようで、このまま意識を失うか少し眠ってしまうかと思われたときに、懐中電灯の光が顔を照らした。見ると、ベッドの周りを何人もの人が囲んでいた。

「何が望みなんだよ……俺の、何が望みなんだよ？」

取調官たちが戻ってきたと思い、反射的にそう叫んだ。今度はきっと殺されるだろう。

「こんなこと、誰がやったんだ？」

一人が言った。彼らはハーディーの身体をひっくり返し、傷痕を見た。同時にほかの何人かが急いで灯油ランプをつけ、周辺を照らした。

家のマシュラビーヤのバルコニーに座っていたアブー・サリームは、あの連中が古物屋ハーディーを訪問したのに早い時点で気づいていた。しかし家の中で何が起きているのかはわからなかった。バルコニーからずっと見つめていると、GMCユーコンがハーディーの家の隣に停車し、手にいくつもの物品を持った取調官たちが出て行くのが見えた。彼はその場で立ち上がり、連中が車に乗り込んですばやく走り去るのを見た。そのとき、中の一人がステンドグラスのシェードが付いた卓上ランプを窓から放り出し、塀に叩きつけた。不安を掻き立てる出来事である。だからアブー・サリームはすぐに行動を起こし、息子たちを呼び、若い隣人たちにも大声で呼ばわった。そして彼らは古物屋ハーディーの施錠していない家へとなだれ込み、この状態のハーディーを発見したのである。ハーディーが放心状態を脱すると、彼らは即座に彼が手荒い「お仕置き」を受けたのを知った。アブー・サリームの末の息子が家に走って、包帯や消毒液や医療用ガーゼや薬の類を持ってきた。彼はショルジャ市場に屋台を出してこの手のものを売っているので、当然応急手当ての知識もあった。末の息子は、足の怪我については縫合する必要があるが、そこまでは自分はうまくできない、と言った。朝まで持つ程度の止血処置はできるから、明日になったら縫合のために看護師のところか診療所に行くべきだ。今晩は傷口が悪化しないようあまり動かないほうがいい。

彼らはベッドのマットレスを床に下ろし、ハーディーの唯一の部屋の壁際に敷くとハーディーをそこまで運んでやった。飲み水も持って行き、明日にはもっと良くなると彼を安心させた。彼らはハーディーに能《あた》う限りの適切さと温情を見せてくれたが、やはり同時にどうしてこんな「お仕置き」を受けたのかを聞き出そうとした。ハーディーは答えなかった。そして、そもそも何が起きたんだ、はっきり教えてくれという要求があまりにしつこく、言葉遣いも乱暴になってきたので、ついにハーディーは黙ってくれと頼んだ。そこで、隣人たちの温情と良好な関係は速やかに終わりを告げた。彼らは懐中電灯を手に立ち去り、ハーディーは煤《すす》だらけの灯油ランプがついているだけの暗闇の中に取り残された。

ハーディーはマットレスの上に横たわり、地べたにくずおれた後、何が起きたかを思い出そうとした。いろいろなことが入り混じっていた。とにかく見えるものにやつあたりをして、誰かに怒った顔をしたような気がする。誰かはお前にはこんな「お仕置き」が妥当だろうな、と言った。しかし、あれはあの連中の仲間だったのか、それともただの俺の空想なのか？　俺を地べたからベッドまで運んだのは誰だ？　近所の連中が入ってきたとき、俺は裸だったっけ？

頭の中にいくつもいくつも疑問があふれてきた。うっすらとそよ風が吹いて、上方から、高塀の二階建ての家々の中で、彼が暮らす窪地まで下りてくる。身体が麻痺してくるのを感じる。怪我の痛みが遠のいていく。アブー・サリームの息子が処方してくれた薬が効いてきた。二錠のヴァリウムと、消炎鎮痛剤のカプセルをくれて、両腕と尻と両足に包帯を巻いてくれたうえに、何かを飲ませてくれた。みんな、よく手当てしてくれた。ハーディーは彼らの目の前でぶっきらぼうな態度をとり、怒りを見せた自分を後悔した。だがまだ問いはあふれ続ける。あの取調官たちはまた戻ってくるだろうか？　質問への答えを聞き出す前に、なぜ彼らは突然やめたのだろうか？　なんでこんなふうに刺してきたんだ？　どうして俺の物品なんか気にしたんだ？　あの連中が俺のところに来たのは誰のせいだ？　あのジャーナリストか？　それともエジプト人のアズィーズのカフェの客の誰かか？

彼は先週、必死に働いて稼いだ貯金が無くなったことをまだ知らない。壁龕《へきがん》の中で四角い石膏板に据えられた聖母マリア像の顔が破壊され、金目の商品に加えて高価な絵皿セットが持ち去られたことも知らない。知れば怒り心頭に発し激しい衝撃を受けることになるが、かといってそれ以上の何ができるわけでもない。

それらを知るのはすべて翌日の午後のことである。現在は、たびたびの意識の消失と、身体を包む麻痺状態を味わいながら、この瞬間、昏い空の一面にぼんやり光る夏の星々を眺めていた。身体の力が失われ、一時間前の荒っぽい取調べの間に全部戻してしまったので、空腹を感じていた。頭と身体の機能がすっかりだれてお留守になってしまった代わりに、心のほうはすっきり目覚めさわやかな心地になっていく。この短い時間に起きたことは、何もかもがたぶん天の手による強烈なお仕置きが溜まっていった結果なのだろう。この手は身体と魂を力ずくで揺さぶって、人生と自分のことに目を開かせ、現状を見て、自分の行く末と落ち込んでいく泥沼を注視させようとしている。

俺は新たなスタートを切るんだ。怪我が完全に治るまでは我慢して、それからシャイフ・ウマル地区の銭湯「サーブーンジー」に行こう。三時間は熱い蒸気の中で彫像みたいにじっとして、散髪して髭を剃って、新しく洒落た服を買おう。靴も革のサンダルも新調する。そしてこんな験の悪いユダヤ教徒の廃屋は引き払って、ブローカーのファラジュの新しいモーテルで通気のいいでっかい部屋を借りよう。その後は中古品売買と修理の店を開くため、店舗を借りる計画を練る。俺の得意は中古品の仕事なんだ。俺を好きになってくれる似合いの奥さんを見つけよう。酒を飲むのは週に一回、適量だけにする。これらを全部やる、やろうと決意する。そうして彼は今晩、ぐっすり眠り、翌朝にはだいぶ回復して、生き生きと元気に目覚めることができた。

三

彼は上からすべてを見ていた。「ピンク色の将校二人組」と助手たちがベッドに座るハーディーを取り囲む様子も、声のトーンが高まっていって最初の平手打ち、それから強烈な平手が飛んで彼を地べたになぎ倒した様も見ていた。拷問の過程もその場で身動きもせず、すべて見ていた。彼が上から降りずにいるうちに、交通局から来たと自称するこの連中は、聖母マリア像を壊し、金銭や高価な古物屋の商品を盗んで出て行った。

この手荒な打擲と、ナイフで古物屋の全身に負わせた小さな傷は、致命傷にはならない。この取調官たちは彼を怖がらせて自分たちが得ようとしている情報を自白させようとしたのだと推測した。見方を変えれば、これはこいつがこれまでに犯したあまたの罪や過ちに見合ったある種の罰である。

中庭に降りて、自分の造り主を運んでマットレスに横たえ、服を着せてやっている間、このように「名無しさん」は考えていた。そして外門から隣人たちが近づく音が聞こえるとすばやく石積みを登ってウンム・ダーニヤール家へと向かった。

ウンム・ダーニヤールはいつものように客間に座っていた。鈍そうなまなざしを殉教者の聖ゴルギースの画に向けている。彼女の筋肉はピクリとも動かない。この様子を見る限り、彼女はやはり頭がおかしいのだろう。依然として彼女は、前からずっと一緒に暮らしていて、ほんの数分トイレに行って戻ってきただけ、という感じで彼を見ている。

名無しさんは孤独を感じていた。何週間も誰とも話していない。知り合いもこの二人しか残っていない。マットレスの上で身動きできない古物屋と、死者の魂や聖人たちの画と会話をする耄碌婆さん。「ピンク色の将校二人組」と三人の助手たちのところに降り立って、全員を瞬き一つせずに伸《の》してしまうこともできた。しかし、そうしたら古物屋にとってこの先もっと大きな問題になるだろう。この治安維持機関の連中の車の中に運転手が残っている。帰りが遅いのに気づいたら、古物屋の家まで来て死体を見つけるだろう。仮に名無しさんが死体を運び出してどこかに隠したとしても、問題は終わらない。古物屋に彼らを隠したか殺したかという疑いがかかる。いずれにしてもこの痩せこけた年寄りの古物屋はさらにずぶずぶと問題に浸かりこんでしまう。ゆえに最良の選択は、いかなる形であれ、彼らに襲いかかるのを我慢することである。そして、ハーディーがナイフの刺し傷に耐え、有益な情報を一切漏らさずにいられるように、探し求めている犯罪者の正体についての彼らの疑問が解けず、その存在まで曖昧模糊としたままになるよう期待するしかない。

これが将校たちの最後の訪問ではないことは確かである。また改めて事情聴取は行われる。ハーディーが元の普通の生活に戻れるよう後押ししてやるために一番いいのは、二度と彼の前に現れないことだ。ハーディーの人生から、なるだけ遠く離れるのが一番いい。事実、会わねばならない理由などないのだ。今回の隠れた訪問にしても特に筋道の立った計画があってのことではない。彼は今、迷っているのだ。自分の任務は人殺しのみであるとわかってはいる。そして毎日新たに何人も殺している。けれども、誰を殺すべきなのか、また何のために殺すのかという本質がはっきりとはまだわからないのだ。すでに最初に彼を構成していた罪なき肉は新たな肉と取り換えられていた。新たな肉、つまりドゥーラ地区の高層建築で過ごしたとき以降の、彼自身の犠牲者や罪人たちの肉である。その後、イラク人新兵からなる小規模の戦闘部隊の援護を受け、重武装の米軍が同地区を包囲した。彼はどうにか彼らから逃れた。米軍は三人の狂人の信者たちが作った兵舎に入り、彼とかかわりのある身体の部位を多数見つけたが、彼自身は捕まえられなかった。

常に移動し、隠れ、ばらばらな場所に滞在するという生活が続いた。彼は殺人を犯すための規範が明確にわからないうちは、殺人をやめようと決意した。彼がそのために活動している犠牲者の復讐を果たさなくても、時間がたてば、彼の身体の各部分の有効期限が切れるだろうと考えた。各部位は腐り、溶け落ちる。彼はそれで終わりを迎え、類例のない奇妙な形で入り込んだこの世からお別れできるのだ。

しかし、この選択が良いものかどうかも確信できなかった。こんな方法で前例のない彼の任務が終わると誰が考えただろう。この先に何があるのか、その謎が解けるまでは、存在し続けなければならない。彼は従来の手段で死ぬことがない、前代未聞の殺人者だからだ。したがって、彼はこの非凡な可能性を、罪なき人々のために、正当な権利と真実と正義のために使わなければならない。自分がたどるべき足取りについて得心がいくまでは、全身全霊で生き延びる努力をするだろう。殺されるべきだった人の身体から必要な替えの部分を選び取っていく。これは理想的な選択ではない。しかし、現状では最良といえた。

彼は古物屋ハーディーにこうしたことをすべて伝えたかったのだが、ハーディーは、少なくとも彼の側からは、この話を終えるのにふさわしい暴力的な締めくくりを迎えてしまった。今夜、そして近々数日の間はハーディーも、親身に話を聞きこの先すべきことについて助言や納得のいく説明をするどころではないだろう。

そして彼は今、婆さんの耳に、自分の考えの一端を語っている。彼女は眠っている老猫の背中を優しく撫でながら、話を聞いてくれていた。こんなにこみいった話を聞けるようには思えなかったのだが、彼女は耳を傾けてくれた。それこそが、今「名無しさん」が必要としていることである。

彼は彼女に語った。時々、ドゥーラ地区の高層建築の兵舎で起きたあの小さな内戦から逃げのびた信者に出くわすことがある。彼らは、それぞれが従っていた狂人と同じような応対をし、名無しさんへの傾倒ぶりはほとんど変わっていないようだった。

ある晩、彼はワズィーリーヤ地区の小路を歩くイラク国民三四一番と出会った。男は自分は国民三四一番だと告げ、彼の前でお辞儀をし、その手にキスをした。三四一番は、自分が知っているのは自分の番号だけで、ほかの番号に何が起きたのか、あの夜の恐ろしい銃撃戦の騒乱で、誰が殺され、誰の命が助かったのかは知らないと言った。また、信仰もあり、教団を復興したいと心の底から望んではいるが、国民三四二番や三四〇番が誰で、新たな支援者や信者を得るのに、どう番号を始めたらいいのかもわからない。空き番号となったのは何番か、現在、実際の国民数は何人なのかもわからない、と。

別の日の夜、彼は身体が腐っていく危機に苦しんでいた。するとまた偶然、彼を救世主だと信じている信者に出会った。信者は名無しさんをファドル地区の自宅へと案内し、うまく隣人たちや好奇の目から遠ざけてくれた。そして、家の前庭に着くと、この信者は台所に入り大きな包丁を持ってきて、名無しさんに渡した。

信者は言った。「私はあなたへの犠牲です。どうぞ私を殺して、私から必要な部位を替えの部分として取り出してください」

この申し出は彼にとっては不意打ちだった。だが、何分間も逡巡し、熟慮を重ねた結果、これは良い考えだと思った。特に、替えの肉の入手方法は、さらなる大騒ぎを呼びかねないからである。傷んだ部位を新鮮な部位に換える手術をうまくやるには、多くの人命の上に準備を進めることになる。手術自体も短くはない時間がかかる。

彼はその信者の両手首の静脈を切り、ゆっくりと死んでいくように、失血によって意識のない状態で命を失うようにした。腹を刺すのも喉を切り裂くのも、まるで敵の男にするようだから気が進まなかったのだ。この信者も、彼の一部となる誰であっても、彼自身や彼の身体の動物的本能を支配することはできないだろう。それは叫び、身体に広がっていく死から逃れるため、命の魅力に囚われていく。そして名無しさんがこの先も決して望むことのない騒擾《そうじょう》に分け入っていく。

婆さんは名無しさんの話をじっと聞き続けていた。二十年来姿を隠している彼女の息子の亡霊だと思っているのかもしれない。この恐ろしい客が発した言葉を理解した様子は全く見られないが、それでも聞いていた。

老婆としては遅い時間になった。いつもの寝る時間を過ぎている。彼女は、自分の客人は朝まで話し続けるかもしれないと感じていた。彼にはたくさん話があって、聞いてくれる人を求めている。けれども彼女には彼が何のために一所懸命になっているのかがわからない。また、彼の中に、彼女の息子の要素が少しでもあるとしたら、彼は彼女が死に抗っていることを理解すべきである。誰もが皆、彼女が何らかの形で死んでくれるといいと思っている。だが彼女は自分の命にしがみつき、どんな種類であれ死をもたらすような助言は決して実行しない。

「ねえ、わたしの息子や。どうしてお前はのんびり休まないの……中庭にお布団を出してあげようか？」

彼の長く雑然とした話を打ち切ろうと、彼女はそう言った。そして彼は、彼女が自分を彼女のものの一部に戻そうとしているのを感じ取った。彼は、真実、もし別の状況であったなら、この彼女の申し出を受けたいと思った。柔らかな綿の布団の上に寝転んで、一面の空を眺める。星を数えながら眠りにつくのだろう。しかし、それは、彼のものとなる人生ではない。

彼女は眼鏡を外して目をこすった。そして大きく息を吸い込むと、ふううと長いため息をついた。目を開けると、おしゃべりな客はいなくなっていた。彼女は目の前に掛かった聖人画を見つめた。長槍を振りかぶり、地を這う竜の喉を突き刺そうとしているのを見ながら、彼女は自問した。

どうして長年、聖ゴルギースはこの竜を殺さずにいるのかしら？

どうしてこの構図のまま、彼は固着してしまったの？　疲れる構図でしょうに。

竜を殺して休息をとるべきよ。そうでなければ、恐ろしい野獣や竜なんかがいない空地にいるほうがいいわ。

この画は彼女に一層の緊張感を強いているようだった。というのは、これは何もかもが中途半端な状態であり続けるような気になる画だからだ。まるで今の彼女と同じように。彼女はまさに生きている者でもなく、完全に死んでいる者でもない。

「あなたはわたしを苦しめています」

彼女は聖人にそう言った。猫を持ち上げてソファの傍らにおいてやると、目を覚ました猫は口を開け長いあくびをしながらなおも身体を伸ばした。

「あなたはこの竜を殺していません。戦士殿、そうじゃありませんか？」

彼女はもう一度そう問いかけると、辛抱強く返事を待った。立ち上がり、毅然としたまなざしで物言わぬ聖人の優美な顔貌を見つめていた。

「何事にも終わりがあるのに……イリーシュワー、……なぜそう急《せ》くのだ?」

唇を動かしさえせず、聖人は彼女にそう言った。画の中で聖人は一切動かずにいる。しかし、彼の声ははっきりと彼女の耳を満たした。

四

ハーディーははるか上方の青空の一片を眺めながらさわやかな気持ちでいた。鳥や小鳥たちがすばやく止まるのが見え、ラジオのかすかな音声やおしゃべりや自動車のクラクションが聞こえる。しばし目を閉じそれから開けてみると、米軍のヘリコプターの影が振動を起こすほどの轟音を響かせながら通過するのが見えた。起き上がりたかったが、そうするほどの力が出ない。頭が重たい鉛になってしまったような気がしていた。向きも変えられず、首を左右に回すことすらできない。彼は死にかけたまま、朝の時間が過ぎるにつれて、小さなざわめきが徐々に高くなっていくのを聞いていた。突然、地震が起きたかと思わせるほどの強い衝撃音が聞こえ、彼の全身の血管が飛び跳ねそうになった。

それはバグダードの旧中心部にあり、バターウィイーン地区からは何キロも離れたサドリーヤ地区で起きた自動車爆弾の爆発だった。だが彼がこの爆発について知るのは昼のだいぶ遅い時間となる。寝返りを打つと、右足に刺すような鋭い痛みを感じた。少し息をつき、両手で身体を支えながらマットレスの上に腰かけた。全身のあちこちがずきずきと痛みだした。取調官たちがつけた傷の痛みと、頭と胃袋の痛みである。もう一度寝てしまいたかったが、空腹で仕方がない。

彼はかつては決して自分には来ないと思っていた老いというものをひしひしと感じつつ、ずっとマットレスに座り続けていた。家の木製の門のところで何かが動く音がした。エジプト人のアズィーズが、近所の若者二人と一緒に入ってきた。アズィーズはどうにかこうにか背後の門を閉めると、確かめるようにそれを押してみた。それから振り返って満面に笑みを浮かべ両手を広げ、二人の若者と中まで入ってきた。彼はガイマル・アラブとパンの包みと、紅茶をいれたサーモスの魔法瓶を持っていた。

「よかったなぁ、生きとる。神に感謝を」

そう言うと笑みを絶やさず、彼は友だちの肩をぽんと叩いた。二人の若者も同じようにした。そして一時間もしないうちに、古物屋ハーディーの下で働いている年端のいかない若者がやってきた。あの古ホテルの物品の残りを扱うために、約束をしていたのである。この若者は「親方」の状態を突然目の当たりにして、包帯と白いガーゼに目を釘付けにしたまま口をぽかんと開けていた。しかし、アズィーズにはこの友人の受難は不測の事態というわけではなかった。今朝、カフェの客から何が起きたかを聞いてきたからである。彼らの話からハーディーは無事だと確信し、カフェを手伝いの若いのに任せて、誰にやられたのかを聞きにやってきたのだ。

ハーディーが述べた答えは曖昧なもので、皆の混乱と困惑はさらに深まった。ハーディーはどんな交通局だったか、どんな犯罪者だったかを語り、さらにそのすべてと彼が食らった打擲や連中が身体にこしらえた傷とどういう関係があるかも述べた。

朝食の後、友人のアズィーズの励ましを受けてハーディーは立ち上がり、「俺の家」に入った。非常な衝撃を受けた。貯金も高価な日用品も無くなっていた。初め、彼は前の晩に訪れた近所の人たちを疑った。しかし、意識を失いそうなときに、何かガチャガチャと音がしたのを思い出した。取調官たちが盗んだのだ。彼の確信は強まった。その後、破壊された聖母マリア像が見つかり、皆の動揺はさらに大きくなった。エジプト人のアズィーズは深い悲しみを見せながら像に近づいた。

「こら、キリストのお袋さんやないか……なんでこないになっとんのや……」

嫌悪感に満ちた問いを投げかけ、アズィーズはかろうじてくっついていた像の石膏の破片に触れた。破片は彼の手中に落ち、聖像の身体と首の裂け目が広がった。聖像も、全身を描いたように聖像がはめ込まれている四角い石膏板も、少し動かせば落ちてしまいそうに見えた。アズィーズはうっかり聖像破壊などという不快な事態に巻き込まれたくなかったので、手を引っ込めて持ち主のほうを見た。持ち主は物品の山に埋もれ、放心し混乱しきった様子で中をひっくり返していた。

ハーディーは無力感を覚えた。ウルーバ・ホテルの家具を売却して得た、そして今は無くなってしまった金額がいくらかを思い出した。できるものなら、叫び声をあげたい、延々号泣していたいと思ったが、どうにか自分を抑え込んだ。アズィーズは彼にもう一度布団に入って休んで、この話は忘れてしまったほうがいい、そうでなければ診療所に行って怪我の治療をしよう、と助言したが、ハーディーは断った。

一時間後、ハーディーは正気を取り戻した。自分の危機と小さな災厄とを飲み込むと、年少の若者に、中古家具の修復保存に使うニスと釘と木を研磨するサンドペーパーと修復用のパテ、その他もろもろを買ってくるよう命じた。そして古い木製クローゼットや一部が破損しているものを修理し、一刻でも早く市場に下ろして売りに出したいから、早く戻ってきてくれと頼んだ。

全員が立ち去った後、ハーディーは石膏の聖母マリア像に目を留めて、これもまた損失だと思った。かつて彼はこの像を無傷で引き剝がして、どこかの教会かこの手の宗教的な骨董品を買いたがる人間に売ってしまおうと考えていた。手を顔と首の間の割れ目に差し込み、破壊された聖像の一部を引っ張ってみると、それは彼の手中に収まった。別の部分も引っ張ったら、石膏の枠が剝がれてきた。そうして彼は引っ張り続け、ついにそれを完全に引き剝がした。そしてそれを床に置こうとしたとき、下部が壊れた。聖母マリアの両手はそのまま広げられており、下にはひだや折り目のある服と両足がある。だが、それらは二つの部品として分かれた。

ハーディーは像を取り除いた後の、背後の四角い壁龕を見た。そこには何かを覆った土の山があった。手でその土を掻き出していくと、状態がもっとはっきりと見えてきた。そこには縦七十センチ、横三十センチほどの暗色の木板があった。手でさらに土を拭うと、樹木の形の彫刻が現れた。鑿《のみ》で穴を穿《うが》ち、樹木のような奇妙な彫刻が施されている。上下に見慣れない文字が書かれた、大きな燭台のような画である。無知蒙昧というわけでもないハーディーには、即座にこれがユダヤ教徒のイコンであるとわかった。これまでの人生で、彼はバターウィイーン地区の家屋の壁に似たようなものが描かれているのを見たことがあった。ハーディーはすぐにこれも売れるかもしれないと考えた。ここから取り外せたら、売れるだろう。ユダヤ教徒ゆかりのものを買ってイラク国外に逃げ出す人たちの話を聞いたことがあった。と、そこまで具体的に考えが及んだところで、ハーディーはふと恐怖を感じた。瞬時に、昨晩、自分を痛めつけたあの罪深い取調官たちのことを思い出した。今、彼らが自分を見張っているか、昨晩のように突然自分を襲撃してくるとしたら、これは何と言われるだろう。俺に、この手のことに立ち向かう力はない。もう一度、あんなに殴られたら死んでしまうかもしれない。

彼は強い人間ではない。山から転がり落ちた話とかは何もかもエジプト人のアズィーズのカフェの客を盛り上げるためにでっち上げた嘘であって、サディール・ホテルの爆発で空中高く吹っ飛ばされて地べたに叩きつけられたことだって、彼が語ったそのままではない。あの晩、墜落して、どうして重傷を負わなかったのかは彼にもよくわかっていないのだ。今、彼は脆く壊れやすく、齢を痛感している。胃袋にパンチを一発食らえば、命取りになりかねない。

俺は、そういう運命が似合う人間じゃない。人生で犯した罪といったらほらを吹くことくらいなんだから。「名無しさん」についての大ぼらを除けば、害のない嘘ばかりだ。そう、俺はほら吹きなんだ。

今は、様子見が最良の選択だ。あれを自分が本当に経験したことだと信じるほど、問題も苦痛も増えていく。あれは人生のどこかぼんやりした瞬間に、自分の混乱した想像力が作り上げた怖くて恐ろしいほら話なんだ。俺は、あれを今完全に忘れなくてはならない。

彼は昨晩の決意を思い出し、さらに勇気を奮い立たせた。何もかも変わろう、という決意を固めた。

門のほうから何かの物音が聞こえた。あの若い手伝いに違いない。市場から帰ってきたのだ。彼は丸められて部屋の隅に柱のように置いてあった絨毯を引き寄せると、聖像の割れ目と暗色の木板の前に立てかけ、それらを隠した。

五

ナーディル・シャムーニー助祭は苦心の末にウンム・ダーニヤールの家にたどり着いた。高速道路沿いにあるギーラーニー・ガソリンスタンド近くで自動車爆弾が爆発し、さらにサドリーヤ市場でも別の爆発があり、売り子や商店主数十人の命が奪われた。そのせいで、アメリカ人がサアドゥーン通り方面からタイラーン広場の前の道路を封鎖したのである。その後、アメリカ人は、また別の爆弾を仕掛けた自動車が自由のモニュメント前から橋の向こうのグリーン・ゾーンへと回っていこうとしているのを発見した。アメリカ人がこの自動車と自爆テロを企てた運転手をどう処分するかは誰にもわからないが、その場は恐慌状態に陥った。人々はわけもわからず、どこで起こるかも知らないまま爆発を恐れて逃げ出し、あるいは何が起こるか知りたいという好奇心にかられ、とにかく駆けていた。人々は容易には統制できない。彼らは明確な言葉は理解せず、他方で嘘や都市伝説を信じてしまう。ナーディル・シャムーニーは、彼自身も聞いたことのある噂をもとに、指名手配犯を追跡している新生イラク「国家警備隊」の部隊がバターウィィーン地区に入っていくのを見て、そう考えた。彼は車をアルメニア教会のそばにつけた。そこで車を降りたかったのだが、警官に車を停めず退去するよう注意されてしまった。ヨシュア神父に電話をして、今日の巡回は間に合わないので、ガラージュ・アマーナ地区に戻りますと伝えたかった。ガラージュ・アマーナ地区には彼の教会があり、自宅も近い。

そのとき、知恵の妖精が脳裏をよぎり、事態はこれから数日ずっとこのままかもしれないぞと告げた。今帰ったとしても、明日になればもっと状況は悪くなっている。どのみち彼は任務を終えなければならないのだ。とりわけ、数日先になれば彼は確実にこんな嫌な光景をさほど見ずにすむようになるのだから。彼はすでに家族とともにバグダードから移住することを決意していた。ヨシュア神父にはだいぶ前に伝えていたが、実行は常に先送りにしてきた。心の中で、この決意の重大さを実感すると怖気づいてしまう。娘たちやアンカワーに居住する親族の数年来の願いとはいえ、家を捨て、隣人を捨て、ここでの生活を捨ててかの地へと旅立つのだ。旅立ちの決意は棚上げにされたまま、自分のことを落着できずにきた。

ところが、ある日曜日、彼は自宅の外門の鍵穴に、鉄・ガラス接着用の接着剤が詰め込まれているのを発見した。非常に動揺したが、彼にはそこに込められているメッセージをにわかには理解できなかった。錠を直して接着剤を取り出そうとしたものの、うまくいかなかったのでやむなく数日後に錠を付け替えた。しかし、その出来事から一週間も経たないうちに、新しい錠に接着剤が詰め込まれた。彼は家族には錠のことは放っておこうと言い聞かせた。誰かの嫌がらせだろう。おそらく、子どもか若造だ。彼は錠の修理はせず、夜間の門の戸締りは、門の内側のボルトに頼ることに決めた。

二日前。中庭に面した台所のドアが、強力接着剤で接着されていた。彼は憤りと緊張を覚え、この醜い所業をなしたのは誰かを突き止めるため、速やかに家族会議を開いた。最初、彼は娘や妻を疑っていた。では一体何が目的でこんなことをするのか。彼はその考えを直ちに捨て去った。恐怖と不安が彼をとらえるようになった。誰かが家の塀をよじ登って、自分たちが眠っている間に家に入り、鍵穴に接着剤を落としていく。実際危険な話であった。

こうした出来事や嫌がらせがたびたび繰り返されていくのだろう。彼はそう思った。誰かがこの家を気に留めており、彼らが家を出て移住するように仕向けている。この三年間というもの、似たようなことが多発していた。ここの誰もがそれを防げない。首都バグダードは不穏な状況に陥りつつあるが、そうした中でどの勢力も頼りにならない。娘たちが恐ろしい目に遭わされるかもしれない。バグダードの治安レベルはさらに悪化している。しばらく前に、あるキリスト教徒の一家が痛ましい事件に遭遇していた。父親が誘拐され、多額の身代金を誘拐犯たちに支払って、ようやく救出されたのである。

ナーディル・シャムーニーは多くの財産を持ち合わせていない。そして娘をはじめとする家族のことを案ずるあまり、恐れを感じていた。もう自分の頭はこれ以上の圧迫に耐えられそうにない。彼はアンカワーに住む兄弟や親戚と連絡を取り、自分の決意を伝えた。

「一時的な話だ……首都の状況が収まるまで、移ることにする」

自分の中でこの移住を正当化し勢いをつけるために、彼は親戚にそう言い、この先、戻らないかもしれないという可能性の話はしなかった。そして戻らないというほうが、日にちが過ぎ、事態が悪化していくにつれて、極めて現実的な選択になっていくだろうということも。

彼は小さなヴォルガを小路の入口に停め、ウンム・ダーニヤールの家に到着した。彼女に自分のこの最終決断と数日後に予定された移住についての思いを告げるつもりはなかった。ヨシュア神父が負っている職務の一端を担う上で、ナーディル・シャムーニー助祭はこの耄碌した婆さんには一層の同情心をもって働きかけてきた。彼女には二度と会うことがないだろう。そんなふうに推測していた。それだからこそ、彼はこの最後の邂逅に一番の惜別の思いを込めていた。彼は彼女を知っているし、彼女の夫や子どもたちとも何十年にわたる付き合いだった。こんな形での悲しい別れになるとは想像だにしなかった。彼は、婆さんが疲れているのに気づいた。顔にも、大きな眼鏡で囲まれた目の周りにも、新たな皺が寄っている。あるいは、ずっと以前からこんなに近い距離で婆さんと一緒に座ることがなかったので、これまで気づかなかったのかもしれない。彼女は一か月近く、教会に通っていなかった。

彼女の娘のヒルダとマティルダはヨシュア神父と連絡を取り続けており、神父は引き続き婆さんの無事と健康を伝えて二人を安心させている。それでも二人は母親の声を聞かせてほしいと言う。母を怒らせたのだと知って、仲直りを望んでいる。ナーディル助祭はこういった話の内容を彼女に伝え、神父さまも次の日曜日にはミサに出てほしいと言っていますよ、と言った。彼女はしかめ面になり、何の言葉も発しなかった。

「マティルダがあなたのためにこの国に来ます……あなたに会いに来ると言っていました。連れて行くのだと」

「あの子はそんなこと絶対しません……あの子は臆病ですから」

「そうするつもりだそうですよ……ヨシュア神父と電話で話している間中泣いていました」

「わたしはどこにも行く気はありません。わたしの家から決して離れません」

「この家が何の役に立つんです、ウンム・ダーニヤール……あなたは、砂漠の天幕で暮らす人のように一人ぼっちだというのに、何の役に立つのですか」

「ここには人がいます、お隣さんたちもいます。わたしの人生は、この家にあるのです」

「わかりますが……娘さんたちが恋しくはないんですか」

「あの子たちは元気にやっているでしょう……どうしてあの子たちはわたしに家を捨てさせたいのかしら」

「神にかけて言いますが、生活は難しくなってきています……生活が難しいときに、家が何の役に立つでしょう……恐怖と死と不安と……通りには犯罪者たちがいます……どこを歩いていても誰かに見張られています……眠っている間でさえ、いつだって悪夢を見て飛び起きて……ウンム・ダーニヤ、この国は、隣のユダヤ教徒の廃屋みたいになってきているのですよ」

「体は殺しても、魂を殺すことのできない者を恐れるな」（『新約聖書』「マタイの福音書」一〇章二八節）

「はい」

ナーディル助祭はそう応じたのみで、どうしてこの婆さんがそれを思いついたのか見当もつかない、彼女が引用した聖書の一節に対して、答えとなる言葉を見つけられなかった。彼はここに残るか移住するかの理由や正当性について彼女と言い争いたくなかった。用事はヨシュア神父からの言《こと》伝《づて》だけだったのに、思わず彼は話を個人的な気がかりや考えのほうに持ち込んでしまった。

「来週の日曜には来てくれないといけませんよ……頼みますよ、ウンム・ダーニヤール……もしよかったら車で迎えに行きますから……いいですか？」

「わかりました」

　日曜日まではあと三日あった。その数日の間、ナーディル・シャムーニーは、特に夏休みや年次休暇があったせいもあり、娘たちの学校の書類や不動産仲介業者に自宅の売却や賃貸を依頼することなどに忙殺されてしまった。多くの家具を売却し、残りの家具は二階の物置部屋にしまい込んだ。あまたの細かな仕事にかかりきりになり、ついに彼は日曜日のミサに全く出ずに終わった。月曜日の朝、彼は家族を連れて小さなヴォルガで出発した。もはやどのドアもまともに開かなくなってしまった自宅の鍵を友人に預け、物置に残した物品をいずれトラックでアルビル県まで運搬してほしいと頼んだ。

ナーディル・シャムーニーは何もかも一時的なことだと思い込もうとした。こんな混乱はいずれ収束し、国の治安も安定するだろう。そして近いうちにここに帰ってくる。たぶん、一年かそこらで。自分が死ぬことは怖くなかったが、娘が誘拐されたり、傷つけられたりするかもしれないと考えるのには耐えられなかった。

彼は出立し、ウンム・ダーニヤール婆さんを忘れた。もしくは、忘れたふりをした。もう決して彼女には会えないだろうと思い込んでいた。最後の邂逅での彼女の姿は、確実に死へとにじり寄っていく女のありさまを示していた。彼女はきっとあと一年も持たないだろう。

彼女のほうはというと、婆さんもこのトルコ人風の口髭を生やした助祭には二度と会わないだろうと考えていた。

二人とも、間違っていた。

第十四章　追跡と探求

一

　オフィスでスルール准将は、ＴＶ画面上でファリード・シャッワーフが犯罪者Ｘについて語るのを見ていた。ジャーナリストたちは危険な犯罪者をそう名付け、この件をＴＶ番組のネタにしてしまった。不快な話であるが、スルール准将は習慣を放棄するわけにもいかない。毎日の政治・治安関連のＴＶ番組チェックは苦痛である。どの局でもほぼ毎日この犯罪者の話をしているのがよくわかる。少なくともイラクの全ＴＶ局が、この犯罪者を顔の部分は白抜きか黒塗りで、その下に逮捕に結びつく情報提供者に与える報奨金の額のテロップをつけて放映していた。現在に至るまで自分の任務が失敗に終わっているのを目の当たりにして、准将はさらに怒りを覚えた。この名前の無い犯罪者を捕まえていれば、それは過去数年にわたる彼の尽力に対して有為かつ驚嘆すべき栄誉となっただろう。しかし、名無しであるにもかかわらず、あの犯罪者のほうが輝く光の下で押しも押されもせぬＴＶスターの座をつかんでいるのだ。

　だが、あれを捕まえることができれば、今度は自分があの光の輪の中に入る。

「彼らは、決して支払うことがないとわかっていてこの金額を出しているんだな」

　スルール准将は部下の将校の一人に言った。すぐに、今の台詞はあのＴＶの洒落た男の言葉に似ているると感じた。スルール准将はあの男がいつも着ているスーツを買いたいと強く思っていた。この追跡探索局内の自室に引きこもっている限り、そういうものを着る機会は決してないとよくわかってはいるのだが。

彼はデスクの抽斗から小さな鏡を取り出して、自分の顔を見た。疲労のせいだろう、両目の下の隈も濃く、表情もくたびれて弛《ゆる》んでいるのを認めた。手のひらで顔をこする。無意識にそうしているが、いつもならそれはオフィスに一人でいるときだけである。過去三年間、彼の仕事は大きな不測の事態もなく進んできた。風変わりな部下たちとともにバグダードの通りで起きる爆発の予想を立てていく。噂話を収集して分析する。政治家たちが次の選挙のための同盟関係や商業的な共同事業を始めるための契約を締結しようとするとき、助言を行う。民営化の名の下で行われる、国有地や休眠中の国営工場の買収や投資開始に対しても。時々、彼の階級や軍功を無視するように、真夜中に高位の司令官の事務所から電話で夢の解釈を頼まれて苛立つこともあった。彼は多くの時間をこうした戯言に費やしてきたのである。彼は怒りと恥辱の感情をかみ殺し、へつらうように黙々とこの仕事を進めてきた。筋肉質な職員が持ってくる紅茶のカップを壁に投げつけたり、オフィスの真ん中に敷かれたセンスのいい絨毯の上に紅茶をこぼしたりすることもある。やってしまってから後悔する。

安泰であった黄金時代、名前の無いあの犯罪者が現れる前は、たまに突然要人の訪問を受けることがあった。仕事に没頭しているせいで、訪問を受けた政治家のレベルを、彼はいつも同行警備の手厚さと本人が着ているスーツの値段で判別していた。彼らの名前は、彼からしてみると互いに似ているうえに、入り組みすぎている。人に与える影響力が最も大きい、卓越した十人の名前を除けば、政治家の名前などメディアの中で毎日入れ替わる。

当初、彼は寄せられる質問の性質に意外の念を持ったが、じきに慣れていった。政治家たちはたくさんの質問を投げかけ、あたかも星占いを読むか、未来を読んでもらうかのように、スルール准将から答えを得ようとする。この役職での経験から、彼はこの手の質問の多くはただの目くらましで、政治家は実際には答えを求めていないのだと知っていた。政治家がスルール准将のオフィスを訪ねるのは、たった一つの質問をするためである。

「いつ、どのように私は死ぬのか?」

これがその質問だ。単なる質問の一つという印象を与えるために、たいていは質問群の最後に出てくる。

「鋼板を張った車を買うべきだろうか、それともそんな必要はないかね?」

あるとき、電話越しにある政治家がそう聞いた。うちの会派は鋼板張りの車を三台しか持っていないんだが、私はもう一台入手するようねばってみるべきだろうか?

ほかの人間が彼の立場にあったとしたら、これらの政治家を利用して自分を売り出しただろう。そして追跡探索局の牢獄から脱出して、上昇し出世しようとしたはずだ。しかし、スルール准将は、自ら膝を屈するつもりはない。自らの極めて有益な努力によって、自分の重要性を認めさせたいのだ。それも政治家の未来の予知によってではなく、犯罪者たちの逮捕拘束という功績によってである。

しかしあの危険な犯罪者が現れて以来、すべてが変わってしまった。あいつは今年の春先に、広範囲にわたって奇怪かつ理解不能の殺人事件を起こして以来、地域住民に甚大な恐怖をまき散らして、決して打ち負かされない者という伝説を膨張させていった。ついにはこの話を嘘や馬鹿な噂と一蹴するのも難しくなってきた。

彼は予知や夢判断のための電話を受けなくなった。私設秘書にこの手の話を取り次がないように指示したのである。それから米軍連絡将校に、政治家たちによるこうした圧力のことを告げ口した。

TV画面からファリード・シャッワーフがいなくなり、ニュースが始まった。そのときスルール准将はオフィスで着席している将校の一人が、不意に恐ろしい問いを発するのを耳にした。なぜこれまでそれを考えてみなかったのか、わからない。

「現実に弾丸では奴を殺せません。そして我々が追っていることを奴が知っているとなると、奴が我々を追跡し、この本拠地を突き止めて入ってきて、我々全員を殺す、ということもありうるのではないでしょうか」

二

この問いは占星術師の長の胸中をも巡っていた。彼は若い占星術師と共有している部屋の中で、テーブル上のトランプを裏返した。一つにまとめ、それから合わせる。腕のいいポーカーのプレイヤーのように彼はそれを手でもう一度シャッフルした。次に彼はカードを一枚抜き出し、すぐ目の前に置くと、その姿勢のまま数秒間動きを止めた。瞬きすらせず、厳しいまなざしで前方を見据えていた。遠く深い淵の底にあるカードを見ているか、彼にしか見えない広大な世界へと開いたドアを見ているようだった。

彼は、いつかこの犯罪者と向き合い、その顔貌を認めることになると知っていた。しかし、その顔貌は混乱しており、具象化できない。彼が知りたいのはその顔だけである。顔こそが、占星術師の長にとってはすべてを特定してくれるものだからだ。

彼は長く垂れ下がり、先に斑の入った白い顎鬚を撫でる。それから両目を閉じたが、毎回そうであるように、召喚したその顔の暗闇の中には何も識別することができない。あの犯罪者は今、バグダードのある庶民的な地区で建物の屋根の上を走っている。こんなことをスルール准将に知らせても何の役にも立たない。この犯罪者は一か所に落ち着いていないからだ。どこか一か所で立ち止まることがない。眠りもしない。いかなる人間も持ちえない驚異的な力で動き回っている。

若い占星術師は経験豊かな師匠の動きを注意深く見守っていた。彼はいつもそうしている。師匠がカードをまとめ、かき混ぜ、望みのカードを抜き出して、犯罪者Xあるいはこの占星術師の長による呼び名では「名前の無い者」の動向を探る様子を注視している。若い占星術師は、師匠である占星術師の長に言いはしなかったが、こんな奇妙な存在を追いかけても何の益もないと感じていた。

占星術師の長はこの若い弟子に見られる弛みに、気の重さを感じていた。完全に受け身で、何もやってみようとしない。

「今、奴が入ってきて我々全員を殺すということも大いにありうる」

占星術師の長は怠惰な弟子を見ながらそう言った。

「結局、そういうことが起きるのだったら、何をどうすればいいんですか？　それを防ぐために僕たちに何ができるんです？　僕たちが神になるとか？」

「この先何が起きるかを見ることができたとしたら、それは神からの賜物《たまもの》なのだ。この運命は修正できると、神は賜物を通して教えてくださっている。私は、お前にこの先の出来事を見せる神のごとき者である。この先起きることはお前次第ということになるのだから。お前が何もしなければ、お前が見たことがそのまま現実になるだろう。そして何か行動を起こせば、お前は神にこれから起きることを変える許可を求めているということになる」

「はい……あなたはいつもそう言いますね」

若い占星術師はこの会話を打ち切りたいというふうにそう答えた。もう新たに学ぶことは何一つなさそうな師匠の講釈を、これ以上聞く気はなかった。

彼は椅子から立ち上がって伸びをすると、特別な砂の入った袋をテーブルからとり、ポケットの中に滑り込ませた。そして寝るためにベッドに向かった。これはここ最近何度も繰り返されていることである。師匠と弟子の心の距離は開きつつあった。師匠は距離を縮めたいと思っていたのだが、師弟のあいだの疑問は増えていき、答えが出ない。もしくははっきりしない譫言《うわごと》めいた答えになる。このことは二人の関係を反映していた。見たところ卓越した学徒である彼に、師匠と親しく付き合う意欲はない。間接的であれそう思わせるつもりもない。彼は、この占星術師の長のような「師匠」と呼べるレベルにもう到達している。もはや、師匠の手の下にいるただの若い占星術師ではなかった。

三

占星術師の長がついている木のテーブルの縁に、赤色の細かい砂粒が残っている。テーブルを指で拭ってみると、柔らかな砂粒が指についた。彼は改めて弟子を見た。師匠と目を合わせないよう、壁のほうに顔を向けて寝たふりをしている。部屋の中の空気に敵意の存在を感じた。こいつのほうに向かって行って、寝具をひっぺがして地べたに殴り倒し、しかるべき尊敬の念を叩き込むべきだろうか。大声で叱りつけようか、それとも何をしようか。

指で緩やかな衣服を撫でつけた。彼は部屋から出て廊下を歩き、煙草を吸うか、外の空気は冷たくても、高い木々が茂る庭園に出るかすることにした。深く息をつきたかった。

師匠が出ていき背後でドアが閉まった途端、若い占星術師は寝返りを打って、ベッドに起き上がった。今晩、彼にはやりたいことがあった。

師匠が唐突に計画を変えて部屋に戻ってくる可能性は低いとみて、若い占星術師はテーブルに向かって座った。ポケットから赤砂の袋を取り出すと、中身をすべて目の前のテーブルの上にあけた。この砂をしばらく弄んでから、一か所にまとめ、大きく丸形に広げた。それからまた戻して両手で最後の一粒まで引き取り、小さな丘の形にまとめた。そうしてから丘の真ん中に空洞を作り、一握り分の砂を手に取ると、細い線を描くように静かに空洞の中に注いでいった。かつて彼が小さな砂の袋を操っているのを見たとき、スルール准将は愚かな児戯だと言ったことがある。准将はこの若者の仕事の危険性を見誤っていた。

これはアラビア半島のルブアルハリ砂漠にある特別な場所の砂である。この砂には魔力がある。だが、力の引き出し方を知っている者にしかその効果を発揮させることはできない。それ以外の者にとってはただのアラブの砂漠の滑らかな赤砂でしかない。

日数がたつにつれ、砂の蓄えはわずかずつ減ってきていた。あちこちに砂粒がこぼれるせいである。若い占星術師の寝具には常に赤砂がついているようになった。ついには誰かが共同の手洗いに入ると、どのトイレの便座に若い占星術師が座ったか、そこかしこに散る砂からわかるほどになった。まるで一種の縄張り宣言として通り過ぎた場所に息や唾液や尿で跡を残していく獣のようだ。

今朝、占星術師の長は目を覚ましたとき、自分の枕やベッドの上に細かな砂粒を発見した。これは偶然ではなく、故意の所業である。おそらく、自分を部屋から追い出そうとしているのだろうと彼は考えた。余人には扱えない彼の怪しげな魔法の業により、完全にこの部屋を空にしようとしている。

占星術師の長は骨までしみるような夜の寒さを感じた。彼は煙草の吸殻を投げ捨て、寝室に戻ることにした。同じ頃、若き弟子は秘密の仕事を完了させようとしていた。名前の無いあの犯罪者の魂とつながる業を試したのである。師匠が顔を知ろうと業に没頭している間に、彼はこの犯罪者の魂のほうに専念していた。そしてここ数週間で彼は、殺された後、その魂が古物屋ハーディーの家の中庭に寄せ集められた遺体に宿った、あのサディール・ホテルの警備員、ハスィーブ・ムハンマド・ジャアファルの家族とつながることに成功していた。

今晩、彼はこの恐ろしい怪物の魂とのつなぎを作ることに成功した。それは、彼と怪物の間の携帯電話の電波のようなものである。それを通して彼は怪物に何かを伝えたり、心に何かを植え付けたりできる。そのときこの怪物は一瞬動きを止める。今、占星術師の長が居たら、カードを通して実際に怪物が動きを止めた様子を見られただろう。彼は、真っ暗な通りに建つ高い建物の塀に寄りかかっている。首都南部の地区のどこかで、自動車修理工場に身を潜めながら誰もいない中学校のフェンスを眺めていた。

若い占星術師は、今、自分は能力でも影響力でも師匠を超えたと感じた。他人と分かちあう必要を感じないほど並外れた能力を持っている。

占星術師の長は部屋に入り、背後のドアを閉めた。弟子のベッドを直に眺めると、出て行ったときと同様に彼は壁に顔を向けて眠っていた。木のテーブルの脇を通り過ぎたとき、彼はその上に滑らかな砂の跡があるのに気づいた。一時間前に指で拭ったはずだと彼は確信した。

四

突然、彼は脇道の真ん中で立ち止まった。そして入ってきた道の入口のほうを振り返って見た。本道を通り過ぎていく車も少ない。長い放心状態から覚めた人のように彼は自分が立っている場所を見た。ふと気づくと、どうやって足がこの場所まで自分を連れてきたのかを思い出せなくなっていた。どこに向かっているのか、どこで夜を過ごすのかもわからない。夜であれば、動き回っていても出くわす人はわずかだった。彼らは彼の前から逃げ出すか、ときには顔を見て、かつての門弟や信者だと認め、すぐさま助けに馳せ参じるということもあった。

頭の中のリストは依然として長大である。殺すべき人の名前が記されたこのリストは、短くなるたびにまた新しい名前で満たされていく。おそらく知らないうちに倍増していることだろう。報復し、復讐を果たすという任務は、彼にとって永遠に終わらない任務となってしまった。ある日目覚めたら、この国には殺すべき人間がもういなくなっているかもしれない。というのは、罪人も犠牲者も、以前より入り組んだ形で、互いに絡み合っているからである。もう彼は身体のこの部分は誰のもので、あの部分は誰のものかとか、自分は犠牲者と罪人とどちらの身体の部位を使って補修しているのかを気にかけなくなった。今や彼は、この点についてはもっと深く相対的なものとして考えるようになっていたからである。

「完全な形で、純粋に罪なき者はいない。そして完全なる罪人もいない」

彼の脳裏にこの言葉が浮かんだ。誰が自分の頭にこの言葉を据えたのかはわからなかった。それはまるで上から下された弾丸のごとく、突然頭を貫いた。彼は、この言葉は、自分の困難で危険な任務を終わらせるのに十分だと思った。そこで道の真ん中で立ち止まり、今度は空を見上げた。そして自分が溶けて、以前の構成物に戻っていく瞬間を待った。組み合わされる前のばらばらのただの人間の部位に。これこそ、元来彼の任務がたどり着くべき結末である。彼が殺した罪人は誰もがある程度は犠牲者であった。きっと犠牲者である割合は罪人である割合よりも大きかっただろう。時々彼はこうした感情に押されて、自分を構成している大部分はこの罪なき部分であると言い聞かせ、殺された罪人の手足を借りて行動することもあった。

「完全な形で、純粋に罪なき者はいない。そして完全なる罪人もいない」

もう一度、この言葉が彼の頭を貫いた。そこで彼は再度立ち止まり、脇道に入ってきた車のヘッドライトの光にさらされた。車は数秒間停止し、運転手は道の真ん中に見えるものが何かを知ると、進入口に戻るべくゆっくりUターンした。

五

占星術師の長が多くの同僚を率いてスルール准将のオフィスに入ってきた。その中にあの若い弟子はいない。准将は巨大なデスクの向かいのソファに座り、朝食をとっているところだった。いつもどおりに、占星術師の長は即座にピンク色の封筒を差し出した。准将はいつであろうとこうして占星術師の長が突然入ってくることを気にしていない。彼らの仕事は分刻み秒刻みであって、准将が食事や睡眠や妻との電話連絡にかまけて情報の伝達が遅れれば、大災厄の発生を引き寄せかねないと知っているからである。

「本日午前十一時に財務省前で自動車爆弾の爆発が起こるでしょう。その車は高速道路から来て、突然財務省前で停車し、爆発します」

占星術師の長は、その情報が入っている封筒を准将が開けるより先にそう言った。スルール准将はガイマル・アラブをのせたパンの一片を口に放り込むと、すぐ立ち上がって携帯電話をかけた。応答があるまでしばらく待ち、出た相手に高位の将校と変わってくれるよう頼んだ。そして彼らにすぐさま予言の内容を伝えた。その後、彼は再びテーブルにつき、朝食を済ませた。

二年前は、占星術師の長がこの手の情報をもって入ってくると准将の緊張は高まったものである。警戒態勢に入って治安維持機関の司令官全員に連絡をし続けたものだ。自分が与える情報が彼らの利益になっていると確信していたからである。その後、警告していた爆発が起きたことをニュースで聞いて、彼は大いに落胆した。

「馬鹿者どもが……自動車爆弾だとわかった時点で、解除しようともせず逃げ出すほうを選ぶとは」

怒りにまかせて彼はいつもそう繰り返していた。だが、今、彼はだいぶ落ち着いてきた。特に、自分の特務チームをもってしても、事前に予見できないまま、犯罪や治安上の事件が起きることがあると知ってからは。

「我々は全部は防げないにしても、被害を軽減させている……治安を完全に正常化したいと望んでいるのなら、彼らは我々にこの国のかじ取りを任せるべきだな」

時々彼はこんなことも繰り返し言う。自信過剰と、自らの命に従って働く魔術師と占星術師のチームへの十分な信頼ゆえである。しかしそれは思い込みというものであった。

占星術師の長が手で合図をすると、占星術師たちは皆退出した。そして彼らの背後でドアが閉まったとき、年老いた占星術師は、静かにリラックスした様子で紅茶を啜っている准将の前に腰かけた。

占星術師の長は不安の色を浮かべながら、これから知らせようとしていることに准将の注意を向けようとした。

「准将閣下、『名前の無い者』の亡霊を見始めた時期を覚えておいででしょうか?」

「ええと……今年の初めだ……春頃……四月の下旬だった」

「この犯罪者の怪物がどのようにして作られたのか、一日でも考えたことがありましょうか?」

「なぜそんな質問を? ……俺にはわからん。もし噂を知らず、お前の言葉を信用しなかったら、俺はあんなものの存在を信じなかった。俺たちはどこに、どの時代に生きている……タンタルやサアルワート（古代のシュメールの神話に起源をもつといわれる獣人の姿をした怪物）がいるか? ……俺にはわからん……あれはただ人々が生み出した恐怖の形じゃないのか。お前はそれを信じようとしているが」

占星術師の長が胸に秘めたものを明かすのを待ちかねて、苛立った口調で准将はそう言った。

「いいえ、閣下……彼は実在しております。……認められないのも当然ではありますが、神が望み給うならば、この先我々がこの手で奴を捕らえたときに、私の言葉を信じてくださるでしょう」

「その言葉を伝えるためだけにお前は来たのか？　それともほかに何か隠しているのか？」

「はい……私は、こう思います。我々はこの犯罪者の誕生に何らかの形でかかわっております。あれが現れるまでは、万事はいつものとおり進んでおりました。私は、こう思います。我々の助手の誰かが、この存在の誕生に加担しております」

占星術師はそう言って、准将の注意を引くことに成功した。彼は紅茶カップをテーブルに置くこともせず、紅茶を啜りもせず、手に持ったままでいる。

「お前は何を言っているんだ？」

「犯罪を未然に断つためにこの存在の誕生を思いついた者がおります。犯罪発生の場所を予言しても役には立ちません。最良は、罪を犯す前にその犯罪者を殺してしまうことです」

「お前は何を言っているんだ？」

准将は同じ質問を繰り返した。紅茶カップをまだ持ったままでいる。苛立ちと困惑を覚えていた。彼は耳にしたことすべてをすぐには信用できない性質である。努力を重ねて、ようやく占星術師たちの言葉を信じるようになり、人々は信じても自分は笑い飛ばす類の空想譚についても、若い頃から染みついている古い認識を改めるようになったのだ。

だから、お気に入りの占星術師の言葉であっても、何か決定的な証拠を出してこないことにはまず信用できなかった。彼が、かつてはカードや砂や鏡や、ササゲ豆を連ねてこしらえた数珠などから引き出した言葉を政府やアメリカ人にまで売っていたとしても、このような言葉をそう簡単に買うことはできなかった。

第十五章　さまよう魂

一

　マフムードは指を絡めあい、彼女の手を握る自分の手を見た。彼女の手は自分の手にすっぽり包み込まれている。肌の色は自分の肌色よりも明るい。重ね合わされた手、彼女が自分と同じように絡めた指を握ってくるのを感じた。二つの手がくっつき、二人の人間の手という以上の何かになっている。身体のそれではない、二つの魂をつなぐ電気のようなもの。身体だけでは十分ではない。彼女と一緒に、彼はゆっくりと歩いていた。小さく、怠惰な足の運びで二人はシェラトン・ホテルを通り過ぎ、アブー・ヌワース通りへと向かっていた。午後のひと時、多くの言葉は要らなかった。二人の手が言葉の代わりだった。唇を動かさなくても、メールや暗号を伝える電線のように手で通じ合える。彼は視線を彼女に向け、彼女が視線を返すのを待つ。アスファルトの上をゆったりと歩みを進めながら、前を見て、目に入るものすべてが美しいと感じる。古ぼけたものも、色褪せたものも、きらめくばかりの広大な空間に点《とも》されたささやかな色合いに見えてくる。

　背景には何の音もなかった。自動車のクラクションも、パトカーや米軍のハマー軍用車の音もない。二人の周りの世界は軽やかで、病んだ気配も悲しみもごくわずかしかない。行く末が全く見えないなんてことはないと思った。いいことが起きる、そういう確信がある。はっきりとはしなくても、この小さな暖かな確信は、万事の圧迫感を和らげ、ミダス王の魔法の杖のように黄金色に輝かせてくれる。

「黄金色のうんこって見たことある？　見たら、きれいな黄金色だって思う？　それともただのうんこだと思う？」

なんでこんな質問を彼女にしたのかわからない。しかしそこで彼女を見ると、彼女は亀裂の入った樹皮をもつ木になっていた。アブー・ヌワース通りの街路樹のユーカリである。喉のあたりに苦しさを感じ、通りを高速で行き過ぎる自動車のタイヤの臭いを嗅いだ。手の中にあるのは、汗に湿ったハンカチだった。知らぬ間に強く握りしめていた。

マフムードは汗だくで目を覚ました。鋭い悲しみを感じていた。長い間眠っていたのだ。マットレスから起き上がり雑誌社に出勤する気にはなれなかった。何をする気にもなれない。夢の中に生きている愛おしい姿を思い出そうと、もう一度眠ることにした。その後は、もう一度目覚めたのか、それともずっと微睡《まどろ》んでいたのかわからない。冷たいシャワーを浴びたときには、時刻は正午になっていた。取持ち女のラガーイブに電話をして、部屋の中で待ち続ける。何度も電話をかけ、煙草を吸いながら、ホテルの窓からサアドゥーン通りの車や通行人の流れを見つめていた。日が暮れるまでそうしていると、ようやく「ズィナ」が現れた。

外は蒸し暑かった。日が隠れても地面は日中に蓄えた高熱を静かに吐き続けている。だから、ディルシャード・ホテルのマフムードの部屋に入ると、まずズィナは裸で十五分間冷たいシャワーを浴びた。ピンク色の髪留めでまとめた髪が濡れる。気持ちを掻き立てる官能的なベールを上げるようにマフムードがドアを開けたとき、彼女の輝くばかりの化粧は落ちていたが、彼女は見られていることを気にせず、きれいさっぱりと濡れた冷たい肌に緩やかに髪だけをあふれさせてバスルームから出てきた。

彼女は彼の前で前回と同じようにあたしの名前はズィナよ、と繰り返した。しかし彼はそれを意に介さず、君の名前は「ナワール・ワズィール」だ、と告げた。彼女は笑い出し、ナワールなんて名前、古いわよ、「ごきげんよう」とかいう挨拶よりも古臭いわ、と言い、ベッドに身を投げ出してもう一度笑った。彼女はマットレスいっぱいに脚を伸ばし、剃り上げた陰部を彼に見せつけた。マフムードは内心では「ごきげんよう」なんて言葉で譬《たと》えるのもだいぶ古臭いなと思ったが、彼女の前では素知らぬ顔をしていた。リラックスして快活にしゃべっているとき、彼女は一層美しくなる。彼女を抱いて、その清潔な裸の身体を手のひらで撫で回したいという気持ちしかなかった。

心の中で呟いた。

おい、お前、これこそが待ち望んでいた瞬間だ。コンピューター・ゲームで言えば、レベルアップだ。このレベルが終われば次のレベルに進める。今夜以降は、これまでと似ても似つかない、全く違うんだ。

今やナワールになったズィナが、灯を消して、と言うのが聞こえた。彼は服を脱ぐとベッドの上で彼女の隣に横たわった。TV画面の光が、明滅する光の点を描いて部屋の中を照らしている。彼女はそれも消してよと言ったが、彼は前回と同じように湾岸のヒットソングに乗って彼女に踊ってもらいたがった。彼女は疲れてるのよと言いながらも彼の身体の上で踊ることにした。

「ナワール、踊ってくれよ」

そういうと彼女は笑い出し、彼を引き寄せながら言った。

「まだナワールなの？」

彼は彼女の豊かな上腕をつかみ自分のほうにさらに引き寄せ、踊ってほしいという望みは忘れることにした。緊張で心臓がドラムのように激しく打っている。彼が両腕で彼女を抱きしめ、深い安堵のため息を漏らしたとき、彼女の手は枕の上に投げ出されていたリモコンをつかんで勝手にＴＶを消した。闇が部屋を支配した。やがて、完全な暗闇ではなくバルコニーの窓から弱い光が差し込んでいるのに気づいた。欲望ばかりの無我夢中の状態から覚め、彼女のほうを見たとき、最初は何も見えなかった。だが、うっすらとした光のラインが女の全身を縁取っている。世界中のどの女とも違わないだろう。なのに、彼には彼女こそが唯一の女であるように見えた。ナワール・ワズィール。彼が愛した女、この腕に彼女を抱くこと以外何も望まない。彼が手に入れたものとはこれだ。

彼女は彼の腕の中にいる。あたしの名前はズィナだと言ってはいても。

暗闇の中、彼女の全身にキスを浴びせていった。彼女は声をあげて笑っていたが、これには感心しなかった。頭の中で幾度も現れるナワール・ワズィールの幻影のせいで、朝の初めの数時間から徐々に高まるばかりだった緊張感を和らげようとしていた。

彼女の中に深く沈み込むと、速度をあげながら歓喜が彼を襲った。彼女は不快そうに喘ぎ始めたが、それは喜びの喘ぎのようでもあった。律動に合わせて二人の喘ぎは速くなり、次から次へと続いていく。彼は、彼女はこんなことは早く終わらせたがっていると感じ取っていた。彼とは合わなかった。相手が早く絶頂に達してことを済ませて、脇にどかせてしまいたいと彼女は考えている。

彼は彼女にやめてくれと頼んだ。

「黙ってくれ」

叱りつけると彼女は黙った。そして後ろから彼女を抱きながら、その口を手で塞いだ。一つ間違えれば窒息させそうなこのふるまいを彼女は好まなかった。やがてことが終わると、彼女は不平を言いながらベッドから出て行った。裸のままバルコニーの閉まった窓のそばの椅子に座り、煙草を吸い始めた。マフムードはかすかな光の中で彼女の横顔を見た。憤り、激怒している。それでもやはり美しかった。一分後、彼女に大声で呼びかけると、彼女は憤然と言い返した。

「ナワールって何よ？　言ってるでしょ、あたしの名前はズィナよ……あんたってゲス野郎ね……まだあたしにナワールって言うつもり？」

彼女はナワールによく似ていた。室内をやさしく照らすほのかな灯の下ではまさにそのものだった。彼女のおかげで、マフムードはナワールと付き合いを深める夢を実現したのだ。

二

マフムードはパッケージから煙草を一本抜き取ると、吸い始めた。ズィナはバルコニーの窓のそばに座っている。彼は、昨日の出来事を思い出した。

朝、好奇心から彼はエジプト人のアズィーズのカフェに向かった。かつての雰囲気を思い出し、雑誌社での単調な仕事を忘れたかったのだ。ほぼ客が出払っているカフェに入ると、アズィーズが親しみを込めて挨拶してくれた。古物屋ハーディーがこのいつもの根城にいるだろうと予想していたのだが、彼はそこにいなかった。アズィーズは彼の質問にごく簡単に答えると、説明するのを避けるように彼の前に紅茶を置いた。

「じゃあ、彼は今家にいるんだね？」

「先生。行かへんほうがええよ。……一人にしといてやってくれませんか」

アズィーズは深刻そうな変な言い方で答えた。こんな彼を見たことがない。いつも快活な男なのに。カフェの人気がなくなったとき、気が変わってもっと話す気になったという様子で、アズィーズがやってきてマフムードのそばに立った。マフムードはアズィーズにハーディーの相棒の「名無しさん」はどうなっているかと尋ねた。彼は本当に世間が言うあの犯罪者なのか、と。

「あれは、大ぼら吹きの口からでまかせや」エジプト人のアズィーズは答えた。そして彼はマフムードがこれまで知らなかった「ナーヒム・アブダキー」の話を詳しく語り始めた。古物屋ハーディーの無二の親友であり、商売でも私生活でも仲間だったこの男は、今年の初めに恐ろしい事件のせいで亡くなっていた。ハーディーは幾多の災厄を潜《くぐ》り抜けてきたが、この事件以来、何もかもを笑い話に変えるようになったのである。

「ハーディーが話してた名無しさんちゅうのは、ほんまは死んだナーヒム・アブダキー、その人のことや。神のお慈悲が彼にありますように」

「なんで彼がナーヒムだと？」

マフムードがそう尋ねると、アズィーズは「ナーヒムは今年の初めカッラーダ地区の爆発で死んだんや」と答えた。ナーヒムには奥さんと小さな二人の娘のほかに家族や係累がいなかったので、ハーディーが安置所まで彼の遺体を引き取りに行った。そこでハーディーはすさまじい光景を目にしたのである。爆死した犠牲者の遺体が互いに混ざり合ってしまっていた。安置所の職員はハーディーにこう言った。

「一体分だけ集めて、受け取ってください。この足とあの手と……、というふうに取ってください」

それはハーディーには大きな衝撃をもたらした。

ハーディーはナーヒムの遺体と思われるものを受け取ると、ナーヒムの未亡人と隣人たちと連れ立ってムハンマド・サクラーン墓地に行き、そこに彼を埋葬し、帰った。しかしハーディーは人が変わってしまい、腑抜けみたいになってしまった。何も語らず、しゃべらないまま二週間が過ぎ、その後はまた笑って話をするようになった。だが、エジプト人のアズィーズのカフェの客の前で彼が名無しさんの話を始めたとき、アズィーズと客の何人かにはこの話がどこからきているかがわかっていた。ナーヒムが消え失せて、その代わりに名無しさんが据えられたのだ。

「わかった。だがあの録音は……？　僕が彼にレコーダーを渡して、彼が名無しさんとの会話を録音したんだぜ」

「ハーディーは根っからの食わせ者や。誰かに一緒に録音してもらったかもしれん。俺らが知らん友だちもいっぱいおるからな」

「まさか……あの語りはあまりに高度な内容だった……つまり、高い知性の持ち主が話している。深遠で、壮大な話だったんだ」

「俺にはわからんけど、ほんまに。でもハーディーは鬼っ子や。狡猾な男だから、どんな手使ってくるかわからんぞ」

質問の答えにはなっていないし、ほころびもあったものの、マフムードはアズィーズのその言葉を信用した。帰途、七番通りの入口で彼は立ち止まり、遠くからハーディーが住む「ユダヤ教徒の廃屋」の、かろうじて建っているその塀を見た。マフムードはエジプト人のアズィーズの願いに反して、行って門をノックし、ハーディーに会って直接あの衝撃的な話の詳細を尋ねようかと考えた。しかし、アズィーズが請け合ったように、ハーディーは実際非常に狡猾にふるまう恐れがあった。アズィーズの話は間違っていると信じ込ませ、再び摩訶不思議な話に彼を巻き込んでいくかもしれない。今、マフムードにはこの手の試練に対抗しうる力はない。もとから彼は恐ろしいものに巻き込まれており、そこから必死に抜け出そうとしているのだから。

三

アリー・バーヒル・サイーディーが出張で不在したまま数日が過ぎたとき、恰幅のいい、灰色の濃い口髭を蓄えた男たちが、彼に会いに「ハキーカ」誌の社屋を訪れた。マフムードは、彼らとバーヒル・サイーディーとの関係も、善い意図をもって来たのかどうかも推し量れず、不安な気持ちで彼らを迎えた。彼らはベイルートでの彼の電話番号を教えてほしいと言い、マフムードは僕も知らないのですと、それを謝絶した。彼らは小さな取調べまがいのことをやって、サイーディーの自宅や親族や商売仲間などについていろいろと質問したが、マフムードはそこまで細かいことはわからないと言い張った。年寄りの給仕アブー・ジョニーが出した紅茶も飲まず、彼らは威圧感たっぷりに居座った。しかし、ついに有益な情報は何一つ得られないと諦めて、渋々出て行った。

午後になるとマフムードはバーヒル・サイーディーに電話をかけた。不安でいっぱいだった。呼出音は鳴り続けたが、出る気配はない。二度、三度と電話をかけ直した挙句、ついに彼が電話に出て、話しだした。サイーディーはいつもどおりくつろいで、落ち着いた様子だった。マフムードは不安を掻き立てる客人たちが来訪したことと、自分がどのように応対したかを彼に伝えた。彼はマフムードの対応ぶりを誉め、彼らのような輩には慎重にふるまってほしいと頼んだ。他方で彼は、彼ら（および彼らのような輩）が何者なのか、なぜ自分に会いに来たのか、なぜ剣呑なことが起きているのかは説明しなかった。個人秘書に連絡を取って雑誌社で仕事をするよう言ってほしい、彼女ならそういった客を止めてくれるだろうと彼は言った。

「彼女は連中への対応の仕方を知っている。君には仕事がある。雑誌に専念してくれ、頼りにしている」

彼はそう言うと、困惑しているマフムードをよそにすぐに電話を切ってしまった。さらに問いただすべく電話をかけ直すのは、マフムードには恥ずかしくてできなかった。

バーヒル・サイーディーは簡単そうに言ったが、地に足の着いた現実はそううまく進まない。翌日、マフムードが彼の個人秘書に連絡すると、彼女は退職すると告げてきた。婚約者が外出は危険だし、男だらけの職場で働かないでくれと言ってきたのだそうだ。どう答えたものかわからなかったが、マフムードは彼女との口論は避けることにした。

彼は完全に矢面に立たされた。いまだかつてなじみのない状況だった。朝八時に目覚め、風呂に入って髭を剃り、「優雅さの極北」たるサイーディーに倣って清潔でセンスのいい服を着る。注意点を確認するために小さなノートを取り出し、今日の仕事の優先順位を見ておく。取材に出かけるために、サイーディーとその家族のお抱え運転手スルターンに電話をかける。このあたりから、スルターンの車の中か雑誌社の充電器にいつも据えられているサイーディーの電話に立て続けに着信音が響きだす。マフムードはサイーディーがオフィスに置いていった予備の電話で、さまざまな人からの着信を受ける。それから、記事の執筆や編集、雑誌社のスタッフたちとの話し合いに専念する。雑誌社のスタッフは、ファリード・シャッワーフ以外は、彼をサイーディーの写しであり、「ビッグ・ボス」だと見なしている。また彼らは、サイーディーがいつもそうであるように、マフムードもくつろいでハッピーな人間だと思っている。しかし、本当は彼は緊張し不安だらけで、想定外の出来事を恐れていた。そして、サイーディーの前で失敗することを何よりも恐れている。サイーディーの帰りを今や遅しと待ちかね、最前線から撤退して、雇用主の命令を受ける次席の立場に戻りたがっていた。

忙しく働いていると、再びナワール・ワズィールがサイーディーの電話に連絡してきた。「666」という番号を見て、彼女がかけてきたのだとわかった。彼は電話を受けたが、相手は何も言わない。彼のほうから電話を切る直前、電話の向こうからため息をつく音が漏れてきた。

その二日後、年寄りの給仕アブー・ジョニーが部屋に入ってきて、彼に爆弾のような知らせを投げつけた。ナワール・ワズィールが雑誌社に来ている。彼女はおもちゃみたいな小さな白いスズキの車を運転していた。彼女はそれを雑誌社の建物の壁際に停めると社屋に入ってきた。大きなレンズのサングラスを外し、彼女はかつてと同じように赤革張りのソファに腰かけた。目の前で微笑まれてマフムードの心臓は高鳴った。彼女の端正な姿は、生き生きとして優雅さを振りまいている。二か月前よりも何倍も美しくなったようである。

彼女は突然言った。

「あなたの食わせ者の相方はあなたをここに釘付けにしておいて、自分は遊びまわっているわけね。

違う？」

「ベイルートで開催されるメディアと人権についての会議に出かけたんですよ」

「そうね。そう言っていたわね……そう……今にあなたもしてやられたってわかるでしょうけど」

彼女は吸い終わっていない煙草を灰皿に押しつけて消し、こう言った。

「遊びまわりに行ったのよ……会議もないし、深刻に問題に取り組んでいる人たちもいないわ」

「そんな、僕にはわかりません、断じて」

「マフムード、あなたほんとにいい人ね。あなたを初めて見たとき、私言ったのよ。毛色の違う人ねって。でもね、あなたの相方は最悪の食わせ者よ」

「僕の相方、でしょうか。あなたの相方、では？」

思い切ってそう言うと、彼女は微笑んで、それから軽く笑い声を立てた。

「そうね、私の相方ね……でも飛躍して考えないでちょうだい。彼は、私が作ろうとしていた映画の件で援助してくれていたのよ。もとは、彼が映画の原作を考えてくれたのだけど」

彼女は腕時計を見て、それから珍しい形をした白いバッグを開け、小さな鍵を取り出した。マフムードを見て、ちょっとあることをしたいんだけどと許可を求めた。彼女はサイーディーの巨大なデスクに近づき、下の抽斗に向かって少しかがんだ。その抽斗はずっと施錠されていたのでマフムードは中に何があるのか知らず、また鍵も持っていなかった。それを今、彼女が開けた。彼女は封筒類と、時計か銀色の万年筆か何かを収めるような小さな箱、それからバーブ・シャルキー地区の現像所が使う紙袋をそこから取り出した。全部まとめてジタンの煙草の広告が印刷された厚手のナイロン袋に入れていく。彼女は袋を持ち上げると、手でゆすってみて重さを確認した。何をしているのか、マフムードがいぶかしんでいるのを見て取った彼女は彼に言った。

「怖がらなくていいわよ……彼もわかってるから……彼が私に鍵をくれたんだから。これね、私のものなのよ。映画のシナリオと、小物をいくつか」

「でも、なぜそれを持っていくんですか。あの、つまり、何があったんですか？」

「何もかも終わったのよ。忠告するわ、自分の身に気をつけなさい。あなたを見ていると十年前にスウェーデンに移住してしまった弟を思い出すのよ。あと亡くなった夫のこともね。神の慈悲があの人にありますように」

「それは、僕にどうしろと？　なぜ僕は気をつけないといけないんですか？」

彼女はドアが閉まっているのに目を向けてから、再びマフムードを見た。彼女は長いため息をついてこう言った。

「ここで話すのはよくないわ」

マフムードは、彼女が雑誌社から出てどこかで落ち着いて話をしましょうと提案してくれているのに気づいた。なのに、なぜかはわからないが、彼は今日は雑誌の仕事から手が離せないんです、と慌てて断ってしまった。そして改めて会って話をする日程を決めるためにまた連絡しますと約束した。

実際のところは、彼女に対する疑念が残っており、真意を理解するためにも彼女の言葉をじっくり咀嚼《そしゃく》する時間が欲しかったのである。彼は彼女を外門まで送っていった。新車のスズキの色に目が眩《くら》んだ。彼女は物乞いにも売女にも見えない。尊敬を受けるべき女性であった。慌てて断ったりして、しくじったのではないだろうか。おそらく今すべきことは、何もかもうっちゃって明日まで先延ばしにしてでも、彼女と望みの場所まで行くことだ。彼女にまた会いたいと思っていただろう？　何度も何度もエロティックな妄想の中で、彼女の顔や身体を思い描いていたじゃないか。彼女に似ているというだけで、売春婦と寝るようにまでなったくせに。

　車が発進する直前、マフムードは死に物狂いで車の前に立ちはだかった。ぶつかるかと思ったが、彼女が急停止をかけた。マフムードは何秒間も手を高く上げ、待ってくれと合図した。彼は雑誌社に駆け込み、取材道具が入った革の鞄を肩に掛けると給仕のアブー・ジョニーと言葉を交わして、社屋から駆け出した。車のドアを開け、彼女の隣に座った。車は二人を乗せて発進し、ふと彼は自分が軽く勃起しているのに気づいた。脇道に入り、車はアスファルトの剝がれたところに乗り上げ、揺れた。身体を貫くようなナワール・ワズィールの芳香に包まれ、プレイヤーから流れるアサーラ・ナスリー（シリアの女性歌手）の歌に乗って。

　大通りに出る前に、車は小路に入ろうとしていたお抱え運転手のスルターンの四輪駆動車とかち合った。ナワールは一時停止して、彼に道を空けてやった。脇を通り過ぎる際に、スルターンの目はスズキのウィンドウ越しに見える顔を確かめようとした。マフムードを一瞥したとき、スルターンは不満げだった。トラックやバスの運転手が道で同僚に挨拶するようにクラクションを二回鳴らした以外、彼は何の好意的な反応も見せなかった。

四

　彼女は言った。

「サイーディーは悪い男よ。私が今まで出会った中で、一番悪い男」

彼女はロンドンで刊行されたサイーディーの『レンティア国家における民主主義の条件』を読んで感銘を受け、共通の知り合いを介して彼と出会ったという。彼は、駐バグダード米国大使館への伝手を持つ機関に彼女を紹介して、長編映画第一作への資金を作ってやれると話した。この機関はイスラーム世界で女性が製作する映画の支援を行っているのだ。

二人は映画の構想に合意し、それから彼が脚本を書き上げた。脚本の意図について、例によってサイーディーは哲学的で予言的な雰囲気を漂わせた言葉を語ったという。

この話と映画のテーマは、我々皆が、それに対して戦いたいと強く望みながら、自らの中に宿している悪についてである。外の世界では悪の殲滅を望んでいるのに、どうして我々の心の内に悪は生じてしまうのか。それは、我々が皆、なにがしかの割合で罪人だからである。心の中の闇は、外に知られている闇よりもはるかに暗くて深い。そして、今、我々は皆、我々の命に止めを刺す悪の存在を作り出そうとしているのだ。

サイーディーは私の開放的な性格と自由な気性をわかっていた、とナワールは言った。そして彼は何度か彼女と親密な関係になろうとした。つまり、男が女に求めるものを、彼女に求めたのである。彼女は彼を拒み続けたが、特に、映画製作を行う協会と交渉をはじめてからは、これは資金調達の件で問題になると感じるようになった。

サイーディーとの関係が行き詰まった後、彼女は企画を止めて彼から遠ざかった。そしてサイーディーが戻ってくる前に私物を彼の抽斗から取り戻そうと雑誌社を訪れた。そのとき、マフムードを見定めながら、彼女は思いついたのである。野心的でサイーディーに匹敵する若者の力を借りられたら、映画製作の希望はまだ残されているのではないか。もちろん、それにこの若者が同意すればではあるが。

「あなたが雑誌に書いたものは読んでいるわ。局内のオフィスで定期購読しているから。素晴らしいわね。マフムード、あなたは今にすごい書き手になるわよ」

彼女にそう言われて、マフムードの双眸《そうぼう》は輝いた。まるで熟練の女占い師に未来を言い当ててもらったかのような愉悦を感じた。しかし、彼はナワール・ワズィールが想定する以上に怜悧な人物像を装おうとしていた。相手の印象に残るふるまいというものを彼はサイーディーからすでに学んでいた。サイーディーの真似ばかりして、彼みたいになろうとしていると友だちから非難されても、マフムードは気にしなかった。ただ、サイーディーとマフムードとが完全に一致するためには、マフムードは目の前に残されたたった一つの小さな関門を越えねばならない。サイーディーと同じように、ナワール・ワズィールを獲得しなければならないのだ。たぶん、彼女自身が言うように、サイーディーは実はまだ彼女をものにしていない。事が成った暁には、マフムードはサイーディーを追い越して、背後に抜き去っていけるのだ。

「僕は同意しますよ。あなたのためにシナリオを完成させましょう。でも、あなただけのためですからね」

マフムードがそう言うと、彼女は誇らしげに微笑んだ。アラサート通りに面した瀟洒《しょうしゃ》なホテルの六階のカフェテラスで、彼女はプラスティックのストローでジュースを飲みながら、前を、窓ガラス越しに昼の陽光を見ていた。どこにこんな勇気があったのかわからない、マフムードは手を伸ばしてテーブルの上の彼女のくつろいだ手の上に重ねた。まだ昨晩の夢が続いていると思ったか、夢の中でナワールと経験したあの感覚を確かめたかったのだろう。あの夢の続きにいて、まだ目覚めていないのかもしれない。現実がどうであれ、彼は今、つかの間恐怖から解放された。そして頬に手厳しい平手打ちを食らうような事態はほぼないだろうという気持ちになった。

その推測は当たり、ナワールは実際何の反応も見せなかった。前を、広々としたガラス窓から差し込む光を眺めながら、穏やかにグラスのマンゴー・ジュースを飲んでいた。それからマフムードのほうを見て言った。

「あなた、疲れているのね、マフムード……シナリオの話だけにしましょうよ、お願いだから」

彼は、彼女の手に重ねた手を離そうとせず、逆に少し力を込めた。やむなく彼女は静かに手を引き抜いた。

「マフムード、どういうこと? 私、さっきから一時間くらい、サイーディーのことも、彼がやったことも話したわよね。あなた、わかっていないんじゃない?」

「わかりません……すみません……でも僕はあなたのことばかり考えてしまう」

「どうしてそんなことを考えるの……雑誌社には近くに女の子たちもいるでしょう……あなたと同じ年頃の女の子が……彼女たちのことを考えなさいよ」

彼の脳裏に、どこか納得いかない、という声が響いた。ナワール・ワズィールはこうした話を全部社内でするこどもできたじゃないか。仮にスタッフの誰かが彼女がサイーディーの悪口を言うのを聞いたとして、それが何だというんだ? マフムードだって時々、社内の同僚たちがサイーディーの行き過ぎた伊達ぶりを冷笑するのを聞いている。映画のシナリオ執筆の話も、それほど強烈とは思えない。ナワールは長編映画の監督をする柄には見えない。今まで彼女は映画の話をしたことがないし、姿格好も映画の監督のようではない。むしろ彼女はビジネスパーソンか、退屈しきったビジネスパーソン夫人のように見える。自分の外見ばかり過剰なほど気にしている。要は、彼女は長い時間をもっぱら鏡の前に座って過ごす人間で、映画を見たり監督したりする人ではない。

彼女はベッドのお相手を探している。サイーディーがなかなか帰ってこないから、マフムードにまで網を投じたということだろう。この引き締まった身体の、褐色の若者を堪能したがっている。ナワールとの間によそよそしい距離を保ち、再び椅子に寄りかかりながら、心の中でマフムードはそんなことを思っていた。この距離を最終的には無くしてしまいたい。この官能的な女と密着したい、たとえ一度きりであっても。心の奥底から彼はそう願った。

五

ズーウィヤ地区の酒場にマフムードは何時間も座っていた。戸外の空にはすでに闇が垂れ込めていたが、状況判断もできなくなるほど彼は飲んでおり、ナワールと会ったときの様子を、そしてその無様な結末を思い返していた。

二人は真面目に映画とシナリオについて話し合っていた。マフムードはその間ずっと冷静さを保っていた。二人は仲間になり、冗談を言ったり小噺をしたりして笑い合った。彼女とは友人になれると思った。二人の年齢差を彼女が気にしている節はあったが、自分が彼女を欲しがるのと同じように、彼女も自分を欲しがっているのだと感じた。そうでないとしても、サイーディーがバグダードに二度と戻ってこなければ、そうなる望みはある。マフムードは強くそれを願った。話はごく自然に進み、二人は映画の脚本の最初のラフを渡すためにもう一度会うことで同意した。それから二人はカフェテラスからエレベーターで降りることにした。エレベーターに乗り込み、扉が閉まって二人きりになった瞬間、マフムードはナワールのほうに向き直って両腕で彼女を抱きしめると、その赤い唇にキスをした。彼女は強く抵抗せずに、彼のキスを受け入れた。彼の唇は彼女の柔らかな唇を貪り、両腕は彼女のしなやかな身体を抱き続けた。ついに、この忘られぬ身体に触れたのだ。二人が存在する時間も場所も、あらゆるものへの感覚がなくなる感じ。しかし彼女はこのぎこちないキスに対しては一層慎み深く、さほど貪欲さを見せなかった。たぶん、彼女はマフムードを両手で押しのけるために、エレベーターが階下に着いてベルがチーンと鳴るのを待っていたのだろう。扉が開くや否や、彼女はエレベーターから出て行った。マフムードは大股で歩く彼女に追いつこうとしたが、車のドアのところで彼女は何の満足感もないまなざしで彼を見て、言った。

「ああいう行為はエレガントではないわね。もしあなたに好意を持っていたら、もっとたくさんのことをしてあげたでしょうけど。少しは私のことを尊重したら!?」

謝ろうとしたが、目の前で車のドアを閉められ、すぐに彼女は去ってしまった。

彼女の最後のセリフの真意は何だったのか、彼は酔った頭の中でぐるぐる考え続けていた。どうして彼女はもってまわった言い方をしたのだろう。もっと厳しくてきつい言葉もぶつけられたはずだ。マフムードがすることを予期していたかのように、彼女はあの出来事を少しは楽しんでいたみたいだったけれど、あれはなぜだろうか。

きっと、彼が当然のようにやらかしたああいうがっついた行為を、彼女はこれまでに何十回も経験してきたのだろう。相手の心に火をつけたところで、放り出すのだ。

酒場を出ると、自分の足元が相当怪しくなっていることに気づいた。大通りに出る前に、だいぶ遅い時間になってしまったのを知った。一時間もしないうちに外出禁止が始まる。すっかり酔いが回ってしまったかと怖くなってきた。こんな時間に誰がバターウィイーン地区まで連れ帰ってくれるだろう？

大通りの歩道に出てみたが、やはり車は少ししか走っていない。遅くはなったが、緊急の選択肢には頼れるはずだ。彼は携帯電話を取り出し、運転手のスルターンに電話をかけた。

恐怖の中で待った三十分後、スルターンの車がマフムードのそばに滑り込み、ほんの数歩の距離で停まった。隣に座ったマフムードは、スルターンも酔っていることに気づいた。こんな時間に呼び出したことに気まずさを覚え、マフムードは詫びと謝罪の言葉を雨あられのごとく繰り出した。しゃべり続けたが気持ちは収まらない。スルターンがいまだかつてないほどのしかめっ面をしているおかげで、かえって気持ちは楽になった。米軍のハマー軍用車が通りかかり、聞きなれないクラクションを鳴らした。スルターンはハマー軍用車が遠ざかるまで数秒待つと、通りに入って速度を上げた。

突然、マフムードはどっと疲れを感じた。スルターンが車のラジオのチューニングを合わせるのが聞こえる。どの局にも落ち着かず、彼はスイッチを切った。

そのとき何の前触れもなく、スルターンは話し始めた。マフムードがこれまでに聞いたことのない口調で、彼の命令で動く運転手ではなく、年の離れた兄貴のような口ぶりだった。

「悪いけど、先生……今日、あんたがナワールといるのを見た」

マフムードが何か言い返すより早く、スルターンは言葉を継いだ。

「立ち入った話だとしたら悪いがね、でもあんたに言えるのは今だけなんだ。明朝以降、別の日だともう言えなくなる」

「何で？」

「明日、朝早く、旅立つもんでね」

「旅立つって？」

「そうだ……でも先生、あんたには言ってあげたいんだよ。わかってるとは思うが、ナワール女史はたちが悪い。彼女の言うことに耳を貸しちゃいけない。彼女はアリー先生と付き合ってて、アリー先生は彼女と楽しくやってた。つまり、彼女は彼にべったりだったってことだ。それから彼女は結婚したいと思うようになったんだが、アリー先生にそんなつもりはないだろう、ほら……あんたもわかるだろ」

「そうだね」

「ここからが肝心だが……これは、彼女には大問題になった。彼女はアリー先生を追いかけて、そのあとは、結婚してくれなかったら、と脅しをかけた。恥もなく、考えなしに何でもやってのける女だよ。彼女はグリーン・ゾーンとも政治家たちとも関係がある。下院議会の大物ともつながっていて、先生にはまずい問題になってきた。あんた、アリー先生が会議に出るためにベイルートに行ってると思ってるのかい？　違うよ……売女のナワールから逃げたんだよ」

「わかった。でも、サイーディーはいつ帰ってくるのかな……つまり、帰ってこない可能性があるってことかい、違う？」

「いいや……帰ってはくる……今、あの人は友だちにこの話を食い止めてもらうよう動いているんだが、しばらくバグダードからは離れていろと助言されているんだ」

「わかった、それであんたは何で明朝早く旅立つのかい」

「アリー先生のお母さんと妹さんたちをアンマンまで連れて行かなきゃいけないんだ。お母さんは重い病気でね、治療を受けなきゃいけない。今、アリー先生はアンマンで俺たちを待っている」

「ということは、ベイルートじゃないのか！」

マフムードはディルシャード・ホテルの前で車を降り、スルターンに大いに感謝した。彼は自分に親身の奉仕をしてくれたのだ。友情と愛情を込めて別れを告げた。

ホテルに入る前に、突然思いついて彼は電話の電源を入れた。豪華なロレックスの時計は夜中の十二時を指している。早々と生きた人の気配がなくなるこの街は別として、まだ遅い時刻とはいえないだろう。

マフムードはベイルートにいるサイーディーの番号に発信した。妙に長い何秒かが経った後、おかけになった番号は現在使われておりませんという自動音声が繰り返し聞こえてきた。

ナワール・ワズィールの唇は、どこを見ても彼に追い打ちをかけ続ける。目を閉じて、もう一度眠ろうとすると、熱いキスが、あるいは熱いと思われたものが、彼を侵し、その感覚を支配してくる。その後、眠っている間中、長く奇妙な夢にマフムードは攻められ続けた。

ホテルの隣のレストランに昼食を取りに出た。それから二時になると、マフムードは取持ち女のラガーイブに電話をかけ、ズィナを寄こしてほしいと頼んだ。前回のように、あの子は留守ですとか、忙しいんですとか言われなければいいと願っていた。

日暮れ前にズィナがやってきたとき、マフムードの目に彼女はナワール・ワズィールよりもはるかに美しく年齢も若く見えた。ズィナは優しく快活だった。部屋に夕食を運んでもらい、一緒に食べて、一緒に飲んだ。それから長々とおしゃべりをした。幾度も身体を交え、彼女はマフムードの腕の中で朝まで眠った。

マフムードは、ズィナはナワール・ワズィールによって陥った狂乱を忘れさせ、あのホテルのエレベーターで軽率なキスをした愚かさを忘れさせてくれるだろうと思っていた。

しかし、ズィナの訪れはそれが最後となった。翌日の朝、彼女がホテルから出て行った後、何もかもが完全に変わってしまったのだ。マフムードがこの七か月間、苦心の果てに築き上げた世界は崩壊してしまった。

ズィナはさよならを言うときに、こないだの夜、窒息させられそうになったことは許してあげる、と言ってくれた。それから彼の唇にお別れのキスをした。これまでに経験したどんなキスよりも甘美に思えた。

それが、マフムードがズィナに会った最後となり、そして彼女を通してナワールに会った最後にもなった。

第十六章　ダーニヤール

一

　ディルシャード・ホテルにあるマフムード・サワーディーの部屋からズィナが出て行った日の夜明け、アリー・バーヒル・サイーディーのお抱え運転手スルターンは、トヨタの四輪駆動車を運転し、バグダードからアンマン方面に向かう長い陸路を走っていた。サイーディーの母親と、二人の若い妹も同乗していた。しかし、この車はアンマンには永久に到着しなかった。同じ道を走っていた運転手たちが言うには、武装集団が自動車ごと彼らを誘拐し、宗派的な理由によって彼らを近くの果樹園で皆殺しにしたそうだ。サイーディーは一日中待ち続け、何度もスルターンの携帯電話に連絡をしたが、電話はむなしく鳴り響き誰の応答もなかった。

　その一日前に、また別の出発があった。しかし行き先は南である。二度と戻らない、バグダードを後にする男だ。ウルーバ・ホテルのオーナー、アブー・アンマールである。彼は大きな鞄を二つ、ブローカーのファラジュとの契約金で購入したGMCに積み込んだ。新車のハンドルを回し、頭に被ったカーフィーヤとイカールを直した。車のミラーに映る顔を見て、彼はいい感じだと思った。残りの金はすでにイラク南部のカルアト・スッカルに住む甥たちのところに送ってある。そこに向かうのだ。バグダードとその一切から彼はすっかり足を洗った。バグダードは、殺人と巻き添えによる死の街になってしまった。彼が最後に見た光景は、アルメニア人掃除婦ヴェロニカの若い息子で、使用人だったアンドルーが、バーブ・シャルキー地区の爆発事件で重傷を負ったところである。アブー・アンマールは病院に見舞いに行き、アンドルーの母親の太った手にかなりの額の金を渡した。近所の人たちはこの関係を見過ごさず、口には出さなかったがアブー・アンマールは自分の息子、実の息子だと信じているからこそ、この若者を見舞ったのだと理解した。とにもかくにも、彼はバグダードから去ったのだ。もはや知ることもない街、彼にはよそよそしい異郷になってしまった街。この街にきて二十三年を過ごした後、彼はよそ者になった。今、彼は静かで貧しいカルアト・スッカルに向かっている。長くはるかな時間、思うこともなかった自分の生まれ故郷に。

アブー・アンマールが出発した十分後、ブローカーのファラジュは「ウルーバ・ホテル」という看板を取り外した。地べたに投げ捨てて踏みつけにした。それから大声で若い衆を呼んで看板を看板師のところに持って行かせ、「ウルーバ」を消して「グランド・ラスール・ホテル」の名を新たに書かせた。彼には、アブー・アンマールが失敗した事業を成功させてみせるという自信があった。

ファラジュからしてみると、事業にはうってつけの時期である。今月は大きな契約を二つ結んだ。その一つがアブー・アンマールのホテルである。ほかの優良契約も締結が近いと彼は見ている。国内状況は落ち着きつつあり、思い切ってやるにはよい機会だ。ブローカーのファラジュは豪胆で、恐れ知らずの気性に満ちていた。バグダードの通りや地区には武装集団がはびこっており、あまたの人々が、さまざまな事情から誘拐や殺害を恐れて家や店舗を捨てていく。この機を摑むだけだ。誰かが家を捨て他県やイラク国外に逃げ出すのはファラジュのせいではない。また、この恐怖に怯える誰かに、持ち家の売却を持ち掛けるのは間違った話ではない。そしてそう、彼は平時の価格より廉価で家を手に入れるわけだが、商売とはそういうものだ。それの何が間違っているというのだろう？　一朝一夕にしてブローカーのファラジュは有数の土地持ちに成り上がり、ボディーガードの数も増やした。ファラジュが犯罪集団のリーダーなのではと疑う人もいるが、本当のところファラジュは、運悪く目の前に立ってしまった人間に、まれに平手打ちやキックを見舞う程度で、厳密な意味での犯罪行為はしていない。少なくとも大っぴらには誰も殺しておらず、誰からも盗んでいない。地元に住む犯罪者たちの評判を聞き、また何人かとは知り合いになり、永久に排除できるという目途が立つまでは、自ら敵に回ることはない。そしてその目途が立てば、お友だちの警察幹部に密告し、陰からこのお友だちを手伝う。彼は、バグダードの通りを歩き回って、地元の床屋に入ったり、パン屋で熱々のパンを買ったりしているアメリカ人たちが、皆に嫌われていることを知っている。それは別に問題ではないが、彼はアメリカ人との接触を避けている。巷で変な疑惑をかけられたくない。用心のためである。

ブローカーのファラジュの下で働く四人の若者がやってきて、ホテルのドアを全開にした。ごく最近任された仕事に彼らは速やかに取りかかった。アブー・アンマールがやりかけていた古家具の搬出作業はじきに完了するだろう。彼らは、アブー・アンマールが長年その向こうに控えて座っていた大きな木製テーブルを運び出した。側面に装飾が施されたテーブルを引きずりながら、彼らはあまりの重さに元の所有者を大いに腐したが、最終的にはどうにかそれをホテル前の歩道に下ろした。

作業員の動きと仕事ぶりを見て、ブローカーのファラジュは両手のひらで黒い数珠をこすり合わせた。心からの安堵と満足を示す長いため息が漏れた。だが、このひとときを彼は十分楽しむことはできなかった。

というのは、アブー・アンマールが旅立った翌日の話である。

朝六時半にファラジュは陶器の皿を手にホテルの前に立っていた。家族の朝食のために、パンとガイマル・アラブを買いにパン屋まで出かけようとしていた。そのとき、彼は、この、かつては敵対し、ようやく自分の所有となったホテルをしばらくじっくりと眺めたくなった。今日からは自分の不動産事務所の中からも、このホテルのウィンドウに映る自分の姿だけが見えるのだ。彼は、取り除かれた「現代ウルーバ・ホテル」の看板の跡が、壁に薄色の四角形として残っているのを見た。

次の一瞬、彼の手から陶器の皿がこぼれ落ちた。

爆発の轟音が彼を圧倒し、耳を聾した。過去最大規模のすさまじい爆発が、バターウィイーン地区内で起こったのである。

二

このすさまじい爆発でもファラジュは死ななかった。今はまだ死ぬ運命ではなかった。その前に彼は、自らの商売の信条を見直し、これまでに起きた、そしてこれから起こる多くを改めて理解する時間を生きなければならない。後になって彼は、一部の人がイリーシュワー婆さんの頭に宿っていると主張していたあの神の祝福による力に心服し、信奉するようになった。彼女は、かつて彼が思っていたような完璧な耄碌婆などではなく、本当に神の祝福を受けた女性だったのだ。アブー・アンマールが彼に打ち勝ったように、イリーシュワーも彼に勝利した。そして彼が受けた打撃を知って、ほかの多くの者も大いに溜飲を下げたのである。

この爆発の一週間前にファラジュはもう一つの契約締結に成功していた。相手はイリーシュワー婆さんである。ついに彼女は折れて、古雅なる家屋を売却してくれという彼の要求に応じた。これには至極もっともな理由があった。

四半世紀にわたって待ち続けてきたダーニヤールがとうとう帰ってきたのだ。

それはうららかな、アッシリア東方教会カトリコス総主教マール・ディンハー四世（在位一九七六年―二〇一五年）の在位二十九周年始まりの日の出来事である。イリーシュワーはキャンプ・ギーラーニーにある聖カルダーグ教会の記念祝賀に出かけ、心穏やかに自宅に帰ってきた。満ち足りた気持ちだった。タイラーン広場を渡り、シャイフ・ウマル通りの入口にある即席の青果市場や騒々しい駐車場を行き過ぎ、行きと同じ道を通って帰ってきた。いつもは両足に感じる疲れも痛みもなく、自らを誇らしく思った。ヨシュア神父や、疎遠になってしまった彼の教会と決別する気はなかったが、彼に会って何度も自分の娘の同じ話を聞かされるのは、少なくとも教会祭事暦にある次の祭日までは嫌だった。身体にみなぎる力を感じ、これから中庭を水で清めて掃除しようと考えていたとき、彼女は外門に小さなノックの音を聞いた。

ダーニヤールが帰ってきた。

このことは多くの人に衝撃を与えた。七番通りの住民は言うに及ばずである。色白のウンム・サリームをはじめ無口な夫や息子たち、近隣の物見高い若者たちは、過去数か月間というもの、ウンム・ダーニヤールの動向を追い、彼女が、帰ってきてこんなことをしていると主張するその息子を一目見ようと努めてきたが、何の成果もあげられなかった。八〇年代に死んだのに今になって帰ってきたという、この伝説の息子を彼らは見たことがなかった。存在を示す形跡すら見つけられず、イリーシュワー婆さんの耄碌に付け込んだ泥棒が、彼女の高価な財産を処分しようとしているのではないかと疑ったくらいである。ところが、全く予想外のことに、イリーシュワー婆さんの世迷言がいくらか忘れられた今になって、婆さんの息子が実際に小路の外れに現れたのである。彼は、伝統的な救世主の画のように黒髪を真ん中分けにして両側に垂らし、青白い肌をしていた。二十代くらいで身体は痩せており、白いシャツの大きな襟を立て、腰回りは細く、ダメージ・ジーンズを穿いている。そして白いスニーカーを履いて、八〇年代に徴兵された若者への支給品の赤革の鞄を持っていた。失恋した若者のような、愁いを帯びたロマンティックな風貌だった。彼は、ゆっくりとためらいがちに歩を進め、辺りを見回していた。まるで異邦人か、長い外国暮らしの果てに突如として帰国し、生地の遠い思い出の痕跡を見つめだした人のようである。彼の後ろから、遅い足取りで老ナーディル・シャムーニー助祭が現れ、異国帰りの若者に存分にその場を見せ、思いを馳せさせてやっていた。

婆さんはこんな展開を信じたのだろうか？　八〇年代に死んだ息子は本当に助かっていたのだろうか？　現実にはそういった話も多くあり、戦死したはずの息子が生還するという不思議な出来事も少なくはない。

この三年間、地元の住民はそういう話を聞いてきた。治安部隊の地下壕から出てきた死者たちや、親族の貧相な家の古いドアから突然あふれ出してきた行方不明者たちの話である。新しい名前と身分を得て遠い旅から帰ってきた者もいる。子ども時代を地下牢で暮らし、人生で何よりも先に、囚人たちとの付き合い方と礼儀を身につけた女性たちもいる。独裁時代のおびただしい死の中を生き延びた者が、新たな「民主主義」時代において、例えば道の真ん中でオートバイに轢かれるような不慮の死を遂げることもある。信条を同じくし共闘してきた仲間に、自らも信条も裏切られた結果、信仰篤き者が信仰心を失うこともあった。そうかと思えば、信仰心のなかった者が、信仰の「効用」や有益性を知って信仰篤き者になってしまうこともある。この三年の間に明らかになった不可思議な出来事は、全く人知や考慮の及ばぬことばかりである。痩せたギター弾きのダーニヤール・ティダールース・ムーシェが母親であるイリーシュワーの家に戻ったことも、信じがたい話ではない。

　色白のウンム・サリームは、鬢《びん》に白髪の巻毛が残る禿頭を突き出している夫とともに、上階のバルコニーの窓から呆然と見守っていた。家の前のベンチに座っていたほかの婆さん連中やその嫁や、小商いをしている連中も同様である。「ダーニヤール」が小路のほぼ真ん中まで着いたとき、白い大ぶりの口髭を蓄えた太った老人が、「ダーニヤール」の後を小さな鞄を下げてちょこまかとついてくるのに彼らは気づいた。ナーディル・シャムーニー助祭だ。間違いない。数か月前に家族と一緒にアルビルのアンカワーに移住したはずの人である。しかし、どうやって彼はダーニヤールに出会ったのだろう。どこで彼を見つけたのであろうか。

　二人はウンム・ダーニヤール家の古い木製の門のところまできた。そして年少の痩せた若者のほうが、門をノックし始めた。徐々に増えていく好奇のまなざしが突き刺さるようで、彼は一回ノックするごとに周りを見回した。

　門が開き、ウンム・ダーニヤールが出てきた。小柄で、黒いコニックサを巻き、目には分厚い眼鏡をかけている。彼女は屋内の暗闇に沈み込んでいたため、まぶしい陽光の中で頭を上げたものの、その二十代の若者の影しか見えず、姿を視認できなかった。彼女は重い足取りで歩みだし、門から出てきた。普段ならやらないことだった。彼女はノックする人に対しては門の隙間の陰から少し覗くだけで、木製の門に隙間ができないよう閉め切るまでずっと気を配っているものだ。

小路のアスファルトの上で彼女は奇妙な若者の前に立ち尽くし、あふれんばかりの昼の光の中で彼を凝視した。確かに、彼だった。その姿を見誤るはずがない。客間の古い写真の中で、褪せた灰色の微笑みを浮かべるあの若者そのものではないか。姿も、服装も顔も微笑みも、まさにその人である。彼の黒い瞳が、婆さんの分厚い眼鏡のレンズ越しの目と合った瞬間、顔にあの微笑みが広がった。殉教者の聖ゴルギースは婆さんとの約束を果たした。聖ゴルギースは、息子を長い別離ののちに彼女のもとに帰してくれた。最後に見たときの姿のまま、彼女に帰してくれた。あの日の早朝、逡巡し悲しみに暮れて家を出た彼は、重たい編み上げ靴の音を小路のアスファルトに響かせながら、大通りへの角を曲がり、それきり見えなくなってしまったというのに。

ウンム・ダーニヤールは辺りを見回し、色白のウンム・サリームが自宅の門前に立っているのを見た。ほかの女たちや子どもたち、若者たちも、バタ―ウィイーン地区商店街通りへと続く小路の端にいる。見物人たちが上方のバルコニーの窓から覗いているのにも気づいた。彼女は、皆がこの奇蹟を目撃したことを確認したかった。こう言ってやりたかった。

わたしのこと、あなたたちは皆間違っていたのよ。わたしの話を嘘っぱちだと決めつけたり、あざ笑ったりしてきたでしょう。ほら、あなたたちが見たがっていた息子は目の前に立っている。わたしの息子、ダーニヤール・ティダールースが、血肉のある身体で、皆の前に立っているじゃない。触ることも話すこともできるわ。わたしの最愛の息子が、この腕の中に帰ってきた。

彼女が進み出ると、彼は静かにひっそりと彼女のほうに身をかがめた。彼女は彼に両手を回し、何も言わず、激しい愛情と悲しみを込めて抱きしめた。見物人全員の目に芝居のような感動的な光景が広がった。こんな力があったのかというほど強く、腕に我が子を抱き寄せたひ弱なイリーシュワーを見守りながら、女たちの目に涙があふれた。

「こちらがダーニヤールですよ……イリーシュワー……」

年寄りのナーディル・シャムーニー助祭がそう言って彼が何者であるかを明かしてくれたが、婆さんにしてみればそれは白日よりも明瞭な事実であった。彼女は若者をひしと腕の中につかまえたまま、二分以上も離そうとしなかった。それから気がつくと色白のウンム・サリームと近隣の女たちが集まっており、彼らは近所の人に囲まれていた。その数はさらに多くなる。ウンム・サリームはダーニヤールの両腕を実際に摑んでみて、彼が本物の人間で、亡霊ではないことを確かめた。ダーニヤールは感極まった婆さんの両腕から逃れると、微笑みながらその顔を見つめた。イリーシュワー婆さんに挨拶すべきだと思った。彼女がまだ正気を保っており、周りで起こっていることを理解しているかどうか確かめなければならない。

「ごきげんいかがですか？《ダヒーイワト》（東方シリア語の挨拶）」

そう言うと彼はさらに満面の笑みを浮かべた。イリーシュワーは彼の表情に視線を走らせ、汗ばんだ手のひらで両腕を撫でるとこう言いながら優しく自宅の中に引き入れた。

「元気よ、ありがとう《スバーイワン・バスィーマ》」

家の客間で、亡霊を切り離して彼女を現実世界に引き戻すべく、ナーディル助祭はきっぱりと言った。あまり時間がないのです。彼はアンカワーにいる家族のもとになるだけ早く戻らないといけません。あなたも決断しなければなりません。ヨシュア神父が返事を待っているのですから、と。

彼女の二人の娘、マティルダとヒルダは今、アンカワーにいる。彼女たちはオーストラリアから息子を連れて、たった一つの目的のためにやってきた。婆さんをオーストラリアに連れて行くのである。

「イリーシュワー、こちらはあなたの孫のダーニヤールです……ヒルダの長男です。ヒルダが写真を郵便で送ってくれていたでしょう？　知りませんでしたか？」

助祭は何もかもが綯《な》い交《ま》ぜになったような婆さんの顔を見つめながらそう言ったが、彼女がこの隣に座る若者が何者かを理解するには、時間がかかると思った。今、彼女は彼の手を握り、全く目をそらすことなく、彼の顔をひたすらに見つめている。

二人の娘は年老いた母親に対して、自分たちがどのように協働すべきかをついに理解したようである。これまで彼女たちは母親と理性的かつ論理的に話し合ってきた。婆さんの行動原理となっている特別な論法を理解しようとしていなかった。だが、マティルダとヨシュア神父は電話連絡を続け、思考のすり合わせを行った。イリーシュワー婆さんは自分の息子がいつかその死から、もしくは行方不明の身の上から、戻ってくるという考えに固執している。彼女は息子が帰ってくるという夢を抱いたまま、息絶え、瞑目するつもりでいる。死んだ後でさえこの夢を手放さないだろう。彼女は神が与えてくれた寿命と健康が許す限り、息子の帰還を待ち続ける。息子を諦めるような罪深いことには耐えられなかったのである。死ぬかどうかは神のご差配次第ながら、彼女はまだ死にたくないと思っている。そして、この婆さんを縛り付けて力ずくで家から引き離すのは不可能だ。

そうしてようやくヨシュア神父が名案を思いついた。婆さんの孫のダーニヤールは亡くなった息子のダーニヤールに酷似している。これだけ似ていれば、婆さんの反応も混乱するはずだ。この若者は余人が持ちえないすさまじい力を持っている。彼であれば、婆さんも言うことを聞くだろう。マティルダはヒルダとその長男のダーニヤールを連れてイラクへと旅立った。

三人はアンカワーのナーディル助祭の家に逗留し、翌日、助祭はこの年端のいかない若者を連れてバグダードへと出立した。アラビア語を十分には話せず、シリア語と英語を話すこの若者は、類例のない任務に不安と緊張とプレッシャーを感じていた。彼は、祖母への個人的な愛情や強い同情というよりは、家族としての義務感に駆られて行動していた。まだ小さい頃に家族と一緒に出国したせいで、祖母のことはあまりよく覚えていない。色褪せた記憶の幻想と、母親と叔母がメルボルンの自宅に掛けている写真の残像に包まれて、彼はどこか恐ろしい心持ちでナーディル助祭とバグダードに向かった。

計画は、すべてが一点にかかっていた。婆さんが孫の外見に心動かされ、申し出を受けてくれるかどうか。また、このことには道義上の問題が伴う。婆さんは一種の罠や詐術にかかることになるからだ。孫のダーニヤールとナーディル助祭は、婆さんが椿事の衝撃から覚めていつものかたくなな姿勢を取り戻す前に、時間を迅速に活用しなければならない。

ダーニヤールは祖母に、僕と一緒に旅立つべきだと言った。この家を売って、中のものも片付けなくてはならないけれど、僕と一緒に暮らしたほうがいい。彼はこの最後の言葉を誠実そうな口調で述べた。ダーニヤールは彼女と話しているうちに、ゆっくりと着実に、この場所が自分に影響を与え始めているのを感じていた。壁に掛けられた灰色の写真に目を留めると、彼はよくわからない悲しみに襲われた。この家を知っていると実感し、十年以上前に母親に連れられて祖父母を訪れたときの褪せた記憶がよみがえってくる。祖母とともにもっと長い時間を過ごせば、また別の思い出も生気を取り戻すだろうと思った。かつてそれは、存在していないか、不明瞭な夢か悪夢でしかないように思えたものだが。

　ナーディル・シャムーニー助祭は、二人にこれらの思い出をともに存分に手繰らせて、自分はガラージュ・アマーナ地区へと出かけた。いくつかやるべき仕事があった。数か月前に出た自宅の賃貸状況を見たり、親族や友人に会ったり、教会のイリーシュワー婆さんの「スィーター」登録にかかわる諸事を決めたり、といったことである。彼はイリーシュワー婆さんの見解を待つまでもなく、彼女は孫とともに出立することになるだろうと確信していた。

　祖母と孫の会話は夜まで続いた。二人の会話が増えていくにつれ、孫の心の中に、自分とこの弱々しい祖母が実際に共有している思い出の幻想が積みあげられていく。祖母のほうは、この孫と亡くなった息子は同一人物だという妄想に一層深く沈み込んでいった。彼女が台所で灯油ランプの光を浴びながら、のろのろした動作で夕飯の準備を始めるとき、窓ガラスに皺だらけの血色の悪い横顔が映る。それを見ても、彼女がすでに長い年月を経ており、もはや二十代の戦争を恐れていた若者の母親ではないことは確かだ。しかし、彼女は長い間注げなかった愛情を、一心に振りまき続けている。息子の手足の匂いを嗅ぎ、手で触れてよく確かめて、髪の毛を撫でる。膝に頭を載せるように勧める。それらは価値あるものだ。彼女は自分が生きていく世界で、その重みを感じ続けている。それらは彼女の頭の中を巡るただの亡霊ではない。守るためにはどんなことでもやってのけるだろう。

　イリーシュワーは、もとから清潔だったのに、陶器の皿を改めて洗い、アルミニウム盆の上に載せた。その上にフライパンからマフラマ（刻みトマトを混ぜた炒り卵）を盛りつけた。料理の匂いにつられて猫のナーブーが台所の小さなドアから入ってくるのが見える。そのとき彼女は「孫」だという息子の要望を受け入れようと決心した。息子の肌、髪、そして一日として忘れることのなかった子ども時代の匂いに、手で触れることができるなら、どんなことでもするつもりだ。

三

ダーニヤールは携帯電話のスイッチを入れ、アンカワーで待つほうを選んだ母親に連絡した。母親が電話に出ると、彼は流暢な英語で話しかけた。

「今なら話は通じる。でも、わかっているわけじゃないんだ。お婆さんと話してくれるかい。ただ、調子を合わせて何を言っても反論しないようにね」

彼はそう言うと電話を婆さんに手渡した。二人はくつろいだ様子で特に問題なく十五分ほど話し合っていた。婆さんは幸せを噛みしめ、世界を新たな目で見るようになった。彼女はダーニヤールに、一緒に聖ゴルギースの画の前に跪き、感謝を捧げましょうと促した。聖ゴルギースは彼女との約束を果たしてくれた。黙って聖人画の前に膝をつき、額《ぬか》ずきながら、彼女は聖ゴルギースが隣に座る息子に語りかけて声を聞かせてくれるのを待っていた。しかし聖人は沈黙を保ったまま、優美で柔和な顔立ちで、下方から飛び出さんとする怪物ともかかわりないかのように前を見ていた。彼の静かな表情は、恐ろしい怪物に立ち向かおうとする戦士にふさわしい感情を示すものではなかった。この聖人画には本質的な矛盾がある。それでも婆さんは、奇蹟は本当にあると息子にわからせたくて、聖人が目の前の怪物をしばらく無視してこっちを向いて何か話してほしいと願っていた。

灯油ランプの芯の光が小さくなり、闇が一層濃くなってきた。聖人のまなざしが彼女のほうに動いたかもしれないが、もとからの視力の弱さに加えて、こう暗くては何も見えないだろう。彼女はランプの油壺に灯油を足しに行くため立ち上がった。ダーニヤールも一緒に立ち上がって灯油缶を置いている家の隅の小さな明かり取りまで行き、手伝おうとしたが、灯油缶は完全に空になっていた。気づかないうちに使い果たしていたのである。イリーシュワーは黙ったままでいたが、このことにもまた自分がここにいる時間が尽きようとしている兆しを感じ取っていた。

翌日の朝、女たちがウンム・ダーニヤール家の門を叩いた。これまでには全くなかったことだが、家は女たちでいっぱいになった。色白のウンム・サリームは、夫と子どもたちからウンム・ダーニヤール婆さんの客に対する子どもじみたふるまいを止められていたにもかかわらず、昨日来の燃えるような好奇心を満足させた。そしてこの孫の話を知ると、彼女は不意に深い悲しみに襲われ、涙を流した。八〇年代、ダーニヤールが亡くなった頃に戦死した自分の長男を思い出したのである。神は、私をイリーシュワー婆さんほどには愛してくださらなかったと思ったのかもしれない。

家と年季の入った家具類の売却は簡単ではなかった。ウンム・ダーニヤールは、何度か家を訪れて、家を保存し文化センターなどに転用するために売ってほしいと言っていたあの若者たちを考えてみたが、思い起こしてみれば、彼女は彼らの目的には興味がなく、また彼らの訪問も絶えて久しかった。おそらくもう来ないだろう。そうなると、ブローカーのファラジュしかいないということになる。

ブローカーのファラジュは、イリーシュワー婆さんの息子が帰ってきたという奇妙な話を知った。この息子はイランで捕虜になって、今になって帰還したというのだろうか。外国映画であったように記憶喪失になってしまって、何か強烈な衝撃を受けたせいで記憶が戻り、年老いた母親のもとに帰ってきたのかもしれない。しかし、現在、息子の年齢は四十代になっていようかと思われるのに、彼のところで働く若い連中は、婆さんの息子は年端もいかない若者のままでしたよと断言した。

「きっと二十年間冷凍されていたんだよ。それで、今、解凍されてお母さんのところに戻されたんだ」

ブローカーのファラジュの末の息子のハンムーディーはそう言った。すると即座に父親が頬に一発平手打ちを見舞い、一同は静まり返った。これ以上役にも立たないたわ言を聞く気はなかったので、ブローカーのファラジュはこの話の正確な情報を調べさせるために助手を一人向かわせた。

ファラジュは、習慣として、悪いほうに予想を立てる傾向にあり、いつもそうした事態に備えている。ところが、若いダーニヤールがイリーシュワー婆さんの家に来た二十四時間後、その当人がナーディル・シャムーニー助祭とともに事務所まで来て、ウンム・ダーニヤール婆さん宅の売却を申し出たときには、ファラジュもこれまで経験したことのない激しい動揺を覚えた。

四

家屋の価格交渉が終わる前、すなわち最終価格に合意する前に、ブローカーのファラジュは改めて各部屋の壁や床の様子を調べさせてほしいと頼んだ。ウンム・ダーニヤールはすでに古物屋のハーディーも呼んでいた。家具を全部売りたいと告げると、ハーディーは呆気にとられて三十秒ほど口もきけなかった。そして、ウンム・ダーニヤール婆さんが話の続きをするのを待ったが、婆さんは用件をその一言で手短に済ませてしまった。このアッシリア教徒の婆さんは確か自分を蛇蝎のごとく嫌い抜いていたはずだ。今、どうしてこんなに変わってしまったのか。

ハーディーは婆さんと一緒に家の中にあるものを見て回った。家具は多かった。鉄や銅で作られた調度品やベッド。手工芸品、珍しい形をしたいくつもの小さな木製テーブル。台所用品や電化製品を除けば、すべてが骨董品だった。ざっと計算をしてハーディーはこれらの品を全部買うには資金が足りないと気づいた。しかし、友だちから金を借りることはできよう。またとない好機だ。

婆さんも、こなれたアラビア語を流暢に話せない孫も、適正価格をめぐる交渉には向いていなかった。ハーディーには孫のダーニヤールと息子との区別がつかなかった。誰も事情を話してくれないし、そもそも息子のほうのダーニヤールの姿も覚えていないのだ。彼は婆さんが家具と調度品の一品ごとに値段をつけてほしいというのに対し、全品一括で決めるよう説得に努めた。これはハーディーにとっては非常に消耗し、疲れる仕事であった。激論と論争の一時間を経て、ようやく彼女に提示した金額で納得してもらうと、彼はすぐさま家を出て友人たちのところへ必要な金額をかき集めに行った。

婆さんが出した唯一の条件は、自分の目の前で家具を搬出しないことであった。自分の家がなくなるところを目の当たりにしたくなかった。彼女が出立したらハーディーは家具も品物も好きにしてよい。自分の家の、いつもどおりの最後の姿を彼女は記憶にとどめておきたかった。整然として清潔で、どの部屋にも、家中に、ここに暮らし、通り過ぎて行った人たちの匂いが満ちているありさまを。

ブローカーのファラジュが支払う家の代金と古物屋ハーディーが支払う家具の代金は、ナーディル・シャムーニー助祭がアンカワーの両替商に送金してくれることになった。大金を鞄に入れて道中運んでいくのは良策ではない、と助祭は婆さんに言った。

出発の前の晩、婆さんは客間で長らく夜更かしをしていた。彼女はソファに聖ゴルギースの画に向かって座り、彼とずっと話をしていた。電気が通っていたので、壁際で、装飾ガラスの火屋《ほや》の中の小さなランプの光が、厳かにその場を照らしている。彼女は聖人と長話をしていたが、聖人の唇からは一言も漏れなかった。見てのとおり、もうおしゃべりを続ける理由はなかったからである。彼は奇蹟を起こして役目を終えた。最終的に婆さんはそう理解した。彼女の聖人はただの古く色褪せた画に戻った。ふと、あることが脳裏をよぎった。彼女は鞄に荷造りを済ませていた。写真や贈り物や、聖母と幼子や聖人たちの小さな大理石の聖像など、家族の宝物はすべて集めた。ヒルダがマジックでいたずら書きをした古い大学ノートも入れた。家族の思い出となる全部を、子どもたちのベビー服に至るまで持っていくことにした。そして、このお気に入りの聖人の見事な画だけが残っている。重い木製の額と長年灯油ランプの煤にまみれたガラスがはめ込まれたままでは、この画を運べないだろうと彼女は感じた。

彼女は立ち上がり、猫のナーブーに見つめられながら、絵が掛かった壁際にあるソファの上に立った。画を持ち上げ、掛けていた太い紐を釘から外し、それから画を下ろした。壁には蜘蛛の巣が張った明るい色の四角形が残された。彼女は画の表を下に伏せて床に置き、活力に満ちた女性のように、画が描かれた紙をガラスから外すため、小さな爪をこじ開ける作業に没頭した。画は弛んで、彼女の手の中で丸まった。画はかつての威厳を少し失った。今や、ごく近くに聖人の表情が見える。繊細なまつ毛と赤い下唇の輝きも見える。電灯の明るい光の中、目を画に近づけたこともあって、彼女はまるで新しい画を見ているような気分になった。この画を筒のように丸めて、宝物の残りに加えようと考えたが、それだけでは不満があった。ごく近くから柔和な聖人の容貌を見ていると、同時に恐ろしい武装の姿も目に入ってしまう。鋼鉄の盾や長く伸びた頑丈な槍、鋭いぎざぎざのある兜。彼女はその恐ろしげな白馬に跨った傲然たる戦姿を見て、また新たな目でこの画の細部を見たような心地になった。彼女は、守護聖人の愛情にあふれたやさしい顔が特に好きなのだ。けれども、武装や戦う姿は嫌だった。そのことは、最終的に彼女に妙な決断をさせた。彼女は自分の寝室に向かった。ダーニヤールの部屋を通るとき、毎回そうするようにさっと一瞥して確かめる。息子は本当に一緒にいるのだと。彼は部屋の中で静かに眠っている。彼女は自分の部屋に入ると大きな裁ち鋏を取りだした。客間に戻り、彼女は大きな紙の画の横に膝をついた。膝に飛び乗ってこようとしたナーブーを手で追い払う。そして、画を切り取っていった。大きな鋼鉄製の鋏で、画の軟らかな本体をまっすぐ切り裂き、聖人の顔のところまで到達すると、その美しい顔を取り巻く聖なる光輪のように、円を描いていった。彼女は顔を切り取り、手に持って掲げた。これこそが彼女が好きな部分である。だが、画の残りの部分に視線を落としたとき、彼女は目に入ったものに心を刺し貫かれたような気がした。顔があった場所に穴を穿たれ、その画は彼女に対し敵意を示していた。彼女はそれをその場に残し、丸く切り抜いた顔を持って行った。ナーブーが彼女の後を追って寝室に向かった。

五

小路では、色白のウンム・サリームが大いなる愁嘆場を演じていた。その日の朝も早い時間から彼女の泣き声は近隣のすべての住民の耳を奪った。孫とともに小路を遠ざかってゆくウンム・ダーニヤールに向かって、叫び声をあげながら彼女が両腕を高く上げたとき、多くの人は初めて彼女の真っ白い腕を見た。これまでに見たこともないほど、雪のように真っ白い腕だった。口さがない人たちは、もし真っ白い腕に自信がなかったら、ウンム・サリームが袖の緩い服を着るはずがないと噂し合った。嘆きのあまり両腕を振り上げたせいで、緩やかな袖がずり下がり、この齢の女性とは思えない、まるで若い娘のような、美しく丸みを帯びた腕の白さが輝いたのである。

また、皆は初めて彼女の夫のアブー・サリームが、妻の後ろをゆっくり歩く姿を見た。綿のパジャマを着て、両手を上着のポケットに入れたまま髪が抜けた亡霊のように突っ立って、こわごわと目の前の珍事を見つめていた。

家の門からウンム・ダーニヤールが現れたとき、ウンム・サリームは旧友のほうへと進み出し、泣きながら彼女を抱きしめた。彼女はきちんと家の戸締りをすると、鍵をブローカーのファラジュの下で働く若者に渡した。ウンム・ダーニヤールは悲しかったが、一瞬たりとも泣きはしなかった。家の中にあるすべてのものを我が目に留め、そして一緒に連れて行こうとナーブーを呼んだ。ところが、ナーブーは階段のほうに逃げ出した。彼女は大声で呼びかけたが、ナーブーは何を言われているかは理解しているようだった。「おいで」と呼びかけると、ナーブーは振り返って、震える声でにゃあ、と鳴いた。わたしはあなたのような臆病者ではありません。だからこの家からは離れません、と告げるように。それからナーブーはすばやく上に飛び移り、階段のらせん部分の陰に隠れた。

唐突に、ウンム・サリームから親愛の情に満ちた抱擁を受け、広くやわらかな胸に沈み込み、真情からしゃくりあげる声を聞いたとき、ウンム・ダーニヤールの心に悲しみが浮かび上がってきた。目が涙に濡れているのに気づいた。ウンム・ダーニヤールは手を伸ばして眼鏡を取り、涙を拭おうとしたが、ウンム・サリームの太い腕が邪魔でそうできず、もろともに泣きっぱなしになった。長い年月、胸の中にしまって堪えてきた古い涙であった。息子を失ったとき、涙を流すだろうと思われていたにもかかわらず、彼女は涙を心の奥底に残し決してそれを見せずにきた。今、彼女は、この人が解放するとは思われなかったウンム・サリームの助けを得て、涙を解禁したのである。

ウンム・ダーニヤールは苦労してウンム・サリームの手から逃れた。女たちがウンム・サリームを後ろに引き戻してくれたが、彼女は女たちを振りほどいて再びウンム・ダーニヤールの後を追い駆けだした。ウンム・ダーニヤールはしっかりとした足取りで、サアドゥーン通りに通じる小路の出口へと進んでいた。ナーディル助祭が付き添ってタクシーがそこに停まっている。ダーニヤールが鞄を車のトランクに積み込むと、婆さんは後部座席に乗った。ウンム・サリームが、弱って思うようにならない足と、がくがくになってしまった膝に無理をいわせてどうにかやってきたが、旧友は確かに、そして永久に、遠ざかってしまった。

ウンム・サリームの周りに女たちが集まった。友だちや、いつも午後のひと時に紅茶を飲みヒマワリの種をつまんでおしゃべりをしに集う面々である。女たちはウンム・サリームを抱き起こし、家まで連れて帰ろうとしたが、彼女はあまりに太って重かった。女たちは、ウンム・サリームがアッシリア教徒の隣人に対し何度も不適切な言葉を発するのを見てきたので、今日の彼女のイリーシュワー婆さんへの度を越した愛情に、あえて疑問の声を差しはさむ者もいた。しかし、人はいつも同じではない。今のこの涙を嘘だというのは難しいだろう。彼女は本当に悲しんでいるのだ。ゆえに、やはりイリーシュワー婆さんは皆の尊敬を受けてしかるべき人間だったということになる。少なくとも、今のこの時点では。

ウンム・サリームは、ウンム・ダーニヤールが去ったから、この小路には災いが降りかかるだろうと言った。誰もそれは信じなかった。というのも、最近彼女はほらを吹いたり、理屈に合わないことを言ったりして、自分でも何を言っているかわかっていない節があるからである。友だちの女連中に導かれ、家に帰る途中にウンム・サリームは古物屋ハーディーが若者たちと一緒に婆さんの家の家具を自宅に移しているのを見た。この光景は彼女に二〇〇三年四月の混乱のときに起きた、前政権の高官の家の略奪の様子を思い出させた。彼女は古物屋ハーディーと手伝いたちを怒鳴りつけ、罵声を浴びせた。彼らがイリーシュワー婆さんの家で盗みを働いていると思い込んだのだ。彼女の突き刺すような悪罵は、女たちがどうにか彼女を自宅に戻し、門を閉め切るまで途切れず続いた。

ハーディーは婆さんのすべての家具を自宅に移したが、役に立たなさそうなものはそのまま置いてきた。使い古されたおんぼろの絨毯や、いくつかの品物、新聞紙、使い古した油紙、パイプやさまざまなクリームのパックなどである。家には本当の不用品だけが残された。その中に、顔の部分に穴が開いた聖ゴルギースの画もあった。それは魔術か奇態な心霊術の一種のようで、古物屋ハーディーは一目見て恐怖に震えた。

　古物屋の家の門は開放され、退去したイリーシュワー婆さんが残した財産を見物したり、何かを購入したりしようとする人々がやってきた。その日中には、同じ地区に住む地元の人たちに展示品の半分を売りさばいた。ずいぶんいい儲けになるだろうと彼は思い、婆さんの不在を惜しむ気にはならなかった。目をあげて自分の家と婆さんの家を隔てる塀を見ると、そこには毛の抜けた猫がいて、彫像のように身動きもせず、黙ったまま彼を見下ろしていた。その瞬間、ハーディーは、婆さんのあの目が猫に宿っているような気がした。猫はその両目で彼を見ている。この光景に嫌な気分を味わった彼は、小さなレンガを持ってくると猫に向かって投げつけた。レンガ片は当たらず、猫はその場を動かなかった。

　一日が終わって、ハーディーは疲労困憊した。たくさん売ったが、家の中庭にはまだ品物があり、明日はバーブ・シャルキー地区のハルジュ市場で売ったり、友だちの売り手たちに知らせたりできるだろう。彼は崩れかけた部屋の天井にウンム・ダーニヤールの持ち物だった扇風機を取り付けた。ウルーバ・ホテルの件以来使っているあの若い助手の手を借りて作業したのである。それから布団の上に横になり、離れた場所から、石膏の聖母マリア像がなくなった後に残された暗い空間を見つめた。日中に聞いた友だちの言葉を思い出した。この暗色の木板はユダヤ教徒のイコンだ。これも売れるぞ、と言っていた。しかし、彼はこの瀟洒な木彫を見つけた最初の時と同じく、もしこの一歩を踏み出したらよくないことが起こりそうだ、という危険を感じていた。この木板はここに残しておくべきだ。この先、この不安から永遠に解放されるために、壁龕は石膏で埋めてしまおう。

　頭の中で、互いにつながりそうな徴候を総ざらいして、つなぎ合わせてみようとした。聖像が失われたこと、ウンム・ダーニヤールが去り、彼女の持ち物がなくなったこと。しかし彼の知能で、それらを一つにまとめて理解するのは荷が重すぎた。あの猫の鋭いまなざしを思い出した。心の奥底で、わずかではあるが、まるで自分が何か間違いを犯したような怖さと罪の意識を覚えた。だがそれが何なのか、今、この時点ではわからない。

古物屋ハーディーが、昼の疲れを引きずりながらも目を閉じないでいようと奮闘している間、躍動する亡霊が、家々の壁を越え、古物屋ハーディーの家の崩れかけた塀に飛びつき、ウンム・ダーニヤール家の屋根へと渡ってきた。今やこの家は古物屋ハーディーの家の一部となっている。亡霊は階段を下りて、家の中庭で、猫のナーブーを見つけた。猫は長い鳴き声を発し、亡霊は猫のそばを通り過ぎて無人になった客間へ向かった。

治安部隊に追われ、あまたの方面から手配されているこの生き物は、跪いて聖ゴルギースの聖人画の残骸に近づいた。残骸を手に取り、彼は欠損した顔の穴を見た。それをやさしく手で大学ノートほどのサイズに折りたたんでいった。

家の中を見回すと、悲しみが心に滲んできた。もう二度とイリーシュワー婆さんに会うことはない。彼の誕生にかかわってくれた人、そして自分の死んだ息子の名前を付けてくれた人。彼は、自分は彼女にとってほかの誰よりも近しい者で、息子の記憶の一端を担っているのだと思っていた。彼女が去ったことで、彼は今、自分の存在価値を認めてくれる一人を失った。彼女は、死んだ息子に結びつく糸の一端を捨てたことに気づかぬまま、彼を置き去りにしたのである。

彼は壁に寄りかかって座った。猫のナーブーがそばを通り過ぎ、毛が抜け落ちるのもかまわず身体を彼のズボンにこすりつけた。猫は踵を返してもう一度身体をこすりつけると、やがて温まろうとするかのように足元で丸くなった。
一人と一匹は、そのまま朝まで過ごした。

第十七章　爆発

一

朝五時半。動きを止めたウンム・ダーニヤールの扇風機の下で古物屋ハーディーが泥のような眠りに沈み、名無しさんの亡霊、あるいは名前の無い者が、猫のナーブーとウンム・ダーニヤール家の客間の汚れた床の上で眠っている頃、スルール・マジード准将は追跡探索局のオフィスで深い眠りの中、嫌な夢と格闘していた。占星術師の長が早足に廊下をやってきた。彼はスルール准将のオフィスのそばで居眠りをしていた警備担当を見とがめ、両手でドアを強く叩いた。

スルール准将は眠りから飛び起きた。目の前の占星術師の長を見たとき、彼は即座に日が昇るまで遅らせてはならない緊急事態だと察知した。占星術師の長はピンク色の用紙を前に置いた。しかし、スルール准将がそれを読む前に、アニメに出てくるような斑入りの顎鬚を持つ老いた占星術師は内容を語りだしていた。

「あれはここにいます。バターウィイーン地区のこの家の中です。今は眠っています。あれが目覚める前に拘束しなければなりません、すぐさま行動を起こしてください」

スルール准将はすぐに車の準備をするよう命ずると、急いで服を着た。拘束部隊に出動を命令すれば、彼自身が同行する必要はなかった。「ピンク色の将校二人組」に頼ることもできた。しかし彼は、メディアで、現政権を悩ませ、全治安部隊が拘束を断念した危険な犯罪者と同じ画面の中に自分が映り込む重要性を熟知していた。ついに自分はあれを逮捕し、高官たちの間で、凄腕の、他の追随を許さぬ切れ者という評価を確立するのだ。その暁には前政権時代に治安維持にかかわってきた自分の前歴について拘泥し続けるうるさい舌を黙らせることができる。

おそらく内務大臣か国防大臣に任命されるだろう。治安維持機関《ムハーバラート》の長官もありうる。遮光ガラスを入れた四輪駆動車に乗り込みながら、彼は心の中でそう呟いた。二台の車はすぐバグダードの通りへと発進した。早朝のこの時間では無人同然である。文書中では「占星術師の長」の名で書かれている年寄りの占星術師も、スルール准将とともに後部座席に座っていた。本件は彼にとってもまさに要事といえた。彼はこの名前が無い危険な犯罪者の容貌を、逮捕時にスルール准将の手下の打擲を受けて顔が崩れてしまう前に、見てみたかった。彼は長らくこの者の容貌を思い描いてきたのだが、そのたびに顔は変化し、入れ替わってしまうのだ。これまでは誰の容貌であっても容易に思い描けた。しかし、名前の無い者の容貌だけはいつもすり抜けてしまう。それゆえにこの者は危険であり、ほかの誰より怪奇なのである。きっとある日、隣を通り過ぎても、それとわからない。なのにこの危険な犯罪者のほうは占星術師の追跡に感づいており、占星術師が追跡探索局から全く出ることがなくても、排除してやろうと考えるかもしれないのだ。

今日、自分が出張ってきたのは、この危険な犯罪者の手にかかってあっさり殺されるためだろうか?

占星術師が道中それを考え続けているうちに、彼らはサアドゥーン通りに着いた。彼とスルール准将は、通りが大騒ぎになっているのを目撃した。オルファァリー金曜モスクや写真館に面した歩道に、警察車両と米軍の軍用オートバイが整列している。自由のモニュメントそばのロータリーにはさらに多くの警察車両がいる。タイラーン広場に到着したとき、彼らは確信した。バターウィイーン地区が包囲されている。いったい何が起きたのだろう？

そこでは小路に入り込んだ自動車爆弾の捜索が行われていた。当該車両を運転しているのは、ある武装集団の大物指揮官である。警察や米軍は、爆発前にこの男を拘束しようとしていた。

「何が起きているんだ!?」スルール准将は憤りにまかせて怒鳴った。それから、占星術師の長が示す小路の入口に降り立つと、そこに立っている何人かの将校と言葉を交わし、特別身分証明書を取り出して見せた。ところが彼らは准将の立ち入りを拒否した。問題の車は白いオペルの新車で、ウンム・ダーニヤール家の脇に停まっていた。

日が昇り、六時半近くになると、通りに車が走り始めた。警察車両と米軍の軍用オートバイがいるせいで、朝早くから渋滞が起きつつある。占星術師の長は苛立ったが、四輪駆動車から出ようとはしなかった。外見から疑われるためである。長袖の珍妙な衣服、長髪を一本に束ねた頭に綿の丈高のとんがり帽子を被り、入念に手入れされた濃い顎鬚。鬚の先はワックスを使って頭と同じように下方向にとがらせている。どうでもいい状況であればただ笑われるだけで済むだろう。子ども劇場の俳優だと思われるかもしれない。だが、今は厄介である。何が起きているのか正確にわからないので、彼は車の窓を開けて注視し続けていた。

自爆テロ犯は白いオペルの中に座っていた。小路で包囲が整ったのを、アブー・サリームは小路に面した自宅バルコニーのマシュラビーヤ窓から見ていた。恐怖の車両は彼がいるバルコニーの下、ウンム・ダーニヤール家の壁に密接している。ここは危険であった。すぐに下りて家族を起こし、家から出なければならない。少なくとも離れた部屋に下がらなくてはならない。自爆テロ犯が車を爆発させたら、確実に家は家族の上に崩落するだろう。

アブー・サリームはとっさに何の行動もとることができず、固まったまま、階下に停まった白くぴかぴかの小洒落た車をずっと見つめていた。ここの、この車に危険な徴候などありそうにない。彼からは車内の自爆テロ犯は見えなかった。アブー・サリームはそれまで眠っていたのだが、「両手を上げて車から出て来い」と手をメガホンにして自爆テロ犯に呼びかける声で目を覚ましたのである。階段を上って上階の窓から覗いてみたら、不意にバルコニーのすぐ下に車が見えた。そしてそんな事態だというのに、あまりにも突然すぎたせいで、彼は硬直が解けなくなってしまったのである。他に何もできなかった。これまでついぞなかったことだが、サンダルを履き忘れて、裸足で突っ立っているのさえ気づかずにいた。

このとき、アブー・アンマールは、包囲が始まる前に新車でバターウィイーン地区から無事に抜け出していた。ブローカーのファラジュは自宅を出てウルーバ・ホテルの前に立った。すでに看板を外し、作業員たちに指示を飛ばしている。彼はパン屋のほうへ、パンとガイマル・アラブを買いに行こうと何歩か進み出ようとした。そのとき、爆発が起きた。

二

ユダヤ教徒のイコンが描かれた暗色の木板が前に飛び出してきた。古物屋ハーディーは宙に飛んだそれをほんの数秒だけ見た。木の燭台が同系色の背景から外れたのを見た覚えはある。それから燭台は木っ端みじんになった。その光景のすべては、のちに病院で長い安静状態の中で見たぐちゃぐちゃの夢かもしれない。

ただ確かなのは、実際に彼の倒壊した部屋の中にあったすべてのものが、自爆テロ犯が巻き付けていたダイナマイトと、爆発物を仕掛けた白いオペルによって起きた爆風のせいで、数分の一秒という恐ろしい速さで、ぐちゃぐちゃになったということだ。これはこの地区で起きた中では間違いなく最悪の事態であった。二十世紀初頭にバグダード中心部の上流住宅地として造成された後、この地区は八〇年代から九〇年代初頭にかけて衰退し、売春宿と自家製密造酒製造の巣窟になった。いくつかの家で誘拐や女子どもの人身売買や、臓器売買をやっている集団が見つかったこともあった。しかし、それらは結局最悪ではなかった。

爆発は地区全体を揺るがした。この恐るべき事件を取材したジャーナリストはのちに、この爆発のせいで自由のモニュメントにひびが入り、間もなく崩落するぞと警告に走り回ったと語った。だが、最も大きな被害を被ったのは七番通りの古い家屋群であった。そのうち何軒かは一九三〇年代に建てられたもので、すさまじい爆風によって土台から破壊されてしまった。

ウンム・ダーニヤール家は完全に倒壊した。爆発の最大威力を受け止めたせいで、そこには石積みすら残らなかった。のちに、病院を退院した段階でブローカーのファラジュは知るのだが、ウンム・ダーニヤール家の強度は最悪レベルだった。ウンム・ダーニヤールの気合の入った手入れのおかげで、家は美麗な形状と外観を保っていたが、長年の間に湿気が壁にも土台にも浸み込んでいて、美観とは裏腹に建物自体は腐食していたのである。

ユダヤ教徒の廃屋の、古物屋ハーディーが住み着いていた崩れかけの部屋もまた倒壊した。古物屋ハーディー家の中庭に置いてあったウンム・ダーニヤールの持ち物や、木製家具にどうして火が回ったのかはわからない。家の中でハーディーが寝ていたマットレスまでなぜ燃えてしまったのかも。地元の人々にしてみれば、この事件で古物屋ハーディーが助かったのはまさに奇蹟であって、彼が長年吹きまくってきた「山から転げ落ちようが爆発の爆風でふっ飛ばされようが死ななかった」というほら話とともに、皆に語り継がれることになった。ハーディーは死を免れた。ご近所さんたちは数日後、キンディー病院の病室を見舞ってからそう言ったが、本当に彼らが古物屋ハーディーに会ったかどうかは怪しい。彼らは、頭から爪先まで包帯でぐるぐる巻きにされ、こん睡状態に陥った身元不明の男のベッドのそばに立っただけである。

突然の爆風はブローカーのファラジュを何メートルも上空へと吹き飛ばし、おかげで彼は顔面に怪我を負ったほか、あちこちに痣をこしらえた。ウルーバ・ホテルのガラスはすべて粉砕し、古い鋼鉄の窓枠とドアもいくつか外れてしまった。ウンム・ダーニヤール家の隣の印刷所も大部分が倒壊した。近隣の家については、ウンム・ダーニヤール家の壁が障壁となり緩衝材となったのだが、色白のウンム・サリームの家は守り切れず、その前面は完全に崩落した。奥にある残りの部屋も損傷を受け、壁にひびが入った。運がいいことに家族のほとんどは奥の部屋で眠っていたので、神のお計らいによって無事で済んだ。だが、小路に面したバルコニーから自爆テロ犯の白い車を見張っていたアブー・サリームだけは、木製のバルコニーからすごい速度で階下に墜落し、両足と左腕を骨折、頭部に擦過傷と創傷、さらに全身に軽傷を負うことになった。ただし、死にはしなかった。バルコニーが崩落したとき、屋根の一部が九十度の角度をとって頭上に被さったせいで瓦礫の下敷きにならずに済んだのである。彼もまた近所のキンディー病院に搬送されたが、ベッドに横たわっている間、負傷者の写真を撮って取材をしようとやってきたジャーナリストたちを相手に、延々わけのわからないことをしゃべり通した。「停止」が故障して動きっぱなしの機械のようにしゃべり続けた。アブー・サリームは上階のバルコニーから長年見てきたものについてしゃべった。上階の自分の持ち場から見える六軒の家に誰が入り誰が出ていったか、ウンム・ダーニヤール家の隣の印刷所に出入りしていた売春婦たち、壁をよじ登っていた泥棒たちについても語った。彼は、近くのベッドで寝ている負傷者たちを見ようと苦心して首を回し、いくつものベッドがある大きな部屋を目で探してみたが、誰も彼のほうを向いておしゃべりする気はないようだった。

ところが一週間後、アブー・サリームは特筆に値する訪問者を迎えた。四十代くらいの若者が来たのである。きちんとした身なりで、ＩＣレコーダーを持ったこの若者は、彼のそばの椅子に腰かけた。愛想よく親しげに挨拶をすると、若者はレコーダーの電源を入れ、話を聞かせてほしいと頼んだ。アブー・サリームはあんたは誰ですか、と尋ねた。すると彼は答えた。

「私は作家ですよ」

「作家って、何の作家かね？」

「短篇小説の作家です」

「で、あんたた、わしに何を話してほしいんだね？」

「何でも話してください。私が聞きます」

三

占星術師の長は四輪駆動車の少しだけ開けた窓から、スルール准将が七番通りのサアドゥーン通り側の入口を封鎖している警備を突破する様子を見ていた。彼は不安に駆られ、この怪しさ全開の外見のせいで味わうであろう気まずさもかまわず、ドアを開けて降車した。濃く長く先まで整えられた鬚が早足で歩くたびに揺れ続けた。警備の男のところにたどり着くと、彼は立ち止まり准将に向かって声を張り上げて呼びかけた。

スルール准将は後ろを振り返った。すると、占星術師の長が手を振りながら戻って来いと呼んでいた。

「閣下、何をするおつもりですか？　死にたいのですか？」

「あの犯罪者は俺が、この手で捕まえなければならないのだ」

「あなた、死にますよ、閣下……お願いですから戻ってください……こっちに来なさい。私にカードを視《み》させてください」

スルール准将は後戻りした。占星術師の長は地べたにしゃがんで、いつも追跡探索局のオフィスでやっているように、胡坐《あぐら》をかいた。ポケットから大判のトランプ・カードを取り出すと、腕利きのカード使いのようにカードを切り続け、歩道の上にそれを配っていった。何枚かを分け、残りは除いていく。それから中の一枚を手に取り、何かを見出したかのようにそれをじっと間近で見つめた。准将は彼の隣にしゃがみこんだ。小路の入口に立つ警備の者たちは、何が起こっているのかわからず、この光景に気を取られ、しばらくの間自爆テロ犯の白い車から目をそらして、この異様な風体の男のすることを見つめていた。

「名前の無い者は、あの家にはおりませぬ」

新たに一枚を引きだし、鋭い目でそれを見た後、占星術師の長はそう言った。

「なんだと？　ではどうしてお前はここまで一緒に来た？　あの犯罪者は今どこにいる？」

「十五分前まではあれはここにおりました。しかし、屋根を伝って家から脱出いたしました。どこに行ったのかは正確にはわかりません。おそらく、まだバターウィィーン地区からは出ておりません。が、あの家は出ております。これは確かです」

「だが、俺は確証が欲しいのだ」

准将はそういうと立ち上がった。小路と白いオペルのほうを向く。

「命を捨てることになりますぞ」

年寄りの占星術師はそう言いながらすばやくカードを集めて一つにまとめ、長衣のポケットにまた収めた。

「あそこには別のものがあります」

占星術師はそう言って、スルール准将が自分のほうを振り向くのを待った。

「あの自動車爆弾は、ある意味では、我々に責任があるのです」

スルール准将はこの言葉を聞いて振り返った。彼は年寄りの占星術師ににじり寄った。

「なぜだ？」

「今すぐ部局に戻らねばなりません。やったのは私の助手の一人です。あの若い占星術師が、名前の無いあの犯罪者を殺すために、あの車をこの場所まで連れてきたのです。しかし、今やあの犯罪者は逃げてしまいました。車の中にいる自爆テロ犯は、どうして自分がここに来たのかも、自爆用ベルトを起爆するか否かも、わからないままでいます」

「何を言っている？　どういうほら話だ、それは？」

「今、戻らねばなりません」

年寄りの占星術師は四輪駆動車のほうに踵を返しながらあくまでそう言い張った。その直後に、爆発は起きた。

スルール准将も占星術師の長も全体を覆った濃い土埃を被っただけで無事だった。二人は急いで車に乗り、オフィスへ帰った。スルール准将はただちに部下の将校たちと占星術師チームを全員召集すると、本件の調査を開始した。そこで判明したのは、白いオペルを運転していた自爆テロ犯は、もともとは警察署に行って新人幹部の群れの中で自爆するつもりであったということである。何かが、彼の考えと決意を変えて、バターウィイーン地区の小路へと向かわせたのだった。占星術師たちは混乱を極め、非難の応酬となった。追跡探索局には治安維持機関では当たり前の秩序が通用しなかった。局長であるスルール准将への十分な敬意など存在しない。彼らは准将の存在を無視し、罵り合いを続けた。何もかもスルール准将自身が彼らに与えた自由裁量ゆえである。一時間後、スルール准将は自分が始めたこの調査は何の役にも立たなかったと悟った。それどころか、おそらく本件のせいで、追跡探索局は政府から疑惑をかけられることになる。これが、今の状況からの最終予想である。そこで准将は本件の調査を打ち切り、一時的に占星術師たちの活動を停止した。

二週間後、米軍の連絡将校立会いのもと、軍情報部及び治安維持機関の高官たちによって、スルール准将個人に対する調査委員会が招集された。彼は、バターウィイーン地区の爆発が追跡探索局に起因するという情報が、この調査委員会にリークされているのに気づいた。それは何らかの手段でより上位の方面にも達しているのだろう。目的はただ一つである。彼の評価を失墜させ、その地位を一層弱体化させること。治安維持機関の長官への昇進を夢見ていたというのに、彼は今や早期引退を言い渡される危機にあった。

四

マフムード・サワーディーはズィナの身体の下に裸の腕を差し入れて、ディルシャード・ホテルの部屋の中で一緒に眠っていた。そのとき、遠くですさまじい轟音が聞こえ、ホテル全体に振動が走ったが、特に損害は生じなかった。ほんの数秒目を開き、彼は再び眠りについた。

朝八時半ちょうど、ズィナに別れを告げながら、彼はホテルの若い従業員から今朝の恐ろしい事件のことを聞いた。昨夜の乱行に対する沈黙の見返りとして、マフムードは彼に二万五千ディーナール札を支払い、今朝の事件について聞いたことを教えてほしいと頼んだ。

「上水道と飲料水の水道管が切断されたせいで、今、でっかい水たまりができてるんですよ。サアドゥーン通りにあふれだしてバーブ・シャルキー地区のトンネルに流れ込んでいます。爆発のせいで何十軒もの家が倒壊したそうですよ。で、今、七番通りの真ん中に穴が空いているんです。恐ろしい大穴で、底に石の壁が見えたという人もいます。穴の底にですよ」

若者はそう言った。マフムードはウルーバ・ホテルのことを思った。爆発はホテルのすぐ近くで起きている。友だちのカメラマンのハーゼム・アッブードや、アブー・アンマールや、あの辺りの知り合いにも何かあったかもしれない。しかし今更何ができるだろうか。

マフムードはハーゼム・アッブードに電話をかけて、彼が今、米軍に同行してバグダードを出ていることを知った。アメリカの通信社の依頼で戦闘作戦の撮影をしているという。ハーゼムはマフムードに、アブー・アンマールはバグダードから出ていったと告げた。ホテルを売却し、カルアト・スッカルにいる親族のもとに帰ったと。

その知らせには虚を衝かれたが、マフムードの心の奥底には何一つ響かなかった。知り合いが誰も死ななかったのはよかった。心の中でそう呟くと、彼は通りに出て雑誌社へ向かうためタクシーを拾った。

着くまでの短い間に、すばやく雑誌社の現況を思い返した。最新号の〆切が近づいているが、まだネタが揃っていない。あと何人かのスタッフにまだ手当を支払っていない。サイーディーからは何も送られてこない。それに、陰気な顔の会計士も現れず、この二日は電話をしても応答がない。こういうことを考えていくにつれ、マフムードはナワール・ワズィールの幻影と彼女に似た女との長い酔いから覚めて、現実に戻ってきた。彼はサイーディーのお抱え運転手スルターンとの会話も思い出した。そしてサイーディーにかけた最後の電話のことも。落ち着かなさが混ざった気持ちになってきた。サイーディーが現れて、自分をこの緊張から救ってくれなくてはならない。彼に会ったら、元の業務に、一編集者に戻りたいと言おう。もうこんなに消耗する重要事項の差配はできない。

いつもの晴れた一日だった。暑さも厳しくない。バターウィイーン地区の真ん中で起きた衝撃的な爆発事件以外は、何もかもが理想的に思えた。少なくとも、このタクシーの車窓から見る限りでは。人々は仕事に向かっている。歩道に立つ売り子たち、ファラーフェル（ソラマメやひよこ豆を潰して揚げたコロッケ。パンに挟んでサンドウィッチにもする）売りの屋台。KIA社製バスに乗ろうと待っている働く女性たち。澄みわたった青空を小鳥が飛び回っている。ズィナとの親愛に満ちた夜を思い出し、彼はわずかな悲しみとともに、深い安堵を覚えた。自分は、もうウルーバ・ホテルに泊まっていたあの年端のいかない若者ではないのだと実感した。ハーゼム・アッブードの導きに乗せられるがまま、五番通りの愛を鬻《ひさ》ぐ家に突撃することもないだろう。彼はすごい速さで人生経験のより深い段階へと駆け上っていく。

しかし、疲れている。この数か月間で、ほかの人の数年分に匹敵する努力を費やした気がしていた。友だちも急速に変わっていった。彼の友だちはもはや一年前に出会ったあれらの人々ではなかった。以前、これは成功税だと彼は言っていたのだが、ほかの人がうまくいっていないとき、自動的に関係にひびが入ってしまうことがある。妬みや羨望や誤解から、向こうがその亀裂を作り出してしまうのだ。しかし、今、彼は自分が言っていたことがよくわからなくなっている。どんなに気の利いた素敵な言葉にも、移り気で一つの状況に落ち着くことのないサイーディーとその言動を思い出すからだ。

雑誌社の社屋に到着すると、官公庁の公用車が何台か小路に停まっているのが見えた。車の持ち主たちが仕事で雑誌社に来たのかと思った。たぶん隣のイラク国立銀行に戻るところなのだろう。しかし、開け放された外門から中に入ったとき、マフムードは彼らは自分に会いに来たのだと確信した。私服だが、武器を携帯した警備員が何人かおり、彼を呼び止めて身元を尋ねた。そして、マフムードが雑誌の編集人であると知ると、雑誌社に入るのを許可してくれた。社内にスタッフは、呆然としたまなざしで迎えた年寄りの給仕アブー・ジョニーしかいなかった。アブー・ジョニーは何も言わず、いつもと同じ一日を送っているかのようにテーブルを拭いて動き回っている。皆は雑誌社から逃げ出したようだ。そうでなければ、マフムードが今この時点まで知らないでいる何かを知って、全責任から逃れようとしているのだろう。

　サイーディーのオフィスに入ると、そこには顎鬚を剃り上げ口髭のある、改まったスーツを着た男が四人いた。サイーディーと大体同じ年齢である。マフムードが挨拶をして自己紹介すると、着席するように求められた。それから彼らは手短に、これから雑誌社を閉鎖して、財産をすべて没収すると告げた。

「何があったんですか？」

「目下、国家の問題となっているあれだ……腐敗防止と汚職関係だね」

　口髭を生やした男の一人がわけ知り顔でそう言った。マフムードは胃腸が捩《よ》じれそうな気がしてきた。濃い口髭を蓄えた男は、厳しいまなざしで彼を見ると、顔の前に指を突きつけながら言った。

「君の上司は米国からの補助金千三百万ドルを横領した」

「千三百万ドル!?　大金じゃありませんか。どうやって横領したんですか？　彼は有名な作家ですし、著名人なのに」

「どうやったかは奴に訊くんだな。鍵を出しなさい。それから我々にここの金庫を開けて見せてくれ。お願いするよ」

　怪しげな男たちは速やかに行動した。何人かは別の部屋に向かい、二階へ上がっていった。二階には既刊の雑誌といくつかの物品を収めた書庫がある。マフムードは、彼らがサイーディーが横領金を隠した秘密金庫を探すため、雑誌社を上から下までくまなく調べ、家具や編集長室の絨毯まで動かしているのに気づいた。

　マフムードが書類や雑誌の契約書が入っている金庫を開けると、彼らはすべてを没収した。現金は全くなかった。サイーディーは雑誌社に全く金を残していない。

「どうしてサイーディーはこんな？　こんなこと、ありえるのか？　僕にまでこんな」

答えが出ないまま、この言葉をマフムードは何十回も頭の中で繰り返していた。何もかもただの夢、ただの誤解、すさまじい大間違い、といったように。じきにこの恐ろしい外見の男たちも間違いに気づく。そのときには前に立って詫びてくれるだろう。鍵を返し、すみませんでしたね、許してくださいと言ってくるだろう。

彼らの長と思われる、濃い口髭の男は進み出ると、マフムードにサイーディーに電話をかけるよう頼んだ。

「君の上司に電話しなさい。出たら私に代わってくれ。彼と話す」

通話圏外にいるとは知っていたが、慌ててマフムードはサイーディーに電話をかけた。怖い気持ちが先だって意味もなく何歩も歩いた。応答はない。別の電話を使って、もう一度かけてみたが、結果は同じだった。

「彼の電話はつながりません」

マフムードはそう言って詫びた。濃い口髭の男は不信に満ちたまなざしでマフムードをじっと見ていた。

四十五分後にはすべてが済んだ。アブー・ジョニーは濡れたモップを肩に担いで、雑誌社から出ていった。マフムードのそばを通り過ぎても、アブー・ジョニーは彼を見ようとせず、振り返らず歩き続けていた。そして近くの小路にある自宅へと帰っていった。見てのとおり、この瞬間に彼は奉仕を終了したのである。マフムードはといえば、どうしたものかわからなかった。彼自身もホテルのつけを払うために遅配の給料を待ち望んでいたのである。会計士の携帯に電話をかけ続け、それから友人たちや雑誌社の同僚たちにも電話をかけた。何人かはむなしく発信音が響くばかりで、また何人かは申し訳ないが自分は何もしてやれないと答えてきた。最後に彼は濃い口髭の男のほうを振り返った。彼はマフムードの肩を軽く叩いてこう言った。

「君も、さあ行こうか。……来て取調べを受けてもらおう」

「取調べ？」

「そう。……簡単に済むと思っていたかね？」

マフムードは深い悲しみに沈みながら、彼らとともに車に乗った。ただ、少なくとも彼らはマフムードを侮辱せず、きちんと扱ってくれた。現時点までは殴られてもいない。けれどサイーディーが話していたことや、彼の旧友のスルール准将との冗談から、察しはついている。イラクの治安維持機関の取調べは、サイーディーの表現によれば肉体的な苦痛を伴う。心ががらがらと崩れていく気がした。何もかも壊れてしまった。深い淵の底へすごい速さで自分が滑り落ちていく。自己認識も、日常の世界と自分がつながっているという感覚もなくなってしまった。

マフムードは決意した。自分が助かるためには、何もかも話してしまうしかない。仮に、昨晩寝たズィナのことを訊かれるようなことがあったら、どんな体位でやったかまで彼らに打ち明けることにしよう。一切隠し立てはしない。自分は潔白なのだから。

「千三百万ドル……!?」

この件をしっかり把握しようと、心の中でそれを何度も繰り返した。公用車は猛スピードで知らない場所へと向かっている。

五

スルール准将に対する取調べは終わらなかった。イラクの治安維持機関及び軍情報部の将校たちと、米軍警察の連絡将校によって構成された調査委員会は、スルール准将と彼の部局の疑惑について、いずれにしてもさらなる物的証拠の到着を待つことにした。その合間にスルール准将は迅速に行動を起こし、徒《いたずら》に破滅を待つことはしないと決意した。彼は懇意にしていた何人かの高位の将校と連絡を取り、自分への取調べを少しだけ先送りすることに成功した。本来はまず受け入れられない話である。だが、テロとの戦いにおいて、彼の呈してきた貢献は特異かつ多大なものであった。厚遇されてしかるべき、国事でのあらゆる叙勲に値する功績である。彼に対し、このような侮辱的な査問を行う指示を出す前に、政権を担う者たちはこうしたことをよく思い出すべきであった。

スルール准将は、バターウィイーン地区での大爆発に関する情報に怒り狂っていた。彼は占星術師の長と若い助手と、より下位の占星術師を全員召集した。速やかに会合が開かれたが、それは助言を求め議論や意見交換を行う会合ではない。スルール准将が下した最終決定を聞くためのものである。

彼らに対し行った取調べの際に、准将は眩暈がするほどの困惑を覚えずにはいられなかった。彼らはどんな話も回答も現実世界からすぐに形而上の世界に飛翔させてしまう。取調べによって明らかになったのは、しばらく前から准将の配下として働く者たちが暗闘状態にあったことである。この闘争はすでに制御不能になっており、准将個人がそのあおりを食らうことになった。あの危険な犯罪者を拘束するために、この占星術師たちが数か月という長い時間を無為に費やした結果、准将は追放され、査問を受ける羽目になったのである。

「君たちには、全員出て行ってもらう」

准将は彼らにそう言うと、彼らの顔に驚きの表情が浮かぶのを待った。しかし彼らは何も言わず、即座に立ち上がった。准将は、最後に部屋から出ていこうとした占星術師の長に怒鳴った。

「なぜ何も反応しないのだ？」

「私はこの決定を存じておりました。何もかも、私の愚劣な助手のせいでございます。あれこそが私を破滅させた敵なのです。閣下、この件にあなたは何も関与していない。あなたには何の責もありません」

この答えにスルール准将は動揺を覚えた。召集される前に、彼らがカードや鏡やササゲ豆で作られた数珠などを視て、この決定を知っていたのは確かであろう。だが彼はもっと違う反応を期待していた。議論を吹っかけるなり、彼に詫びを求めるなりしてくるかと、そうして例えば、事態を改善すべく自分を助けてくれるのではないかと思っていたのである。心の奥底で彼は、こんなふうにあっさりと手を引くのではなく、彼らが実際に自分を助けてくれるのを待っていたのだった。自らの下した決定を取り消すことはできないが、それすら彼らにはごく些細なことでしかないのだろう。彼らは互いの暗闘からはこれほど簡単に手を引かないに違いない。追跡探索局は内部から崩壊しており、もはや准将には守り切れない。占星術師放逐の決定は、単なる論理的帰結でしかなかった。今や彼は一人きりだ。

占星術師の長は自室に戻った。静かに鞄に荷物をまとめると、洗面所に入って水と石鹸で顎鬚を洗い、ワックスを落とした。彼は小さな鋏を取り、自分の顎鬚の真ん中に入れて切り落とした。そして敬虔な男にふさわしいくらいの長さに短く揃えた。これが彼の新しい姿である。

緩やかな衣服を脱ぎトイレの大きな屑籠に捨てた。彼は青い細い縦縞が入った白い綿シャツを着て、暗色のズボンとサマーシューズを合わせた。そして鞄を持った彼は、部局を出て、バグダード南部のザアファラーニー地区にある自宅へと向かうことにした。

そのとき、彼は床に滑らかな赤い砂粒が落ちているのに気づいた。革製の携帯電話ケースを探しているときも、寝具の上やあらゆるところに砂が見つかった。出ていく準備が整う前に、若い占星術師が入ってきた。ここで私と対面しようとは大した度胸だ、と彼は思った。最後の瞬間にわざと居合わせて、あなたは去り、俺が残ったと告げようとしているようだった。少なくとも、彼はこの部局を最後に去る者になるのだろうから、師匠が自分より先に去っていくのを見るつもりなのだろう。

本当は彼にこう怒鳴ってやりたかった。この愚か者、お前が何もかも破滅させたのだ、と。また、一瞬、この老いた両腕で絞め殺してやりたいとも考えた。しかし、今、そんなことをしたところで何の意味もない。この男は、いずれもっとうってつけの状況で自分がやらかしたことの報いを受けるだろう。この男を見張ることもできるし、特別な手段を用いて影響を与えることもできる。この場で殺すこともできる。しかし彼はそういうことをかつて誰にもやったことがなかった。

若い占星術師も着替えをしていた。就寝用のパジャマにである。今、出ていくつもりはなかった。彼は師匠の新たな姿を軽蔑まじりに、この瞬間をよく記憶しておこうとするかのように見つめていた。占星術師の長が至高なる姿から、ただの一般人になり果てた墜落の瞬間である。

何の挨拶も交わさず一言の発話もなかったが、二人は特別な、目線とまなざしでの会話を交わした。そして占星術師の長は肩に小さな鞄を下げ、憤りと苦々しい思いを抱えながら出て行った。

ほかの者たちは、これほど早く出立せず、朝出ていくため翌日を待つことにしていた。遠くの県に住む者もいる。彼らは占星術師の長が部局を出ていくところを見なかった。彼らの不和は根深く、それぞれが自分こそが「占星術師の長」であり、ほかの誰よりもこの称号にふさわしいと思っている。互いが真の敵に変貌したのである。スルール准将は、直感と賢明さにより、思い切って彼ら全員を放逐する決定を下したのだが、この問題の奥深さを本当のところはわかっていなかった。

占星術師の長は、年寄りの運転手のタクシーに乗り込みながら、この不和について思い返していた。彼は行き先の住所を告げ、運転手と料金についても合意した。年寄りの占星術師は鞄を後部座席に放りこみ、自分は助手席に座ってくつろいだ。彼は民間人の服装を嫌う宗教人のような外見をしていたので、年寄りの運転手はもっぱら宗教的な話題ばかりを振ってきた。宗派や政党の話題に触れたとき、占星術師は、追跡探索局の広間で語った言葉をいくつか思い出した。

「徒党を組まず、党派を持たない者は、神のみである」

年寄りの占星術師は、運転手の言葉にそうコメントした。その数分後、彼は自分たちが車も通行人も全くいない通りに入り込んでいるのに気づいた。車の速度が落ち、運転手は道に迷ったような様子を見せた。運転手は分厚い眼鏡越しに前を見続けていたが、それから首をぐるりと回して後ろを振り返ると、息をついて、年寄りの占星術師にこう言った。

「道を間違えてしまったようです」

運転手は車を回して来た道を戻ろうとした。しかし、そこはアメリカ人が車両を連ねて通行止めをしていた。米兵が強力懐中電灯で運転手の顔を照らしながら、脇道に入るように言っている。通りの果てまで行きついたとき、運転手はどこに向かったらいいかわからなくなっていた。路肩に車を停めると、彼は年寄りの占星術師に言った。

「お客さん、すいません……この建物の向こうがわしの家なんで……料金はいらないですから……頼んますから、ここで降りてください。別のタクシーを拾ってください。……通りの状況がよくないもんでね」

年寄りの占星術師は抗弁し、進み続けてくれと励ましもしたが、年寄りの運転手は頑として聞かず、結局、占星術師はそこで降車した。タクシーはすばやく走り去り、占星術師は鞄を持ったまま、代わりのタクシーを待った。

二分もすると、歩き続けて大通りに出たほうがいいと思うようになった。大通りならもっと車も通るだろう。大通りに出るために、彼は脇道に入っていった。

しかし進んでいくうちに、彼はこの脇道があまりにも長く、また灯もないということに気づいた。驚くほどの闇の深さであったが、恐ろしさや怖さはなかった。長い経験から彼は、実際には知らないことであっても知ったふりをするのに慣れていた。そしてたいていの場合、彼の見込みは正しく、最終的には帳尻が合ったのである。だから、自分が何かを語るときに、その真実を見抜いたとただ言い張っているのか、本当に見抜いているのか、彼にはもうよくわからなかった。

彼は知っていた。あるいは、知っていると思い込んでいた。今夜、何が起きるのかを。

それゆえに、恐れることなど決してありえなかった。これまで似たような経験をしたときも、彼は恐れたことがなかった。今夜、経験することは完全にこれまでとは異なっており、それが己の最期を味わうという、稀有の経験となることもわかってはいるのだが。

こうした考えは頭の中にあふれかえっていたが、彼は疲労と消耗を感じていた。部局で昼食も取らずに出て来てしまった。今は夕飯時を過ぎている。それよりもなによりも、彼は身体の弱った老人である。この小さな鞄でさえ彼には重たく感じられた。闇の中の脇道を歩き続けていると、丸縁の眼鏡越しに、通りの真ん中に男の人影が見えた。この眼鏡は、魔術師・占星術師としてのはったりを利かせる飾りとして唯一残しておいたアクセサリーである。

その男は前に進むのでも、逆方向に戻るのでもなかった。何もしていなかった。ただ立って、自分のほうを見ているようである。自分がたどり着くのを待っているようだ。

喉が渇いていた。うっかりミネラルウォーターのボトルを、部局の冷蔵庫に置いてきたのを思い出した。彼は息を呑み、闇の中の奇妙な男の姿から二メートルの距離のところで立ち止まった。男に話しかけようか？　なぜ、通り過ぎて端まで行かないのかい、と。しかし、彼はそうするほど無邪気ではなかった。彼は知っている、あるいはそう自分に言い聞かせている。

この出会いこそ、長らく待ち望んでいたことだ。それが実現するとは。

彼は、恐怖も弱さも一片たりとも見せたくなかった。弱々しく怖がる年齢ではないのだ。それに彼は気前のよい性格で、犠牲の役割を担うにあたって、処刑人に情けを乞うような真似を自分に許しはしなかった。

「これは、女子小・中学校の長いフェンスだ。そしてこれは商店と自動車修理工場。その上にも事務所があるが、日没の一時間前には持ち主たちが閉めて、いなくなってしまう。今、この通りには全く人がいない。車なら来て、通過していくかもしれないが、来ないかもしれない」

「私が怖がっているとか、誰かに助けを求めようとしていると思うのかね？」

年寄りの占星術師は、闇に沈むその男の言葉を否定し、そう答えた。占星術師は手から鞄を滑らせ、通りの路面の上に柔らかに落とした。まるで、この危険な犯罪者の亡霊と話している間、両手を開けておく必要があるかのように。この男を見たいと彼は幾日も願い続け、そのためだけにバタ"ーウィイーン地区七番通りへと向かったのである。この男とどれだけ話ができるかはわからなかったが、最期の時を迎える前に、顔を見たいと彼は強く願った。どうして、どのような顔かを推測できなかったのだろう。なぜ、今、彼は通りの遠い街灯を背にして立っているのだろう。

「何かやる前に、お前さんは知っておいたほうがいい。これは何もかも、私の若い弟子の占星術師が仕組んだことだ。あの日の朝、奴は自動車爆弾でお前さんを殺すのに失敗した。そして、今、奴はお前さんを使って私を殺そうとしている。これは私と奴との戦いだが、それに奴はお前さんを利用しているのだ」

「あの日の朝、あんたが俺を助けてくれたということか？」

「違う……お前さんに嘘はつかんよ。私はお前さんを捕まえようとしていた。せめて、お前さんの顔を見たくてね。お前さんの顔を知りたいのだ」

「俺は、あんたが俺を探すのに使っていたトランプのカードが欲しい。そして、あんたのその両手も欲しい」

「カードは屑籠に捨ててきてしまった。もう私はお前さんを探索していないよ。引退したんだ」

「そうか。カードはさほど重要でもない。問題は、カードを操っていた手のほうだ」

「もしよかったら、お前さんの顔を見たいんだがね」

「そんなことをして何の役に立つのか。顔は変わっていく。俺には確定した顔がない」

「見せてくれ」

「ああ、いいとも」

名前の無い犯罪者はそう言って、すばやく年寄りの占星術師のほうに進み出ると、その両腕をつかんだ。彼が強く両手を圧迫していくと、占星術師は自分の力が衰えていくのを感じた。もう立っていられない。力はさらに衰え、占星術師はがくりと膝を折った。犯罪者は静かに押し続け、上腕への圧迫を続けていく。

「これはお前さんの戦いではない……お前さんにはわかるまい。……これはお前さんの戦いではないのだ」

震える声で占星術師は言った。初めに見せた尊大さは消えうせ、乞い求めているように見えた。

そのとき、突然、丸縁の眼鏡越しに、彼はこの犯罪者の亡霊の闇に沈んだ顔を直視した。遠くの車のライトがそこに当たった。車は角を曲がって暗い脇道に進入してきたようである。彼の目の前で、この犯罪者の顔があらわになった。車のライトの中、ついに彼はその顔を目撃した。

ドラマティックな人生の良い結末であった。彼自身でさえ、魔術のトランプ・カードを使っても、これほどの締めくくりがあろうとは予期していなかった。心の奥底から漏れる声が告げた。自分が生きたすべては、何もかも空想とほら話だ。このほら話に溺れたあまり、自分はそれを本当だと信じるようになっていた。そして、過去のある時点で、それが本当だと信じ込んでいるほら話だということを、忘れてしまったのだ。

今、初めて、そして最期に彼が見たこの顔も、また過去のものになっていく。彼にはわかっていた。しかし、それでも彼はそれを見定めるために、この最期の瞬間を可能な限り長く延ばしていたかった。いったい、この顔の持ち主は何者なのだろう？

その後、無人のアスファルトの上でゆっくりと死が訪れるまでの間、彼は完全な確信に至る。これは、遠い過去の、自分のいくつもの顔からできた顔だ。過去の自分自身の、顔にも外見にも個性が全くなくて悩んでいた頃の顔である。曲がってきた知らない車のライトが照らすごく短い時間に、それは力強く、明瞭に、彼の前に現れた。

車の運転手は、この真っ暗な脇道に進入する意欲をすっかり失った。道の真ん中で、恐ろしい場面を目撃したのだ。

何者かが、通りのアスファルトの上に横たわった男の両腕を、光る刃広の斧を使って、熱心にかつ迅速に切断しようとしていた。

第十八章　作家

一

私はマフムード・リヤード・サワーディーとカッラーダ地区アイルヒタフのバグダーディー・カフェで知り合った。カフェは知識人や作家や俳優や映画監督や画家たちで賑わっていた。特に日没後には、カフェの前の歩道に置かれた鋼鉄製の長椅子では座りきれないほどになる。この時間帯になると、燃えるような夏の暑さも和らぎ、耐えられる気温になってくる。

私は紅茶を少しずつ飲んでいるところで、彼が高価なロレックスの時計やノートパソコンを売っている様子を目にした。見たところ何人かの友だちと交渉は成立したらしい。彼は乱れた外見をしていた。服は清潔ではないし、髪も整えられていない。ここ数日着替えもせず、風呂にも入っていないようだ。歩道の上を行きつ戻りつしながら彼は携帯電話をかけていた。電話を終えると彼はすぐに携帯からＳＩＭカードを抜き、それから携帯を閉めた。急ぎ足で友だちのグループのほうに戻って中の一人に携帯電話を渡し、代金の支払いを待つ。彼は不用品を売っているわけではない。緊急事態で、まとまった金額を手に入れようと焦っているのだ。ここのお茶代でも支払いに行くつもりだろうか？

彼はポケットから首にかける銀色のストラップがついた機材を取り出した。ＩＣレコーダーだとわかった。彼は友だちにそのレコーダーについても語っていたが、その話に友だちは笑いだし、すると彼も笑った。だが、彼の笑いはくつろいだそれではなくて、あきらかに動揺と困惑からきているものである。若者の一人が、私が相席しているティー・テーブルの鋼鉄の長椅子を手で示すのが見えた。おそらく、私たちのうちの誰かに買ってもらえないか交渉したほうがいいと助言されたのだろう。彼は近づいてきて、私たちの目を見ると、誰よりも先に私を選んだ。私で運試しというところである。

彼の条件は奇妙なものだった。彼は、そのパナソニック製ICレコーダーに対して四百ドルを要求していた。レコーダーの元値が百ドル、そして三百ドルはその中に録音されている話の対価である。彼が言うには、自分が経験した中でも一番奇妙な話だから、私のような作家が壮大な小説を執筆する際にきっと役に立つ。

私は会話を交わす前から、彼からこのレコーダーを買おうと心に決めていた。別に必要だったからではなく、人助けだと思ったのである。彼が多大な負債にあえいでおり、マイサーン県の家族のもとに発つ前に返済しなければならないと知ってからは、その決意をさらに固くした。しかし、私には録音された話を買う気はなく、また四百ドルも支払うつもりはなかった。今ここで、私にそんな金額は払えない。

好奇心に駆られて私は彼の話を聞くことにした。彼はうろたえて混乱しているのでもなく、精神的な問題もない。いくばくかの金を得るために人を騙しているようには見えなかった。聡明な男で語り口も明瞭である。だが、彼は難局に直面しており、危うい状況にあった。

「三百ドルなら払える。これが払える全額なんだ。二百ドルは今ポケットに入っている。残り百ドルは私が滞在しているホテルのオーナーから借りるよ」

「でも僕は今、全額欲しいんです……四百ドル欲しいんです。でないと、割付担当の女の子との話が解決しないもので」

「何の女の子だって？」

「雑誌の割付担当の女の子です。給料を払ってくれと言い続けてるんです」

彼はその女の子や雑誌社のほかのスタッフとの間で抱えている問題についてごく自然な感じで話した。雑誌社が閉鎖になり、サイーディーという上司と会計士が逃げた後、彼がディルシャード・ホテルにいると知ったこれらのスタッフは、ホテルのレセプションでひと悶着起こしたそうだ。

私は自分と彼の分の紅茶代を払った。彼と私は近くのレストランに行って夕食をテイクアウトして、アブー・ヌワース通りに面したファナール・ホテルに向かった。私の滞在先だ。部屋の冷蔵庫にとっておいたウィスキー・ボトルを出して、私と彼は一杯ずつウィスキーを飲み、ともに夕食を取った。私は聞いた。

「どうしてあっさり逃げてしまわないんだい？　マイサーンにどうして戻らない？　この問題は君のせいじゃないんだから、逃げちゃってそいつらは放っておけばいい」

「そんなことできませんよ、かわいそうでしょう。僕なんかは雑誌社から大金を得ていたんですから。つまり……高給と特別手当をね。この問題に責任を感じているんです。彼らに悪く言われたくありませんし、サイーディーや会計士と同じ部類とは思われたくないんです」

変な言い分ではある。ずいぶんと理想主義な男だ。それでも、私は彼に感心した。夕食の間に私はＩＣレコーダーのイヤフォンをつけ、マフムードが十時間以上はあるという録音内容をランダムに聞いてみた。それは確かに衝撃的なものだった。

私は彼が要求した四百ドルを支払った。そして、彼とまた明日会うことにした。録音を全部聞くよ、とも約束した。私はホテルまで送ると言ったのだが、彼は歩いていける距離だからと断った。ディルシャード・ホテルはここからさほど離れてはいない。そこで彼が去るに任せた。私の一部は、この若者に騙されたんだ、と嫌な感じで告げている。こいつは二度と現れないぞ、私を相手にうまいこと仕事をやってのけたんだから。最終的には望みの金額を引き出したじゃないか。でたらめに選んだわけじゃない、きっと私のことを知っていたのだ。いくつも情報を持っていたのだろう。そうでなければ、見知らぬ人間にどういう信用があって怖がりもためらいもせずホテルまでついて行く気になるのか。

彼は私を笑ったことだろう。しかし、私たちはいつもそういうことをしているのではないか。互いに騙しあっている。たいてい互いの言うことを信頼しているようなときに、心の奥底でその上出来な詐術を笑いながらも、私たちはうまく騙し、騙されるものなのだ。今日は彼が私を騙し、明日は私も善意の嘘でほかの誰かを騙す。そんな感じで。

私は『確かではない最後の旅』という名の長篇の執筆に忙しく、この録音が語る穴だらけの話の裏取りには乗り気でなかった。ある朝、「第二の協力者」と名乗る者から電子メールを受け取らなかったらやらなかったかもしれない。その誰かは、共通の友人経由で私のことを知っており、私を信用しているが、互いの身の安全のために身元を明かしたくないと述べていた。

この「第二の協力者」は、数日間立て続けに私に追跡探索局という名の公的機関に関する文書を大量に送ってきた。この部局の情報を衆目にさらすべきだと思っている。マフムード・サワーディーが私に語った話と、これらの文書が示す物事とのつながりに気づいたとき、私は大きな衝撃を受けた。

私はホテルのバルコニーのプラスティック・テーブルの上にジェイコブズ・ゴーストの瓶を置くと、そこに座って、愉しみながら静かに味わった。自分の長篇はひとまず忘れることにした。階下のティグリス川から夜の湿った風が木の香りを運んでくる。深呼吸をしてその香りを含み、改めてICレコーダーのイヤフォンを通して、マフムード・サワーディーの告白と、名前が無いという犯罪者の話に耳を傾けた。

二

マフムード・サワーディーの取調べは、拘束された当日、長時間にわたって行われた。だが、マフムードからはあまり多くの情報を引き出せなかったので、彼らとしても長時間拘束する気はなかった。司直の手に渡すと脅しをかけはしたものの、一切はただ有益な告白を引きだすためだった。アリー・バーヒル・サイーディーと彼の関係先、財産の隠し場所と銀行口座、バグダード市内の所有財産についてである。

彼らはすでにアーミルリー老からサイーディーが購入したアンダルス広場近くの住宅を接収していた。サイーディーの所有だと判明した、家族の家も同様である。雑誌社の社屋と、二軒の家屋にあった車や財産や家具も没収したが、これはサイーディーが横領したとされる金額の一割にも満たない。

「僕は一社員にすぎません。サイーディーから給料を貰っている身です」

取調べの間、マフムードはこの言葉を繰り返した。彼らにも、これは真実を言っているように見えた。彼は全力で語り、目に、手の動きに、顔の表情にものを言わせて、何についても自らは無実で、責任がないことを訴えた。予想に反して殴られもせず、何も悪いことはされなかった。マフムードはその晩はほかの逮捕者たちと一緒に収監されたまま過ごし、翌早朝には供述書に署名するよう求められた。フォルダーと携帯電話とほかの所持品の返却も受け、門まで送ってもらった。今後の協力と、極悪人サイーディーに関する新たな情報があったら、当局に伝えるよう念を押されたうえで。

マフムードにしてみれば、これは災厄の始まりであった。今、彼は失業者となった。素晴らしい職を失った。彼は滞在中のホテルのつけを払うために、月末の給料日を待っていたのである。さらに、彼は今更、一編集者としてほかの報道機関や雑誌社では働けない。先月までは「ハキーカ」誌の編集人として思う存分才腕をふるっていたのだから。ほかの人たちにも自分の新たなイメージが植え付けられている。ただの編集者の仕事に飛びついたりしたら、嘲笑の的になるだろう。かつて自分がよく扱わなかった同僚が上司になるかもしれない。少なくともここしばらくの間は、彼は別の仕事のことは考えられない。特に、単なる出版・報道機関の仕事では、サイーディーのおかげですっかり慣れて、先の払いを考えずに溺れこんだ、ささやかな贅沢に満ちた生活様式に必要な支出を賄える給料が入らないのだ。彼は必要以上にサイーディーに傾倒してしまったのである。

それから、雑誌社から最後の給料を貰っていない編集者たちの問題が出来した。彼らは、雑誌社の屋台骨を揺るがした醜聞の後、姿を隠していたので、マフムードもまさか再び会おうとは予想していなかった。これらの編集者や割付担当者たちは突然ディルシャード・ホテルのレセプションに現れ、マフムードは即座にこれはとりわけ厚かましい連中だと実感した。ほかのスタッフはマフムード・サワーディーに給料を支払う責任がないことを知っており、そもそもあてにしていないはずだ。

彼は高級な洋服と靴をバーブ・シャルキー地区の古着屋に売った。そして、友だちに日用品の残りを買ってもらうことで話を付けた。アイルヒタフのバグダーディー・カフェで待ち合わせて、友だちに携帯電話を渡す前に、彼は最後に三か所だけ電話をかけた。

一か所目は長兄のアブドゥッラーである。マフムードは兄に数日後にはマイサーンに帰ると告げた。

「なんで帰ってくるんだ？　バグダードで快適にやっているんじゃないのか？」

「いいや……皆が恋しいんだ。バグダードは内戦に向かっている。いつか朝、爆破テロで死ぬんじゃないかと怖いんだよ」

「でも、お前、そっちに仕事があるだろう。十分気をつければいいじゃないか」

「毎日死んでいく人たちも、みんな、おおかたは気をつけていたんだ」

「わからんよ、マフムード……わかっているだろう、俺たちの敵は県の重鎮になっているんだぞ。きっとお前のことを思い出して、問題を吹っかけてくる」

「奴は僕のことなど思い出さないよ。今は、権力を楽しむのに夢中なはずだ。僕の記事のことなんか昔の話になっているさ」

「わかった、十分だ。弟よ……俺たちだっていつもお前を恋しがっている。知っているよな」

「よかった。じゃあ僕は帰るよ。この電話には連絡しないでね、売ってしまうから。うちに帰ったら、兄さんにここで何があったか話すよ」

「それじゃあ、元気に帰って来いよ」

二か所目の電話は友だちのハーゼム・アップードにである。彼は来週にならないとバグダードには戻れないと話した。米軍部隊の同行撮影で忙しくしており、マフムードに雑誌向けのいい写真を何枚か電子メールで送ると言った。

「何の雑誌の話だい、あれは廃刊したよ。マイサーンに帰る前にあんたに会いたかったんだ」

この言葉にハーゼムは仰天していた。彼とは三分ほどしゃべり続け、この友人にはもう会えないのだと確信した後、マフムードは電話を切った。

それから彼はまた別の名前を探した。名前がなければ、その代わりの短縮番号を。「666」の番号が画面に現れると、彼は発信ボタンを押し電話を耳に当てた。女性の、柔らかで奇妙な、感情のない機械的な発音の声が聞こえてきた。おかけになった番号は、現在電源を切っているか、通話圏外にあります……恐れ入りますが……。

彼女の声を切実に聞きたかった。バグダードを永遠に去る前に、また会う約束をしたかった。マフムードは、サイーディーの言葉も運転手のスルターンの言葉も信じなかった。あの二人は嘘をついて彼女という人を貶めようとしたのだ。彼女を愛している。それに、自分にもチャンスがあるとわかっている。もし物事がうまく運んでいたら。今、物事は最悪だけれど、それでもチャンスは残っている。周りの世界が崩落するのを目の当たりにし、周りの人間の影響を受けることのない、かつてないほどの自由を感じながら、彼は確信した。彼女を愛している。切ないほど、彼女が好きだ。

このことでは自分に嘘をつけない。一番きれいな女というのではない。何歳か年上でもある。けれど、今、こんな機械の声ではなく、彼女の声を聞いたとしたら、それだけでもバグダードに残る十分な理由になっていただろう。再び息苦しく湿気った部屋のウルーバ・ホテルに住まざるをえなくなったとしても、なお。給料がいくらだろうが、どんな報道機関や出版社だろうが働いてやる。彼女だけが、論理的な思考を超えて、彼を狂気へと駆りたてる存在なのだ。狂気と希望。今、彼はその二つを激しく求めている。

彼はもう一度彼女の電話番号を押してみたが、機械の自動音声が聞こえるばかりであった。彼の魂のあらゆる場所を夜が濃く塗りこめていくような、その夜が永遠に明けないような、ひどく苦しい心境だった。彼は携帯電話のカバーを開けてバッテリーを外し、ＳＩＭカードを抜いた。バッテリーを再び入れて、カバーを閉じた。その後、彼は電話を買ってくれた友だちに渡すため、前に進み出た。ＳＩＭカードをポケットに入れ、それから売却の交渉にかかるべくＩＣレコーダーを取り出した。

二日の間に、彼はこうした詳細な事情をすべて私に話してくれた。ＩＣレコーダーの録音を私は聞き終えていた。録音にあった、マフムードが「フランケンシュタイン」と名付けた男の声は有名なアナウンサーのような深みがあって、強く印象に残った。この話は全部作り話ではないかと疑ったのだが、私は一週間後にキンディー病院の大部屋でこの声をもう一度耳にした。アブー・サリームという名の老人のベッドのそばに座ったときである。彼はあの口調で話しだし、このフランケンシュタインにかかわる別の印象深い情報を語った。私は二つの声が同一の個人に帰結するものかどうか、完全には自信を持てなかった。それでも私はこの話にすっかり夢中になった。そして話を補強してくれるほかの情報源を探し始めたのである。

　マフムード・サワーディーはすべての面倒を終わらせ、「ハキーカ」誌のスタッフたちの追撃から逃れた。彼はマイサーンからもともと持ってきていた小さな鞄を閉めると、ディルシャード・ホテルをチェックアウトした。

　国にはさらに戦火が広がりつつある。今は南へと遠ざかったほうが安全だ。彼の友だちも多くが同じように首都の中心から離れることになった。ファリード・シャッワーフはバグダード北部のイスハーキー地方の小村に帰り、一時とはいえ衛星TVの画面に洒落たスーツ姿で登場していた栄光を諦めた。ザイド・ムルシドはヒッラに行き、アドナーン・アンワルは家族と親族がいるナジャフの街へと向かった。ハーゼム・アッブードは、米軍部隊の同行報道カメラマンという仕事のせいで、サドル・シティーに帰れなくなってしまった（サドル・シティーは反米強硬派ムクタダー・サドル師の勢力が強い）。バグダードに戻っても、自分の根城だったウルーバ・ホテルはなく、アブー・アンマールもいない。写真の分野で働く友だちと別の安ホテルの部屋をシェアして、過ごすことになる。

三

　アブー・サリームは二本の松葉杖をつきながらキンディー病院から退院した。息子たちが来て彼を連れ帰ったが、七番通りの自宅にではない。アブー・サリームの娘の夫の家である。あの恐ろしい爆発で前面が大破してしまった家の再建が済むまでの話である。

　保全協会や考古学者たちは爆発によって生じた大穴の埋め立て中止を求めた。破壊された水道管からあふれる水でできた湖の真ん中に壁が現れたせいであった。考古学者はこの壁がアッバース朝期バグダードの市壁の一部であることを明らかにした。これは何十年以上もの長きにわたるバグダードのイスラーム時代の遺構を特定する大発見である。学者たちは語弊を恐れずこの重要な考古学上の発見を可能にした「テロの利点」についてあえて語りさえしたのだが、バグダード市当局はこれらの発言や騒音をすべて無視して、突然この大穴を土で埋め立ててしまい、皆を驚かせた。市当局の報道官はこのように述べた。

「我々は何も悪いことはしていない。これらの史跡は、来るべき世代に残しておこうではないか。後の世代がその知識に応じてこの史跡に対処するようになるだろう。彼らがバターウィイーン地区全体を取り除くほうを好んだとしたら、それは彼らがやることだ。我々は、今、通りを舗装しなければならない」

アブー・サリームは退院したが、病院には七番通りの住民がまだ一人残っていた。古物屋ハーディーである。顔と両手の包帯は取れたが、まだベッドから起き上がって退院できる状態にはなかった。彼はそのまま、自分に起きたことと、ほぼ完全に壊れて真に「廃屋」になってしまったあの崩れかけた自宅に起きたことを考え続けている。

しかし、あれは今も俺の家なのかな？　俺はここに長く居すぎている。退院したら、ブローカーのファラジュがあの家の瓦礫除去と家の新築にかかっていて、自分の家屋として不動産登記をやっているかもしれない。

俺は安静にしていなくてはならない。まずはこの試練を生き延びなければならず、現況への対処を見出すのはその後だ。恐怖心を鎮めるために、ハーディーはそう繰り返し自分に言い聞かせた。

いつもこんなふうに眠っているのにも飽きてしまい、起き上がってベッドから出ようとしてみたものの、一向にうまくいかない。

ある晩、尿意をこらえきれなくなった彼はもう一度ベッドから起き上がろうとした。病室は静かだった。近くの患者たちは眠っており、見回りの看護師たちは遠くの部屋にいる。ハーディーは気力を振り絞り、医療用ガーゼが幾重にも分厚く巻かれた両足を引くと、静かに床へと下ろした。タイルの床の冷たさに、両足の指が触れた。数分後、彼はバランスを取りながら立ち上がることに成功した。さて今度は歩いてみなければならない。顔から倒れこむ可能性は常にあった。見回りの看護師たちが気づくのは一、二時間後になるだろう。転んだりしたら、非常に悪い事態ではある。しかし彼は隣の患者たちのベッドに寄りかかりながら前に進み始めた。彼の体重がかかって、車輪付きのベッドが少し押し出された。彼は壁につかまり、ゆっくりとした足取りで、手洗いに向かって進んでいった。

手洗いで、小便をするためにどうやってちんこを出そうかと考える前に、ハーディーは洗面台の鏡に映る自分の姿に気づいた。ぱんぱんになった膀胱のことも忘れて彼は鏡に向かって進み、大きく見開いた眼で、自分の顔がそこにある、新たな姿を凝視した。

炎は彼の顔を完全に破壊してしまっていた。そのこと自体は、数日前に意識不明から目覚めて以来、知っていた。両手から包帯を外し火事による火傷痕を見てもいた。だが、顔の状態はもっとましだろうと思っていたのだ。衝撃に鷲摑みにされ、身動きもできない。醜悪極まる生き物であった。もし仮に全快したとしても、元の外見、姿には決して戻れないだろう。自分だと確認するために彼は反射的に手で鏡のガラス面を撫で、醜貌を細部まで見ようとさらに近寄ってみた。泣きたかった。

とにかく何かしたかった。しかし彼はそれを凝視することしかできない。凝視し、よくよく正視した後に、彼は深遠なる事実を見出した。

これは古物屋ハーディーの顔ではない。これは、彼が真実よく知っている者の顔だ。約一か月、肥大した想像力の産物だと自ら言い聞かせてきたあの顔に他ならない。今、それが目の前に見える。これは、名無しさんの顔だ。以前の状態に戻る望みもなく、彼が命がけで滅ぼしてきた悪夢の顔である。

ハーディーはおぞましい叫び声をあげた。その声に病室で眠っていた患者たちは跳ね起きた。彼自身も恐怖に駆られ、バランスを失った。ギプスを着けた片足が手洗いの床で滑り、後ろにひっくり返った。頭をトイレの便座にしたたたか打ち付けると彼は意識を失った。

四

あの占星術師の長を殺した夜にそう告げたように、彼の顔は常に変化する。存在し続けることへの執念を除けば、彼にとって不変のものは全くない。存在し続けるために殺す。これこそが、彼の唯一の道義的な正当性である。彼は溶け落ちて消え去りたくない。なぜ死ぬのか、死んだらどこへ行くのかもわからず、この二つの答えを持たないまま、死にたがる者など一人もいない。

それゆえに彼は生に執着する。死の恐怖ゆえに彼に命を捧げ、身体の一部を与えるほかの者たちよりも強く。彼らは自らの命を守らない。だからこそ、彼のほうが彼らよりも多く命を保つ権利を有するのだ。勝てないと確信したとしても、彼らは少なくとも彼と戦うべきであった。いかなる戦いであろうと、戦いに挑んでいく前に降伏するのは、尊厳ある行動とはいえない。それはかけがえのない自分の命を守る戦いではないか。人間が、この人生において挑むに値する唯一の戦いである。

一つのイメージではなくても、彼のイメージは大きくなり続ける。サドル・シティーのような地域では、彼はワッハーブ派だと言われている。アァザミーヤ地区では、彼がシーア派系過激派であることは確かだという話になる。イラク政府は彼を外国勢力の工作員だといい、アメリカはというと、米国外務省の報道官はあるとき、彼をアメリカの対イラク政策の破壊をもくろむ陰謀家だと述べていた。

しかし、その政策とはいったい何なのだろうか。スルール准将の見解では、アメリカ人たちの政策とは、この生き物、フランケンシュタインを創造しバグダードに放つことに他ならない。この怪物の陰にはアメリカ人たちがいる。

カフェに集う人々は昼の間中、彼の目撃談で盛り上がる。皆は競ってその醜悪な容貌を描写していく。彼は私たちと同じレストランにおり、同じ洋服店に入り、あるいは同じＫＩＡ社製バスに乗り合わせている。彼はいたるところにいて、夜、屋根や塀を跳び移り、すごい速さで駆け回る恐るべき能力を持っている。誰が次の犠牲者になるかは誰にもわからない。政府がどれだけ安全宣言を出そうが、人々は日ごとに確信を深めつつある。この犯罪者は決して死ぬことはない。こうした話は皆によく知られている。彼は身体を銃弾に撃ち抜かれながら、それにもかかわらず駆け続けていた。彼は疲れない。そして誰もほんの数秒しか彼の顔を見ることはできない。確実に彼の姿だといえるのは、人々の頭の中にわだかまる姿だけで、それは恐ろしい幻想を食らい、人死にが増えるのはどうしようもないのだと諦めるたびに肥大していく。それは、絶えず変化し、不安に怯えながら夜の枕の上で眠る頭の数だけ増えていくのである。

私でさえ、この話に長く夢中になっていたせいで恐怖を感じるようになってきた。夜に通りを歩いていると、いつもあの危険な犯罪者の知られざる風貌を探して見回してしまう。その手にかかって死ぬのは当然だと、自らの死を論理的に正当化する一つの理由を探してしまうのだ。

五

スルール・マジード准将は引退に追い込まれた。これが私が得た最新情報ではあるが、准将はそのまま勝負を投げる人間ではなかった。彼は新体制でより良い地位についていた高級将校の友人たちへの伝手を使い、猛然と努力して、ついに復職に成功した。ただし、解体されてしまった追跡探索局にではない。首都から離れた地域の警察署の一幹部である。彼は再びバアス党員根絶の指針に対する例外的存在に戻った。

私は何か月かの長い期間を、彼の姿の残りの部分を補完するためにバターウィイーン地区を行ったり来たりして過ごした。彼、フランケンシュタインの姿である。エジプト人のアズィーズのカフェに座って、アズィーズとも短い会話を交わしたが、彼は話の最後に、爆発の日以来、古物屋ハーディーがどうなったかはわからん、と告げた。彼は、二回病院にハーディーを見舞った。一回目はハーディーは意識不明の状態だった。二回目は、顔と身体の何か所にも医療用ガーゼを巻き付けられていたが、どうにかこうにか話ができたので、アズィーズはこれなら助かるだろうと推測していた。それから三回目の見舞いに出かけたのだが、そのとき彼は医者からハーディーが誰も知らないうちに出て行ってしまったと告げられたのである。

また、私はブローカーのファラジュと話す幸運には恵まれなかった。彼はほとんどの時間を自宅の中で過ごしており、不動産事務所の経営は息子の一人が受け継いでいた。

キンディー病院で、最初に印象的な出会いを果たした後、私はもう一度アブー・サリームに会おうとしたのだが、色白のウンム・サリームはそれを許してくれなかった。それでも私はヨシュア神父とは連絡を取った。教会まで彼に会いに行き、彼からウンム・ダーニヤールと彼女の亡くなった息子、そしてオーストラリアにいる娘たちやナーディル・シャムーニー助祭の話をいくらか聞くことができた。

マフムード・サワーディーはマイサーンからメールで、司直の手を逃れたアリー・バーヒル・サイーディーとの間にあった最新の出来事を詳しく伝えてきた。「ハキーカ」誌のバックナンバーで記事に付されていたサイーディーの写真を見たとき、私はかつて彼に会っていたことを思い出した。何年か前に、国立劇場のホールで開かれた知識人の会合で同席したのである。覇気みなぎる雄弁な男だった。会合で彼が発した言葉は強い説得力で満座の心を打ち、場をしんとさせた。あのとき私は彼という男に期待を抱いた。もしサイーディーのような男がさらに思い切って政界に挑んでくれたら、教養人気取りの半可通や文字も怪しいような連中のいいようにはさせないだろうと思ったものだ。

私は二回キンディー病院に足を運び、古物屋ハーディーが自分の損壊した顔を見た後に起きたことを病院で働く何人かから聞いた。彼らは私に、ハーディーは逃げて身を隠したと断言した。

「第二の協力者」は電子メールでさらに追跡探索局の文書と、特にそこであった取調べに関する情報を私に送り続けた。

　彼が私に送ってきた最後の文書は、若い占星術師が、あの名前の無い犯罪者を遠隔操作で動かして、バグダードのある通りで、自分の師匠を殺害させたことを認めたと述べていた。名前の無い犯罪者は老いた占星術師を殺し、彼の両手を切って自らに移植したのである。だが、若い占星術師は「名前の無い者」であるあの犯罪者の創造には一切加担していないと強く責任を否定した。自分は彼を利用しただけだ、と。本当はあの犯罪者を殺したかった。あれの殺害を望まなかった師匠が、介入さえしてこなかったら。このことが、彼ら二人の対立の根本的な原因であった。

　私は執筆を続けながら、このファナール・ホテルの部屋が突然開けられて、逮捕されるのではないかという不安と恐れを抱いていた。そして、最終的には実際そうなった。ホテル内でごく穏便に拘束されイラク軍と米軍の将校からなる委員会の取調べを受けたとき、私の手中には十七章分の未完成の長篇小説の原稿があった。その原稿は没収され、私はいくつもの質問を受けた。彼らは礼儀正しく、親切だった。水や紅茶を出してくれ、煙草も吸わせてくれた。嫌な思いをすることは全くなかった。彼らは私に、私が手に入れた文書について尋ねた。どのように扱ったのか、第二の協力者とは誰なのか。第二、ということは第一の協力者も存在すると考えられる。第一と第二の二人は、最終的には一人の誰かに協力する者たちに違いない。

　彼らは君の協力者なのか？　君は何かのネットワークを運営しているのか？　国内外で君はどういうつながりを持っているのか？　君の政治信条は何か？

　委員会の有識者が私の書きかけの長篇小説の原稿を読み終えるまで、数日間私は牢に入れられた。それからある朝、呼び出されたが、彼らは私に多くを語らなかった。取調べ用のテーブルの上に誓約書があり、彼らは私にそれを読ませもしないで、署名するようにと言ってきた。私は恐怖を覚えた。抗議したかったが、またあのじめじめした牢屋に戻されるかと思うと怖かったので、黙って誓約書に署名をした。彼らは私に身の回りの物や私物は返してくれたが、長篇の原稿は返却されなかった。永久に没収されたままである。私にはもうあれを扱う権利も、完成させる権利もなくなったようだ。

彼は私が提示した身分証明書をろくに精査しないまま、私を釈放した。あれは偽造カードだった。私が大量に持っているうちの一つで、バグダード市内で身軽に行動したり、抗争関係にある党派の民兵が不意に実施する検問を通過したりするのに使う。

真剣な取調べではなかったのだろう。ホテルに戻る道すがら、私はそう考えた。連中はやる気がなかった。ただルーティン・ワークをこなしている感じだった。私は改めてパソコンの前に座ると、執筆を再開した。そのまま数日過ごした後、私は「第二の協力者」から新たに電子メールを受け取った。それが私が彼から受け取った最後のメールである。メールには調査委員会の最終報告書の写しが添付されていた。ということは、彼はそれを手に取ることができ、写しを取れたのだろう。すばやく「最終報告書」に目を通し、私は激しい恐怖に駆られた。彼らが、もう一度私を拘束しに向かっている。今度は前とは違う扱いになる、そう感じた。

私は大急ぎで荷物をまとめると、ホテルのオーナーにチェックアウトを頼んだ。それから逃げ出して自宅に向かった。タクシーの中で私は偽の身分証明書のことを思い出し、ポケットから取り出して車窓から放り捨てた。私を追っている連中は、必死に捕まえようとしながら無駄骨に終わったフランケンシュタインと同じように、もう二度と私に会うことはないだろう。そう思った。

第十九章　罪人

一

「カマキリが殺されたぞ」

アブドゥッラーは興奮と歓喜の入り混じった声で、マフムードの部屋のドアを開けながらそう言った。マフムードはベッドの上でずっと本を読んでいたので、目を休めてうとうとしていたところだった。読書はマイサーン県アマーラ市ジュダイダ地区の自宅に帰って以来、日課になっていた。買ったまま積読状態になっていた本がたくさんあり、読み返したい本もだいぶあった。そうして彼は外出せず家にこもる十分な理由を作り出し、ほかの人も彼が家にいて当然だと感じるようになっていた。この過剰なほどの警戒ぶりはマフムードの母親の強い要望によるものだ。彼女は「カマキリ」が約一年前に誓った、アマーラ市の路上で偶然出くわしでもしたらマフムードを殺すという約束を果たすのを恐れていたのである。

カマキリはきっとこんな脅しを忘れてしまっただろう。あの手の連中は同じような脅しを大量にやっており、いちいち脅しをかけた者の名前をメモ帳に記録しているわけでもない。だがマフムードもまた、外の世界の騒々しさに食傷気味だったので、静かな時間を求めていた。母親に心配をかけず、誰とも問題を起こさずにすむ。

この状態のまま約二か月半が過ぎた頃、ついに自ら選んだ蟄居《ちっきょ》の時間は終わりを迎えた。カマキリが殺されたのである。

ワースィト県から来た車列を迎えてカマキリが自動車道を通行していたとき、見知らぬ一団が行く手を遮った。彼らは銃弾の雨を浴びせて彼を運転手や部下もひっくるめて殺害すると、逃走した。こうして巷の正義が実行されたのである。

マフムードは三つの正義についての自分の言説を思い出したが、それが適切なのか確信は持てなかった。今は全くの混乱状態である。起きているどの事件の陰にも論理など存在しない。マフムードは深呼吸をすると、大きくため息をついた。自分の心を圧迫していた重い気がかりから解放された、今大事なのはそれである。

家から外出できるのだ。母親はもとより目を上げもしなかったが、安心はしていた。彼は頭の中で行き先を決めずに、気ままに歩き回った。大通りについたとき、彼は長らくインターネットのメールフォルダを開けていないのを思い出した。確実に大量のメールが溜まっているだろう。

マフムードはバスに乗って市場に向かった。そこで偶然友だちに会い熱く握手を交わした。マフムードがあまりにも感激しているので、友だちはなぜこんなに喜ぶのかを測りかねた。彼らは今日、県内で起きた重大事件とこのことを結びつけられなかった。

友だちと別れてから彼はインターネット・カフェに向かった。パソコンの前に座り、メールを開けた。やはり百八十通もメールが溜まっていた。ほとんどは広告のメールだったが、まもなくハーゼム・アッブードからのメールが目に留まった。開けてみると、彼からのメールには十枚の新しい写真が添付されていた。さまざまな地域で、村や郊外で、古い店舗や歴史的家屋で、撮り溜めてきたものである。美しい写真群だった。メールでハーゼムは自分の現況について、米軍との仕事のおかげで、米国への亡命権を得られるのはほぼ確実になったと明かしていた。民兵に殺される恐れがあるから、自宅にはもう帰れないだろう、とあった。マフムードは、ハーゼムは少し大げさだと感じた。米国移住を切望する気持ちを正当化したいのだろう。移住への強い希望、それこそがこの数年間ハーゼムの行動の道筋を定めてきたものだ。彼は望みを叶えようとしているのである。

あるメールには思わず気持ちが浮き立った。バグダードの大新聞から来た、マイサーン特派員として働かないかというオファーである。

それから、知らない名前からメールが来ていた。開けてみると、それはなんとナワール・ワズィールからのメールで仰天した。何度もあなたに電話をかけてみたけれど、つながらなかった、と彼女は書いていた。その後、偶然「ハキーカ」誌のバックナンバーの署名記事の下にメールアドレスがあるのに気づいたのでメールを送ってみた、とも。彼女は新しい電話番号を書いてくれていた。

「マフムード、必ず電話をくださいね」

彼女のメールはそう結ばれていた。マフムードは動揺しながらもすぐにそうしたいと思った。携帯電話の番号を押して、彼女の声を聞きたい。実際、彼はそれを待ち焦がれていたのだ。ところが、次に彼が開封したメールはそうしたすべてを忘れさせてしまった。アリー・バーヒル・サイーディーからのメールだった。開封してみると、それは何行にもわたってびっしりと書き込まれていた。長いメールである。あの男はこの作文にずいぶん時間と努力を費やしたのだろう。マフムードはメールの文言に引き込まれ、それを読むのに完全に没頭した。

二

親愛なるマフムード

元気ですか。

何度も君に電話をかけたのですが、いつもつながりませんでした。友よ、私は君を案じていました。友人から君が受けた取調べの話を聞き、心を痛めていました。彼らはひどく卑劣な連中です。君にも私の印象を根底から覆すような悪口を吹き込んだのだろうと思います。きっと、私はこのイメージを払拭することはできないだろうと思います。それでも、君は私の親愛なる友です。

ラマーディーへ向かう国道でテロリストの手にかかった私の母の命と、二人の妹の命に懸けて誓います。私はこの病み疲れた国家の金など一フィルスも盗んではいません。米国の占領軍からも盗っていません。あれは私に対して連中が企て、全力を尽くして実行した陰謀で、私はついにしてやられてしまったのです。それゆえ私はあの連中の欠陥だらけの司直の手を逃れました。

彼らは私をこの国から追放したかったのです。彼らは、私が国のために信頼に足る計画を手掛けていることを知っています。そして彼らは、これからが外国の手先どもと誇り高き愛国者との闘争の時代になることを知っている。それが、彼らが私の追放を望んだ理由です。彼らは、私が彼らを夕飯として平らげる前に、昼食として私を食ってしまいたかったのです。

私の言葉を信じてくれと君に強いるつもりはありません。ただ私は誓って言いたいのです。私は、一日でも君に嘘をついたことがありましたか。君が君にふさわしいチャンスを摑もうとするとき、手を貸さないことがありましたか。君や誰かに対して少しでも不当な扱いをしたことがありましたか。皆を手助けするにあたって、私が献身や協力を惜しんだことがあったでしょうか。思い出して、少し考えてみてほしいのです。

おそらく君は、なぜ私がこのように時間と努力を費やして君に書き送ろうとしているのかと思うでしょう。なぜ私が自分の意図を君にわかってもらいたがっているのかと。私は、自分について何が言われようとも、ジャーナリズムで自分の評判が貶められようと、自分が国事犯となりインターポールの指名手配を受ける身になろうと何とも思いません。こうしたことに私は対処できます。私の心は強いのです。あの卑劣漢たちと渡り合い、戦う力も持っています。そしていつの日か勝利するでしょう。今にわかります。

しかし、私は自分が君を失望させたと思うのだけは耐えられないのです。私が気にかけているのは、ほかの誰でもなく、君だけなのです。私は君の中に自分自身を見ています。君は私によく似ています。君はそう思っていなかったかもしれませんが、私は、私たちがお互いよく似ていると信じています。そして君は純粋で高潔な人です。だから、君が私をどのように見ているかは、ほかの何よりも重要なのです。

スルール・マジード准将を覚えていますね。それから私たちが彼を訪問したときのことを覚えているでしょう。あの日、夕食の後、スルール准将は私に彼のもとで働く占星術師の長が告げたことを話しました。あの日の訪問は、印刷所買収のためでも、彼への取材のためでも、ほかの何のためでもありませんでした。あのとき私は君に真実を告げられませんでした。君を混乱させたくありませんでした。だから私は自分の胸一つに収めておくことにしたのです。けれど、今はそれを明かさざるを得ないでしょう。あの日の訪問の目的は、ただ一つ、彼の占星術師たちに君の未来を見てもらうことでした。君の、マフムード・サワーディーの未来です。私はそれを聞いてどれだけ衝撃を受け、驚いたことでしょう。占星術師の長は告げたのです。

この若者は——君のことです——輝かしい未来を持っている。いずれ彼は上りつめ、イラクで最も重要な人物の一人になるだろう。しかし、彼には鍛錬が必要である。彼は、難局に直面しどのように対処するかを学ばねばならない。

君が今、この言葉をどのように受け止めるかは私にはわかりません。だが、マフムード、君はちょうど十五年後に、未来のイラクの首相になるのです。そう、マフムード・サワーディー首相の政権ができるのです。そして私はこの言葉を聞いた瞬間に、それを信じ、君を私の計画としたのです。私は自らに、この計画における定められた役割を与えました。私は洗礼者ヨハネの役割を担い、君は救世主となるのです。私はこの弱い若芽が、強く高くそびえる幹と、四方に伸び、葉の生い茂る枝々を持つ一本の樹木となるために、助力していくつもりです。

マフムード、私はまもなくバグダードに戻ります。そして自分の真実に対するあらゆる疑いを晴らすつもりです。私に対して陰険な非難を浴びせた者たちが裁かれる姿を君も見るだろうと思います。そのときにまた君に連絡をします。新規蒔き直しを図り、ともに働きましょう。

今、私がお知らせした占星術師の長の予言を君が心に留めてくれることを願っています。忘れようとしてもかまいません。大差はないでしょう。いつの日か、この託宣は実現するのですから。

三

それは爆弾であった。メールなどではない。マフムードはメールを見ながら、サイーディーの語りの手法や、自分の見解や考えにほかの人を納得させるあのやり方を思い出していた。実際に、自分を助け、経験の扉を開いてくれたこの男に対して、抗いがたいほどの感情の波が不意にどっとこみ上げてきた。彼はサイーディーのおかげで知見を得て、より練れた大人になったのである。また、予言の話やサイーディーが追跡探索局訪問について提示した新解釈にも衝撃を受けた。あのとき、自分は話題の縁にしがみついているだけだと思い込んでいたが、マフムード自身が話の中心だったのである。

彼は両手をキーボードの上に置き、すぐにサイーディーに返信を打とうと思った。彼に自らの誤解を詫びようとしたのだが、まもなく正反対の構図や見方があふれ出てきた。千三百万ドルの横領に加担した容疑で取調べを受けていたとき、自分の身を守るため、心からの懇願を重ねたことを思い出した。もっと小さなこともいくつか思い出した。さらに彼は、幾度となくサイーディーが矛盾した態度をとってきたことを思い出した。そんなことはいくらでもあった。インターネット・カフェで座っている間中、マフムードはサイーディーの説得と彼の実際のイデオロギーについて、正確で具体的なイメージを摑もうと試みたが、何一つ見つけ出すことができなかった。彼は空っぽの水路のようなもので、きらめくような思想や珍しい状況がそこを流れはしても、全く定まった顔のない人間であった。

マフムードは何を書くでもなく、キーボードのキーをかすかに指で叩き続けた。極度の緊張と興奮状態にあった。気がつくと、歯ぎしりまでしていた。今や、彼の感情は怒りと不快感へと変わっていた。サイーディーのメールにあった内容だけではない。マフムードがあれだけの目にあった後で、今、このサイーディーがまたしても詐術を成功させ、自分の心を引き付けたことに対してである。

サイーディーの長文メールへの返事として彼はすばやく「ｆｕｃｋ　ｙｏｕ」と打ち込み、フォント数を上げ、赤字に変えてやった。そして送信キーを打とうとしたが、そこで彼は手を止めた。マフムードは十分ほど迷った挙句、その二語を削除した。彼はサイーディーのメールとハーゼム・アップードのメールを一つのメールにまとめ、それを作家に送った。彼はメールを閉じて、席を離れた。

のちにマフムードは作家にメールを送り、自分の逡巡の理由を次のように明かした。

自分は通りに出て歩き続けた。煙草を取り出して吸いながら、雲が埋め尽くす空を眺めた。雨が降るだろう。前年の今頃、バグダードで暮らしていた日々とよく似た日である。あのとき自分はアリー・バーヒル・サイーディーやナワール・ワズィールたちに出会った。

そのまま考え事をしながら市場へと歩いて行った。もしサイーディーの言っていることが真実だったらどうなるか。あれは思いつきのほら話にすぎないだろう。サイーディーは自分の単純な頭に新たなダメージを与えようとしているのだ。しかし、もしこの空想や幻想のような話が、一パーセントでも真実であったとしたらどうなるだろう。人生は、ありうること、まずないこと、そして予測できないことの混合ではないのか？　再び自分へと伸ばされたサイーディーの手は、まずないことと予測できないことの間にあると言えないだろうか。

だからこそ、マフムードはサイーディーのメールに否定的な返信を送らなかった。しかし、他のいかなる形でも返信しなかった。マフムードは自分を今日のこの曇り空のような、グレーゾーンに置いておくことにした。サイーディーに対して、サイーディー自身の手法を使ってみたのである。現実の、最終的な立場について、相手を中途半端な状態に置いておくという。

四

二〇〇六年二月二十一日。バグダードの治安部隊司令部は、いくつかのレポートが「犯罪者X」と名付け、人々は「名無しさん」と呼び、ほかにも多数の呼称を持っていたあの危険な犯罪者を逮捕勾留したと発表した。

この犯罪者は昨年中にバグダードで発生し、人々の心に恐怖と不安を植え付けた複数の恐るべき殺人事件に関与していた。それらの案件は、すべての政治活動が崩壊の危機に瀕するほどの脅威となった。治安部隊司令部はこの犯罪者の巨大な写真を大画面上に掲示し、彼の名を発表した。

これこそが、危険な犯罪者、ハーディー・ハッサーニー・アイダルースである。バグダード市内バターウィイーン地区在住。通称「古物屋ハーディー」。

容疑者は、関与が疑われた全犯行を認めている。彼は殺人集団を指揮し、犠牲者の遺体を切断してバグダードの通りや小路にばら撒き、人々を恐怖に陥れ脅かした。また爆破テロを計画し、手下の自爆テロ犯を使って、サディール・ノボテル・ホテルに爆薬を仕込んだごみ収集車を突っ込ませたこともあった。治安維持にあたっていた外国人傭兵の将校を殺害し、あのバターウィィーン地区のすさまじい爆発を起こして何人もの犠牲者を出し、家屋倒壊やイラクの文化遺産に値段では計れないほどの損失をもたらしたのも彼である。加えて、この犯罪者は党派・宗派対立による暴力事件にも関与しており、金で雇われて、イラク国民を構成するさまざまな集団や党派のため、暗殺作戦にも手を染めていた。

エジプト人のアズィーズはTV画面に映る親友の顔を見たが、彼だとは思えなかった。それは古物屋ハーディーではなかった。これはカフェに席を占めた大半の客も確認したことである。犯罪者の容貌は醜悪そのもので、もちろん古物屋ハーディーではない。だが、公開された取調べの録音を通してこの犯罪者が認否について語りだすのを聞いたとき、アズィーズの心に動揺が走った。ハーディーの声に似ていたからである。けれど、どうして彼が人殺しなのか。ハーディーが、皆が噂しているあの危険な犯罪者その人であるなど、ありうるのだろうか。カフェの長椅子で聞き入ったあのほら話が、本当の話だったなどと信じられるか。奴が人知れずひっそりとやっていた、遺体集めの犯罪から、単に思いついた話ではなかったか。

家族と自宅の居間のTVでハーディィーの崩れた顔を見たマフムード・サワーディィーはそうは考えなかった。

治安当局がまたものすごい間違いをしでかしているだけだ。連中はどんな手を使ってでも本件の幕を引きたいのだろう。この年寄りの男が危険な犯罪者であるはずがない。自分は彼と長く同席し、会話を交わしたこともあるのだから。彼は精神状態が不安定で、頑固な空想癖があるただの酔っぱらいにすぎない。「名無しさん」についての話は今もマフムードの心にいくつもの疑問を残している。巧みで、含蓄ある話だった。ハーディーが「名無しさん」本人であるはずがない。ハーディーはいつも落ち着きがなくめちゃくちゃな状態だった。マフムードがＩＣレコーダーで聞いた、あの長く奇妙な話の主である「名無しさん」の沈着ぶりも雄弁さも持ち合わせていないだろう。

五

危険な犯罪者逮捕の報を聞いた直後から、バグダードの空は祝砲に満ちた。皆は、特にバターウィイーン地区の住民たちは、ヒステリックで暴力的なまでの喜びに包まれた。この恐ろしい犯罪者が自分たちのごく近所に住んでいたとは誰も信じていない。それでも政府の言うことは正しいのだ。自分たちのごく近くで寝起きしていた敵から、一年近く人々を脅かしてきた犯罪者から、解放され、今、彼らは幸福を味わっていた。

色白のウンム・サリームは小路に出てきて、真っ白な腕に巻きつけた金のブレスレットを揺らしながら踊りだした。彼女の夫は門の隙間から、綿のパジャマのポケットに手を突っこんだまま、おずおずとそれを眺めていた。アルメニア人のヴェロニカ婆さんは、家から出てきて、小路の子どもたちの頭の上にお菓子やキャンディをばらまいた。街の空に黒い雲が層をなしていき雨の訪れが近いことを告げていたが、たくさんの人々が通りで、小路で、建物の屋根の上で、一時間以上も踊り続けている。彼らの問題はすべて終わったのだ。あるいは、そのように彼らは信じようとしている。何の心配もない。彼らは、魂がこれまでに経験したことのない歓喜を味わっている。かつて味わったことがある者たちも、数十年の長きにわたってこの国を埋め尽くし、人間の記憶を失わせてきた災厄のせいで、この喜びの味を忘れていた。

皆、幸福だった。七番通りの恐ろしい爆発事件以来、すっかり厭世的になり絶望しきっていたブローカーのファラジュでさえ、両手を天に掲げ、アッラーのほかに神なしと喜悦の叫びをあげて幸せそうだった。エジプト人のアズィーズはいつしか始まっていた人々の祝いを見ながら、すぐに思い定めた。あの危険な犯罪者は絶対に古物屋ハーディーではない、あいつのはずがない。そして彼もカフェの前に出て行って踊った。

巨大な幸いの雲が皆を覆いつくし、誰もが子どもじみた歓喜の渦に入り込んだ。街を挙げての喧騒の中、誰が誰だかわからないほどおびただしい人、人、人で、仮に見ようとしても、バルコニーや窓の向こうからひっそりと外を眺め、人々から自然にあふれ出た喜びを見つめていた目には誰も気づかない。ましてや、寂れたウルーバ・ホテルの窓を好奇心から覗いたり、上階から誰かが見ているのではと確かめてみたりする者は一人もいなかった。

ホテルは、ブローカーのファラジュによって看板を外されて以来、もう特定の名はついていなかった。もはや「ウルーバ」ホテルではなく、ブローカーのファラジュが企図したように「グランド・ラスール」ホテルになることもなかった。ファラジュが厭世主義にはまり込んで、このホテルこそが自分に不運をもたらしたのだと思い込んでしまったせいである。彼は二軒の不動産のせいで富のかなりの部分を失った。二軒のうちの一軒は完全に倒壊してしまった。もう一軒は荒れ果てて、壁にも各階の床にも大きなひびが入りだしている。もう一度修復するためには、現在の資産では追いつかないほど多大な支出が必要となる。不幸を積み上げるために残りの財産をなげうつ気にはなれなかった。彼はホテルを荒廃し崩れかけたまま放置し、二度と顧みることはなかった。誰が出入りしているかにももう関心を払わなくなった。

ホテルには猫たちが棲み着いた。たぶん若者たちも売春婦と手早くことに及ぶ場としてこのホテルを使っている。ここではよく騒ぎが起きたが、誰にもその正確な状況はわからない。猫のナーブーが、荒廃したホテルの建物の中を歩き回っていた。三階の部屋では、ガラスが抜けた窓のそばに、見知らぬ男の亡霊が立ち、煙草を吸いながら一時間近く人々の祝祭を見つめている。

ナーブーは階段を上って行った。遠い昔に敷き詰められた絨毯が擦り切れてしまっている。年老いた猫は壊れた木製の椅子の足に飛び乗り、それから窓辺に立つ男の亡霊のほうへと進んでいった。彼の左足に身体をこすりつけながら回る。そしてナーブーは頭を上げて、何かを乞うかのように小さくにゃあと鳴いた。男は窓から煙草を投げ捨てると、突然ホテルの前を通りかかった、地元の楽団の賑やかな演奏に耳を傾けた。楽団の後ろをたくさんの子どもたちが、声をあげ手を打ちながら大喜びでついて行く。

空に雷鳴が轟き、ついに雨が降り出した。雨を避けて人々は家に向かって駆けだしていく。祝祭の音楽も皆の声も途絶えてしまった。雨音だけが残り、激しさを増していく。

男はかがんで猫をやさしく撫でた。ほとんど毛が抜け落ちた老いた身体をさすってやる。男は猫と楽しそうにじゃれ続けている。まるで、親友同士のようだった。

バグダード
二〇〇八年－二〇一二年

訳者あとがき

本書はアフマド・サアダーウィー著『バグダードのフランケンシュタイン』Aḥmad Saʻdāwī, *Frānkshtāyin fī Baghdād*, Bayrūt : Manshūrāt al-Jamal, 2013. の全訳である。

本書の作者アフマド・サアダーウィーは、一九七三年イラクの首都バグダード生まれ。現在もバグダードに暮らし、詩人、脚本家、ジャーナリストとしても活躍する気鋭の作家である。作家としての彼は、二〇〇四年に刊行した長篇第一作『美しき国』*al-Balad al-jamīl* がドバイのアラブ長篇文学賞の第一席に選ばれ、以後二作も立て続けに高評価を受けている。二〇一〇年に刊行した第二作『夢を見るか、遊ぶか、死ぬか』*Innahu yaḥlumu aw yalʻabu aw yamūtu* では彼はベイルートのユネスコ世界書籍都市記念祭・ヘイ文芸芸術フェスティバル（英国ウェールズ）・英国のアラブ文芸雑誌『バニパル』の共同企画として（当時）四十歳未満の優れたアラブの作家を選出した「ベイルート39」に選ばれた。そして第三作となる本書では、二〇一四年にアラブ小説国際賞（IPAF）を受賞している。アラブのブッカー賞と呼ばれる同賞は、受賞者に対して賞金のほかに英訳刊行のための融資も行うもので、この受賞は本書が（アラブ地域を超えて）国際的な知名度と評価を得る重要なきっかけとなった（ジョナサン・ライトによる英訳 *Frankenstein in Baghdad*, Oneworld Publications, 2018. もまたブッカー国際賞とアーサー・C・クラーク賞の最終候補作となった）。本書によってさらなる飛躍を遂げたサアダーウィーは、その後も順調に長篇・短篇小説を発表しており、現時点での最新作『ディーの日記』*Mudhakkirāt Dī* は二〇一九年末に刊行されている（本書以外の彼の著作はいずれも日本語未訳)。

本書『バグダードのフランケンシュタイン』の舞台となるのは、二〇〇五年のバグダードである。二〇〇五年とは、イラク戦争(二〇〇三年の第二次湾岸戦争。米・英・豪・西・ポーランドによる有志連合軍がサッダーム・フサイン政権を打倒した)の後、イラクに暫定政権が成立した年である。同年六月には(米英を中心とする)連合国暫定当局からイラク暫定政権に主権が移譲されたが、イラクは依然として不安定な状態にあり、対立する国内諸勢力や「占領軍」と見なされた多国籍軍に対するテロ活動が活発化していた。そして当時バグダードで頻発していた爆破テロが、本書における一連の怪事件の発端となっている。

爆破テロの犠牲者の遺体の寄せ集めでできた「名無しさん」が、命を得て動き出したことで、名無しさんを造りあげた古物屋ハーディーをはじめ、関わった人々の人生は大きく動揺することになった。超人的な力を有する名無しさんの暗躍は、バグダード全体に新たな不安と恐怖を振りまいていく。本書は怪物「名無しさん」が躍動するSF小説であると同時に、混沌とした首都バグダード、さらにはイラクという国を描写した「バグダード小説」「イラク小説」であるといえるだろう。

遺体から造られた「名無しさん」は、メアリー・シェリーによる古典SF『フランケンシュタイン』の怪物のまさに二十一世紀版といえる。しかしかの怪物とは異なり、名無しさんは科学と英知の産物ではない。彼を生み出したのは、理不尽に失われた命に対する、喪失感と怒りである。

ハーディーが繋いだ遺体に、爆死した警備員の魂が入り込むことで動き出した名無しさんは、かつて存在した者の欠片の寄せ集めである。その名が端的に示すように、名無しさんは彼自身の本質と言えるものを生来持たない。名無しさんには、自らを構成する理不尽な死を遂げた人々の復讐を果たし、正義を実現しようとする強い使命感があり（この成り行きにはイスラーム以前にあった同害報復の制度・因習の影響が垣間見える）、それが彼の連続殺人へと繋がっていくのだが、このような報復感情も含めて、名無しさんに備わる属性はもはや現存しないものに対する記憶や執着であるということができる。それらが、寄せ集めとしてかりそめに造りあげられた身体に宿っているのである。

ここに述べた「現存しないものに対する記憶・執着」と、「かりそめに造りあげられた具体物」の併存という構図は、本書のなかにたびたび現れる。二十年来、息子の消息を求め続け、名無しさんに「ダーニヤール」と息子の名で呼びかける老婆イリーシュワー。無二の相棒が爆死して肉塊となったことへの衝撃から、肉塊を寄せ集め、個人の尊厳を有する遺体を造ろうとしたハーディー。そしていずれの場合も、現存しないものへの記憶・執着は、それがどれだけ強烈なものであろうとも、かりそめに造りあげられた具体物の存在感に圧倒されていく。イリーシュワーは明らかに不自然な息子「ダーニヤール」をあっさり受け入れてしまう。名無しさん自身もまた、自らが生存するという現実に圧倒され、身体に宿っていたはずの追慕の念や報復感情から離れていく。今、ここに存在する形あるものが、記憶や執着を凌駕するのである。これは人物だけの話ではない。バターウィイーン地区に出現したアッバース朝期の遺構は、現在の地区の生活を重視する市当局によって埋め立てられてしまう。本書に描かれるバグダードという空間全体、またそれを構成する人々が皆、多様な感情や記憶を措《お》いて、即物的な現状を優先していくのである。

絶えず部位を差し替え、変遷していく名無しさんには、自らを特定できる顔がない。外部の干渉によって意識を操作されることさえある名無しさんは、自分自身を確定できないとても危うい存在だといえるが、この特定の「顔がない」という表現・イメージもまた本書を通して繰り返し登場する。実際に「顔がない」ものに加え、異なる宗教の事物が次々と現れる古物屋ハーディーの家も特定の顔がないものであり、終盤に登場する語り手としての作者もまた、複数の偽造の身分証明書を所有する曖昧な存在である。本書では、名無しさんの特性が明確になるたびに、同様の構図・イメージが畳みかけるように出現し、それが本書全体に普遍的に存在する性質であることが示されていく。名無しさんという存在を通して、二〇〇五年のバグダードという都市と人々の性質をあぶりだしていくかのようである。

名無しさんを起点として想起される「生来、本質をもたない」「かりそめの具体物」であり、「現存しないものへの記憶と執着」によって構成されるもののイメージは、随所にちりばめられた事物を通して、最終的には首都バグダード、そしてイラクという国そのものへと結びついていく。イラクは、もとは第一次世界大戦後に英国が委任統治受任国となるために、いわば寄せ集め的に造った国であったが、皮肉にもその住民は英国という「敵」に対する反対運動に地域・宗派・階層を超えて参加することで「イラク国民」としてのまとまりを得た。しかし英国の統治を脱し、独立を成し遂げた後、多数の民族・宗派からなるイラクの住民が国民として単一のアイデンティティを確立したとは言い難い。本書で名無しさんが、かつて実現したことのない不可能な混合を具現した「最初のイラク人」と見なされた背景にも、この国が経験した苦い紆余曲折がある。はるか古代にまで遡る歴史を有しながら、外部勢力の干渉と国内の不和によって国としてのアイデンティティを容易に確立しえない。そうした不安定さが、現在もイラクと首都バグダードを包みこんでいる不穏な状況の要因であり、誰もが死の恐怖を絶えず意識するほどの治安の悪化をもたらしたものである。名無しさんを通して、この国と首都バグダードの顔の複雑さが立ちあがる。本書がSF小説であると同時に「バグダード小説」「イラク小説」だという理由はそこにある。

終盤、名無しさんがバグダードの住民に与えた恐怖は、古物屋ハーディーによって意外な形で解消される。ここには恐怖の元凶に仮の形を与えて現状の解決を図ろうとする人々の意思が感じ取れるが、その役を、ありものを適当に寄せ集めて人々に供するほら吹きの古物屋が担ったのは、まことに妥当なことだったといえるだろう。

本書の翻訳はとても幸福な経験だった。展開を追うのも楽しみだったが、時を表す空の描写の見事さや、無駄のない道具立てにはたびたび嬉しい驚きがあった。聖ゴルギースは中東のキリスト教徒には最もポピュラーな聖人であるが、その殉教譚や聖人画の構図には本書の意図を補強する要素がいくつも見受けられる。また「神の使徒（ラスール）」という名の不動産事務所を所有するブローカーのファラジュは、おそらく預言者ムハンマドの後裔の一人と思われ、さらにイラク建国を実現した反英闘争「二十年革命」の志士の子孫でもある。イラクのイスラーム社会における貴種と言える彼が、「アラブ性（ウルーバ）」という名のホテルを持つ、たたき上げのアブー・アンマールと対峙するという構図も興味深い。

本書は正則アラビア語で地の文が記され、会話には生き生きとした口語アラビア語が用いられている。残念ながら訳者にはイラクを訪れた経験がなく、イラク特有の事物や口語表現には判断に迷うことも多かったが、数々の不明点については作者のサアダーウィーさんより丁寧なご教示をいただいた。本書で題名のみ挙げられている『確かではない最後の旅』al-Riḥlah ghayr al-mu'akkadah wa al-akhīrah という長篇についても、二〇〇五年頃を描いた作品で、二度にわたって執筆しているが「この先完成も刊行もしないだろう」と率直に現況を教えてくださった。サアダーウィーさんのご厚意に心より感謝を申し上げたい。また大阪大学大学院言語文化研究科の福田義昭さんからは訳文の検討において貴重なご助言をいただいた。この場を借りて御礼を申し上げる。翻訳・注記に誤りがあれば、すべて訳者の責任である。

いつか機会を得て是非バグダードを訪れたいと思っている。翻訳を提案くださった集英社の佐藤香さんに深く感謝する。

二〇二〇年九月

アフマド・サアダーウィー

イラクの小説家、詩人、脚本家、ドキュメンタリー映画監督。2009年、39歳以下の優れたアラビア語の作家39人を選出する「ベイルート39」に選ばれる。2014年に『バグダードのフランケンシュタイン』で、イラクの作家としてはじめてアラブ小説国際賞を受賞。本書は30か国で版権が取得され、英語版がブッカー国際賞およびアーサー・C・クラーク賞の最終候補となった。現在バグダード在住。

柳谷あゆみ（やなぎや・あゆみ）

1972年東京都生まれ。慶應義塾大学大学院文学研究科後期博士課程単位取得退学。公益財団法人東洋文庫研究員、上智大学アジア文化研究所共同研究員。アラビア語翻訳者、歌人。歌集『ダマスカスへ行く　前・後・途中』にて第5回日本短歌協会賞を受賞。訳書にザカリーヤー・ターミル『酸っぱいブドウ／はりねずみ』（白水社エクス・リブリス）、サマル・ヤズベク『無の国の門　引き裂かれた祖国シリアへの旅』（白水社）など。

装画＝小山義人
装丁＝川名 潤

本書7ページに記載したメアリー・シェリー『フランケンシュタイン』中の文章は、新潮文庫版（芹澤恵 訳、2015年）より訳者の許諾を得て引用いたしました。

فرانكشتاين في بغداد

FRANKENSTEIN IN BAGHDAD by Ahmed Saadawi

Originally published by Al Kamel, 2013
Japanese translation rights arranged with Ahmed Saadawi
c/o Andrew Nurnberg Associates Limited, London
through Tuttle-Mori Agency, Inc., Tokyo

バグダードのフランケンシュタイン

2020年10月30日　第1刷発行

著　者　アフマド・サアダーウィー
訳　者　柳谷《やなぎや》あゆみ
発行者　徳永 真
発行所　株式会社集英社
〒101-8050　東京都千代田区一ツ橋2-5-10
電話　03-3230-6100（編集部）
03-3230-6080（読者係）
03-3230-6393（販売部）書店専用
印刷所　大日本印刷株式会社
製本所　ナショナル製本協同組合

ISBN978-4-08-773504-8 C0097